Louis François Faur

Geheime Lebensgeschichte des Marschalls von Richelieu

Erzählung seiner Abenteuer, Liebschaften, Intrigen (Band 3)

Louis François Faur

Geheime Lebensgeschichte des Marschalls von Richelieu
Erzählung seiner Abenteuer, Liebschaften, Intrigen (Band 3)

ISBN/EAN: 9783743477155

Hergestellt in Europa, USA, Kanada, Australien, Japan

Cover: Foto ©Raphael Reischuk / pixelio.de

Weitere Bücher finden Sie auf **www.hansebooks.com**

Geheime Lebensgeschichte

des

Marschalls von Richelieu

oder

Erzählung

seiner Abenteuer, Liebschaften, Intriguen

und

all desjenigen, was auf die verschiedenen Rollen Bezug
hat, die dieser merkwürdige Mann in einem Zeitraume
von mehr als achtzig Jahren spielte.

———

Aus dem Französischen übersetzt.

Dritter Band.

———

Mit Churfächsischem gnädigstem Privilegio.

———

Bayreuth,
in der Zeitungsbruckerey daselbst
1792.

Dritter Theil.

Des Marschalls von Richelieu umständliche Erzählung seiner ersten
Abenteuer, wie er sie während seines Aufenthaltes in Lan=
guedoc selbst aufgesetzt, und der Marquisin von M * * * für
das Versprechen, ihn bey seiner Rückkunft zu erhören, mitge=
theilt hat.

Schon lange haben Sie mich, meine theure Freundinn, um
eine getreue Erzählung der Abenteuer ersucht, welche ich
von meiner Vorstellung bey dem Hofe Ludwigs XIV an
bis auf den ersten Augenblick ihrer Bekanntschaft gehabt
habe; allein Sie wissen nur nicht, daß ich mehr als ei=
nen Band schreiben muß, wenn ich ihr Verlangen erfüllen
soll. Da es indessen ein Mahl unter uns ausgemacht ist,
so trägt meine Freundschaft auch weiter kein Bedenken; und
so ungern ich auch an das Schreiben gehe, so haben Sie
dennoch hiemit mein Wort, daß ich Ihnen wöchentlich ein
Dutzend Seiten von meiner Lebensgeschichte zuschicken will.
Ich habe alle Materialien zur Verfertigung derselben sorg=
fältig aufgehoben, und es wird eine so große Verkettung
von Begebenheiten darin geben, daß ich wohl schwerlich
befürchten darf, Ihnen lange Weile zu machen. Ich hoffe
lange zu leben; wenigstens hat man es mir geprophezeiet,
und ich schenke einer Prophezeiung, die mir so sehr zu Stat=

ten

ten kommt, gern meinen Glauben; weil ich dadurch noch immer mehr interessante Thatsachen zur Geschichte meines Lebens zu erhalten denke. Bald bin ich funfzig Jahr alt, und habe also, wenn ich mich nicht täusche, noch die Hälfte meines Lebens zu gewarten; denn mehrere Astrologen haben mir die Versicherung gegeben, daß ich ein Alter von hundert Jahren erreichen werde, wenn ich mich nur vor dem Monathe März in Acht zu nehmen weiß. Es bleibt mir also Muße genug übrig, und ich fühle nicht die geringste Abnahme weder in meinen moralischen noch physischen Kräften.

Tingri und ich haben mit einander Abrede genommen, uns alle historischen und scandalösen Anekdoten, die unter unsern Augen vorgefallen sind, schriftlich mitzutheilen. Unser Vorrath daran ist schon beträchtlich. Man wird aus ihnen ersehen, daß große Begebenheiten fast immer aus kleinen Ursachen entspringen, besonders am Hofe, wo derjenige, welcher daselbst sein Glück machen und sich behaupten will, vor allen Dingen Talent zur Intrigue besitzen muß; und ich zweifle daher nicht, daß eine Geschichte von diesem Gehalte sehr belehrend seyn werde. Diese würde nun nicht, wie es so oft der Fall ist, ein zusammen geraffter Haufe von Thatsachen seyn, womit ein Schriftsteller aus Gier nach einem Gewinne, den ihm ein Verleger darhält, einen Band anschwellet, ohne daß er auch nur ein Mahl die Personen kennt, wovon er spricht, noch das Verhältniß weiß, in welcher sie mit den Thatsachen, welche er erzählet, stehen. So einer heckt einen Roman aus, wählt sich dazu die Nahmen eines Frauenzimmers oder einer Mannsperson, welche auf die eine oder andere Art Aufsehen gemacht haben, und von denen er nur einige besondere Umstände weiß, und schmückt diese Rhapsodie mit dem Nahmen einer Geschichte. Ich habe Erzählungen von mir gelesen, die durchaus unwahr sind. Da wir nun täglich die Bemerkung machen, daß eine Begebenheit, wovon wir

selbst

selbst Zeugen waren, auf verschiedene Weise erzählt, und
je nachdem das Talent dessen ist, der sie vorträgt, entweder übertrieben, oder verkleinert, oder auch verfälscht wird,
was soll man dann von der Geschichte der verflossenen
Jahrhunderte halten, für deren Glaubwürdigkeit man uns
stehen will? Sollen wir den Begebenheiten eines Jahrhundertes Glauben beymessen, so müssen Männer, die mit den
Geheimnissen der Staatsverwaltung bekannt sind, sich die
Mühe geben, alles Wichtige, was darin vorgefallen
ist, zusammen zu sammeln. Ein solches Tagebuch, wozu
mehr als eine Person, wozu Minister, Generale, Hofleute
und andere Personen beytrügen, müßte um desto zuverlä-
ßiger seyn, da der eine das bekannt machen würde, woran
dem andern, es zu verhehlen, gelegen gewesen wäre. Es ist
sehr klug über die Wahrheit einen Schleier zu werfen,
wenn dadurch Personen beleidiget werden können, die
noch am Leben sind; sind sie aber schon gestorben, wozu will
man dann noch schweigen? Der Geschichtschreiber, welchen
der König, ernennet (denn warum soll ein jeder das Recht
haben, die Geschichte zu schreiben) der Mann, sage ich,
würde diese Generation um keinen Menschen zu beleidigen,
aussterben lassen, und alsdann auch nichts weiter zu thun
haben, als die Begebenheiten in Verbindung zu bringen,
und damit hätte man eine zuverlässige Geschichte des vergangenen Jahrhundertes.

Nach dieser Idee denken wir, Tingri und ich, unsre
Geschichte zu verfertigen, und er hat, wie er mir schreibt,
schon viele Thatsachen beysammen. Auch ich habe schon
die Hand ans Werk gelegt, aber ich lebe zu zerstreut, den
Schriftsteller von Profession zu machen. Ich ziehe das
immer neue Vergnügen einem artigen Frauenzimmer den
Hof zu machen, der Langweiligkeit vor, mich auf dem Zimmer einzuschließen, und mit der Vergangenheit zu beschäftigen. Diese ist weit weniger anziehend für mich als
die Gegenwart. Indessen gebe ich Ihnen mein Wort,

A 3

daß

daß ich noch mehr thun will, als ich Ihnen versprochen habe, und daß Sie von meinen Lebensumständen so viel als nur immer möglich erfahren sollen. Nur daß mir dieses aber auch nicht bey Ihnen schade! Seyn Sie vielmehr, wenn Sie mich so oft in der Liebe strafbar finden, als ich es selten in der Freundschaft bin, was mir die Herzoginn * * war, und Sie mögen dann selbst entscheiden, ob ich bey aller meiner Untreue, je aufgehört habe, ihr Freund zu seyn. Ich will mich des Gedankens entschlagen, daß es eine große Arbeit sey, was ich, Ihnen zu gefallen, unternehme, und ich hoffe es alles, wie es sich nach und nach begab, bis ans Ende hinaus zuführen.

Da ich mit Geschäften überhäuft bin, welche mich ermüden, und mir lange Weile machen, so wird mir das Vergnügen, mich mit Ihnen zu unterhalten, eine sehr angenehme Zerstreuung verschaffen. Ueber dieß wird mich auch die Belohnung, welche zu Paris auf mich wartet, mit immer neuem Muth beleben. Ich habe Ihnen schon geschrieben, daß ich Zeit haben muß, meine Gedancken zu sammeln, und mir von Paris meine eigenhändigen Anmerkungen kommen lasse, welche in einem Koffer liegen, den mein Bibliothekar Boquemare nächstens schicken wird; denn ich will mich lieber der Anekdoten meiner Jugend erinnern, als hier die Protestanten drücken. Ich erhalte ein Mahl über das andere vom Hofe Befehl, sie zu bestrafen. Der kleine St. Florentin ist ihr grausamer Verfolger. Wollte ich ihm Gehör geben, so würde Blut in Strömen fließen; aber ich will lieber, daß man mir gehorche. Widersetzlichkeit kann mich sehr aufbringen; zum Glücke für diese Leute aber bin ich nicht von dem Fanatismus eines Missionairs besessen. Voltaire hat mich lange schon überzeugt, daß fast jede Art von Gottesdienst Grimasse; die wahre Gottesverehrung aber heilsam, sanft und tröstend sey. Ich gebe den Dienern der Religion die Schuld, die

aus

aus der Unsrigen eine blutdurstige Religion gemacht haben, und es kümmert mich sehr wenig, auf welche Art die Menschen zu Gott bethen, wenn sie nur nicht die öffentliche Ruhe stöhren. St. Florentin, der nicht frömmer ist als ich bin, denkt die Bekehrung der Protestanten mit Rad und Galgen zu beschleunigen, und ich sehe im Geiste schon den kleinen Mann sehr irreligiös mit dem Dolche der Ligue bewaffnet, durch ganz Languedoc rennen. Mag der Mann, von seinen engbrüstigen Begriffen geleitet, herumirren, ich wende mich wieder zur Erzählung dessen, was Sie von mir verlangt haben.

Ludwig XIV war zwey und siebenzig Jahr alt, als ich bey Hofe vorgestellt ward; ich war nicht mehr als vierzehn. Dieß ist das Alter der süßen Blendwerke und der Täuschung. Ich versank schier in dem Anblicke der Majestät seiner Person und dem Glanze seines Hofes. Er empfing mich freundlich, er liebte den Nahmen Richelieu, den mein Gros-Oheim mit so vielem Ruhme geführt, und er besaß viel zu viel Scharfsinn, um nicht den Einfluß einzusehen, welchen er auf seine Regierung, deren Ruhm er vorbereitete, gehabt hatte. Der Cardinal hatte dem Könige *) die unumschränkte Macht in die Hände gege-

A 4

ben

*) Der Cardinal von Richelieu verhalf Ludwig XIII zu einer so großen Macht, um an seiner Stelle desto despotischer zu befehlen; er setzte die Minister in den beharrlichen Besitz dieser unumschränkten Gewalt, welche sie so oft gemißbraucht haben, und ihm hat man das Geschlecht von Tyrannen zu verdanken, das ein Vergnügen daran fand, alle die Uebel, worunter Frankreich seufzte, noch immer mehr zu vergrößern. Ludwig XIV mußte den Cardinal von Richelieu wohl lieb haben; er hatte ja alles seiner Herrschaft unterworfen, und war die Ursache, daß er keine Hindernisse fand, seine für Frankreich so verderblichen Endzwecke auszuführen. Aber hatten seine Unterthanen auch Ursache ihn zu lieben? Wer von uns weiß es nicht schon längst, daß dieser Minister das, was er that, nicht zu Ludwigs XIII Ruhme verrichtete? Das Wohl des Volks war ihm sehr gleichgültig; alle seine Handlungen zweckten nur darauf ab, sich sattsam zu erheben

und

ben, und Ludwig XIV war zu eifersüchtig auf seine Macht, um nicht gegen die Nachkommen dieses Ministers für das, was er für ihn gethan hatte, erkenntlich zu seyn. Dieses ist ohne Zweifel der Grund aller der Gnadenbezeugungen, womit er meinen Vater beehrte, der nicht sehr glücklich gewesen war, sich während einer an großen Erzeugnissen so fruchtbaren Regierung in seinem Dienste auszuzeichnen, und das, was ihn bewog, den Sprößling einer Familie, der er so viele Verbindlichkeiten zu haben glaubte, damit zu überschütten. Als meine erste Schüchternheit überwunden war, warf ich einen Blick auf diesen großen König, den ich noch weit über alles fand, was man mir von ihm gesagt hatte. Nie haben meine Augen wieder so was majestätisches gesehen; und von allen Menschen, die ich je kennen gelernt habe, schien er mir der zu seyn, welcher am würdigsten war, zu herrschen, und der zum Oberhaupte der französischen Nation hätte gewählt werden müs-

und zu rächen. Ein unermeßlicher Ehrgeiz beseelte ihn, und er verlangte, daß alles ihm unterworfen seyn sollte. Kurz; er war ein Despot, der keinen Widerspruch litt. Hätte dieser Despotismus, der ihn doch noch dann und wann Gutes zu thun verleitete, wenigstens mit ihm ins Grab gelegt werden können, so wäre er doch nicht in die Hände so vieler niederträchtigen Seelen gerathen, die durch Cabale oder das kriechendste Hofmachen bey Leuten, die noch weit verächtlicher waren als sie, ins Ministerium gekommen sind. Diese After-Minister, welche weder das Genie noch die Talente eines Richelieu hatten, und sich von Subalternen, und Commis, ihren untergeordneten Halbtyrannen, regieren lassen mußten, bedienten sich der ihnen übergebenen eisernen Ruthe, auf eine nicht weniger tyrannische Art das Volk, so sie verwünschte, blindlings zu geisseln.

Der Franzose wagte es nur einzeln und unter dem Dache, wo seine Thränen flossen, um Rache zu schreien: die geringste Klage hätte ihn um seine Freiheit gebracht; und was ihm zur Schande gereicht, das Unthier, welches ihn zerfleischte, ward doch noch dann und wann von ihm geschmeichelt. O! Franken, meine Mitbürger und Brüder, was waret ihr einst, und was seyd ihr jetzt? Aus Sclaven sind Menschen geworden, und die Tyranney ist verschwunden!

müssen, wenn ihn nicht seine Geburt schon auf den Thron
gesetzt hätte. Sein erhabenes Wesen jagte Furcht ein, und
ich sah die Verehrung auf aller Antlitz eingepräget.
Ein Blick von ihm war Befehl, den man aus Gewohnheit um ihn zu seyn, schon zu errathen mußte. So unglücklich er auch außer dem Hofe war, so behielt er doch im Innern desselben eine, die höchste Ehrfurcht einflößende, Etiquette bey. Er war zuweilen hintergangen worden, und glaubte es nun unaufhörlich zu werden. Bey der Cour behielt er
immer die Würde eines Königes bey, und ließ selten den
Menschen durchblicken. Er hatte alles, was ihn umgab,
an eine Art von Anbethung gewöhnt, und es schien etwas
natürliches zu seyn, ihm zu Füßen zu liegen. Schade um
ihn, daß er so schwach war, nur den Rath der Priester anzuhören, die sein Alter irre führten, in dem sie ihn weis
machten, daß der Himmel über seine ehemahligen Verirrungen zürnte; die Religion bedeckte ihm die Augen mit einem
heiligen Schleier, und man verleitete ihn Befehle zu unterzeichnen, die Frankreich große Wunden geschlagen haben.
Unter diesem Geistes = Schwinden (affaissement) aber blickte,
noch immer der große Mann hervor, und er verdiente es
wohl, daß man nicht aufhörte, den Herrn in ihm zu
bewundern, welcher fast ganz Europa Gesetze gab. Als
man bereits über die immer neuen Kriege seufzete, als
der Staat eine Niederlage über die andere erlitt, sprach
man doch noch immer von seinen ersten Siegen; das Volk
litt an allem Mangel, und doch unterhielt man den König
am Hofe von nichts als seinen ehemahligen Eroberungen.
Eugen, aufgeblasen von seinen Siegen, nährte seine Feind-
schaft, welche er dem Französischen Monarchen für die
Fehlbitten, geschworen hatte, immer mehr; er setzte seinen
Ruhm darinn, ihn zu unterbrücken. Da er Villeroi, Tal-
lard, den Herzog von Bourgogne, Boufflers und Villars in
Verbindung mit Marlborough besiegt hatte, glaubte er zuver-
lässig seine Eroberungen bis nach Paris fortsetzen zu können;

man

man fürchtete es auch, und die Bestürzung war allgemein. Nur der König schien ruhig zu seyn, und unterließ nichts, was den großen Pomp, welchen er jederzeit geliebt hatte, zu erhalten diente. Die, so Zutritt zum Innern des Hofes hatten, und Zeugen der Klagen waren, welche er so selten hören ließ, suchten alles auf, ihn zu zerstreuen.

Die Herzoginn von Bourgogne, welche er liebte, ließ es sich mehr als irgend ein anderer angelegen seyn, den Kummer ihres Großvaters zu lindern. Munter und geistreich, zerstreute sie den Greis mit allerley Kindereyen. Ihre muntern Antworten machten ihn lächeln; was sie nur vermochte, ersann sie, ihm seine Unglücksfälle aus dem Sinne zu bringen; es wurden Bälle und Feste gegeben, wozu man das Liebenswürdigste, was nur der Hof besaß, einlud, und Sie können leicht erachten, daß ein Kind von meinem Alter sich sehr glücklich dabey befand, diesen Lustbarkeiten beywohnen zu dürfen. Die Unglücksfälle dieser Zeit gingen mich wenig an; ich dachte nur auf mein Vergnügen zu Versailles und auf die Mittel, sie mir oft zu verschaffen. Ich hatte eine Stiefmutter, welche meinem Vater, der schon sehr alt war, und seine Schwachheiten hatte, regierte. Diese gute Frau hatte alles unter ihren Händen; allein sie sorgte sehr kärglich für meine Vergnügen. Ich ging so dürftig wie nur möglich nach meinem Stande gekleidet, und beklagte ich mich darüber, so lachte sie und sagte, die Annehmlichkeiten meiner Person würden alles ersetzen. Das Compliment füllte mir meine Börse nicht und versetzte mich in eine üble Laune, die oft laut wurde. Meine jungen Freunde neckten mich damit, aber ich zog mich immer auf Kosten meiner Stiefmutter, die ich nicht liebte, aus der Sache. Eines Tages, da man mein Kleid zu schäbig fand, antwortete ich ihnen: wundert euch doch nicht darüber, es ist ja ein Stiefmutter = Kleid. Diejenigen, welche den Hof kennen, wissen am besten, was für ein Glück dergleichen Kleinigkeiten daselbst machen. Eini-

ge

ge Tage lang lief dieses Bonmot von Munde zu Munde *).

Ich war ein Kind, und kannte noch nichts als den
Ton des väterlichen Hauses; man setzte mich mit in das Ver-
zeichniß der Tänzer, und ich befand mich bald in einer kleinen
Gesellschaft, welche die Tänze wiederhohlen mußte, so man
in des Königes Gegenwart gab. Beim Ball Paré fand
ich mich fast zugleich mit dem Hofstaate, wie zu Paris ein;
und da ich noch so jung war, so wollten mir die feinen
Abstufungen des Respects gegen eine solche Versammlung
noch nicht recht einleuchten.

Eines Tages hatte die Herzoginn von Bourgogne den Ball
Paré mit dem Herzoge von Berri eröffnet, und da sie als Prin-
zeßinn von Frankreich, zufolge der Etiquette der damahligen
Zeit mit keinem andern als einem Prinzen oder Herzoge tanzen
konnte, wenn sie allein tanzte, so forderte sie den Herzog von
Brissac auf. Nun war es Mode, daß der Tänzer die folgende
Menuet mit eben dem Frauenzimmer tanzen mußte, welches
ihn aufgezogen hatte. Der Herzog von Brissac aber ließ die
Herzoginn von Bourgogne sitzen, und zog ein anderes
Frauenzimmer auf: jedermann fiel seine Zerstreuung in die Augen. Selbst die Prinzeßinn, welche wieder zu ihrem Sitze
geführt war, stand schon auf, weil sie sich nicht einbilden
konnte, daß man sie vergessen würde; allein sie setzte sich
nieder als sie sahe, daß der Tanz anging, und dieses machte
eine kleine Bewegung im Saale. Der Herzog von Brissac tanzte seine Menuet zu Ende. Als sie vollendet war,

kam

*) Man sieht hieraus, wie wenig dazu erforderlich ist. Personen von
diesen Talenten besitzen die Kunst einem Nichts das Ansehen von Wichtigkeit zu geben; sie kreißen immer mit Armseligkeiten. Man
hat Pairs von Frankreich, sich sehr ernsthaft um den Besitz
von ein Paar Fuß Raum in einem Schauspielhause streiten, und
sich auf mehr als acht Tage einschließen sehen, um mit noch weit
größerer Sorgfalt, als sie auf das Campiren, oder den Unterhalt
einer Armee zu verwenden pflegten, die Vertheilung der Plätze in
einer Komödie zu berechnen.

kam eben die Dame, welche er nicht hätte wählen sollen, zu
mir, und forderte mich auf; ich machte, aber mit Vorsatze,
eben den Verstoß, welchen Brissac gegen die Herzoginn von
Bourgogne gemacht hatte, und statt, sie wieder aufzufor=
dern, wie ich hätte thun sollen, zog ich die Herzoginn von
Bourgogne mit den Worten auf: erlauben sie mir, Madame,
daß ich die Fehler meines Freundes Brissac wieder gut mache.

Dieser Scherz, welcher eben so gut für Impertinence gel=
ten konnte, machte alle lachen, wurde ganz wohl aufgenom=
men, und verschaffte dem kleinen Herzoge Ruf. Man bewun=
derte meine Gegenwart des Geistes, und der König selbst er=
götzte sich daran; jeder wollte mich beym Mittag= und Abend
Essen haben; man stritt sich um dieses Vergnügen, und von
der Zeit an that es die Herzoginn von Bourgogne nicht an=
ders, ich mußte bey jedem Feste zugegen seyn.*). War
ich auch die ersten Tage über, da ich am Hofe erschien, etwas
schüchtern gewesen, so hatte ich doch diesen Fehler bald abge=
legt: in kurzer Zeit ward ich sehr beherzt; denn ich sahe, daß
mir alles glückte. Man sprach von nichts als von meinen
sinnreichen Einfällen, von meinem Geiste; ich wurde ein klei=
nes Spielzeug am Hofe; der König selbst lachte zuweilen
über meine drolligen Wagstücke, und seine Gegenwart hatte
bald keine Wirkung mehr auf mich. Ich war das verzogene
Kind aller Frauenzimmer; Frau von Maintenon fand mich
allerliebst und sagte, daß ich schon anfinge ein Mann zu wer=
den. Indeß ich aber die Erfüllung ihrer Weissagung erwar=
tete, war ich schon sehr verwegen und ausgelassen. Die
Herzoginn von Bourgogne überhäufte mich mit Güte, und
obgleich sie Thronerbinn war, so sahe ich doch nur in ihr das
artige,

---

*) Diese Anekdote aus der Kindheit des Herzogs von Richelieu, deren er
sich mit Vergnügen erinnerte, steht beynahe mit eben den Wor=
ten in einem Briefe, welchen er den 18. Junius 1782. an seine
Gemahlinn schrieb. Man konnte sich in der That etwas von einem
Kinde versprechen, das so gut debutirte; und er hat noch mehr ge=
leistet, als er zu versprechen schien.

artige, brünette, und anziehende Frauenzimmer; jede sah mich
gern, ich fand daher nichts außerordentliches darinn, daß eine
große Prinzessinn mich mit eben den Augen betrachtete; in
kurzer Zeit war ich vertraut mit ihr. Ich erhielt die Erlaubniß ihr den Hof zu machen; ich ging sehr oft zu ihr, um einige Figuren aus einem Tanze in ihrem Schlafzimmer zu
wiederhohlen; man belustigte sich mit kleinen Spielen, wobey ich mit meinen Verwegenheiten glänzte; sie wurden be-
klatscht, und ich bekam Muth zu größern.

Einst hatte ich mich, ehe die Prinzessinn erschien, hinter
ihre Bettgardinen versteckt, um doch zu hören, was man wohl
von mir hielte. Es währte nicht lange, so war alles versammelt und man forderte mich auf, meine Wiederhohlung
anzufangen. Es hat ihn beliebt, sagten nun einige
Tänzerinnen, anderen Frauenzimmern den Hof zu
machen. Meine Mittänzer, die ein wenig eifersüchtig auf
mich waren, murmelten ganz leise, daß das den Respect
gegen die Prinzessinn aus den Augen setzen hieße; sie allein
entschuldigte mich: in seinem Alter, sagte sie, muß
man ihm schon etwas hingehen lassen; andere
Frauenzimmer, meine Damen, können dieses
Kind auch sehr liebenswürdig finden, und es
ist daher nicht zu verwundern, wenn man ihn
uns vorenthält. Ich machte darauf eine Bewegung,
daß der Vorhang rauschte. Kaum wurde es bemerkt, als
schon mehr als ein Frauenzimmer, in Furcht gerieth und wissen wollte, was da wohl versteckt seyn möchte? Aus Schaam,
eher ertappt zu werden, als ich mich selbst gezeigt hätte,
fuhr ich unter das Bett; die Gardine bewegte sich aufs neue,
und in dem Augenblicke flohn die Frauenzimmer davon.
Brissac trat herzu, es ist ein Mensch, rief er aus; ein Mensch!
schallte es wieder zurück . . . Mein Glück war es, daß er
mich, indem er sich bückte, erkannte; sonst könnte dieses
Abenteuer gefährliche Folgen für mich gehabt haben. Er
ergriff mich beym Beine, und rief: ich habe den Dieb,

es ist Fronsac. Man half ihm, mich wieder hervor zu
ziehen, und ich erschien ein wenig beschämt und entkräuselt;
alles sahe sich einander an; niemand unterstand sich zu
reden .... Ich fiel der Herzoginn von Bourgogne zu Füßen. Sie brach in ein Gelächter aus; dieses Lachen flößte
mir wieder Muth ein; ich ergriff ihre Hand, und küßte sie.
Ich bitte um Verzeihung, Madam, sagte ich,
ich wollte nur wissen, was diese Damen von
mir denken, und ich bitte unterthänig, vergessen sie die Unbesonnenheit, daß ich wissen wollte, in welcher Achtung ich stehe. Alles läßt
sich noch wohl entschuldigen, erwiederte die
Prinzessinn, nur nicht die Furcht, welche sie
uns eingejagt haben; und nun ließ sie sogleich die
Wiederhohlung, welche dadurch war verzögert worden,
ihren Anfang nehmen. Dieser Vorfall, welcher zeigt,
was für ein Waghals ich war, nebst mehrern Verwegenheiten würde mich einige Zeit hernach in die Bastille gebracht
haben, wo meine Vernunft zur Reife gekommen wäre.
So viel ist gewiß, ich sah das Gefährliche meiner Handlungen nicht ein. Ich wurde von Tage zu Tage freyer bey der
Herzoginn von Bourgogne. Ich hatte sogar ein Mahl die
Verwegenheit, sie umarmen zu wollen, und ich weiß nicht,
was daraus erfolgt wäre, wenn ich die Gelegenheit, mit
ihr allein zu seyn, oft gehabt hätte; ich würde alles gewagt haben, und ich wäre sicherlich entweder glücklich oder
verlohren gewesen.

Dieses Feuer meiner Jugend, das man zu meinem Unglücke wenig dämpfte, vergrößerte sich nur immer mehr.
Ich galt bald für den Helden der angenehmsten Abenteuer.
Die Unbesonnenheit und die Eifersucht einiger Frauenzimmer,
bestättigten denjenigen die Wahrheit, die sie nur noch erst
muthmaßten./ Madam * *, die sich erst vor kurzem vermählt hatte, war eine der ersten, die mich in den Ruf brachten; sie verfolgte mich überall. Eines Tages, da sie mir

in

in einer Stellung auf dem Schooße saß, die meinen Begierden entsprach, trat ihr Mann ins Zimmer; sie that einen
lauten Schrey. Warum wollen Sie denn, sagte ich ohne
meine Besonnenheit zu verlieren, mich durchaus nicht umarmen? Ich gebe nicht nach, und gerade in Gegenwart des
Herrn Marquis, müssen sie ihre Schuld abtragen. Wir haben gewettet, ich habe gewonnen, man muß bezahlen, das
ist nicht mehr als billig. Das müssen sie, meine theure Gemahlinn, erwiederte der gute Eheherr, Herr von Fronsac hat
recht, ein Biedermann bezahlt seine Schulden. Die Dame
that noch immer, als ob sie nicht daran wollte, und verschaffte mir dadurch Zeit, mich wieder in Ordnung zu bringen. Endlich umarmte ich die Frau mit Erlaubniß des Mannes, weil
man, seiner Behauptung nach, lieber nachgeben müsse, als
sich sein Haar in Unordnung bringen lassen. Ich gehorchte alsdann, ohne Spuren von dem, was vorgefallen war, zu
hinterlassen. Madam * *, die nun beruhigt war, konnte
sich des Lachens nicht enthalten; und ihr zufriedener Gemahl klatschte sich selbst Beyfall zu, daß er diesen Zwist
beygelegt hätte. Ohne mich, rief er aus, und umarmte nun seine Gemahlinn, würde er noch lange gedauert haben. So lange als mir immer möglich gewesen wäre,
erwiederte ich... Da hören sie es, Madame! Sehen
sie nun, fuhr er fort, was für Verbindlichkeit sie mir haben! Ich kenne ihn, es ist ein Starrkopf, er hätte sein Wort
gehalten, und ich bin daher von Herzen froh, daß ich sie
aus dieser Verlegenheit gerissen habe.

Sie können wohl denken, was in mir vorging. Ich
war gewaltig eitel auf meine Gegenwart des Geistes, und
Madame * * hatte mich dafür nur noch um desto lieber.
Sie konnte sich das Vergnügen nicht versagen, dieses Abenteuer einer Freundinn zu erzählen, diese erzählte es wieder
einer andern; es verschaffte mir unendlich viel Ehre. Ein
Liebhaber mit so viel Gegenwart des Geistes war, nach ih-

rer Meinung, ein Phönix, zum Bezaubern. Die Frauen=
zimmer wiesen auf mich, als Muster, wenn sich jemand in Lie=
beshändeln linkisch benommen hatte. Brisac hieß es gleich,
würde es nicht so gemacht haben. Man glaubt nicht, wie
viele Gunstbezeugungen mir dieser Ruf verschaffte.

Mitten in diesem Strudel wünschte die Herzoginn * *
mich beständig zu machen. Schon lange und oft hatte ich
ihr meine Liebe betheuert, aber sie war nicht zu überreden.
Sie begegnete mir gerade zu einer Zeit, da ich es am wenigsten
erwartete, und in einer Gesellschaft von Frauenzimmern, die
ihr Ursache gaben, an meiner Aufrichtigkeit zu zweifeln; dieses
verzögerte den glücklichen Augenblick, nach welchem ich mich
sehnte. Sie warf mir meine Jugend, meine Unbesonnenheit
vor; aber ihre schönen blaueu Augen, die sie so schmachtend
auf mich heftete, straften ihren Mund Lügen. Ich sahe nur
zu gut ein, daß ich geliebt ward, und doch kam ich um nichts
weiter mit ihr. Die Herzoginn * * besaß wirklich Grund=
sätze, und sie hat mir unter allen Frauenzimmern, über wel=
che ich in meiner Jugend gesiegt habe, die meiste Mühe ge=
kostet; sie schätzte ihren Gemahl, ohne ihn zu lieben, und glaub=
te, eine Frau sey ihren Pflichten alles schuldig. Da aber
über lang oder kurz auch das vernünftigste Frauenzim=
mer eine Thorheit begehen muß, so ward ich der Stein des
Anstoßes, woran der Himmel, welcher über die eiteln Ent=
schlüsse der Menschen lacht, ihre romanhaften Entwürfe von
Tugend zerschellen ließ. Mich verdroß ihr Widerstand, und
je mehr Hindernisse ich im Wege fand, desto eifriger suchte
ich sie zu überwinden. Auch sie hatte den Auftritt mit ange=
sehen, der im Zimmer der Herzoginn von Bourgogne vorge=
fallen war, und glaubte, wie alle übrigen, die dabey zuge=
gen gewesen waren, daß die Leichtigkeit, womit die Prinzes=
sinn mir verziehen hatte, von einer geheimen Verbindung
zwischen uns zeuge. Ich sahe ein, daß sie sich eben vor die=
ser Nebenbuhlerinn fürchtete, und ich that alles, was ich nur
konnte, es ihr aus dem Sinne zu reden. Indessen kitzelte
mich

mich doch nicht wenig in dem Lichte betrachtet zu werden.
Die Erbinn des Thrones in meinen Fesseln! Dieser Gedanke machte mich stolz, und ich vertheidigte mich auf eine Art,
welche sie nur desto mehr überredete, daß das Gerücht davon
wohl nicht ohne Grund seyn müsse. Ich sagte zwar nein,
aber doch so, daß sie das Gegentheil glaubte, und im Innern
meines Herzens war ich fest überzeugt, daß, wenn die Herzoginn von Bourgogne auch noch nicht meinen Triumph ver-
größert hätte, es doch nicht mehr fern seyn könnte.

Bey alle dem kam ich bey der Herzoginn * * um keinen
Schritt weiter. Ich tröstete mich über ihre Weigerungen
bey Madam * *; aber oft brachte mich das Bedürfniß dahin, und der Widerwille nöthigte mich eher wieder fortzugehen, als ich es mir vorgenommen hatte. Das Verlangen ein neues Frauenzimmer zu erobern, raubt demjenigen,
welches man besitzt, alle Reitze. Ueber dieses ist man mit
diesen Reitzen schon bekannt, die andern sollen noch erst der
Gegenstand der Bewunderung werden; und ich muß gestehen,
daß die Ungeduld sie zu besitzen fast immer einen Zauber
über sie verbreitet, den sie nicht haben, und der sich bald
wieder verliert.

Eines Tages warf sie mir vor, daß man sich nicht auf mich
verlassen könnte, und daß die Betheurungen, welche ich ihr
gäbe, eben so lauteten, als die, welche ich allen andern
Schönen vorsagte. Ich warf mich ihr zu Füßen, und versicherte ihr, was mir mein Herz gegen sie eingäbe, wäre neu
und ganz aufrichtig. Sie lachte laut auf, und sagte: unver-
schämter muß man doch nicht lügen können. Anfangs gerieth ich aus der Fassung, ich erhohlte mich aber gleich wieder, ergriff ihre Hand, küßte sie, und indem ich eine ziemliche
Weile in dieser gekrümmten Stellung blieb, rieb ich sie sanft
an meine Augen. Meine Stellung, und das sanfte
Reiben, brachte eine Röthe hervor; ich dachte an die trau-
rigsten Gegenstände, und meine Augen füllten sich allmählich mit Thränen an: nun erhob ich mein Haupt, um sie

diese kostbaren Thränen, welche mir über die Wangen rollten, sehen zu lassen. Ich sie nicht lieben, sagte ich zu ihr, mit einem ins Herz dringenden Tone! Sehen sie da ihr Werk, sehen sie die ersten Thränen, welche mir die Liebe ablockt, diese mir so schlecht vergoltene Liebe, die mich unglücklich macht. Bis jetzt hatte ich nur Begierden, im Umgange mit ihnen aber habe ich die Liebe kennen gelernt; sie sind das einzige Frauenzimmer, das ich aufrichtig liebe, und das einzige, welches grausam gegen mich ist. Das war ungefähr was ich, aber mit unterbrochener Stimme, sagte, um meinen Worten mehr Gewicht zu geben.

Die Herzoginn war erstaunt und gerührt, und wollte kaum glauben, was sie sah; ganz wie von selbst näherte sich ihre Wange der meinigen, und fing die kostbaren Beweise meiner Zärtlichkeit auf. Sie seufzte, schlug ihre schönen Augen gen Himmel, heftete sie alsdann auf mich, und sagte zu mir mit einem Tone, der ins Herz dringen mußte: sie lieben mich, ich kann nicht zweifeln . . . ach, lieber Fronsac, wie gefährlich sind sie! Sie ließ ihren Kopf wieder auf meine Schultern sinken; ich bedeckte ihren Mund mit den flammendsten Küssen, und der ihrige verwechselte auch bald das Reden mit diesem süßen Geschäfte. Ich muß gestehen, dieser Augenblick war einer der köstlichsten meines Lebens. Das Rasseln eines Wagens unterbrach ihn, sie befürchtete ihren Gemahl, ich begab mich fort, fluchte auf die Ueberlästigen, und sagte zu mir selbst: sie ist mein! Ich habe hernach meine Betrachtungen darüber angestellt, wie überredend doch die Gabe zu weinen in der Liebe war. Ich mußte mir's Dank, daß ich sie benutzt hatte, und ich habe bey mehr als einer Gelegenheit sorgfältig Gebrauch davon gemacht. Hat man nur erst einige Fertigkeit darin, so weint man sehr leicht, und es gibt Weiber, bey denen dieses Talent Wunder thut.

Ich war mit mir zufrieden, und, verliebter als jemahls in die Herzoginn * *, forschte ich nach dem günstigen Augenblicke sie
wie-

wieder zu sehen; er schien sich immer mehr von mir zu ent=
fernen, und ich fand sehr viele Hindernisse. Endlich wurde
ihr Gemahl, der ein ansehnliches Amt bey Hofe bekleidete, in
einer besondern Angelegenheit nach Languedoc gesandt, und
die Herzoginn * *, welche die Ruhe liebte, erhielt von der
Herzoginn von Bourgogne die Erlaubniß, einige Zeit auf
ein Landgut zu gehen, welches sie nicht weit von Mantes
besaß. Dieß hören und dahin fliegen war fast das Werk
eines Augenblicks. Die Herzoginn befand sich schon ein
paar Tage da; einige sehr liebenswürdige Frauenzimmer lei=
steten ihr Gesellschaft, und ich war die dritte Mannsperson
unter ihnen. Ich ward sehr wohl aufgenommen; die Her=
zoginn erröthete, und vermied einige Tage lang alle Gele=
genheit mit mir allein zu seyn. Diese Frau kämpfte mit
sich selbst, und während sie meine Geduld aufs äußerste
trieb, machte sie doch, daß ich heimlich lachen mußte, da ich
sah, wie die Tugend in Gefahr war, von der Liebe besiegt zu
werden. Ich sahe zu gut ein, daß die Liebe den Sieg da=
von tragen würde, und ich bereitete mich auf eine vollkom=
mene Entschädigung für einen so langen Angriff. Endlich
näherte sich dieser schöne, dieser himmlische Tag. Wir wa=
ren seit meiner Ankunft ganz darauf bedacht gewesen, die
Fröhlichkeit wieder zu beleben, ich hatte das schmachtende
Wesen, womit ich die Gesellschaft gleich für mich einnahm,
abgelegt, und jeder Tag brachte neue fast immer Kinderspiele
zum Vorschein, wobey man ein Vergnügen darin suchte, ein=
ander muthwillige Streiche zu spielen. Ich hatte schon den
meisten Frauenzimmern einen Possen gespielt, und sie wa=
ren alle aus Furcht vor Ueberraschung auf ihrer Huth. Sie
hielten deßhalb unter dem Vorsitze der Herzoginn eine Ver=
sammlung, wie sie mir das wieder zurückgeben sollten, was ich
ihnen schon zuwider gethan hatte. Es wurde beschlossen,
die Scheidewand aus einem Zimmer, welches an das meini=
ge stieß, wegzunehmen, und sie so zu stellen, daß man mit ge=
ringer Mühe sie umstoßen könnte; man hatte sie von allen

Seiten durchlöchert, und Windfäden durchgezogen, woran
ein Hausgeräth befestigt war, welches auf einen beliebigen
Zug jener Fäden im benachbarten Zimmer, in Bewegung
gesetzt werden sollte. Jetzt kam es nur noch darauf an,
mich in ein anderes Zimmer zu betten, ohne daß ich die Ur=
sache davon errathen könnte. Da es Abend ward, nahm
man die Vorhänge von meinem Bette weg, und schüttete ei=
ne Menge Wasser hinein, steckte Leinwand in meiner Kam=
mer an, und verbreitete das Gerücht, daß der Fußboden=
Bohner (frotteur), als er für meinen Bedienten nach dem
Mittagsmahle hätte Wasser hohlen müssen, aus Unvorsichtig=
keit die Bettvorhänge in Brand gesteckt hätte. Einige da=
hin abgeschickte Vertraute machten Lärm. Ich eilte auf
mein Zimmer zu; es stand schon voll Rauch, und mein Bett
schwamm ganz in Wasser. Nachdem man erst recht viel
Aufhebens von dem Glücke gemacht hatte, daß dieser Zufall,
welcher bey nicht so guten Vorkehrmitteln leicht das gan=
ze Schloß hätte in Asche legen können, weiter von keinen Fol=
gen gewesen wäre; so entschied man dahin, daß ich nun un=
möglich in diesem Zimmer schlafen könnte, und ließ meine
Sachen in dasjenige bringen, welches darauf eingerichtet war,
sich an meinen ihnen gespielten Streichen zu rächen. Die
Frauenzimmer wünschten mir Glück, daß ich nichts dabey
eingebüßt hätte; die Freude glänzte auf ihren Gesichtern,
und ich schrieb ihr augenscheinliches Vergnügen der Theil=
nahme zu, die sie meiner Einbildung nach an mir nahmen.
Ich bildete mir nichts weniger ein, als daß sie sich über ei=
nen vorhabenden Spaß im voraus freuten. Ich hegte, ich
gestehe es, nicht das geringste Mistrauen, und sagte selbst
der Herzoginn **, welche lächelte, einige Höflichkeiten dar=
über, daß alles so gut abgelaufen wäre.

Wir speisten vergnügt zu Abend, aber kaum war die Ge=
sellschaft in den Garten gegangen, als man schon vom zu Bette
gehen sprach. Man nahm zum Vorwande, daß dasjenige,
was in meinem Schlafzimmer, wiewohl ohne üble Folgen, vor=

ge=

gefallen wäre, nichts desto weniger im ersten Augenblicke einen solchen Schrecken eingejagt hätte, daß man noch
die Spuren davon empfände; man beklagte sich über Kopfweh, über Müdigkeit, und statt sich der Gewohnheit nach
noch zum Spiele zu setzen, verließ man schon den Saal,
der sonst vor ein oder zwey Uhr nicht leer ward, aufs späteste um eilf Uhr. Ich begab mich in mein neues Zimmer,
weil ich nichts bessers anfangen konnte. Es war die Einrichtung so getroffen, daß mein Bedienter weit von mir
lag. Nachdem ich eine Zeitlang gelesen hatte, löschte ich
mein Licht aus, und beschäftigte mich in Gedanken mit meiner lieben Herzoginn. Ich wollte das Landgut nicht eher
verlassen, als bis ich zuverläßige Proben von ihrer Zärtlichkeit erhalten hätte, und ich nahm mir's vor, keine Gelegenheit, welche sich dazu darböte, vorbey schlüpfen zu lassen.
Voll von diesen Gedanken, welche meine Einbildungskraft
angenehm beschäftigten, schlief ich ein. Ich ward aber bald
wieder von einem Geräusch, das ich vernahm, aufgeweckt:
ein Stuhl, der am Fenster stand, rückte langsam auf mein
Bett zu. Ich setzte mich aufrecht, das Geräusch dauerte
fort: ich fragte, wer da? Keiner antwortete, und in dem Augenblicke fiel eine Wasser-Karafine mit Krachen auf den
Boden. Ich mußte nicht, was das bedeuten sollte, ich sprang
aus dem Bette, und indem ich aus dem Zimmer gehen wollte,
stieß ich mit der Wange an einen Bindfaden, der in Unordnung gerathen war. Ich verfolgte ihn mit der Hand,
und sahe bald, was er zum Zwecke hatte, ich legte mich wieder nieder, und verhielte mich ruhig. Auf Ein Mahl
erschallte von der andern Seite ein lautes Gelächter, und
zu gleicher Zeit fühlte ich mich mit Wasser besprützt.

Um mich davor zu verwahren, verschob ich mein Bett,
zog die Vorhänge zwischen der Mauer und mir zu, spot-
tete die Schauspieler aus, und forderte sie auf, etwas Neues
zu ersinnen. Auf Ein Mahl ist alles still. Es erhebt sich

aufs

aufs neue ein Geräusch, Hammerschläge kündigen eine Zer=
störung an, ich erwarte das Ende des Getöses, und plötzlich
zerfällt die Scheidewand in Trümmern wie eine Dekoration
in der Oper. Stellen Sie sich nun mein Erstaunen vor,
als ich acht bis zehn Frauenzimmer in Nachthauben, mit
Theeschalen voll Wasser in den Händen, um mein Bett im
Kreise stehen sah, die mir dieses Wasser unter dem Vorwan=
de, daß es warm wäre, und man sich erfrischen müßte,
über den Leib schütteten! Ich verhüllte mich ganz in
meine Bettücher; und hörte sagen: er fürchtet sich! gut!
er hat uns so manchen Streich gespielt, wir müssen es ihm
wett machen. Es erfolgte wieder eine Lage Wasser! Nein,
nein, schrie eine andere Stimme, laßt uns ihn in seinem
Bette festbinden, und morgen früh muß er uns gute Wor=
te geben, wenn er heraus will. Meine Lage war gar nicht
bequem; es fuhr mir der Gedanke durch den Kopf, Rache
an ihnen zu nehmen: ich zog leise mein Hemd herunter,
sprang plötzlich aus dem Bette, und stand vor ihnen wie
der gute Vater Adam vor seinem Falle in Eden.

Ueber diese Erscheinung brachen sie in ein allge=
meines Geschrey aus. Der Anblick des Teufels würde ei=
ne Schaar Nonnen auf dem Rückwege aus der Beichte ge=
wiß nicht so geschwind in die Flucht geschlagen haben, als
der meinige diese Frauenzimmer zurückjagte: jede wollte die
vorderste seyn. Die meisten Lichter verloschen auf der Flucht,
welche ich noch dadurch beschleunigte, daß ich ausrief, die,
welche ich einhohle, muß mit mir zurück. Mein Bett war
naß, und ich hielt es für höchst billig, eines von den Betten
der Damen einzunehmen. Sie hatten sich in den Saal ge=
flüchtet, und ich erreichte eine geheime Treppe, die ich we=
nig kannte, welche mich aber auf einem kleinen Umwege, wo=
von ich nichts wußte, in das Schlafzimmer der Herzoginn
führte: es war niemand darin. Alles war hinausgegangen,
mir den Possen zu spielen. Ich bedachte mich nicht lange,
sondern begab mich auf dem Wege hinter der Bettstelle ins

Bett,

Bett, ohne eine Spur zu hinterlassen. Hier verbarg ich mich bis über den Kopf zwischen dem Bette selbst, und dem Seitenbrette, daß es unmöglich war, auf den geringsten Verdacht zu gerathen. Ich war nicht sehr stark, und ich möchte den gesehen haben, der es hätte merken können, daß sich eine Mannsperson daselbst befände. Das Herz schlug mir vor Ungeduld und Verlangen. Wenig Augenblicke hernach kam auch die Herzoginn an, und sagte noch zu ihrer Kammerjungfer: es war mehr als Leichtsinn in dem, was Herr von Fronsac that. Doch gestand man, daß man mich etwas übel behandelt hättte, und während dieser Unterredung legte sie ihre Nachtkleidung an. Ich hob unvermerkt die Oberdecke auf, und sah von Zeit zu Zeit nach der Herzoginn, die sich ganz bequem machte, weil sie mit ihrer Kammerjungfer allein zu seyn glaubte.

Meine erhitzte Einbildungskraft verschönerte alles, was ich sahe; die kleinste Handlung, welche dabey vorfiel, riß mich mehr hin als alles, was ich noch je erfahren hatte. Ich war über alle Vorstellung trunken, und küßte in Ermanglung des Bessern die Bettücher. Die Herzoginn glaubte, daß ihr etwas über den Leib liefe; ihre Kammerjungfer suchte darnach, und versetzte sie dadurch in eben den Zustand, worin ich vor wenig Minuten in meinem Zimmer den Frauenzimmern erschienen war: ich verschlang das mit den Augen, was ich schon hätte fühlen und genießen mögen. Venus, welche die Mahler so schön aus den Wellen steigen lassen, wäre mir nicht so reitzend gewesen. Die Herzoginn schien mir himmlisch zu seyn, und mein Herz schlug so heftig, daß ich befürchtete ohnmächtig zu werden. Endlich legte sie sich ins Bett, ich wagte es nicht zu athmen; still gebuckt lag ich in meinem kleinen Winkel, nahm sehr wenig Raum ein, und hätte mich noch mehr einschränken wollen. Sie verlangte ein Buch; ich litt unaussprechlich. Die Kammerjungfer ging hinaus, schloß die Thür ab, und ließ mich mit dem allein,

was

was mir das Liebste auf der Welt war. Ich kämpfte zwischen der Begierde mich ihr zu nähern, und der Furcht sie zu erschrecken. Indessen erstickte ich beynahe unter der Oberdecke, welche ich wieder herüber gezogen hatte. So viel ich merkte, las meine Herzoginn, jetzt hörte ich sie seufzen, und nun meinen Nahmen nennen. Ich wagte es leise meinen Kopf unter der Decke hervor zu strecken, worunter ich es nicht mehr auszuhalten vermochte. Meine Herzoginn war zu vertieft, und ward es nicht gewahr, sie las in einem fort. Einige Minuten darauf legte sie das Buch auf den Nachttisch, und sagte: nein, man kann nicht so lieben; sie seufzte. Ihr Gesicht war von mir weg nach der andern Seite gewandt... Ach! fing sie wieder an, so sind die Männer nur zu unserm Unglücke geschaffen! Eine Stille... Ein Kind könnte ich lieben! Wieder eine Stille. Wenigstens soll er es doch um meiner eigenen Ruhe willen nie erfahren...Ich wollte warten, bis sie das Wachslicht ausgelöscht hätte; aber ich konnte es nicht länger aushalten. Ich fuhr schnell auf sie zu. Ein Schrey, welchen ich damit unterdrückte, daß ich ihr den Mund zuhielt, war das erste Zeichen ihres Schreckens. Ich bin es, sagte ich, schreien sie nicht! Es ist Fronsac, der sie liebt, der sie anbethet, der sich so nahe bey ihnen befindet. Sie wollte klingeln, ich hielt ihr die Hand, sie fing an zu weinen, und beschwor mich fortzugehen. Meine Antwort war eine feurige Umarmung. Die Verzweiflung brachte sie außer sich: ich sah den Augenblick, wo ich genöthigt seyn würde, sie fahren zu lassen. Alle Schimpfwörter wurden bey dieser Gelegenheit an mir verschwendet; aber, Trotz ihres Widerstandes, war ich doch bald so sträflich, daß sie befürchten mußte, durch zu vieles Schreien ihre Ehre in Gefahr zu setzen. Amor wurde Sieger, und meine Schwüre thaten nun mehr Wirkung, als sie je gethan hatten. Köstliche Nacht, deren Andenken mir noch nach mehr als dreyßig Jahren großes Vergnügen gewährt! Eine tugendhafte Frau, die sich verirret, ist weit süßer als jedes andere Frauenzimmer.

Die

Die Herzoginn überließ sich nun mit desto weniger Zurückhaltung der Empfindung, die sie gegen mich hegte, und so lange Zeit besiegt hatte. Ich liebte sie in dem Augenblicke so wahrhaftig, daß sie mich für aufrichtig hielt. Sie war nun ganz Liebe; und nach einigen Seufzern und einiger Reue über ihre sterbende Tugend gab sie sich mir gänzlich hin. Sie schmeckte, wie ich, zum ersten Mahle die Süßigkeiten, welche nur eine große befriedigte Leidenschaft allein gewähren kann; und vier Stunden verstrichen, ehe wir noch Zeit gewonnen hatten uns zu sagen, daß wir uns liebten. Endlich trat die Ueberlegung an die Stelle der Trunkenheit. Die Herzoginn besann sich, daß wir eingeschlossen wären, und ward gewahr, daß der Zustand, worin ich mich befand, es nothwendig machte, mich noch vor Tage in mein Zimmer zu verfügen. Die Ueberlegung wich der Furcht, Thränen mischten sich darein, meine Herzoginn hielt sich für verlohren. Ich selbst wußte im ersten Augenblicke nicht, wie ich mich aus der Sache ziehen sollte, und die Unruhe hatte mich um allen weitern Genuß gebracht. Ich wollte untersuchen, ob ich nicht aus dem Fenster springen könnte; aber in dem Stande der Natur wagte ich es nicht diesen Ausweg zu wählen. Auch die Herzoginn * * war ganz verlegen darüber, und beschwor mich, ihren guten Nahmen nicht aufs Spiel zu setzen, und ein so gefährliches Mittel zu ergreifen: über dieß könnte ich ja auch Schaden nehmen; ein Gedanke, welcher das Maß der zärtlichen Besorgnisse meiner Geliebten nun vollends überfließen machte. Endlich gab mir der Gott, welcher die Liebenden schützt, eine List ein, welche uns aus der Verlegenheit half. Ganz ruhmredig ging ich wieder zum Bette der Herzoginn zurück. Sie wollte noch immer schier in Thränen zerfließen, und rief aus: was habe ich gemacht! Ich sprach ihr Muth ein. Ich sagte ihr, mein guter Geist würde uns nun bald aus dieser Verlegenheit reißen. Die Liebe verbannte allmählich ihre Furcht, und wir vergaßen noch Ein Mahl den Augenblick der Aengstigungen. Sie war

so

so hinreiſſend für mich, daß ich mich nicht entſchließen konnte, ſie zu verlaſſen. Wir ſagten uns immer einander, daß es Ein Mahl Zeit ſey, geſcheidt zu werden, und fanden uns in eben dem Augenblicke aufgelegt, uns aufs neue zu vergeſſen. Endlich ſiegte doch die Vernunft über uns, die Herzoginn ° ° befolgte meinen Rath, und klingelte ihrer Kammerjungfer. Dieſe Zwiſchenzeit ſtrich indeſſen nicht ungenutzt vorbey. Ich verſiegelte den Schwur einer ewigen Treue mit einem Kuße auf ihre Lippen; es war damahls wirklich mein Vorſatz, das zu halten, was ich verſprach. Aber der Menſch iſt zu ſchwach, ſein gegebenes Wort in dem Augenblicke zu halten, wo ſeine verirrten Sinne ihn verhindern, die Wichtigkeit deſſelben recht einzuſehen. Die Kammerjungfer kam, und war ganz erſchrocken, daß man ihr ſo früh geklingelt hätte; denn es war noch nicht fünf Uhr. Unſerer Abrede gemäß klagte die Herzoginn über ſehr heftige Leibſchmerzen, und verlangte lauwarmes Waſſer, recht ſtark gezuckert. Sie hatte von der eben erlittenen Angſt ein ſo mattes und Schmerz leidendes Anſehen, daß die Kammerjungfer ganz getäuſcht ward, und ſie ſehr verändert fand. Während dieſer Komödie lag ich an eben dem Orte verſteckt, wo ich ſo ungeduldig erwartet hatte, daß ſich die Herzoginn zu Bette legen ſollte; nur mit dem Unterſchiede, daß ich jetzt weit ruhiger war. Meine verirrte Hand drückte mehr oder weniger die Gegenſtände, die ihr in den Weg kamen, zum Zeichen des Beyfalles über das, was die Herzoginn ſagte oder that. Die Kammerjungfer wollte ihr mit Gewalt zur Linderung der Schmerzen den Leib reiben; aber ſie nahm es, wie man leicht denken kann, nicht an, ſondern hieß ihr immer fortgehen, das Waſſer zu hohlen, deſſen ſie ſo benöthigt wäre. Mir war die übertriebene Sorgfalt dieſes Mädchens unausſtehlich. Sicher haben ſie ſich geſtern Abend etwas erkältet; und daran iſt nichts als der Streich Schuld, welchen man dem Herzoge von Fronſac ſpielen wollte. Sie ſchien mir recht

zu

zu haben, und ich drückte daher meine Herzoginn sehr stark, die mir eine Bewegung machte, welche mir ihre Ungeduld zu erkennen gab. Endlich gingen ihre Nutzanwendungen zu Ende. Man empfahl ihr das Wasser eilig warm zu machen, und ungesäumt herein zu bringen. Die Herzoginn rief ihr noch nach, sie möchte die Thür nur offen lassen, um desto geschwinder fertig zu werden. Das gute Mädchen eilte nun jammernd fort, das zu bewerkstelligen, was man ihr aufgetragen hatte. Kaum war sie hinaus, als ich schon den Ort, wo ich war, verließ, und auf den Zähen nach der Thür schlich, zu horchen, ob es sicher wäre. So bald ich gewiß war, daß ich ungesehen hinaus gehen könnte, begab ich mich wieder nach der kleinen geheimen Treppe, die mich den Abend vorher so glücklich in das Zimmer der Herzoginn gebracht hatte, und stieg sie mit aller Schnelligkeit eines Menschen, der nicht gesehen seyn will, hinauf. Als ich in dem Corridor ankam, der auf mein Zimmer führte, nöthigte mich das Geräusch einer Thür, welche man öffnete, in eine Kammer zu flüchten, wo man Holz aufbewahrte. Zu meinem Ungemach war sie so voll, daß ich es sehr unbequem darin hatte, und mir einen Splitter in den Fuß stieß, der mir sehr viel Schmerzen verursachte.

Dieser verdrießliche Zufall kam von einem großen Bengel von Bedienten her, der sein Schlafzimmer neben dem Vorzimmer seines Herrn hatte, und bey Zeiten aufgestanden war, um im Fenster des Corridors gemächlich eine Pfeife Tobak zu rauchen; dieses merkte ich an seinem Feuerschlagen. Ich wurde ungeduldig, und wünschte ihn von ganzem Herzen zum Teufel. Beynahe hätte ich mein Glük verflucht, so weh that mir mein Fuß. Mein Uebel ganz vollständig zu machen, wurde ich von den Aesten des Holzes gemartert, die mir bey jeder Bewegung, die ich machte, droheten den Leib zu zerritzen. Ich war eine viertel Stunde in dieser peinlichen Lage, der unangenehmsten meines ganzen Lebens. Da ich es nicht länger in dieser traurigen

rigen Stellung aushalten konnte, so beschloß ich, mich aus
dieser verfluchten Holzkammer heraus zu wagen, es möchte
kosten was es wollte, und sollte ich auch darüber entdeckt
werden. Leise schlich ich heraus, das Glück war mir gün=
stig, mein ewiger Tobacksraucher stand gelehnt ans Fenster,
und drehete mir folglich den Rücken zu. Ich ging bey ihm
vorbey, ohne daß er mich hörte, und begab mich sogleich zu
Bette, das einer von den Leuten im Hause nach meiner
Flucht wieder gemacht hatte; denn mein Bedienter, der weit
von mir lag, und von dem, was wider mich beschlossen war,
nichts wußte, hatte nicht das Geringste gehört.

Vor Müdigkeit schlief ich bald ein, und es war schon
über eilf Uhr, als ich wieder erwachte. Man war so ge=
fällig gewesen, mich schlafen zu lassen, und obgleich man
schon zum Frühstücke geläutet hatte, so war man doch nicht
wie sonst zu mir gekommen, mich über meine Faulheit aus=
zuschmählen. Ich fand schon alle Frauenzimmer beysam=
men. Das erste war gleich ein Verweis über meine gest=
rige Schaamlosigkeit: ich erwiederte, wenn man nicht der
Stärkste wäre, müßte man der Verschlagenste seyn. Man
verzieh mir bald darauf, versiegelte es mit einer allgemeinen
Umarmung, und fragte mich nun, wie ich die Nacht zuge=
bracht hätte. Köstlich, antwortete ich ihnen. Sie wissen
nur nicht, meine Damen, was für ein großes Glück sie mir
verschaft haben, indem sie mir meinen Schlaf rauben woll=
ten, und mich nöthigten, vor einer Wassersfluth zu fliehen,
die sie insgesammt über mich ausströmen ließen. Alsdenn
fabelte ich ihnen, ich hätte mich in den Garten geflüchtet,
wäre beynahe schon unter Weges dahin eingeschlafen, und
hätte so bezaubernde Träume gehabt, daß die Würklichkeit
selbst ihnen nachstehen müßte. Ich kleidete ihnen nun meine
Begebenheit mit der Herzoginn in eine Allegorie ein, doch so,
daß Niemand als sie und ich den Sinn derselben verstehen
konnte. Sie lachten alle herzlich. Die Herzoginn ° ° suchte
es ihnen nachzuthun, erröthete aber dabey ein Mahl über das
andere.

andere. Ihr Endurtheil fiel dahin aus, daß ich ein sehr
angenehmer Erzähler wäre, und zur Strafe für meinen
Leichtsinn am vorigen Abend ihnen alle Morgen eine Geschichte von meiner Erfindung liefern sollte; denn sie hielten
alles, was ich sagte, für ein ihnen zum Vergnügen erdich-
tetes Märchen. Ich versicherte ihnen, es wäre die lautere
Wahrheit, was ich ihnen erzählt hätte, und nicht so
leicht, als sie wohl glaubten, alle Tage so angenehme Sachen aufzutischen. Und denken sie nur nicht, fuhr ich fort,
und sahe mit einem schmerzhaften Blicke auf meinen Fuß, daß
mein Glück so ganz ungetrübt geblieben ist: indem ich mich
nach dem Traume, welcher mich noch lange hätte beglücken
sollen, von diesem himmlischen Orte zurück begab, wäre ich
beynahe zum Krüppel geworden; und wirklich hinkte ich ein
wenig, welches zur Bestätigung meines Unglücks diente.
Jede beklagte mich, und machte sich Vorwürfe darüber, daß
sie Ursache zu meiner Flucht in den Garten gegeben hätte.
Ich bath sie herzlich, mich nur nicht zu beklagen, näherte
mich darauf der Herzoginn **, und sagte zu ihr, so lange ich
lebte, wollte ich nicht vergessen, wie gut ich bey ihr bewirthet
worden wäre; man hat mir einen Streich spielen wollen,
und man hat mir einen Dienst erwiesen. Ihr Erröthen
müßte sie verrathen haben, wenn man nur den geringsten
Verdacht von meiner neuen Verbindung mit ihr hätte haben
können. Ein honnetes Weib beträgt sich bey Liebschaften so
linkisch, daß man leicht auf den Gegenstand ihrer Zuneigung
verfällt. Die Herzoginn ** riß sich dadurch aus ihrer Verwirrung, daß sie mit mir über meinen Fuß sprach, und ich
sahe, sie empfand wirklich Unruhe über das, was mir begegnet war.

Ich fühlte eine solche Zufriedenheit mit mir selbst, mein
Herz war so voll von meinem Abenteuer, die Herzoginn **
schien mir eine so wichtige Eroberung zu seyn, daß ich der
ganzen Welt mein Glück hätte erzählen mögen. Ich war
stolz auf ihren Besitz, und ich muß gestehen, daß mich das

Geheimniß, welches mir die Ehre zu verschweigen auferlegte, gewaltig auf dem Herzen drückte. Reden durfte ich nicht, aber ich hätte gerne alle Umstände der nächtlichen Begebenheit errathen lassen mögen. Man zog mich mit meiner blassen Farbe auf, ich antwortete lachend, nach so vielen Verrichtungen könnte man unmöglich anders als etwas ermattet aussehen. Sie pflichteten mir bey, und gingen bald darauf hinaus, sich anzukleiden. Des Abends wünschte ich das von der Liebe der Herzoginn * * zu erhalten, was ich dem Zufalle und der Wagschaft zu verdanken gehabt hatte. Aber sie setzte mir die verfluchte Kammerjungfer entgegen, die den Schlüssel des Schlafzimmers bey sich trüge; und ich war genöthigt, diese Nacht auf meinem Zimmer zuzubringen. Es verdroß mich eben nicht sehr; denn ich sahe wohl ein, daß die Ruhe mir weit ersprießlicher wäre.

Des andern Morgens, so bald es nur Tag bey der Herzoginn geworden war, nahm ich diesen fatalen Schlüssel, welchen die Kammerjungfer den Abend vorher im Besitze gehabt hatte, weg; setzte mich, froh über meinen kleinen Raub, zu Pferde; und ritt nach Mantes zu einem Schlosser, bey welchem ich einen darnach machen ließ. Mit einem Louisd'or, so ich dafür versprach, ermunterte ich seinen Fleiß; blieb so lange bey ihm, bis er damit fertig war; eilte, stolz auf meine Erfindsamkeit, die mir den Zugang zu dem Schlafzimmer der Herzoginn öffnete, sogleich wieder zu ihr zurück; und war noch eher da, als man meine Abwesenheit wahrgenommen hatte. Es war indessen doch eine sehr beträchtliche Zeit vergangen, ehe die ewige und bedächtliche Kammerjungfer den Verlust des Schlüssels bemerkt hatte; man suchte ihn allenthalben, als ich ankam; und ich ersah endlich die Gelegenheit, ihn auf den Lehnstuhl der Herzoginn, da ich ihr einen guten Morgen wünschte, zu legen. Man fragte jedermann nach dem Schlüssel. Endlich fand ihn einer von den Leuten auf dem Stuhle, worauf ich ihn unvermerkt

merkt hatte fallen laſſen, und nun war die Ruhe wieder her»
geſtellet.

Des Abends nahmen die Vergnügungen im Salon wie»
der ihren Gang, und ich übertraf mich noch im Erſinnen
von Thorheiten. Die Stunde der Ruhe kam heran, und ich
hüthete mich wohl, mit der Herzoginn *° ein Wort allein zu
reden. Selbſt meine Augen ſagten ihr nichts; nichts ver»
rieth an mir das Verlangen nach neuen Gunſtbezeigungen.
Sie war zurückhaltend, aber ungeachtet aller angewandten
Mühe heiter zu ſcheinen, ſahe ich doch auf ihrem Geſichte
einen Zug von Kränkung, welchen meine verſtellte Gleich»
gültigkeit darauf hervor gebracht hatte. Ich verließ ſie ſehr
kalt, und erwartete auf meinem Zimmer den Augenblick,
da meine Schäferſtunde ſchlagen würde. Endlich ſchlug ſie.
Als ich glaubte, daß alles ganz ruhig wäre, ſuchte ich wie»
der die Treppe zu erreichen, welche ich damahls ohne Abſicht
hinunter geſtiegen war, und probirte leiſe den Schlüſſel; er
öffnete mir die Thür, durch welche ich einzugehen brannte.
Die Herzoginn * * hatte kein Licht mehr, aber ſie ſchlief noch
nicht; ſie glaubte es wäre die Kammerjungfer, welche herein
käme. Was wollen ſie, Mamſell Vincent? ſagte ſie, ha»
ben ſie etwas vergeſſen? Ich näherte mich ihrem Bette ohne
zu antworten, und umarmte ſie. Es koſtete mir nicht wenig
Mühe, mich ihr zu erkennen zu geben, ohne ſie ſo wieder»
zu erſchrecken, wie ich es das erſte Mahl gethan hatte. An»
fangs war ſie ganz erſtaunt darüber, mich in ihrem Schlaf»
zimmer zu ſehen, und bezeigte mir ſo gar einigen Un»
willen, weil ſie glaubte, ich hätte Mamſell Vincent beſto»
chen, die allein den Schlüſſel beſaß; ſie fürchtete ſich das
Gerede ihrer Leute zu werden. Ich war flugs bey ihr im
Bette, allein meine Liebkoſungen vermochten nichts über
ihren Verdruß. Dieſes nöthigte mich ihr zu erzählen,
wie ich zu dem Beſitze des Schlüſſels, der ſie ſo ſehr beunru»
higte, gekommen war. Welch ein Kopf, rief ſie aus! O
mein Freund, für einen Jüngling verſtehen ſie ſich ſchon ſehr

gut

gut auf dergleichen Händel; sie müssen es weit darin brin=
gen, und ich werde nicht die Einzige bleiben, die zu bekla=
gen ist. Ich unterbrach diese schöne Weissagung, und es
dauerte nicht lange, so war auch der Friede geschlossen: das
Frauenzimmer, welches liebt, ist stets geneigt zu glauben,
was ihrer Leidenschaft schmeichelt.

Acht Tage verflossen gleich köstlich, und ich machte jeden
Abend, mit der Herzoginn Bewilligung, Gebrauch von die=
sem Schlüssel. Mit Anbruch des Tages verließ ich sie, und
hatte auch nicht Einen unangenehmen Vorfall, der unser
Liebesverständniß entdecken konnte. Die Herzoginn war mir
ganz ergeben, und liebte mich aufrichtig. Ich habe ihr vie=
len Kummer verursacht, noch mache ich mir Vorwürfe dar=
über; aber, zum Unglücke verlohr ich, wenn ich mich von
ihr entfernte, die Erinnerung an meine Schwüre. Hätte
ich mich länger auf dem Lande verweilet, so glaube ich wohl,
daß ich ihr auch all die Zeit über treu geblieben wäre; der
Anblick eines neuen Gegenstandes aber schadete bald derjeni=
gen bey mir, die ich nicht mehr sahe; ich kam wieder nach
Paris zurück, und meine Herzoginn ward oft vergessen. Wir
trennten uns unter den schönsten gegenseitigen Versprechen:
sie hielt die ihrigen besser als ich; dieses zog mir in der Folge
viele Vorwürfe zu, die mir endlich lästig fielen. So bald
sie aufhörte, Ansprüche auf mich zu machen, ward ich ihr
wahrer Freund. Ich habe ihr viel zu verdanken, sie gab
mir manchen vortrefflichen Rath, und ich habe sie zu bald
verlohren.

Kaum war ich wieder in Paris, so überließ ich mich
schon neuen Vergnügen, und folgte dem Strome, der mich
nebst andern jungen Leuten von meinem Alter fortriß. Die
Herzoginn von Bourgogne, welche ich vergessen hatte, schien
mir wieder liebenswürdiger als jemahls; ihre Gefälligkeiten
munterten mich zu neuen Verwegenheiten auf, und ich sann
den Mitteln nach, welche mich wohl am sichersten zu meinem
Zwecke bringen könnten.

Um

Um eben diese Zeit deutete mir mein eben nicht sehr zärtlich gegen mich gesinnter Vater an, daß er meine Vermählung durchaus vollziehen müßte. Unruhig über einige Gerüchte, so auf meine Rechnung herum liefen, entschloß er sich
mit Zuziehung der Frau von Maintenon, seiner Rathge-
berinn, und meiner Stiefmutter, meinen Liebeshändeln ein
Ende zu machen. Er glaubte, wenn er mir eine Frau gäbe,
so sollte dieses mich bewegen, auf andere Verzicht zu thun,
und er schloß sehr falsch, daß das Fräulein von Noailles,
die Tochter seiner Gemahlinn, mich zu einem ordentlichen Leben zurück bringen würde.

Die Gardinenpredigten meines Vaters über meine Aufführung schienen mir um so übler angebracht zu seyn, da die
seinige selbst nicht sehr ordentlich gewesen war. Es fehlt
nie an Leuten, so uns von den Thorheiten unserer Eltern un-
terrichten, und ich wußte deren eine Menge, die meinem
Vater zu keiner Ehre gereichten. Er beklagte sich darüber,
daß ich ihn ganz bey Seite setzte; er handelte mir aber unaufhörlich entgegen, und dieses war nicht das Mittel, mich
zu ihm zu ziehen. Wollen die Alten gesucht seyn, so müssen
sie sich beliebt machen; Trübsinn und üble Laune verscheuchen
die Jugend. Er machte seine Sachen auch so gut, daß er
mir eine unüberwindliche Abneigung für Fräulein von Noailles beybrachte, und ich es verschwor, von ihr Erben zu haben; diesen Schwur habe ich von allen am gewissenhaftesten
gehalten. Frau von Maintenon, welche ich verehrte, er-
mahnte mich auch, meine Aufführung zu ändern. Sie
stellte mir vor, daß die Meinige mir die Ungnade des Königes zuziehen würde, der es mit Mißfallen vernähme,
wenn man sich in den Ruf so ausgelassener Sitten brächte;
man könnte mir meiner Jugend wegen wohl einigen Leichtsinn hingehen lassen; aber er würde bald in unaushaltbare
Zügellosigkeit ausarten, und meinem Vater viel Herzleid verursachen; die erste Pflicht eines Sohnes sey, gehorchen.
Der Himmel war auch auf ihrer Seite, und diesen himmli-

ſchen Zorn zu beſänftigen, vor allem aber den Zorn des Kö=
niges, welchen ich weit mehr fürchtete, gab ich der Frau
von Maintenon mein Wort, ich wollte thun, was man von
mir verlangte. Meine Vermählung war ſchon ſeit langer
Zeit zu meiner Eltern, aber nicht zu meiner Freude be=
ſchloſſen. Ich ſchrieb der Herzoginn * *, daß man mich
durchaus verheirathen wollte, und theilte ihr allen meinen
Kummer darüber mit. Sie zeigte mir bey dieſer Gelegen=
heit, welch' ein vortreffliches Herz ſie hatte; denn ſie bewog
mich, meines Vaters Willen zu erfüllen, und bath mich,
ſo mit meiner Frau zu leben, wie es einem Ehemanne ge=
bührte. Ich antwortete ihr, mein Entſchluß wäre gefaßt,
und nichts ſollte ihn umſtoßen; ich wollte gehorchen, aber
auch nur ein Ehemann zum Staate werden; mein Herz
hätte ſie, und meine Frau möchte die Hand hinnehmen,
welche ich ihr zu geben gezwungen wäre.

Noch an eben demſelben Abend hielt ich Beylager mit
der Frau von Fronſac. Das ganze Haus hatte ein
Feſt, aber ſie, ſo viel ſie wahrnehmen konnte, keinen
Mann. Vor den Augen that ich alles, was man von mir
erwartete; und da wir allein waren, hielte ich, was ich ge=
lobet hatte. So jung und unſchuldig Frau von Fronſac
auch war, ſo wußte ſie doch wohl, daß es in der Ehe noch
etwas mehr gäbe: ſie ſchien aber ſehr erſtaunt zu ſeyn, als
ich ſelbſt einige Tage nach der Vermählung mich noch nicht
rührte, und immer noch ſo wenig neugierig war als das erſte
Mahl. Die melancholiſche Miene, welche ſie annahm,
machte ſie mir nicht im geringſten anziehender. Ohne Zwei=
fel hatte ſie ſich darüber beklagt; denn Mutter und Tochter
pflogen Vertraulichkeiten mit einander, die mir nichts Gutes
bedeuteten. Allein, nachdem meine Stiefmutter mir ihre
bittre Unzufriedenheit darüber bezeugt hatte, ſchlug ſie einen
ganz entgegen liegenden Weg ein. Sie überhäufte mich mit
Freundſchaft, kam mir in allem zuvor, und machte mir
ſchier den Hof um ihrer Tochter willen. Mich freute es un=
ge=

gemein, sie für ihre Knickereyen gegen mich, und für ihre Heirathsplane, ohne meine Zuziehung, bestraft zu sehen: ich that nun als ob ich sie wohl empfangen wollte, schien auf dem Puncte zu seyn, ihre Wünsche zu befriedigen, und belustigte mich an der leichtgläubigen Hoffnung, womit ich sie alle Augenblicke hinterging.

Ich hatte die Herzoginn * * über die Gräfinn * * * vergessen, und alle beyde waren verlassen, wenn ich die Herzoginn von Bourgogne besuchte. Diese Prinzessinn, welche doch lange nicht so artig war, hatte mir Begierden eingeflößt, worüber ich nicht mehr Herr zu bleiben wußte. Ihr Besitz schien mir unentbehrlich, es fehlte mir etwas, und ich beschloß, alles zu versuchen, um zu meinem Zwecke zu gelangen. Immer waren meine Augen auf sie geheftet, ich suchte jede Gelegenheit, ihre Hand zu berühren, und zuweilen schienen mir ihre Blicke zu sagen, daß es ihr viel Vergnügen machte, mich zu sehen.

Indessen zog sich das Ungewitter über mein Haupt zusammen. Mein häufiges Erscheinen am Hofe, wohin ich nur um der Herzoginn von Bourgogne willen kam, vermehrte immer mehr und mehr den Verdacht, worin man uns wegen einer Liebschaft hatte. Die Prinzessinn sprach beständig Gutes von mir, und die Boßheit vergiftete alles, was sie that. Ihre unschuldigsten Reden waren ihnen schon Liebesbeweise; und ich muß gestehen, die meinigen dienten sehr dazu, sie in ihrem Glauben an das, was nicht war, zu bestärken. Der König erfuhr diese sich verbreitenden Gerüchte: ein Glück war es, daß er sie wenig gegründet fand. Er glaubte aber um seiner Ehre willen eine Person bestrafen zu müssen, die fähig war, die öffentliche Meinung über eine so kitzlige Sache zu bestätigen, welche den guten Nahmen seiner Enkelinn in Gefahr brachte. Frau von Maintenon, der meine ganze Familie mein Betragen gegen meine Frau geklagt hatte, schilderte dem Monarchen auf Anstiften meiner Verwandten meine Aufführung. Er beschloß mich auf einige Zeit mit

der

der Abgeschiedenheit zu bestrafen, und diese Abgeschiedenheit war in der Bastille. Indessen lag ich bald dem Genusse, bald der Hoffnung, ganz ruhig im Schooße, und sahe die Herzoginn von Bourgogne immer im Begriffe sich zu ergeben, ohne daß es zwischen mir und ihr zu einer Erklärung kam. Ich glaubte, doch ohne hinreichenden Grund, von ihr geliebt zu werden, und die Täuschung machte mich so blind, daß dieses Fantom meiner Einbildungskraft Wirklichkeit für mich erhielt. Da es mir bey allen Frauenzimmern bisher so leicht geworden war, so bestärkte mich dieses in meinem Glauben, und ich hoffte von Zeit zu Zeit zu triumphiren.

Mitten aus diesem süßen Traume erwachte ich in der Bastille. Einige Tage lang war ich so niedergeschlagen, daß ich es nicht beschreiben kann; in meinem Kopfe ging alles unter einander, und ich konnte schlechterdings den Bewegungsgrund zu einer so harten Behandlung nicht errathen. An das angenehmste Leben gewöhnt, knirschte ich mit den Zähnen, wenn ich sah, daß ich in einem dunkeln Zimmer hausen mußte, so von allen Seiten mit Gittern vermacht war, und woraus ich nur zwey Stunden des Tages herauskam, frische Luft zu schöpfen. Der Gouverneur durfte auch nicht das kleinste Billet an mich gelangen lassen; ich hatte mit keiner Seele Gemeinschaft, und war mitten in Paris für alle meine Bekannten todt. Ich verfiel in trübe Gedanken, und die Rückerinnerung an meinen ehemahligen Zeitvertreib machte mir den Aufenthalt, wo ich schmachtete, noch verhaßter. Ich suchte den Kerkermeister, welcher mir das Essen brachte, zu bestechen: er würdigte mich nicht einmahl einer Antwort, und warf einen verächtlichen Blick auf mich. In einer andern Lage würde ich diesen Schuft bestraft haben: da ich mich aber in die meinige zu schicken suchte, so hielt ich es für keine Erniedrigung ihn zu bitten. Hundert Louisd'or versprach ich ihm, wenn er meine Briefe bestellen, und mir die Antworten darauf bringen wollte: er drohete mir, es dem Gouverneur zu sagen, und ich mußte diesen

Plan

Plan aufgeben. Ich verschluckte meinen Verdruß, legte
mich bey Zeit nieder, um die Länge des Tages zu verkürzen,
und gewöhnte mir darüber in eben diesem Gefängnisse das
lange schlafen an; eine Gewohnheit, welche ich noch beybe-
halte, und mir sehr nöthig ist.

Am meisten unterhielt ich mich in Gedanken mit der
Herzoginn * *; ich wollte, ich hätte ihr schreiben können,
um ihr den unglücklichen Zustand, worin ich war, lebendig
zu schildern. Ich liebte sie noch, wie an dem Tage, da
ich mich in ihr Bett versteckte; die Gefangenschaft riß mich
zur Melancholie und Zärtlichkeit hin; in der Ferne sahe ich
die Treue als etwas Bezauberndes an, und ich würde mich
sehr glücklich geschätzt haben, wenn man mir erlaubt hätte,
mit ihr in einer Wüste, ohne ein anderes Frauenzimmer,
aber frey zu leben. Die Freyheit wäre mir um diesen Preis
nicht zu theuer gewesen; und ich wollte es mit meinem Blute
unterzeichnet haben, mich alsdann nur zu einer einzigen
Frau zu halten. Sonderbar ist doch die Veränderung, welche
in mir vorging! Dann und wann beschäftigte ich mich auch in
Gedanken mit der Herzoginn von Bourgogne, und erheiterte
mir dadurch einige Augenblicke meiner Einsamkeit. Zuweilen bildete ich mir ein, daß sie meine Begnadigung vom
Monarchen erbäte, der mich hatte einsperren lassen, und
es öffnete sich nicht Ein Mahl die Thür meines Gefängnisses,
daß mein Herz nicht diese süße Hoffnung empfand. Mit
jedem Tage war ich mehr überzeugt, daß ich geliebt ward;
aber ich fing an meine Liebe als eine Verwegenheit zu betrachten, ich verdammte selbst meine Kindereyen. Ein Mo-
nath in dieser Einsamkeit hatte mir schon die Augen geöffnet,
und ich konnte nicht an das Vergangene denken, ohne ein
wenig zu erröthen.

Sie sehen aus allem, was ich Ihnen von der Herzoginn
von Bourgogne sage, daß die Gefälligkeiten, welche sie für
mich hatte, nichts als eine sehr große Nachsicht gegen mich

 was-

waren. Mit Etiquetten und Ehrfurchtsbezeigungen bis
zum Ueberdruſſe umgeben, weidete ſie ſich an den Antworten
eines jungen Menſchen, der ſich vor nichts fürchtete. Mei=
ne Ungezwungenheit, mein Ton, alles ſchien ihr neu. Sie
hatte von Natur einen frohen Sinn, und ſie ergriff mit Ver=
gnügen dieſe Gelegenheit ſich zu zerſtreuen; ſie war gut,
und weit entfernt voraus zu ſehen, daß ein Kind, denn ſo
nannte ſie mich, ihrem guten Nahmen Nachtheil bringen
könnte. Aus dieſer Vertraulichkeit mit mir ſchloß man
gleich auf Befangenheit ihres Herzens: ich ſelbſt glaubte
dieſes; und hätte ich wieder ein Mahl ſo oft um ſie ſeyn kön=
nen, ich würde ihren Rang aus den Augen verlohren, und
nichts als das artige Frauenzimmer in ihr geſehen haben.
Doch muß ich ihrem Andenken die ſchuldige Gerechtigkeit wie=
derfahren laſſen, daß ich nie ihr Liebhaber war; ich habe es
ſehr gewünſcht zu ſeyn, und würde von neuen Verſuche
gemacht haben es zu werden, wenn mich nicht jener fatale
Befehl vom Hofe von ihr geriſſen hätte. Nie habe ich, ihr
genug ins Herz ſehen können, zu erfahren, ob es wirklich
für mich ſprach: aber ſo viel iſt gewiß, daß ſie nie auf An=
trieb deſſelben einen Schritt gethan hat, der ihre Zärtlichkeit
gegen mich hätte beſtätigen können. Ich habe es wohl ge=
muthmaßt, aber nie darin zur Gewißheit gebracht. Nach
der Meinung des Hofes und der Stadt war noch weit mehr
vorgegangen, und aufrichtig zu ſeyn, ich habe es beyden
nicht ſehr auszureden geſucht. Selbſt nach ihrem Tode, der
bald darauf erfolgte, fand ich es nicht übel, da ſie doch
nicht mehr war, jeden bey dem, was er in dieſem Puncte
glauben wollte, zu laſſen; und ich hatte ſo gar die Eitelkeit,
einigen Freunden, Sachen zu erzählen, die nicht vorgefal=
len waren. Dieſe Eitelkeit vertritt oft die Stelle des Ge=
nuſſes: man rühmt ſich einer Eroberung, die man nie ge=
macht hat, wenn ſie nur Glanz auf einen werfen kann; man
iſt eitel darauf; man brüſtet ſich damit, als ob dieſer einge=
bildete Ruhm etwas zum Vergnügen beytragen könnte! er
be=

befriediget die Eigenliebe, und tritt in die Claſſe der andern conventionellen Vergnügen.

Der ernſthaften Betrachtungen ungeachtet, welche ich über mich anſtellte, ſchmerzte es mich doch, daß ich dahin gebracht war, dieſen neuen Triumph zu wünſchen; es verdroß mich, daß ich meine Strafe nicht ganz verdient hatte: denn ich gerieth nun auf den Gedanken, meine große Schüchternheit bey der Herzoginn von Bourgogne wäre Schuld an meinem Gefängniſſe; und wird man ein Mahl beſtraft, ſo iſt es doch wenigſtens ein Troſt, es verdient zu haben.

Meine Erziehung war ſehr vernachläßigt worden: Leute von unſerm Stande wiſſen immer genug. Man ſuchte nun die Zeit der Ruhe, worin ich ſeyn ſollte, zu meinem Vortheile zu verwenden. Frau von Maintenon, die mir wirklich wohl wollte, brachte es dahin, daß ich einen Geſellſchafter in meiner Einſamkeit bekam; man ſuchte einen Mann von Verdienſte auf, der im Stande wäre, mir einen guten Rath zu ertheilen. Den Abbé von Saint-Remi traf die Wahl, mir Troſt und Unterricht zu geben; er willigte ein, meine Gefangenſchaft mit mir zu theilen, und verſüßte ſie mir zur Hälfte durch ſeine Theilnehmung an meinem Unglücke. Das Studiren ward mir nach und nach ein Vergnügen, und ich gewann dabey mehr als jemahls. Ueber das Arbeiten legte ſich der Sturm meiner Sinne, und ich war ſo glücklich, als man es nur immer zwiſchen vier Mauern ſeyn kann.

Eines Tages eröffnete man mein Gefängniß zu einer Stunde, wo es weder Zeit zum Spatzieren noch zum Eſſen war. Da ich nie die Hoffnung verlohr, ſo glaubte ich, es wäre eine angenehme Neuigkeit, welche man mir hinterbringen wollte.

Ich erblickte einen Frauenzimmerrock, ein Anblick, der mich vor Vergnügen zittern machte; ſeit Monathen hatte ich ihn nicht gehabt. Ich ſpringe auf, dem Frauenzimmer entgegen zu gehen, ſie wirft ſich in meine Arme, und — es es ist meine Frau, die Frau von Fronsac, hin war die angenehme Täuschung. Indessen faßte ich sie gleich bey der Hand, und bath sie ehrerbiethig, sich nieder zu lassen. Ich that sehr aufgeräumt, und fragte sie lachend, welche Gottheit ihr geholfen hätte, in den Aufenthalt der Todten einzudringen. Sie sagte mir, der König hätte ihr aufgetragen, mich zu fragen, ob ich künftig ruhiger leben, und mich besser aufführen wollte, wenn ich frey käme. Hätte ich doch nicht geglaubt, antwortete ich ihr, mit der Gesandtinn eines großen Königes zu reden; und hierauf verdoppelte ich meine Hochachtung und Ehrfurcht gegen sie. Das war aber gar nicht, was meine Frau von mir erwartete; man hatte auspunctirt, daß meine Jugend und das harte Entbehren mich, wenn sie zu mir ins Gefängniß käme, schon zwingen würden, sie als ein ächter Ehemann zu empfangen; und von dieser Aussöhnung sollte meine Freyheit abhangen. Dieses erfuhr ich in der Folge; und ich gestehe, daß, wäre ich vorher davon unterrichtet gewesen, mein Verlangen wieder in Freyheit zu kommen mich wohl hätte dahin bringen können, meinen Eid zu brechen. Nur kam es mir vor, als ob man nicht den rechten Weg eingeschlagen hätte, mich wieder zu der Pflicht zurück zu führen, die ich geschworen hatte nicht zu erfüllen. Es machte mir Vergnügen dem Kampfe der Sinne, die sich in mir empörten, nach einer langen Enthaltung zu widerstehen; und ich beschloß, die Frau von Fronsac wie eine Frau, der ich Hochachtung schuldig wäre, zu behandeln. Ich nahm in ihren Augen gewahr, daß meine Achtung sie nicht befriedigte; ihr Verdruß darüber wurde sichtlich. Nach einer sehr langen Zurückhaltung glaubte sie, daß Liebkosungen vielleicht mehr Eindruck auf einen Gemahl machen würden, der ihrer so lange hatte entbehren müssen. Sie näherte sich mir, nahm mich bey der Hand, und sagte mir mit dem rührendsten Tone, sie beklage meine Gefangenschaft. Sie wäre, erzählte sie mir, über die Nachricht davon untröstlich gewesen, und wenn ihre

Wil-

Bitten nur einige Kraft gehabt hätten, so würde ich sehr
bald wieder meine Freyheit, oder doch wenigstens so viel Be=
quemlichkeit in meiner Gefangenschaft erhalten haben, daß
sie mir weit erträglicher geworden seyn müßte. Aber der
König wäre unerbittlich, fügte sie hinzu, und würde mich
wenn er nicht Rücksicht auf meine Jugend genommen hätte,
noch weit härter bestraft haben. Seine Ungnade ginge so
weit, daß er auch nicht einmahl von mir reden hören wollte;
und er wäre nicht eher wieder für mich einzunehmen gewesen,
als bis man in meinem Nahmen versprochen hätte, daß ich
inskünftige ein ordentliches Leben führen wollte. Er verlangte
aber Proben von meiner Sinnesänderung, und diese ersten
Proben sollten ein einträchtiges Leben mit meiner mich über
alle Maße liebenden Familie seyn. Bey diesen letzten Wor=
ten warf sie einen noch zärtlichern Blick auf mich; Thränen
floßen von ihren Wangen; sie ließ den Kopf auf die Brust
sinken, und wiederhohlte Seufzer zeugten von der heftigen
Erschütterung ihrer Seele. Durch eine unwillkührliche Be=
wegung schloß ich sie in meine Arme; ich empfing einige mit
Thränen wohl benetzte Küsse, und meine Sinne stritten für
sie mit sehr vielem Siege. Ich war meiner nicht mehr sehr
mächtig; seit langer Zeit hatte ich nichts als Mannspersonen
gesehen, und Frau von Fronsac war, obgleich meine Frau,
doch ein Frauenzimmer. Der Geschlechtstrieb wird durch
Enthaltsamkeit nur dringender; meine Einbildungskraft war
erhitzt; ich dachte schon nicht mehr an meinen Vorsatz, als
Frau von Fronsac, die den Augenblick ihres Sieges heran
kommen sahe, auf Ein Mahl ausrief: ach mein Geliebter,
hätten sie mich so immer behandelt, sie wären gewiß nicht,
wo sie jetzt sind.

Diese Worte waren ein Talisman, worauf alles ver=
schwand. Meine Einbildungskraft kühlte sich ab, ich sah
jetzt nichts weiter als meine Frau, und schämte mich ihr
nachzugeben. Ich fuhr von ihr mit einem Schrecken auf,
wie ihn einer empfindet, der in einen Abgrund hinabstürzt;

 ich

ich schämte mich, daß ich mich der Gefahr ausgesetzt hatte,
in einem Augenblicke die Frucht meines so lange gehaltenen
Vorsatzes zu verliehren. Meine Eigenliebe war beleidigt:
so wahr ist es, daß sie uns immer beherrscht. Das Erstau¬
nen meiner Frau läßt sich nicht beschreiben; sie konnte die
Ursache nicht errathen, der sie dieses plötzliche Auffahren zu¬
zuschreiben hätte; sie sah die Frucht ihrer listigen Anschläge
vereitelt; und ich muß gestehen, daß sie sich bey mir mit
aller Kunst eines Frauenzimmers betrug, das einen Mann
besiegen will. Sie war eine Frau von Ehre, und Tugend;
sie wußte nichts von den Schleifwegen, den so viele Frauen=
zimmer einschlagen, welche in dem Strudel der Welt zu leben
gewohnt sind, und zu ihrem Zwecke gelangen wollen; was
sie wußte, hatte sie von der Natur. Fast sollte man sagen,
das Frauenzimmer werde insgesammt mit einer reichen Aus¬
saat an List und Gewandtheit gebohren, die zu ihrer Zeit rich=
tig aufgeht; das einfältigste besitzt so viel Feinheiten als jedes
andere, kommt das Herz oder die Eigenliebe mit ins Spiel.

Frau von Fronsac saß wie versteinert auf ihrem Stuhle,
sie dachte auch nicht einmahl daran, die kleine Unordnung,
worin sie sich befand, zu heben. Ich, meiner Seits,
machte mir innerlich Vorwürfe, daß ich es so weit hatte
kommen lassen; und saß und stützte den Kopf, ohne ein
Wort zu sagen. Nach langem Stillschweigen ging ich wie=
der auf sie zu, und versicherte ihr, daß ich ihre mir bewie=
sene Theilnahme erkennete, und sie nie vergessen wollte.
Die Thränen floßen ihr von neuen über die Wangen; ich
sagte ihr, sie möchte sich nicht so sehr ihrem Schmerze über=
lassen; meine Gefangenschaft hätte ihre Gränze; der König
würde meiner Unschuld Gerechtigkeit wiederfahren lassen,
und einige kleine Unbesonnenheiten nicht mit einer langen
Gefangenschaft bestrafen; ich wäre ja unschuldig (hier run=
zelte sie die Stirn) und verspräche mir nächstens meine Frey=
heit. Ich wünsche es, rief sie aus — sie schwieg. Aber
ihre Blicke waren sprechend; sie schienen mir zu sagen: das

ist

ist es also alles, was sie zu ihrer Befreyung thun wollen! Ihr stummes Spiel dauerte einige Zeit; endlich aber siegte der Stolz über die Liebe; sie stand auf, und sagte mir traurig: Leben sie wohl! Ich begleitete sie ehrerbietig bis an die Thür, und brüstete mich innerlich damit, daß ich sie so entlassen hatte, wie sie herein gekommen war. Als ich mich allein befand, mußte ich über die eben vorgefallene Scene lachen. Ich war zufriedener mit mir, als wenn ich die Gunstbezeigungen einiger neuen Frauenzimmer genossen hätte; und warum? weil ich stolz darauf war, daß ich meiner Frau nicht hatte beywohnen wollen.

Ich muß indessen doch gestehen, daß unter denen, welche Gefälligkeiten für mich gehabt hatten, es mehr als eine gab, die nicht besser waren als sie. Frau von Fronsac war jung, und konnte eine bessere Behandlung verlangen, als die meinige; dennoch war ich hart gegen sie, und versäumte sie so sehr, daß sie nichts von mir hatte, als den Nahmen meiner Gemahlinn. Vielleicht bin ich der einzige Gefangene in der Bastille gewesen, dessen Befreyung von seiner guten oder übeln Aufführung gegen seine Frau abgehangen hat; und es ist sehr lustig, daß man zur Aussöhnung mit der meinigen einen Ort ausgewählt hatte, der allem Anscheine nach sie hätte bewirken müssen, und doch nicht bewirkte. Es gehörte gerade ein Charakter wie der meinige dazu, so wohl ausgedachte Entwürfe zu vereiteln; und noch in diesem Augenblicke denke ich mit Vergnügen daran, daß ich eines so festen Entschlusses fähig gewesen bin.

Es zeigte sich bald, daß der Bericht der Frau von Fronsac mir keinen Vortheil geschaft hatte. Ich ward nun noch weit strenger gehalten, als bisher geschehen war; auf dem Gesichte der Leute, die zu mir kamen, schien die Unzufriedenheit über mich geschrieben zu stehen; meine Gefangenwärter sahen noch viel wilder aus, und der Abbé selbst gab mir zu verstehen, der König wäre noch nie so erbittert auf mich gewesen. Um die lange Weile und die Grillen zu vertreitreiben, so mich dann und wann belagerten, suchte ich wieder mein altes Mittel, die Arbeit hervor, übersetzte aus römischen Schriftstellern, und erstaunte nicht wenig, da ich fand, daß ich beynahe ein Gelehrter war. So viel ist gewiß, eine etwas längere Abgeschiedenheit hätte mir das Arbeiten zur Gewohnheit gemacht: denn vor meinem Eintritte in die Bastille konnte ich keine viertel Stunde bey einem Buche aushalten, ich dachte auf nichts als Vergnügen und Frauenzimmer. Diese Zeit war mir sehr heilsam, insbesondre für meinen Gesandtschaftsposten am Wiener Hofe, wo ich einen sehr weitläuftigen Briefwechsel führte, und das Arbeiten nicht scheuen durfte.

Meine wissenschaftlichen Arbeiten wurden von einer sehr schweren Krankheit unterbrochen, wovon ich glaubte das Opfer zu werden. Die Blattern zeigten sich einige Tage nach einem sehr heftigen Fieber. Ich lag am Tode; man zweifelte an meinem Aufkommen; und ich habe meine Genesung nichts als einem Aderlasse zu danken, welchen man mitten im Ausbrechen der Blattern, auf Anrathen und unter den Augen des Herrn Delécaliere, an mir vornahm, wie sehr sich auch die meisten andern Aerzte, die man herzu gerufen hatte, dawider setzten. Frau von Fronsac bekam wieder die Erlaubniß sich von Zeit zu Zeit nach meinem Befinden umzusehen, allein sie that es nun mit weit weniger Herzlichkeit als bey ihrem ersten Besuche. Die Jugend siegte bald über die Krankheit, so mich niedergeworfen hatte, und ich erhielt meine vorige Gesundheit wieder. Man berathschlagte sich von neuen bey der Frau von Maintenon über mein künftiges Schicksal; und es ward beschlossen, mich zur Armee zu schicken, um mich aus allen vorigen Verbindungen zu reissen. Nach der Erfahrung, welche man an mir gemacht hatte, war es richtig geurtheilt, daß mein gutes Vernehmen mit der Frau von Fronsac nur das Werk der Zeit wäre; man sahe ein, daß man einen stolzen Charakter, wie der meinige, nicht gerade zu vor den Kopf stossen, und
eher

eher Nachgiebigkeit als Widersetzlichkeit zeigen müßte; man rechnete auf die Zukunft, aber die Zukunft vereitelte diese schmeichelhafte Hoffnung.

Die Freyheit schien mir die größte Wohlthat zu seyn; ich wollte nicht glauben, daß ich die Gegenstände je gesehen hatte, welche ich sahe; sie kamen mir ganz neu vor. Ich war trunken vor Vergnügen; und selbst der Befehl Paris zu verlassen, und zur Armee des Marschalls von Villars abzugehen, konnte es nicht vermindern. Mein Vater empfing mich verdrießlich, hielte mir Strafpredigten, die in seinem Munde keinen Werth für mich hatten, und ich verließ Paris sehr froh, daß ich nunmehr mein eigner Herr war, und eine neue Laufbahn vor mir sahe. Ich hatte der Herzoginn * * geschrieben. Ihre Antwort überzeugte mich von ihrer Unruhe und Zuneigung. Sie war krank gewesen, und ganz in Verzweiflung, daß sie mich nicht vor meiner Abreise erst umarmen konnte. Ich selbst war untröstlich darüber: aber alles lag schon in Bereitschaft; des Königes Befehl erlaubte mir keinen längern Aufenthalt zu Paris; und ich ward genöthigt abzureisen, ohne dieses Bedürfniß des Herzens zu befriedigen. Denn in meiner Gefangenschaft lernte ich es, der Herzoginn * * die verdiente Gerechtigkeit widerfahren zu lassen, und meine Vernunft zeigte mir, wie weit ihr die andern Frauenzimmer nachstanden welche ich kennen gelernt hatte.

Als ich zwey Meilen von Paris Pferde wechseln wollte, händigte mir ein Bauer, der mich am Posthause erwartete, ein Billet ein. Es war von der Herzoginn * *, die mir nichts weiter als dieses schrieb: ich logiere im Gasthofe zum Jäger. Ich lief nicht, ich flog dahin; ich hatte mir dieses Glück nicht versprochen. Wir sahen uns und stürzten einander in die Arme. So standen wir eine geraume Zeit, ehe wir ein Wort hervor brachten. Sie kam mir abgefallen vor. Nachdem wir uns von diesem ersten Taumel erhohlt hatten, erzählte sie mir, sie hätte der Begierde

mich

mich zu sehen, nicht widerstehen können; ungeachtet sie von ihrer Krankheit noch nicht gänzlich wieder hergestellt wäre, hätte sie doch Stärkung genug in ihrer Liebe gefunden, durch die kleine Gartenthür aus ihrem Hause zu gehen, und sich selbst einen Wagen zu miethen; sie hätte sich keiner Person anvertrauen wollen; sie sähe die Unruhe voraus, in welcher man seyn würde, wenn man sie nicht zu Hause fände; da aber ihr Gemahl auf einige Tage nach Versailles wäre, so würde sie schon Mittel ausfindig machen, ihnen allen Verdacht zu benehmen. Sie hatte sich nach dem Augenblicke meiner Abreise erkundigt, und war eine Stunde vor mir angekommen.

So sehr die Herzoginn mich auch liebte, so sehr fürchtete sie doch, ihren guten Nahmen zu verliehren, und um deswillen hatte sie sich auch, Trotz ihrer natürlichen Schüchternheit, auf den Weg begeben.

Ich fühlte den ganzen Werth dessen, was sie für mich that, und konnte ihr nicht genug für diesen ersten auffallenden Beweis ihrer Erkenntlichkeit danken. Bald aber ging ich in ein weit süßeres Gefühl über. Wir hatten uns seit langer Zeit nicht gesehen; die Bastille war eine undurchbringliche Mauer zwischen uns beyden gewesen; jetzt fühlte ich das Bedürfniß glücklich zu werden, ich ward angebethet; nichts sollte sich meinen Begierden widersetzen; und doch fand ich bey der Herzoginn * * einen ganz unerwarteten Widerstand. „Ein Frauenzimmer, welches ihnen so viel „Liebe wie ich hat erzeigen können, sagte sie zu mir, ein „Frauenzimmer, das die Grundsätze der Tugend, die sie für „unerschütterlich hielt, der Neigung aufopfern konnte, so sie „zu ihnen hinzog; die würde es übel kleiden, wenn sie bey „allem, was sie wagt, sie vor ihrer Abreise zu umarmen, ih= „nen dennoch Gunstbezeigungen verweigern wollte, die sie „ihnen zu bezeigen kein Recht mehr hat. Ich bin die ihrige; „es ist ihre Eroberung, was sie in ihre Arme schließen; es ist „ein Weib, das nur für sie athmet, das aber, um der Liebe wil=

„len,

„len, die sie demselben eingeflößt haben, desto mehr besorgt
„ist sie zu verliehren. Ich kenne sie, ich will mich nicht ver-
„blenden; ich weiß, sie vergessen bey dem einen Frauenzim-
„mer, was sie bereits einem andern schuldig sind; ihre Ein-
„bildungskraft ist feurig, und ihre Sinne sind immer bereit,
„ihre Entschlüsse zur Treue in die Flucht zu schlagen. Es ist
„ausgemacht, bin ich ihre Geliebte, so muß ich sie verliehren.
„Ich kann nicht halb lieben, und die Liebe gibt uns Ansprüche.
„Was sie auf einige Stunden für bezaubernd halten, das wird
„ihnen bey einem langen Besitze Ueberdruß machen; ihre
„Zärtlichkeit wird ein Ende nehmen, und die meinige, ich
„weiß es, mir ins Grab folgen; ich werde unglücklich seyn.
„Sehen sie, das wird das Ende von dem Romane seyn, der ih-
„nen jetzt so hinreißend zu seyn scheint. Seyn sie billig, und
„zum Beweise der Achtung, welche sie für mich zu haben vor-
„geben, treten sie zur Freundschaft zurück, sie ist weit nachgie-
„biger. Geben sie mir ihre Geheimnisse in Verwahrung. Sie
„dürfen sich nicht scheuen sie mir anzuvertrauen; ich werde
„ihnen keine Vorwärfe machen, sondern ihre Freuden und
„Leiden beständig mit ihnen theilen. Ihre Freundinn wird
„ihnen zum Bedürfnisse werden, die Geliebte werden sie flie-
„hen. Lieber Herzog, es ist für meine Ruhe wichtig, sie im-
„mer zu sehen, und es ist das einzige Mittel zu verhüten,
„daß sie mir nicht entfliehen. Ich weiß gar wohl, daß die Rolle
„der Hauptperson wichtiger ist als die Rolle der Vertrauten.
„Ich bin in dem Alter, da man die Hauptrolle spielt; allein
„ich ziehe hier die Rolle der Vertrauten vor, um sie nur nicht
„einzubüßen. Aus Uebermaß an Zuneigung ergreife ich die-
„se Parthey, die ihnen so sonderbar vorkommt; aber ich ha-
„be es reiflich überlegt, und finde, daß meine Ruhe sicherer da-
„bey gehen wird.“

Die Herzoginn °,° sagte mir dieses mit so viel Aufrichtigkeit des Herzens, daß ich ihr beynahe Recht gegeben
hätte. Der Ton der Wahrheit, welcher in ihren Reden
herrschte, täuschte mich; und ich sahe wohl ein, daß es keine

Wirkung der Kunst zu erobern war, deren sich das Frauen=
zimmer sonst mit so vieler Geschicklichkeit bedient, um ein
desto größeres Verlangen nach sich zu erregen, dieses hatte
die Herzoginn * * nicht nöthig; sie war tugendhaft aus
Grundsätzen, und sprach aus einer unbesiegbaren Neigung,
welche sie zu mir hinzog. Ihr Herz hatte die Vernunft
besiegt; aber zuweilen beunruhigten innerliche Kriege das
Glück, welches ihr die Liebe gewähren sollte. Ich gestehe
es, ich weidete mich oft an diesen Kämpfen, denn sie dien=
ten zum Beweise, wie sehr ich ihr überlegen war, weil ich
sie immer besiegte.

War ich nun gleich von dem, was sie mir gesagt hatte,
einen Augenblick zurück gehalten worden, so sprachen doch
meine Begierden so laut, daß ich nichts als sie zu hören
vermochte. Die Herzoginn * * schien mir weit schöner als
jemahls: ihr schmachtendes Wesen gab ihren Reitzen mehr an=
ziehendes; ich brannte in ihnen zu schwelgen; es war mir, so zu
sagen, etwas Neues, nach einer so langen Abwesenheit; und ich
empfand die Ungeduld zu genießen eben so lebhaft als das er=
ste Mahl. Die Herzoginn * * weigerte sich immer noch;
aber ihr Weigern war so schwach, daß es mir eine neue
Niederlage verkündigte. Bald siegte die Liebe über die Furcht
einen Unbeständigen zu machen; und, zufrieden mit der Ge=
genwart, war sie nicht mehr im Stande über die Gefahren
der Zukunft nachzudenken. Zwey Stunden verliefen so
schnell, daß wir es kaum glauben wollten, daß sie verflos=
sen waren: wir mußten uns trennen. Die Herzoginn * *
konnte sich nicht länger vom Hause verweilen, sie bezeigte
mir hierüber ihre Unruhe; und weit entfernt, sie mit ihr zu
theilen, war ich so froh über den Augenblick, welchen ich genoß,
daß ich an nichts anders denken konnte. Endlich sahe ich
mich genöthigt, den Bewegungsgrund ihrer Besorgnisse zu
Herzen zu nehmen, und immer noch so voll Ausgelassenheit
und Thorheit wie gewöhnlich, gab ich ihr ein Mittel an die
Hand, das lustig genug war, sich aus der Sache zu ziehen.

Es

Es bestand darin sie sollte zu Hause vorgeben, die Schutz-Heilige von Paris wäre ihr einige Mahl erschienen; das letzte Mahl hätte sie die Bettvorhänge weggezogen, die ihr während ihrer Krankheit verordneten Arzeneyen gesegnet, und ihr, indem sie sich zum Himmel aufgeschwungen, gesagt: bete ohne Gepränge, und erkenne die Hand, deren sich das höchste Wesen bedient hat zu verhindern, daß du nicht in das Grab fielest, welches sich schon, dich zu verschlingen, öffnete.

Der prophetische Ton, in welchem ich diese Worte aussprach, machte die Herzoginn und mich lachen. Meine Einbildungskraft schien ihr fruchtbar an Wunderwerken; aber sie begriff nur noch nicht, wie dieser Traum zu einem wahrscheinlichen Bewegungsgrunde ihrer Entfernung vom Hause dienen könnte. Ich zeigte ihr, nichts wäre leichter als dieses. Die Worte der Heiligen wollten sagen: gehe und danke mir in meinem Tempel; allein begib dich dahin ohne Gepränge und ohne Gefolge. Diesem Befehle zu Folge hätte sie sich auch allein auf den Weg begeben, der Schutz-Heiligen ihr Dankopfer zu bringen: daher die Messen, die Wachs-kerzen und alles, was gewöhnlich die frommen Dankopfer begleitet; und sicherlich wäre auch ein ganzer Morgen nicht zu viel für die Erfüllung dieser heiligen Pflichten. Sie schalt mich einen Thoren, einen Gottlosen; und doch glaube ich, daß sie von meiner Thorheit Gebrauch gemacht hat.

Es kostete Mühe uns zu trennen; es ging uns wie jenen Liebhabern im Moliere, die sich fliehen wollen, und immer wieder finden. Die Herzoginn * * beschwor mich ihr zu schreiben, und versprach mir dagegen alles, was nur Wichtiges am Hofe oder in der Stadt vorfallen würde, mitzutheilen. Als es ihr aber beyfiel, daß ich zur Armee abginge, da sank ihr der Muth, und sie vergoß Thränen. Die Gefahren, denen ich im Begriffe war entgegen zu gehen, bemächtigten sich ihrer Einbildungskraft, und ich hatte viele Mühe, sie wieder zu beruhigen. „Sie gehen, sag-

„te sie, zu einer Armee ab, so die einzige Hoffnung des
„Königreichs ist. Es kann ihnen nicht unbekannt seyn, was
„die Truppen muthlos macht; der Nahme eines Villars selbst,
„der sie befehliget, wird ihnen den Muth nicht einflößen,
„so bald sie sehen, daß sie es mit dem Prinzen Eugen,
„mit einem Generale zu thun haben, der schon so oft Sie-
„ger war. Ich sehe nichts als Schmach voraus; das Ende
„der Regierung unsers Königes ist schrecklich! Wie schmerz-
„haft würde es für mich seyn, wenn, indem ich Frankreichs
„Verlust beweinte, ich auch noch ihren“ — Die letzten Worte
erstarben auf ihren Lippen; ich fing sie ohne Bewußtseyn in
meine Arme auf. Ich war sehr in Verlegenheit; denn ich
wollte keinen zum Zeugen dieser Scene machen. Glücklicher
Weise bekam sie allmählich den Gebrauch ihrer Sinne wieder;
es war zu rechter Zeit, denn ich fing schon an, es lästig
zu finden, wenn man zu sehr geliebt wird. Ihre Besorgnisse, versicherte ich ihr, hätten keinen Grund, denn mir
wäre geprophezeiet, ich würde sehr alt werden.

So sehr die Herzoginn ⁎ auch für mein Leben besorgt
war, so hatte sie doch den Muth mir zu sagen, daß ich mich
auszeichnen sollte. „Auf der Bahn, so sie betreten wollen,
„sagte sie zu mir mit einem Seufzer, kann man wohl vor-
„sichtig seyn, aber man muß auch nie die Gefahr fliehen.“

Leben sie wohl! und indem sie sich von mir entfernte,
fügte sie noch hinzu, vergessen sie mich nicht, und
seyn sie glücklich! Ich führte sie in ihren Wagen, und wir
verließen uns nicht eher mit den Augen, als bis wir uns
nicht mehr sehen konnten.

Diese Zusammenkunft, welche mir Anfangs so viel Vergnügen gemacht hatte, ließ mir, nach dem sie abgereiset war,
eine Leere zurück, welche mich um alle meine gute Laune
brachte. Indessen zerstreuten das Verlangen, so ich hatte
die Armee zu sehen, und die Hofnung bald höher zu steigen,
die Traurigkeit, worin ich verfallen war.

Das

Das Andenken an die Gefälligkeiten der Herzoginn von Bourgogne, wovon ich das unglückliche Ende erfahren hatte, trugen nebst dem, was so eben zwischen der Herzoginn * * und mir vorgefallen war, zu meiner Zerstreuung bey. Ich bedauerte die Prinzessinn, welche mich, andern vorzuziehen, gewürdigt hatte. Die Einbildung, so mich mit der Hoffnung nährte, sie noch einst zu besiegen, hatte sich noch nicht verlohren. Ich war daher untröstlich, als ich hörte, das Grab härte alle meine Hoffnungen mit ihr verschlungen. Personen, die wir lieben, bekommen nach dem Tode noch weit glänzendere Eigenschaften in unsern Augen, als sie schon im Leben hatten. Nie sahe ich ein vortrefflicheres Frauenzimmer als diese Prinzessinn. Meine Augen erfüllten sich wider meinen Willen mit Thränen. Das Geschrey der Verzweifelung schallte noch in meinen Ohren wieder. Bey der Nachricht von ihrem Tode sahe ich den traurigen Leichenzug, und wie er die theuern Reste dieser unglücklichen Prinzessinn in Gesellschaft der Leichnahme ihres Gemahls und ihres Sohnes nach Saint-Denis begleitete. Ganz Frankreich war in Trauer; und ich nahm in diesem Augenblicke aufrichtigen Antheil an seinem Schmerze. Der rothe Friesel hatte die liebenswürdigste ihres Geschlechtes ins Grab gelegt. Die Franzosen, welche ihre Könige, so bald sie an ihnen nur einen Keim von Tugenden gewahr werden, zum Anbethen lieben, versprachen sich alles von dieser Prinzessinn. Ihr Gemahl, der Herzog von Bourgogne, hatte so strenge Grundsätze, daß die Grazien seiner Gemahlinn sie mildern mußten. Beyde wollten das Beste; beyden war es gegeben einzusehen, daß das größte Glück eines Monarchen in der Liebe seiner Unterthanen besteht; sie hatten das Beyspiel vor Augen, welche Uebel ein zu großer Ehrgeitz verursachen kann. Sie hatten es sich vorgenommen, dem Volke die Thränen abzutrocknen; das Volk wußte es, und seine Verzweiflung ging über alle Maßen. Es glaubte seinen Vater verlohren zu haben; es sah in Ludwig XIV,

den

ben es so sehr bewundert hatte, nichts als einen von Unglück umringten König; es brannte vor Ungeduld, das Joch eines andern Herrn auf sich zu nehmen; und der Herzog von Bourgogne war derjenige, welchen es schon zum voraus verehrte. Von jedem neuen Thronfolger erwartet es eine Verminderung der Auflagen, aber es betrügt sich; die Klugheit heischt es genugsam zu belasten. Es würde so gar sehr unpolitisch seyn, es in einen Stand zu setzen, worin es nicht immer mit seinem Lebensunterhalte sehr beschäftigt wäre. Zu viel Bequemlichkeit gewährt nur Muße zum Vernünfteln. Am Ende berechnete es wohl gar seine Kräfte, und dann stelle man sich nur vor, was für eine Ununterwürfigkeit daraus entstehen würde. Zwar wäre die Unterwürfigkeit leicht wieder herzustellen, wenn man es nur etwas Blut kosten lassen wollte; aber man muß dieses doch immer so viel als möglich zu verhüten suchen. Dieses Volk, das bey der Thronbesteigung eines Prinzen vor Freude außer sich ist, fühlt kurz darauf schon weit weniger, am Ende wirft es seinen Haß auf ihn; und ich weiß jetzt gewiß, daß es dem so bedauerten Herzoge von Bourgogne eben so gegangen wäre: er hätte alles thun müssen, was die Minister seines Sohnes gethan haben, und wenn er auch nicht eben dieselben Fehler begangen hätte, so würde man ihm doch sicher andere vorzuwerfen gewußt haben; denn das Volk muß nun ein Mahl den Götzen, welchen es angebethet hat, zerstören.

Unter diesen Betrachtungen, welche oft durch nicht so traurige Vorstellungen unterbrochen wurden, setzte ich meinen Weg immer weiter fort, und kam endlich bey der Armee an, voll Liebe, Politik und Kummer. Beständige Beschäftigung zerstreute mich bald. Der Marschall von Villars, dem ich sehr empfohlen war, ließ mir keine Zeit an etwas anders als an mein Geschäft zu denken; ich machte ihm oft den Hof, und zog Nutzen aus seinen Handlungen und Reden. Ich bekam wirklich Geschmack an dem Stande, in welchen ich getreten war, und wenn ich so glücklich gewesen

bin,

bin, in demselben mich empor zu schwingen, so habe ich es seinen weisen Lehren zu verdanken. Jedermann kennet den berühmten Feldzug von 1712, wodurch sich Villars verewigte, und welcher Frankreich rettete; die berühmte Schlacht bey Denain und die Wegnahme der Magazine zu Marchiennes am 24. July waren eine Entschädigung für die Unglücksfälle des Reichs. Eugen, dessen Besuch man alle Augenblick in Frankreich befürchtete, mußte fliehen; Ein Sieg folgte auf den andern, und ich hatte das Glück bey einem so glorreichen Feldzuge zu debütiren. Ich will Ihnen nicht noch erst eine umständliche Erzählung von demselben machen; es gibt ihrer schon überall genug, und sie sind eben so gut damit bekannt, als ich.

Die Herzoginn von * * hatte mir indessen oft geschrieben, und die Unruhe des Königes und seinen häuslichen Kummer geschildert. Man suchte ihn zu bewegen Versailles zu verlassen. So sehr fürchtete man, Eugen möchte in Frankreich eindringen. Sie war mir noch immer theuer, aber sie hatte Recht gehabt, sich vor der Abwesenheit zu fürchten, und meine Freundschaft vorzuziehen; ich dachte auf nichts als Ruhm, und hofte dadurch, daß ich mich auszeichnete, auch einen Strahl von dem Ruhme, welcher den Marschall von Villars umgab, auf mich zu lenken.

Die Herzoginn * * war der Parthey gefolgt, welche sie mir, zu ergreifen, vorgeschlagen hatte; sie sprach wenig von Liebe, aber desto mehr von Freundschaft, sie bath mich, nicht zurückhaltend gegen sie zu seyn, und es war unmöglich ein Frauenzimmer wie sie bey Seite zu setzen. Auch habe ich immer einen sehr selten unterbrochenen Briefwechsel mit ihr unterhalten. Von ihr erfuhr ich, was für eine wundersame Wirkung die gewonnene Schlacht bey Denain gehabt hatte, und die Unannehmlichkeiten, so man noch dem Marschalle von Villars bey seinem Glücke machen wollte. Sie verminderten sich während des ganzen Feldzuges nicht, und

ich

ich kam nur nach Paris, um dem Könige die Einnahme von Landau und Freyburg zu hinterbringen.

Ich war nicht mehr jenes unbesonnene und leichtsinnige Kind, das den König für nichts mehr als jeden andern Menschen hielt; mein Aufenthalt in der Bastille hatte mich gelehrt, in ihm den Herrn zu erkennen, und ich näherte mich ihm mit der größten Schüchternheit. Indessen behielt ich Stärke genug bey, mich zu fassen; und er schien mit meinem Vortrage sehr zufrieden zu seyn. Er geruhte mir zu sagen, daß, wenn ich so fortführe, ich zu großen Geschäften bestimmt wäre, und dieses Compliment flößte mir ein Gefühl von Stolz ein, so nicht leicht zu unterdrücken war.

Die Herzoginn * * wurde nicht vergessen: aber dieses Mahl fand ich bloß die Freundinn, und es war mir nicht möglich die Geliebte wieder in ihr herzustellen. Ihr Betragen entstand nicht im geringsten aus Laune, es war tief durchdachtes System, mich an sich zu fesseln; und ihre Weigerungen lauteten so gemäßigt, so zärtlich, daß ich, um sie nicht zu beleidigen, nicht lange in sie drang. Ueber dieß war schon wieder eine andere Liebschaft, wovon ich mir sehr viel Vergnügen versprach, auf dem Tapete. Ich hatte in der Straße St. Antonie die Frau eines Hausgeräth=Händlers, so mir himmlisch zu seyn schien, gesehen. Es war eine Blondine von ungefähr achtzehn Jahren, die einen Mann hatte, der ein ansehnliches Gewerbe trieb, und viel älter als sie, nicht die Kunst verstand, ihr Liebe einzuflößen. Diese Frau hatte das ihr verliehene zärtliche Herz dem Himmel gewidmet, da sie kein Geschöpf fand, das, es zu besitzen, würdig wäre, und dieses Herz wollte ich nun der Gottheit streitig machen. Alle diese Umstände erfuhr ich von einem meiner Leute, der ein sehr gewandter Mensch war, und diese Entdeckung in dem Stadtviertel gemacht hatte. Ihr Widerstand, dachte ich, sollte nicht von langer Dauer seyn, und ich ließ mich immer zu einer gewissen Zeit in St. Paul sehen, wohin sie alle Tage ging, die Messe zu hören. Ich suchte ihr näher zu

kom=

kommen, und ersah eines Tages die Gelegenheit, mit ihr bey der Taufe eines Kindes zu reden, dessen Mutter von ihrem Manne umgebracht worden war.

Diese traurige Geschichte, welche viel Lärm machte, verschaffte mir Gelegenheit zu einem Gespräche mit meiner Blondine. Ich beklagte das Schicksal der Weiber, die der Tyranney gewisser Mannspersonen ausgesetzt wären, und sagte: die Weiber, von Natur so schwach, sollten den Mannspersonen nichts als Verlangen ihnen zu huldigen einflößen; dieses schüchterne und bezaubernde Geschlecht wäre zum Glücke des unsrigen gemacht; und wir müßten aus Erkenntlichkeit es glücklich zu machen suchen. Meine Handelsfrau hörte mir, wie ich merkte, gerne zu; und ich hatte Ursache mit dieser ersten Zusammenkunft zufrieden zu seyn. Sie war mehr als Ein Mahl während der Unterredung roth geworden; ich schloß daraus, daß die Fromme mich nach ihrem Geschmacke fand. Mit jedem Tage ersann ich ein neues Mittel, sie in der Messe zu sehen und zu unterhalten; und wir hielten schon Zusammenkünfte, ehe sie sich noch dessen versah. Ich erbath mir von ihr die Erlaubniß sie zu besuchen; sie wandte mir dagegen die Besorgniß ein, meine Besuche möchten ihrem Manne nicht gefallen: ich hoffte aber in kurzen mit diesem gefürchteten Manne Bekanntschaft zu machen, der, wie es sich in der Folge zeigte, der beste Mann von der Welt war. Gleich darauf kaufte ich einige Spiegel bey ihm, die ich nöthig zu haben glaubte, ich machte allerley Anschläge, und blieb lange unentschlüßig. Dieses erste Mahl ging ich fort, ohne etwas auszurichten, kam aber an einem andern Tage, da er ausgegangen war, wieder. Anfangs sprach ich mit ihr von meinem Kaufe, und ging alsdann zu Complimenten über. Sie war artig; und jedes Frauenzimmer hört es gerne, daß sie es ist. Ich erzählte ihr eine Menge Märchen, welche sie sehr belustigten, und sagte zu ihr, wie im Scherze, ich hätte sie schier zum rasend werden lieb. Meine Fromme nahm eben kein großes Aergerniß daran. Die

Spra-

Sprache, welche ich bey ihr führte, war ihr neu, und
wahrscheinlich sahe sie ein, daß ich die Kunst besaß, ihr die
Liebe weit süßer zu schildern, als ihr Tölpel von Mann.
Es kam eine von ihren Freundinnen, welche diese Unterhaltung, so sich sehr gut anließ, unterbrach. Ich nahm Abschied, und blieb den andern Morgen bey der Messe aus.
Ich wollte die Wirkung meines Ausbleibens sehen. Sie
machte mir den Tag darauf Vorwürfe, ich schützte eine
Krankheit vor, und da es das schönste Wetter von der Welt
war, schlug ich einen Spaziergang auf den Boulevards vor.
Sie schlug es aus und sagte zu mir: so viel Vergnügen sie sich
auch davon zu versprechen hätte, so müßte ihr doch ihr guter
Nahme theurer seyn. Ich sahe nun wohl ein, daß eine günstige Gelegenheit mich schon in den Besitz des Gutes setzen
würde, wornach ich trachtete. Indessen wurden mir doch
die ewigen Messen zuwider, und ich beschloß, ein kleines Zimmer in dem Stadtviertel möbiliren zu lassen, um bald mit
dieser Frau zu Ende zu kommen. Das Geld fürs Möbiliren
ließ ich, wie billig, den Mann verdienen; er versah mich
mit Hausgeräthe und Spiegeln, und war sehr mit mir zufrieden. Aber ich hüthete mich wohl ihm zu sagen, wer ich
wäre, und bezahlte ihm alles baar mit einer Summe Geldes,
so ich von der Herzoginn * * geliehen hatte; denn mein Vater, der sich selbst sehr in Verlegenheit befand, hielt mich
ganz verzweifelt kurz. Des Mittages speisete ich bey diesem
wackern Kaufmanne; er bewirthete mich in seinem Staats-
zimmer, und als er in den Laden gerufen ward, benutzte ich
den Augenblick seiner Abwesenheit, und gab seiner Frau
einen Kuß.

Zwar merkte ich nun wohl von Tage zu Tage immer
mehr, daß ich geliebt ward, aber ich kam damit doch nicht
weiter; meine Fromme fürchtete sich vor der ewigen Verdam-
niß, und meine Beredtsamkeit wollte nicht zureichen, ihr
diese Furcht zu benehmen. Verliebt war ich eben nicht,
aber es verdroß mich doch, daß eine kleine bürgerliche Schürze
mich

mich so lange hinhielt. Ich nahm mir daher vor, einen
Ort mit Sturm einzunehmen, der nicht kapituliren wollte;
ich lauerte nur auf eine Gelegenheit, und die Herzoginn ⁂
verschaffte mir sie, ohne daß sie es selbst wußte. Sie hatte
eben einen neuen Flügel an ihrem Landhause bauen lassen,
und wollte ihn sogleich möbiliren lassen: ich schlug ihr meinen
Kaufmann vor, und sie nahm ihn an. Den Augenblick
hinterbrachte ich ihm diese gute Neuigkeit, und man kann
sich wohl vorstellen, wie dankbar dieser gute Mann sich be=
zeigte. Er ließ sich nicht träumen, daß ich mit der Ver=
bindlichkeit, welche ich ihm auflegte, auch noch die Absicht,
ihn zu entfernen, verband. Auch die Frau schien mir, die
Sorgfalt zu erkennen, die ich anwandte, ihnen einen so
guten Kunden zu verschaffen. Der Mann reisete nach Man=
tes, und ich schlug noch denselben Abend meine Wohnung
bey seiner Frau auf, in dem Glauben, ich würde nun
seinen Platz einnehmen. Aber meine ungeschmeidige Blon=
dine nöthigte mich, sie noch vor dem Abendessen zu verlassen;
ich wünschte sie von ganzem Herzen zum Teufel, vor dem sie
sich so sehr fürchtete. Ich schwor alle die Formalitäten abzu=
kürzen, denn ich konnte nicht einsehen, was ein Frauenzim=
mer, welches liebt, besseres zu thun hätte, als sich zu erge=
ben. Ein Kammermädchen mußte mir demnach, weil doch
eine Frauenzimmerhand nothwendig war, im Nahmen der
Herzoginn ⁂ an Madam Michelin, so nannte sich diese
Frau, schreiben, daß sie ihr ein neues Hausgeräth machen
lassen sollte, und sie bitten, daß sie in Abwesenheit
ihres Mannes zu einer Frau, zu welcher man sie führen
würde, gehen, daselbst ein Stück Stoff, den man stickte,
abhohlen, und alsdann zu ihr kommen möchte, um mit ihr
über die daraus zu verfertigende Arbeit zu sprechen.

Mein Vertrauter, den man nicht kannte, trug diesen
Brief im Nahmen der Herzoginn ⁂ hin, und, seiner
Bothschaft mehr Wichtigkeit zu geben, hatte ich einen sehr
guten Wagen miethen lassen, welcher Madam Michelin

nach

nach dem Orte hinbringen sollte, wo sie erwartet wurde.
Diese Aufmerksamkeit, welche man der Herzoginn * * zu=
schrieb, that die gewünschte Wirkung. Die Handelsfrau
putzte sich gewaltig, und machte es in der ganzen Nachbar=
schaft bekannt, daß sie zu einer Herzoginn ginge. Sie
wollte eine Freundinn mitnehmen, die bey ihr im Hause
wohnte, und im Wagen auf sie warten sollte, glücklicher
Weise aber war sie nicht zu Hause; und Madam Michelin
fuhr zu ihrem großen Leidwesen allein ab. Mein Geschäfts=
träger hatte den Auftrag, sie in meine ausmöbilirte Woh=
nung zu führen, wo ich sie mit großer Ungeduld erwartete.
Sie kam an, und statt die Stickerinn zu finden, welche sie
suchte, sahe sie mich in einem kleinen Cabinette auf dem Ka=
napeh mit einem Buche in der Hand sitzen. Sie schrie laut
auf, und wollte wieder zurück; aber mein Vertrauter hatte
schon die Thür hinter ihr verschlossen. Ich nahm sie in
meine Arme; sie riß sich los, und indem sie sich mitten im
Cabinette auf die Kniee warf, streckte sie ihre Arme zum
Himmel, und bath ihn, ihrer Unschuld zu Hülfe zu kom=
men. Der Himmel war taub. Nun fiel ich auch auf die
Kniee und sagte zu ihr: sie bitten den Himmel; ich aber,
der ich es nicht wage, mich mit meinen Wünschen so hoch
zu versteigen, ich richte sie an die Zauberinn, welche ich vor
meinen Augen sehe. Sie soll inne werden, wie sehr ich sie an=
bethe, und ich erwarte von ihrem guten Willen die Belohnung
für die zärtlichste Liebe. Bisher scheuten sie sich vor den
Leuten, wie ich wahrgenommen zu haben glaube; nun dan=
ken sie mir es vielleicht, daß ich unsere Verbindung mit
einem undurchdringlichen Schleyer bedeckt habe. Nur wir
beyde werden um das Geheimniß wissen, und der Himmel
verzeiht leicht einen verborgenen Fehler. Ich wollte mich
anschicken ihn zu begehen; aber heftige Ausbrüche des
Zornes schreckten mich gleich ab, und ich mußte sie erst ver=
toben lassen. Sie war davon sehr abgemattet, und ich
schloß daraus, ihr Widerstand würde sich vermindern.

Bald

Bald beschwor sie mich, sie gehen zu lassen; bald betheuerte sie mir, daß, wenn ich sie in der Lage, worin sie wäre, um ihre Tugend brächte, sie vor Gewissensbissen sterben würde. Sie gestand mir, daß sie mich liebte, aber in Unschuld, ohne ein Verbrechen begehen zu wollen: sie gab zu, sie würde mit mir glücklich seyn; aber sie könnte doch, ohne sich an Gott zu versündigen, ihrem Manne nicht untreu werden. Der Schmerz machte sie zu ihrem Unglücke weit anziehender, und ich hoffte noch als Sieger davon zu gehen. Ueber dieß wollte ich sie noch für einige leichte Nadelritzen, die sie mir gemacht hatte, bestrafen. Noch immer zeigte sie einen hinreichenden Widerstand; aber eben unter den Kämpfen gewann ich allmählich etwas Boden, und sahe, daß die Zeit, da ihre Tugend den Geist aufgeben würde, nicht mehr fern war. Ich gestehe, die Belagerung war wüthend, und es dauerte lang, ehe sie sich ergab; vielleicht hätte ich auch nichts weiter davon getragen, als eine fruchtlose Ermüdung, wenn ihre Sinne nicht ihr Gewissen berückt hätten. Madam Michelin besaß sehr reitzbare Sinne, die leicht in Flammen geriethen, und ihr Widerstand war eigentlich eine Wirkung der Tugend.

Bald darauf schlossen sich die Pforten der Hölle vor ihren Augen; sie sah nichts weiter als die Freuden des Paradieses, und ich wurde nun überzeugt, daß eine Fromme eben so inbrünstig einen Mann lieben kann, als sie Gott liebt. Jedes Mahl, wenn sich die Trunkenheit verlohr, schien das Gewissen sie zu quälen. Zwar suchte ich es zu entfernen; aber ich fand endlich doch, daß es mir an siegreichen Gründen fehlte, die Ruhe in ihrer Seele wieder herzustellen, und ich war genöthiget, sie ihrer Reue zu überlassen. Ich versprach ihr, so oft in diese Wohnung zu kommen, als sie könnte. Es müßte ihr nun alles bekannt seyn, sagte ich zu ihr; das Hausgeräth käme von ihr her, und nichts wäre ihr mehr fremd, nicht einmahl der Besitzer des Zimmers. Unter Seufzern stellte sie nun die Ordnung in ihrer Kleidung wie-

wieder her; ich wiederhohlte ihr, das nächste Mahl hoffte
ich, das gutwillig zu erhalten, was ich ihr dieses Mahl hätte
entreissen müssen, und nun stieg sie voll Kummer wieder in
den Wagen, der auf sie wartete. Eine Stunde hernach
hatte ich doch die Neugier sie zu besuchen, und zu sehen,
was da wohl vorginge. Ich traf die Nachbarinn bey ihr an,
welche indessen wieder nach Hause gekommen, und, da sie
um den Besuch bey der Herzoginn * * wußte, ganz niederge=
schlagen war, daß sie nicht mit ihrer Freundinn gefahren
wäre. Um sie nun von dieser Materie abzubringen, be=
zeigte ich der Madam Michelin meine herzliche Theilnahme
über den Zuwachs ihres Glückes; ich sagte zu ihr, sie würde
nun weiter kommen, als sie es selbst glaubte. Madam Mi=
chelin sprach wenig, und schrieb ihre Unlust zum Reden einem
Kopfweh zu. Ihr Blick mahlte den Sturm ihrer Seele;
bald war es ein wüthender, den sie auf mich warf; bald ein
zärtlicher, woraus ihre ganze Liebe hervor leuchtete. Ich be=
ging tausend Thorheiten mit der Nachbarinn, und sagte zu ihr,
daß es mir schien, als ob der Aufenthalt bey den Großen der
Madam Michelin eben nicht gut anschlagen wollte: die
Freundinn stimmte mir bey, und betheuerte, sie würde vor
Freude außer sich seyn, wenn ihr ein solches Glück wider=
fahren wäre. Madam Michelin zwang sich minder traurig
zu scheinen, aber Thränen, die ihr in den Augen standen,
verriethen ihren Zustand, und sie begäb sich unter dem Vor=
wande auszuruhen fort.

Ich sahe sie einige Tage lang nicht; der Mann war zu=
rückgekommen, und schien über die gute Kundschaft, so ich
ihm verschafft hatte, höchst vergnügt zu seyn. Er hatte bey
der Herzoginn * * erfahren, wer ich wirklich war, und be=
gegnete mir daher mit der größten Achtung, als er mich wie=
der sahe. Das Gespräch fiel auf die Wohnung, welche er
mir möbiliret hatte: was gewettet, sagte er lachend zu mir,
es ist gewiß so ein Schlagbauer für ihren beliebten Wachtel=
fang. Obgleich der Herr Herzog einen Pallast besitzet,
fügte

fügte er noch hinzu, und wandte sich mit seiner Laune an seine
Frau, die nicht aufgeräumt zu seyn schien, so bringt er doch
gerne ein paar Stunden in einer geringen Wohnung zu.
Dafür verschönert es ihm aber auch die Liebe; denn du
kannst wohl denken, daß der Herr Herzog kein Frauenzimmer
für die lange Weile dahin locken wird; und nun schlug er ein
solches Gelächter über seine Einfälle auf, daß er sich die
Seiten stemmen mußte.   Seine Frau fand nicht so viel Be=
hagen an seiner derben Fröhlichkeit.   Sie suchte vielmehr
immer mit Herr Herzog um sich zu werfen, und ließ
es nur zu deutlich merken, daß es ihrer kleinen Eitelkeit
nicht wenig schmeichelte, einen Liebhaber von meiner Ge=
burt zu haben.

Der Herr Gemahl ging wieder nach Mantes mit Haus=
geräthe ab, und hinterließ mir seine bezaubernde Ehehälfte.
Sie war noch nicht mit sich selbst einig; und bekämpfte im=
mer noch die Neigung, welche sie zu mir hegte.   Der Trost
indessen, daß alles Uebel auf mich fallen sollte, und diese
Selbstbekämpfung sie in ihren und meinen Augen ehre,
schien sie mehr zu beruhigen.

Ueber dieß suchte ich die Aufwallungen ihres Blutes auf
mein Folio zu schreiben, und nun kostete es mir weniger
Mühe sie zu überreden.   Ich weckte ihren Stolz auf, um
das Gewissen in den Schlaf zu bringen.   Das war alle Mahl
das erste, was ich zu thun hatte.

Die Nachbarinn hatte von ihrer Freundinn vermeinten
Besuche bey der Herzoginn * * ein paar Worte fallen lassen;
Madam Michelin war daher sehr besorgt, ihr Mann möchte
dahinter kommen, daß die Bothschaft keine Waaren betroffen
hätte.   Wie leicht hätte er nicht der Herzoginn * * seinen
Dank dafür abstatten können; ich kam ihm deshalb bey ihr zu=
vor, um sie vor allem Verdachte zu schützen. Die Herzoginn
hörte mich mit vielem kalten Blute an, und schlug von Zeit
zu Zeit die Augen gen Himmel.   „Wieder ein neues
„Schlachtopfer ihrer Streifereyen, rief sie aus! die arme
„Frau!

„Frau! wie beklage ich sie, wenn ihre Liebe zu ihnen so
„groß ist, wie sie mir erzählen! Sie wird bald schwer genug
„für die wenigen Augenblicke ihrer Trunkenheit büßen; und
„darf ich sie nach mir beurtheilen, so wird es ihr viele
„Thränen kosten." Diese kleine Apostrophe machte mich
ungeduldig. So bald sie es gewahr ward, hörte sie auf zu
moralisiren, um sich der zärtlichsten Freundschaft zu über=
lassen; sie versprach mir, dieser armen kleinen Bürgersfrau,
so nannte sie sie, dienlich zu seyn, und beschwor mich sie
zu beruhigen. Sie bath mich, sie selbst immer als meine
Freundinn zu betrachten, und nie etwas vor ihr geheim zu
halten; indessen ward ich doch gewahr, daß meine Offen=
herzigkeit ihr Schmerz verursachte. Die Herzoginn hatte auf
alle Vertraulichkeit mit mir Verzicht gethan. Aus Furcht,
wie ich schon gesagt habe, mich nicht ganz und gar zu verlieh=
ren, hatte sie beschlossen, sich bloß auf die Freundschaft ein=
zuschränken; sie war überzeugt worden, daß mein flüchtiges
Naturell nicht gefesselt werden könnte, und sie endlich gar nichts
behalten würde, wenn sie zu viel von mir fordern wollte.
Es mußte ihr manchen Kampf gekostet haben, diese schein=
bare Ruhe zu erobern; denn in dem Grunde ihrer Seele lag
doch immer noch ein Fünckchen Liebe. Hätte sie meiner
Beständigkeit, oder daß ich mich wenigstens nicht gänzlich
von ihr entfernen würde, vergewissert werden können, sie
würde sich wieder der Leidenschaft, so sie beherrschte, über=
lassen haben. Es ist wenig Frauenzimmern gegeben, bey
so viel Liebe in dem Grabe Herr über sich zu werden, und
die Liebe unter das Joch der Vernunft zu zwingen. Die
Herzoginn lernte das Dulden, und konnte endlich meine Er=
zählungen mit vieler Fassung anhören. Ich besuchte sie oft;
ihre alles übersteigende Nachsicht machte sie mir theuer, und
ich habe sie bis an ihren Tod als meine wahre Freundinn ge=
liebt. So bald sie sich anders betragen hätte, würde sie
aller Wahrscheinlichkeit nach nur die Zahl derjenigen vermeh=
ret haben, welchen ich gänzlich entsagte, und die nur der
Zu=

Zufall, oder eine zufällige Gesellschaft mir wieder vor die Augen brachte.

Die gute Herzoginn ° ° versicherte mich ihrer Freund-schaft für Madam Michelin, und versprach mir noch über dieß, sie zu sich kommen zu lassen, damit dem Manne alle Gelegenheit zum Verdachte benommen werden möchte. Ich errieth ohne Mühe, daß bey diesem Liebesdienste ein wenig Neugierde mit unter liefe; da es mir aber wenig verschlug, ob sie dieses oder jenes Mittel wählte, Madam Michelin zu beruhigen, so willigte ich von ganzem Herzen in diesen Be-such ein. Es kam mir auch gar nicht ungelegen; denn es gab mir in den Augen dieser Frau ein Ansehen von Wichtig-keit, und ich konnte ihr nun zeigen, daß ich sie mit Aus-zeichnung behandelte. Man beschloß, sie nun am nächsten Freytage zu einem Frühstücke einzuladen; und ich machte mich auf den Weg, ihr diese Neuigkeit zu hinterbringen. Ihre liebe Nachbarinn war bey ihr, und gerieth ganz in Er-staunen über diese ihrer Freundinn zugedachte Ehre. Sie rief ein Mahl über das andere aus: wie glücklich sind sie! Ach! mein Gott! Dergleichen ist mir in meinem Leben noch nicht widerfahren. Bey einer Herzoginn zu frühstücken! — Liebe Freundinn, jetzt müssen sie sich auch recht heraus putzen, ich will ihnen nur mit ankleiden helfen. — Und nun wur-den alle möglichen kleinen Putz-Anschläge dieser Art Leute mit einer unsäglichen Geläufigkeit der Zunge von der Nach-barinn hergenannt; und sie bedauerte nichts mehr, als daß sie nicht an ihrer Freundinn Stelle war. Hingerissen von Madam Michelin, hatte ich Madam Renaud, so hieß die Nachbarinn, fast ganz übersehen. Sie war Wittwe, mochte ungefähr zwey und zwanzig Jahr alt seyn, und hatte ein Paar schwarze, sehr schelmische Augen, die über ihre Phy-siognomie eine wollüstige Lebhaftigkeit verbreiteten. Ich hatte sie immer nur in ihrer Hauskleidung gesehen; aber das Mahl machte ein gewähltterer Putz sie meinen Augen weit anziehender. Eine sehr schlanke Taille, einen vollen schönen
Busen,

Busen, die niedlichste Hand, worüber mein Blick immer hingeschlüpft war, alles das sahe ich, und zürnte auf mich, daß ich die Schönheiten, welche ich jetzt entdeckte, bisher so schändlich aus der Acht gelassen hatte. Ich hoffte aber dieses ihr angethane Unrecht wieder gut zu machen, und mich in eine Verfassung zu setzen, wo ich das inniger erwägen könnte, was bisher meinen Augen entgangen war. Zu dem Ende bezeigte ich der Madam Renaud nun mehr Aufmerksamkeit, und mein Bedauern, daß es nicht bey mir stände, sie ihrer Freundinn Gesellschaft leisten zu lassen; in meinem Herzen aber schwor ich ihr, sie sollte zur Entschädigung dafür, daß sie nicht mit zu der Herzoginn eingeladen war, mit einem Herzoge frühstücken und zu Bette gehen. Desto zufriedener aber war Madam Michelin mit dem, was ich für sie gethan hatte; und ich sahe zum ersten Mahle ein ungetrübtes Vergnügen in ihren Augen glänzen. Dieses nahm bald noch mehr zu; und mein Glück wollte, daß ich zugegen seyn mußte, als einer von den Leuten der Herzoginn * * ihr ein Billet von seiner Gebietherinn übergab. Dieses sehr ehrenvolle Billet enthielt die Einladung zu einem Frühstücke auf den unter uns verabredeten Freytag, wobey sie ihre Meinung über einige Stoffe vernehmen wollte. Ich glaubte, die beyden Weiber wollten noch über das Billet verrückt werden; sie machten dem Bedienten gewaltige Reverenze, und Madam Michelin bath ihn, seiner Gebietherinn zu sagen, sie würde sich ihrem Befehle gemäß, zur bestimmten Zeit einstellen. Hier sahe ich zum ersten Mahle, wie stolz Leute dieses Standes darauf sind, wenn sie von uns einiger Vertraulichkeit gewürdiget werden; und seit der Zeit habe ich Bürger und Finanz-Personen sich zu Grunde richten sehen, um nur die Ehre zu haben, Zutritt bey uns zu erhalten, oder uns bey sich zu bewirthen.

Madam Michelin wollte sich ein Kleid darauf machen lassen; und wiewohl es nur noch zwey Tage hin war, so mußte sie doch noch durchaus ein Kleid nach der neuesten Mode haben.

haben. Sie bath ihre Nachbarinn, mit ihr zu gehen, um das Zeug zu kaufen; und ich bin gewiß, das ganze Stadt‍viertel wußte noch an eben dem Tage das große Glück dieser Handelsfrau. Beym Weggehen fand ich Gelegenheit Ma‍dam Renaud die Hand zu drücken. Sie war ganz außer sich darüber, und erwiederte mir diesen Druck. Ich sahe schon im Geiste voraus, ich würde hier keinen großen Wider‍stand antreffen, und betrachtete daher diese Frau als ein Gut, das mir nicht entgehen könnte.

Des andern Morgens schickte ich ihr, ohne daß es die Fromme merken konnte, einen Brief, worin ich ihr gestand, daß ich sie liebte, daß ich nur um ihretwillen Madam Mi‍chelin so oft besucht hätte, und sie um ein Mittel bath, wie ich sie unter vier Augen sprechen könnte, um sie von der Aufrichtigkeit meiner Liebe zu überzeugen. Dieser Brief ward angenommen, und mit großer Sorgfalt verborgen. Aus dem Entzücken über den Empfang desselben errieth ich schon, daß die Antwort darauf nicht ungünstig ausfallen würde.

Madam Michelin war schon da, als ich am Freytage zur Herzoginn * * kam. Wir hatten ausgemacht, ich sollte sie nicht abhohlen, damit die Nachbarschaft, welche hinter meinen Stand zu kommen anfing, sich nicht über uns aufhal‍ten möchte. Die Herzoginn * * bezeigte mir großes Ver‍gnügen über die Bekanntschaft, so sie an Madam Michelin gemacht, und über ihren vortrefflichen Geschmack, welchen sie bey Befragung ihrer Meinung über ihr Hausgeräth be‍zeigt hatte. Beym Frühstücke ging es sehr munter zu; und wäre Madam Renaud noch dabey gewesen, so hätte ich mich mit Amor unter den drey Grazien vergleichen können. Die Herzoginn * * verwandte fast kein Auge von Madam Miche‍lin, so sehr gefiel ihr das sittsame Wesen derselben, und man konnte auch wirklich nicht leicht ein ehrbareres Aeußere haben. Diese beyden Weiber hatten vieles mit einander ähnlich. Beyde waren schwach, ohne leichtsinnig zu seyn;

sie hatten nur der unwiderstehlichen Leidenschaft der Liebe nachgegeben. Beyden, von Gewissensbissen genagt, war die Gegenwart des geliebten Gegenstandes und der Reitz des Vergnügens zur Ruhe vor denselben nothwendig. Es war fast immer nur ein neues Opfer, das die Tugend der Liebe brachte. Madam Michelin vergaß sich zuweilen, und warf sehr schmachtende Blicke auf mich. Die Herzoginn **, auf alle Aeußerungen der andern aufmerksam, wurde es gewahr, und verrieth in ihrem Antlitze den Eindruck, welchen es auf ihre Seele machte. Sie schien die Fromme zu beklagen; ihr Gesicht druckte Theilnahme und Mitleid aus. Arme Frau! schien sie zu sagen, und Thränen rollten ihr über die Wangen herab, die ihr vielleicht bey der Erinnerung an die Leiden, welche mein Leichtsinn ihr verursacht hatte, in die Augen getreten waren. Wäre ich mit ihr allein gewesen, ich hätte der Begierde nicht widerstehen können, sie ihres Entschlusses vergessen zu machen, so anziehend schien sie mir!

Man brachte ihr einen Brief, worauf sie antworten mußte; sie bath uns um Erlaubniß, in ein Cabinett zu gehen, und begab sich dahin zu schreiben. Es kam ihr gar nicht ungelegen; sie wünschte allein zu seyn, ihre Unruhe zu verbergen.

Mein Erstes, so bald ich mich mit Madam Michelin allein befand, war eine Umarmung. Die Herzoginn ** hatte meine Sinne so entzündet, daß ich das Bedürfniß sie abzukühlen fühlte. Wenn meine Begierden heftig wurden, so sahe ich kein Hinderniß sie zu befriedigen; ich wähnte, die Herzoginn wollte uns Frist verschaffen, und betrug mich daher gegen Madam Michelin, als ob sie zu Hause wäre. Es schien mir etwas köstliches, ihrer fast im Angesichte der Herzoginn **, auf dem Kanapeh, wo ich dieser ewige Liebe geschworen hatte, zu genießen; aber zur Ausführung eines so wohl erdachten und hernach so oft ausgeführten Planes hätte ein anderes Frauenzimmer gehört als meine Fromme.

Fromme. Diese zitterte, beschwor mich, vernünftig zu seyn, und machte so viel Geräusch, daß ich sie fahren lassen mußte, aus Furcht ein zu großes Aergerniß zu geben. Solche mit Vorurtheilen eingenommenen Weiber sind stets schüchtern; das Herz steht bey ihnen unter der Vormundschaft des Kopfes; sie verstehen sich nicht darauf, die Gelegenheit beym Schopfe zu ergreifen, und das taugt zu nichts als zum Sentiment, und muß folglich den Ueberdruß beschleunigen. Ich war entsetzlich wild auf sie, ging zur Herzoginn hinaus, und gab bey dieser vor, daß ein nothwendiges Geschäft mich nöthigte sie zu verlassen. Madam Michelin sagte ich frostig: Adieu; sie schien ganz bestürzt und verlegen über meinen Abschied.

Mein Blut war noch immer in der heftigsten Wallung, mir fiel bey, Madam Renaud schien nicht sehr grausam zu seyn; vielleicht, dächte ich, triffst du das bey der Brünette an, was du bey der Blondine nicht vorgefunden hast. Sie wohnte, wie schon gesagt, bey Madam Michelin im Hause. Ich nahm mich wohl in Acht, mich von den Leuten im Laden sehen zu lassen, und stieg in den zweyten Stock, wo meine neue Gottheit wohnte. Mein guter Geist hatte schon eine alte Köchinn entfernet, die einzige Domestic meiner kirren Wittwe. Ein Gewerbe, so sie in einem andern Stadtviertel auszurichten hatte, kam meinem dringenden Bedürfnisse geliebt zu werden, ganz vortrefflich zu Statten. Vor Erstaunen mich zu sehen, that sie einen lauten Schrey: ich gab mir alle Mühe, ihr die Wichtigkeit des Opfers zu schildern, das ich ihr darbrachte, indem ich Madam Michelin bey der Herzoginn allein gelassen hätte. Ich habe, sagte ich ihr, nothwendige Geschäfte vorgeschützt, und die bestehen darin, ihnen meine Liebe und Freyheit zu Füßen zu legen. Die Weiber besiegt man beynahe alle mit der Eitelkeit. Madam Renaud dankte mir tausend Mahl, daß ich sie jenen Frauenzimmern vorgezogen hätte: nur war sie nicht zu beruhigen, daß ich sie in der Nachtkleidung über-

    raschte.

raschte. Diese macht sie nur noch reißender, sagte ich zu
ihr, und das Vergnügen strahlte so gleich wieder aus ihren
Blicken. Mir fiel ein angefangener Brief in die Augen;
sie wollte ihn vor mir verbergen: ich bestand darauf ihn zu
sehen. Wird es sie glücklicher machen, sagte sie in einem
zärtlichen Tone zu mir, wenn sie wissen, daß der Brief an
sie ist? und in eben dem Augenblicke reichte sie mir ihn zum
Lesen. Er enthielte Besorgnisse nicht geliebt zu werden, und
ein zwar nicht ganz ausdrückliches Liebesgeständniß, aber
doch die Versicherung, daß sie mich andern vorgezogen hätte,
und ich nicht Herzog zu seyn brauchte, um sehr liebenswürdig gefunden zu werden. Ich steckte den Brief zu mir, und
umarmte Madam Renaud mit vielem Feuer: sie wollte reden, aber mein Mund verhinderte sie daran. Hinter uns
stand ein Bett: Madam Renaud, eines so kühnen Angriffes
nicht gewärtig, that einen Schrey als sie merkte, daß sie
hinein fiel. Sie vertheidigte sich schwach; das Erstaunen
benahm ihr die Kräfte, und alles, was sie mir sagen konnte,
als sie sah, daß ich immer weiter um mich griff, war: Aber!
Herr Herzog; aber! Herr Herzog — Des Herzogs Sinne
sprachen zu laut, als daß er auf diese Ausrufungen hören
konnte; und die Brünette genoß den Vortheil von den Begierden, welche die Herzoginn und die Blondine so lebhaft er-
regt hatten. Madam Renaud befand sich bald in dem Zustande, worin ich war, da ich so heftig in sie drang, und
gab sich ganz dem Vergnügen hin, welches sie mit mir
theilte. Hier bekam ich nicht Vorwürfe, sondern Versicherungen der zärtlichsten Zuneigung; sie sagte mir, sie
schätzte sich sehr glücklich, die Wünsche eines Mannes wie ich
auf sich gerichtet zu haben. An kleinen aller Ehre wehrten
Liebhabern hatte es ihr nicht gefehlet; keiner aber könnte sich,
wie sie behauptete, einer Gunstbezeigung von ihr rühmen.
Ich wäre ein wohlgemachter Mann, ganz geschaffen das
weibliche Geschlecht zu verführen, weil ich sie des ganzen
Vorspieles zur Catastrophe überhoben hätte. Der Fehler ist

be-

begangen, sagte sie erröthend, wenn es einer ist, ehe man noch gewahr wird, daß man ihn begeht. In kurzem war ich Madam Renaud's Held, und hielt mich, wie es sich auch geziemte, für verpflichtet, ihr neue Proben meiner Gesinnungen zu geben, sie nahm sie mit aller ersinnlichen Höflichkeit an.

Es ward die Abrede genommen, daß wir uns wie gewöhnlich bey Madam Michelin sehen, und durch Zeichen zu verstehen geben wollten, wenn wir Lust hätten, bey ihr zusammen zu kommen, und die Versicherungen unserer Liebe zu erneuern. Wir verließen einander; ich zufrieden mit ihr, sie aber noch zufriedener mit mir.

Ich ging zur Tenne hinaus, ohne daß man mich aus Madam Michelin's Laden, welche schon wieder zurück gekommen war, bemerken konnte. Durch einen Umweg kam ich auf meinem gewöhnlichen Wege wieder zu Madam Michelin zurück. Ich that sehr kalt, und sagte, schlimmer könnte man sich gegen einen Mann, den man liebte, nicht betragen, als sie gethan hätte; der größte Beweis, welchen ein Frauenzimmer von ihrer Liebe zu geben vermöchte, wäre, in alle Wünsche ihres Geliebten zu willigen. Madam Michelin sah mich traurig an, ohne mir zu antworten; ich fuhr fort, ihr Vorwürfe zu machen, und sagte: das Bedürfniß die von ihr erregten wollüstigen Empfindungen zu stillen, hätte mich zu jenem Besuche bewogen. Die gute Frau ließ sich das nicht träumen, was eben mit mir vorgegangen war. Sie glaubte, der Spaziergang hätte mich ruhiger gemacht: sie entschuldigte sich mit der Achtung, welche sie der Besitzerinn jenes Zimmers schuldig gewesen, noch mehr aber mit der Furcht überrascht zu werden; sie besäße nicht, sagte sie, jene Selbstvergessenheit, die sich über allen Wohlstand hinaus zu setzen wüßte, und ich wäre sehr ungerecht, wenn ich sie tadelte, die Wohlanständigkeit nicht übertreten zu haben. Ich stellte mich noch Ein Mahl so ungehalten, behauptete, sie liebte mich nicht mehr, und be-

 trug

trug mich so, daß meine gute Fromme, die darüber außer sich gerieth, alles anwandte, mich wieder zu besänftigen. Sie that mir selbst zum ersten Mahle, und mit Erröthen den Vorschlag, bey mir in meiner kleinen Wohnung das Vesperbrod einzunehmen. Man sahe es ihr an, wie viel es ihr kostete, diesen Vorschlag zu thun, und ich hatte sehr wenig Lust ihn anzunehmen. Mein Besuch bey Madam Renaud flößte mir mehr das Verlangen ein, mich zur Ruhe zu begeben, als eine solche Zusammenkunft zu halten. Madam Michelin, ganz niedergeschlagen über meine Weigerung, verdoppelte ihre Aufmunterungen; aber vergebens. Ich hielt mich tapfer, und sie glaubte, der Zorn hätte mich zu dieser Härte bewogen. Nun sahe ich den Augenblick, da sie im Begriffe stand, sich ganz und gar vor ihren Leuten zu vergessen, von welchen sie aus dem Laden gesehen werden konnte. Ich verließ sie ganz untröstlich, über meine Flucht, aber sehr froh, daß ich eine Scene nicht zu Ende zu spielen brauchte, die mir schon anfing, sehr bedenklich zu werden.

So bald ich allein war, hatte ich meine Betrachtungen über das Wunderliche in dem Betragen der Weiber. Bezeigt man ihnen zu viel Eifer, gleich thun sie kälter, oder sie machen auch einem, im Falle sie einige Grundsätze von Tugend besitzen, mit ihrer Reue und Gewissensneckereyen Langeweile. Stellt man sich gleichgültig gegen sie, so erwacht auf Ein Mahl die Zärtlichkeit wieder, und das Gewissen verstummt. Es scheint wohl, daß beleidigte Eigenliebe die heftigste Leidenschaft ist, so sie beunruhigen kann. Diese verleitet sie zu mehr Thorheiten und Voreiligkeiten, als die Liebe selbst nicht thut. Eine Frau, die von der Eigenliebe beherrscht wird, ist zu allem fähig; und man hat Beyspiele, daß einige, nach dem sie schon dem verführerischten Liebhaber widerstanden hatten, sich doch noch dem ergaben, der ihren Stolz damit beleidigte, daß er einige Zweifel gegen Schönheiten, die er an ihnen nicht finden

konn-

konnte, bezeigte. Die Begierde zu erweisen, daß man schön sey, hat schon mehr als eine eitel gemacht; und ein gewandter Mann, der die schwache Seite eines Frauenzimmers zu fassen weiß, siegt gewiß über sie, sey sie auch welche sie wolle.

Der gute Michelin kam auf zwey Tage nach Paris, und konnte mir nicht genug für die Ehre, die seine Frau durch mich genossen hatte, danken. Eine Frau von dem Range der Herzoginn * *, rief er aus, läßt sich bis zu uns herab! Während er sich in Bezeigungen seiner Hochachtung und Erkenntlichkeit ganz verlohr, wandte seine Frau alles an, herauszubringen, ob ich noch böse wäre. Ich stellte mich sehr aufgeräumt, vermied aber immer sie anzusehen, und nahm auch nicht eine Gelegenheit wahr, mit ihr allein zu reden; sie wußte nicht, was sie von meiner Kälte denken sollte, und wollte durchaus eine Erklärung von mir haben. Sie versuchte alle erfinnliche Mittel, mit mir allein zu seyn, und ihren Mann, der ihr sehr überlästig war, zu entfernen. Einer Frau, und wäre sie auch eine Fromme, fehlt es nie an List, sich einen Zeugen, der ihr zur Last ist, vom Halse zu schaffen; und Madam Michelin, die eben so viel Schlauigkeit als andere besaß, trug ihrem Manne ein wichtiges Geschäft in der Vorstadt St. Germain auf. Er ging fort, und machte tausend Entschuldigungen, die ich ihm alle von Herzen gern erließ.

Kaum war er hinaus, als sie mich auch schon bey der Hand ergriff, und mit Thränen in den Augen zu mir sagte: „Ohne sie, Herr Herzog, wäre ich noch unschuldig; frey-„lich hätte ich keine Vergnügen kennen gelernt, die unschätz-„bar sind, wenn man sie ohne Gewissensbisse genießen kann; „dafür würde ich nun aber auch ruhiger seyn. Sie haben „eine Zerstörung in mir angerichtet, die ich ihnen nicht zu „beschreiben vermag. Ach, fast täglich beweine ich in „meiner Einsamkeit meine verletzte Treue! So lange ich bey „ihnen bin, verliehre ich alle Ueberlegung, und fühle mich

„so hingerissen, daß ich meiner|selbst nicht mächtig bin;
„ziehe ich mich aber wieder in die Einsamkeit zurück, so ver=
„giftet mir die Reue diese angenehme Täuschung.   Seit
„drey Tagen haben Eifersucht, Kummer, und noch weit mehr
„die Liebe, so ich zu ihnen hege, ihre Schreckbilder an mein
„Lager gekettet.   Ich brenne vor Verlangen ihnen alle Be=
„weise meiner Zärtlichkeit zu geben; ihr Zurückstoßen ver=
„mehrt, wo möglich, die Trunkenheit, welche ich aus ihren
„Umarmungen mitnehme.   Ihrer Liebe bedarf ich, um
„wieder zu mir selbst zu kommen, und sie begegnen mir mit
„der größten Gleichgültigkeit.   Ich will in ihren Augen
„mein Glück lesen, und ihre Augen vermeiden die meinigen.
„Von dieser Empfindung, die sie wahrscheinlich nicht mehr
„für mich haben, hingerissen, thue ich ihnen den Vorschlag
„mich in ihre kleine Wohnung zu führen.   Sie wissen nicht,
„wie viel diese Bitte mich kostet, und ich habe den Schmerz
„zu sehen, daß sie unmenschlich genug sind, sie mir abzu=
„schlagen.   Ach! liebster Herzog, seit diesem Augenblicke
„lebe ich nicht mehr; ihre Verachtung ist mir unerträglich;
„ich kann in meinen Augen schuldig seyn; aber in den ihri=
„gen bin ich es gewiß nicht: mein Fehler ist ihr Werk, und
„es würde grausam von ihnen seyn, mich dafür zu be=
„strafen. “

Madam Michelin sagte dieses mit so viel Nachdrucke,
daß sie mich ein wenig rührte.   Die in Affect gebrachte Liebe
verlieh ihr eine natürliche Beredsamkeit, die sich bisher noch
nicht hatte entwickeln können, und ich wußte mir Dank da=
mit, daß ich ihr eine Gelegenheit verschafte, sich von dieser
glänzenden Seite zu zeigen.   Es wäre thöricht von ihr,
sagte ich, sich so anzugreifen, wie sie es zu thun schien; sie
müßte einsehen, daß ich sie noch liebte, weil ich sie bey der
Herzogin ** von meiner Liebe hätte überzeugen wollen:
ihr Gezier wäre mir ärgerlich gewesen, und ich hätte Ursache
mich zu beklagen, nicht sie.

Ich

Ich nahm ihre Hand, und drückte sie; das Gesicht meiner Frommen heiterte sich auf: ich sah meine Verzeihung in einem Blicke, den sie voll Liebe auf mich warf. Nichts war noch übrig, als den Frieden völlig abzuschließen. Der Mann verreisete am nächsten Abend, und ich that Madam Michelin den Vorschlag seinen Platz im Ehebette einzunehmen; sie verwarf ihn als unmöglich. Je mehr Schwierigkeiten sie mir zeigte, desto mehr drang ich darauf, sie zu übersteigen. Ich ward böse; sie fürchtete eine neue Scene, und versprach auch das Unmögliche zu thun, meine Wünsche zu erfüllen. Vor nichts aber war ihr so bange, als vor einem Ladenmädchen, das zur Seite der Kammer in einem Cabinette schlief, und durch die Kammer mußte, wenn sie in das Bett wollte. Dieses Mädchen durfte nur das Geringste merken, und es war um den guten Nahmen ihrer Frau geschehen. Man konnte sie an keinem andern Orte hinbetten. Was zu thun? Madam Michelin versicherte mir heilig, ohne diese Schwierigkeit würde sie in alles willigen, wie viel ihr auch dieser Schritt kostete; aber, sügte sie hinzu, ich müßte ja selbst einsehen, daß es unmöglich wäre, den Platz ihres Mannes einzunehmen, wofern ich nicht ein Mittel ausfindig machte, es ohne Gefahr zu thun. Ich besann mich einige Zeit lang, und sie stand in der unruhigsten Erwartung da, was ich angeben würde. Endlich drückte ich sie an mein Herz, und sagte zu ihr: morgen bin ich ihr Mann. Nichts ist leichter, als sich vor dieser Magd in Sicherheit zu setzen; man muß ihr nur einen so guten Schlaf verschaffen, daß sie nicht aufwachen kann. Den Augenblick will ich zu meinem Apotheker gehen, und einen Schlaftrunk bestellen, der ihr nicht den geringsten Schaden thun, uns aber die Sicherheit gewähren soll, daß wir von ihr in unserm Vergnügen nicht gestört werden. Sie soll uns die ruhigste Nacht ihres ganzen Lebens zu verdanken haben. Bey dem Worte Schlaftrunk überfiel Madam Michelin ein Schauder: ich bewieß ihr aber endlich, daß Opium, in einer kleinen

Do=

Dofis genoffen, unfchädlich wäre; und nach einigen Gegen=
einwendungen, verfprach fie, es ihr felbft in den Wein zu
mifchen, den fie zu ihrem Abendeffen bekäme. Sie war nur
froh, den Frieden wieder zwifchen uns hergeftellt zu fehen,
und geftand mir, diefe Unterredung hätte ihr einen fchweren
Stein vom Herzen gewälzt.

Madam Renaud trat inzwifchen herein. Seit meinem
erften Befuche hatte ich fie nicht gefehen, und ich ftellte eine
Vergleichung zwifchen meinen zwey untergeordneten Gott=
heiten an. Die Blondine befaß eine weit regelmäßigere
Schönheit; über alle ihre Züge war eine Anmuth verbreitet,
welche ihr auch noch Reitze ertheilten. Sie hatte das fchönfte
Haar von der Welt, und, was fehr zu verwundern war,
ganz fchwarze Augenwimpern und Augenbrauen. Ein
fchöner Bufen, der fich nur ein wenig verrieth, flößte das
Verlangen ein, ihn ganz zu fehen. Bey diefen Gaben wäre
nur noch zu wünfchen gewefen, daß der Geift der Wolluft fie
befeelt hätte; ihr waret genöthigt ihr ihn einzuhauchen. Ma=
dam Renaud hingegen bließ ihn euch ein, fachte ihn in euch
auf, und bedurfte keiner Aufmunterungen, fie war felbft fchon
lauter Leben. So feurig fie in ihrer Unterhaltung war, eben fo
feurig fand man fie auch in der Liebe. Sie war nicht fo
blond, als ihre Freundinn, aber das Colorit ihres Teint
hatte etwas weit lebhafteres; ihre Augen flammten Liebe und
Fröhlichkeit, und machten einen gewaltigen Abftich mit dem
fchmachtenden Blicke der Madam Michelin. Hätte man fich
mit diefer über Liebe ausgefprochen; fo wußte Madam Re=
naud diefen Stoff immer noch fo anziehend vorzunehmen,
daß man fich von neuen wieder in ein Gefpräch darüber ein=
ließ; bey der Frommen wäre einem wahrfcheinlich das Ge=
fpräch ausgegangen, und wenn man fie auch feit langer Zeit
nicht gefehen hätte.

Eine Frau, welche Hausgeräth einkaufen wollte, und
Madam Michelin in den Laden abrief, half der Ungeduld
der Madam Renaud, mit mir allein zu feyn, ab. Sie

ftecte

ſteckte mir einen großen Brief zu, und ſagte, ſie hätte ſich ſeitdem unaufhörlich mit mir beſchäftiget, und ihre ſchlafloſe Nacht mit der Verfertigung dieſes Briefes um einen guten Theil angenehm verkürzt. Ich bezeigte ihr ſehr lebhaft meine Erkenntlichkeit, und fragte ſie, wann ſie es mir erlauben könnte, ihr ungeſtört meinen Dank dafür abzuſtatten. Mein Vorſatz war gleich, beyden Nachbarinnen, da ſie in einem Hauſe wohnten, nur eine Nacht zu widmen, und ich that der gegenwärtigen den Vorſchlag, die folgende Nacht das Bett mit ihr zu theilen. Man kann ſich nichts ſo verbindliches denken, als dieſe Brünette war; mein Wille galt ihr für ein Geſetz, und wir machten mit einander aus, ſie ſollte mich um zwey Uhr des Morgens erwarten, indem ich, meinem Vorgeben nach, nicht eher von einem Balle, der bey einem meiner Verwandten wäre, wegkommen könnte. Nach meiner Rechnung hatte ich Zeit genug, die Friedens-Tractaten mit meiner Frommen zu ſchließen, und mich alsdann zu einer neuen Zuſammenkunft zu begeben.

Madam Renaud war ſo vorſichtig, mir den Schlüſſel zur Tenne einzuhändigen; ich wäre, ſagte ſie, außer ihrem Manne, der erſte, der ſie dahin hätte bringen können, ihre Pflicht zu vergeſſen. Zwar iſt, ſetzte ſie lächelnd hinzu, was ich thue, ſehr unrecht; aber warum beſitzen ſie auch die Kunſt, das Unrecht in ein Vergnügen zu verwandeln? Nehmen ſie ſich nur vor meiner Nachbarinn in Acht; ſie iſt fromm: aber ich kenne ſie, ſie iſt eine rechtſchaffene Fromme; denn die, dafür wollte ich mit meinem Leben ſtehen, würden ſie in ihrer Treue nicht wankend machen. Mit keinem Auge ſähe ſie mich mehr an, wenn ſie nur die geringſte Schwachheit für ſie bey mir vermuthete. Sie iſt in ihrer Jugend, was ich im Alter zu werden denke: der Himmel iſt immer bereit, uns unſre Sünden zu vergeben; und ſie machten mich mit einer ſo liebenswürdigen Gattung derſelben bekannt, daß es nicht ſchwer ſeyn muß, Verzeihung dafür zu erhalten. Madam Michelin kam wieder herein, und dämmte

dämmte den Strohm ihrer Rede, wovon ich nur dieses Wenige wieder erzählen kann. Bald darauf verließ ich sie, froh, daß ich meine Zeit so gut eingetheilt hatte.

Den andern Morgen sprach ich wieder bey meiner Handelsfrau vor, und händigte ihr den Schlaftrunk ein, womit ein garstiges vierschrötiges Ladenmensch, welches sie mir zeigte, eingeschläfert werden sollte. Ich konnte mich nicht des Lachens über den Streich, so ich ihr spielen wollte, enthalten. Zugleich bauete ich bey Madam Michelin vor, daß ich ihr nicht die ganze Nacht widmen könnte, sondern nur bis zwey Uhr Gesellschaft zu leisten vermöchte. Ich bezeigte ihr mein Leidwesen, sie so bald wieder verlassen zu müssen, in einem solchen Tone, daß sie es für aufrichtig hielt, und bath sie nun, ihre Leute bey Zeiten zur Ruhe zu schaffen, damit wir uns auf das späteste um eilf Uhr umarmen könnten. Sie versprach mir dieses, und vor allen, um sich einen ruhigen Genuß zu verschaffen, der Magd den Schlaftrunk gut beyzubringen. Auch sie gab mir einen Schlüssel, wie Madam Renaud den Abend vorher gethan hatte; aber ihr zitterte die Hand dabey. Sie war nicht so beherzt als die andere, und ich ging mit zwey Schlüsseln versehen, aus dem Hause. Von da begab ich mich zur Herzoginn ⁕ ⁑, und traf sie über der Ausarbeitung einiger Verse an, welche sie unter ein Miniatür=Gemählde, so sie von mir hatte, setzen wollte. So viel ich auf einem Papiere, was sie vor mir verbarg, gewahr nahm, hatte sie verschiedene Mahle dabey angefangen. Ich wollte sie sehen; und da die Herzoginn ⁕⁕ sich weigerte sie zu zeigen; so glaubte ich, es steckte ein Geheimniß dahinter. Sie würde, behauptete ich, nicht so zurückhaltend gegen mich seyn, wenn sie nicht eine andere Verbindung eingegangen wäre. Ich stellte mich sehr empfindlich, aber auch zugleich sehr froh, diese Entdeckung zu meiner Ueberzeugung gemacht zu haben, daß der Plan zum Bruche, den sie nur zu deutlich merken ließe, und den, meiner bisherigen Meinung nach, ihre Tugend entworfen hätte,

hätte, nichts als die Folge eines Liebeshandels mit einem andern wäre, den sie wahrscheinlich weit liebenswürdiger als mich fände. Eine so ungünstige Meinung, sagte sie mit Thränen in den Augen zu mir, können sie Fronsac, von mir hegen! Ihrer Liebe konnte ich nicht widerstehen; aber nach ihnen sollte noch ein anderer Liebhaber das Recht erhalten, mir eine solche Schwachheit vorzuwerfen! Ich war noch nicht unglücklich genug: es fehlte noch an ihrer Verachtung. Sie würden wahrhaftig das Recht nicht haben, eine Frau, die sie vielmehr schätzen sollten, so unbillig zu behandeln, hätte nicht der Zufall ihnen den Besitz derselben in die Hände ge- spielt. Ja, ich würde ihnen widerstanden haben, wenig= stens glaube ich es, aber ihre Verwegenheit zerschlug meine Plane. Denken sie nur an die erste Nacht, und an mein erstes Erröthen in derselben; meine Reue war aufrichtig; ich bethete sie an, den ersten Schritt hatte ich gethan, und die Liebe, welche weit mächtiger ist als meine Grundsätze, ent- fernte alles aus meinen Augen. Welches Weib kann dem Liebhaber, der ihr Abgott ist, widerstehen, wenn er das Mittel ausfindig gemacht hat, sie im Schlafe zu überraschen! Ich kann meine Verirrung entschuldigen; sie würde ohne Zweifel noch fortdauren, wenn ich mich hätte überreden kön= nen, daß ein junger Flattersinn wie sie, gefesselt werden könnte. Nach unzähligen Kämpfen habe ich meine Zärtlich= keit aufgeopfert, um meine Ruhe wieder zu bekommen, oder vielmehr, um nie wieder des Vergnügens, sie zu se- hen, beraubet zu werden. Ohne Zweifel bin ich das erste Weib, so sich mit Willen den Liebesbezeigungen des ange- betheten Geliebten entzieht, um sich in ihren Forderungen zu bescheiden, und welche, weil sie seinen flüchtigen Cha- rakter kennt, lieber die Vertraute seyn will, um ihn nur immer zu sich zurück zu ziehen. Es war Uebermaß an Liebe und Delikatesse, was meine Vernunft leitete, indem mein Herz zerriß. Ich glaubte weniger unglücklich zu werden, und bin es, nun noch mehr. Ihr beleidigender Verdacht

durch-

durchbohrt das Herz, welches sie noch immer zu sehr liebt, und ich möchte lieber auf das Glück, so mir ihre Gegenwart gewähret, Verzicht thun, wenn sie immer so ungerecht seyn wollten, als sie in diesem Augenblicke sind.

Die Herzoginn * * hatte einen so überredenden Ton, indem sie dieses sagte, sie begleitete ihre Worte mit Thränen, die so aufrichtig schienen, daß all mein Gefühl für sie wieder erwachte. Sie war ohne Widerrede die liebenswürdigste und geistigste von allen Weibern, deren Gunstbezeigungen ich je genossen hatte; ihr Betragen gegen mich, der gute Rath, welchen sie mir immer gab, wie Sie aus meinem Briefwechsel mit ihr ersehen, noch mehr aber eine lange Entbehrung des Genusses, welchen sie mit einer unglaublichen Feinheit vermied, alles dieses machte sie mir in diesem Augenblicke weit verführerischer als jemahls. Ich warf mich ihr zu Füßen. Ich ergriff ihre Hände, die ich mit eben so wahrem, als lebhaftem Entzücken küßte; ich bath sie tausend Mahl um Verzeihung für den Schmerz, welchen ich ihr verursachte, und versicherte ihr, daß es der letzte seyn sollte. Nun hegte ich nicht mehr den geringsten Verdacht von einem Nebenbuhler, sagte ich zu ihr, es wäre mir aber nicht möglich gewesen, der ersten Empfindung von Eifersucht, so sie durch das so sorgfältige Verstecken des beschriebenen Papiers in mir erweckt hätte, zu widerstehen; meine Eifersucht käme natürlich darüber her, daß ich so heftig liebte; diese Liebe müßte sie nicht als ein Verbrechen betrachten, obgleich sie es ihr nicht, sich zu zeigen, erlauben wollte; sie dürfte versichert seyn, daß nur sie mir, meiner Unbeständigkeit ungeachtet, das Vergnügen sie zu sehen immer noch reitzbarer machen könnte, und mich weder Besorgnisse, noch Triebe zur Wollust, sondern reine Liebe zu ihr führten.

Ein Weib, das uns liebt, ist leicht zu überreden. Es zeigte sich auch bald die Heiterkeit auf dem Gesichte der Herzoginn * * wieder; ein Kuß versiegelte die Verzeihung, so ich von ganzem Herzen von ihr erhielt. Dessen ungeachtet be-

bezeigte ich ihr doch den Augenblick darauf ein Verlangen
das, was auf dem vor mir versteckten Papiere stände, zu lesen;
und nachdem mich die Herzoginn — — mit dieser ihr unzeitig
scheinenden Neugierde ein wenig aufgezogen hatte, gab sie
mir mein Porträt und die Kladde von Versen, so sie Einfälle nannte, in die Hand. Da, sehen sie nun selbst, sagte
sie zu mir, mit wem ich mich beständig zu unterhalten die
Schwachheit hatte. Ich las diese Verse, die ersten so auf
mich gemacht seyn mochten, und wovon ich Ihnen hier die
Abschrift beylege. Sie sollten unter das Porträt gesetzt werden. Es sind zweyerley Arbeiten über einen Gegenstand,
und Sie werden sehen, daß ich mir schon, sehr jung den
Beynahmen des Ungetreuen erworben habe.

I.

Gebohren scheint der Mann zu unsrer Herzen Pein,
Er glüht in jedem Nu von einem neuen Feuer;
Und keine sieht bey ihm mehr als des Glückes Schein,
Sie liebt den Flattergeist, und büßt die Schwachheit theuer.

2.

Wohin er blickt, geliebt, und untreu allen Schönen,
Heischt Fronsac immer nur der Liebe letzten Lohn,
Er flieht, wo Fesseln dräun, auch selbst der Wollust Thron,
Und eilt zu andern hin, die seine Wünsche krönen.

I.

Cet homme semble né pour le tourment des coeurs;
Il brule à chaque instant d'une flamme nouvelle;
On ne voit avec lui que l'éclair du bonheur.
Mais on l'aime toujours, quoiqu'il soit infidèle.

2.

Partout il est aimé, mais partout infidèle;
Fronsac n'a de l'amour que le premier désir;
Quand on veut l'enchaîner, il échappe au plaisir.
Et le trouve bientôt auprès d'une autre belle.

Ich

Ich bezeigte hierauf der Herzoginn * * meinen Dank
dafür, daß sie an mich denken wollte, und suchte sie als=
dann zu überreden, daß ich nicht ganz die schlimme Meinung
verdiente, die sie von meiner Beständigkeit hegte. So viel
gestand ich ihr zu, daß ich in der Abwesenheit die Betheu=
rungen vergäße, so ich alle Mahl, wenn ich sie machte,
große Lust hätte zu halten; im Grunde des Herzens aber
wüßte ich wohl eine Geliebte, die eine wahre Zärtlichkeit
verdiente, mit Auszeichnung zu behandeln; sie, zum Bey=
spiele, wäre vorzugsweise (par excellence) meine Geliebte;
zu ihr kehrte ich jederzeit mit neuer Inbrunst zurück, und die
an ihr begangene Untreue, wozu mich Umstände verleiteten,
gäben den ersten Augenblick nach dem Rausche Ursache, sie
mehr zu beklagen; in der Folge sähe ich dann ihren Werth
besser ein, und meine seit einiger Zeit lau gewordene Liebe
bekäme dadurch neue Stärke.

Die Herzoginn * * konnte sich des Lächelns nicht enthal=
ten über die Wendung, welche ich nahm, meine Untreue zu
beschönigen, und sagte zu mir: sie wäre mir wahrscheinlich
noch wohl Dank für die ihr gespielten Streiche schuldig, weil
diese mich erst in den Stand gesetzt hätten, ihren Werth besser
zu schätzen. Der scherzhafte Ton trat an die Stelle des
ernsthaften, den wir bisher geführt hatten, und ich ließ ihr
mein Gemählde mit der Bitte, es ihr Leben lang zu bewah=
ren, als das Bild ihres besten Freundes. Sie versprach
mir, sie wollte es nie aus den Händen lassen, und hielt
Wort; denn es wurde mir nach ihrem Tode, der siebenzehn
Jahre nach meiner Zurückkunft von dem Gesandtschaftsposten
in Wien erfolgte, wieder zugestellt. Dieser Auftrag, wel=
chen sie ihrer Kammerjungfer gab, war das letzte, was sie
sprach. Man fand das Gemählde auf dem Herzen dieser
zärtlichen Freundinn.

Sie fragte mich nach Neuigkeiten von der Madam Miche=
lin, und ertheilte mir darüber viel Lob. Aus einer Unterredung
mit ihr, nachdem ich schon fort war, sagte sie, hätte sie

gemerkt, daß diese Frau wirklich Tugend besäße; ohne Zweifel wäre sie, wie sie selbst, von einer unbezwingbaren Leidenschaft hingerissen worden; ich müßte schlechterdings ein Zaubermittel haben, mich lieben zu machen. Sie bath mich, diese Frau mit Achtung zu behandeln, ob sie gleich von einem geringern Stande wäre, und sagte mir, zu Gunsten der Madam Michelin alles, was sie mir nur zu ihrem eigenen Besten hätte vorbringen können. Dieses Betragen, welches bey einem liebenden Weibe so selten angetroffen wird, flößte mir noch mehr Achtung für sie ein, und fachte wieder ein Feuer in mir an, das niemahls viele Mühe kostete, in Flammen aufzublasen. Weg war die Blondine, wie die Brünette, aus meinen Gedanken; ich vergaß, daß ich schon auf den Abend versagt war, und that der Herzoginn * * den Vorschlag, ganz darauf Verzicht zu thun. Ich zeigte ihr den Schlüssel, wodurch ich zu der Bettgenossenschaft mit meiner Frommen gelangen sollte. Von der andern Zusammenkunft sagte ich ihr nichts, weil ich mich ein wenig schämte, ihr alle meine Anschläge zu verrathen; ich schilderte ihr nun, was für Ueberwindung Madam Michelin die Einwilligung gekostet hatte, mir diese Nacht zu weihen, und ich fügte hinzu, ich wäre bereit, ihr den Preis derselben aufzuopfern, wenn sie sich mir wieder ergeben wollte. Ich wiederhohlte ihr, daß ich keine andere als sie lieben könnte, und daß, wie anziehend mir auch das Vergnügen, eine Fromme zu umarmen, geschienen hätte, dennoch mein Besuch gewiß nicht auf Antrieb meines Herzens geschähe; kurz, ich wandte alle Verführung an, deren ich fähig war, die Herzoginn * * in eben der Nacht zu erhalten, da mich andere erwarteten, die ich von Herzen gerne aufopfern wollte; so viel verführerisches hatte der gegenwärtige Augenblick für mich!

Auch die Herzoginn * * hatte sich von Liebe hinreissen lassen; ich genoß einen Augenblick des Uebergewichtes, welches ich über sie hatte; sie schien zwischen Verlangen und Furcht zu schwanken, und schwieg lange aus Ungewißheit, was sie thun sollte. Aber auf Ein Mahl nahm sie wieder ihre Kräfte zusammen, bewafnete sich mit allem Muthe, dessen sie bedurfte, und sagte zu mir: sie vergessen also, daß ich nichts als ihre Freundinn seyn kann und will. Sie haben sich bey Madam Michelin versprochen; es schien ihr alles an einer gänzlichen Aussöhnung mit ihnen zu liegen; unmenschlich würde es seyn, ihre Erwartung zu hintergehen. Diese Frau, ich sage es noch Ein Mahl, verdient Achtung. Wollen sie sie verlassen, so nehmen sie allmählich eine gleichgültige Miene an, die ihr einen nahen Bruch ankündiget; nur brechen sie nicht auf Ein Mahl mit ihr. Sie ist zu schwach, den Schlag, womit sie sie bedrohen, auszuhalten. Ich sehe schon voraus, daß sie nicht mehr als jede andere das Talent besitzt sie zu fesseln; aber bereiten sie sie allmählich auf das Unglück vor, das sie erwartet. Aus der Unterredung mit ihr habe ich eingesehen, daß sie ihnen aufrichtig zugethan ist. Ihr Nahme schwebte ihr beständig und ungesucht auf den Lippen. Wenn ich von ihnen sprach, so war sie ganz Ohr das Gute, was ich über sie sagte, zu hören. Es ist ein junges Herz, das sie mit Gewalt eingenommen haben, und welches nicht mehr ohne sie schlagen kann. Mein Freund, ich weiß, es ist ihnen eine Marter, zu sehr geliebt zu werden, aber wessen ist die Schuld? Verlassen sie Madam Michelin ohne Schonung, so ist sie zu allem fähig; sie hat nicht Stärke genug das Unglück zu ertragen; es kann sie zu tausend Ausschweifungen verleiten, zu Grunde richten: leben sie so gut mit ihr, als es ihnen möglich ist, und schonen sie ihrer zu großen Empfindlichkeit.

Diese moralische Vorlesung wurde mir langweilig. Je mehr die Herzoginn Madam Michelin in Schutz nahm, desto mehr bekam ich Lust, ihr mein Wort für diesen Abend nicht zu halten; die Herzoginn schien mir tausend Mahl des Vorzuges vor denen würdig, welche mich erwarteten, und es gereuete mich schon, einen Besuch zugesagt zu haben, der in

dies

diesem Augenblicke nicht mehr den verführerischen Reitz für mich hatte.

Die Weigerungen einer Geliebten sind nur ein neuer Sporn für die Begierde; wer sich eines Sieges gewiß glaubt, der sieht es ungern, wenn er ihm entrissen wird; das Gut, was er verliehrt, scheint ihm wichtiger als das, was er hat; und seine Einbildungskraft stattet den Gegenstand, dessen er nicht habhaft werden kann, mit allen nur erwünschlichen Vollkommenheiten aus. Der Besitz eines Weibes wird uns gleichgültig, so bald wir ihrer immer genießen können. Man legt keinen Werth mehr darauf; es ist ein schönes Gemählde, das man alle Tage sieht, und worauf man kaum noch einen Blick wirft: man wundert sich oft, wenn ein Mann seiner Gattinn ein Frauenzimmer vorzieht, das ihr an Verdiensten weit nachsteht; und doch ist nichts natürlicher. Ich will nichts von den unangenehmen Seiten oder den verhehlten Mängeln sagen, die man doch der Bemerkung des Mannes nicht ganz zu entziehen versteht, und von welchen die Kunst denen abhilft, die nicht so ausgebreitete Rechte haben. Die Frau, welche man besitzt, und wenn sie auch immer so frisch wie Hebe, und so schön wie Amors Mutter wäre, kann die Täuschung, so sie noch in unsern Augen verschönert, nicht lange erhalten. Die ersten Tage ist sie eine Göttinn; einige Monathe darauf nichts als ein gewöhnliches Weib: die Gewohnheit tödtet die Lüsternheit, und wo diese nicht mehr ist, was bleibt dem Manne da für Vergnügen an seiner Frau, wäre sie auch das vollkommenste Weib. Der tägliche Umgang raubt alles Verdienst, und der Geschmack, so denen wunderlich vorkommt, welche unsern Ueberdruß nicht fühlen, dieser Geschmack, der uns zu einem andern, nach ihrer Meinung weniger liebenswürdigen Gegenstande, als welchen wir verlassen, hinreißt, ist der natürliche Geschmack aller Mannspersonen, ist uns angebohren. Die wohlthätige Natur will, daß alles, was uns umgibt, die Gestalt wechsele; sie selbst ist jederzeit für uns neu, und gefällt eben

um

um dieser Abwechselung so sehr. Auch die lieblichste Einhäl-
ligkeit wird eintönig, macht Ueberdruß, und der Mensch ist
nicht gemacht, immer an einen Gegenstand gefesselt zu werden. Die gesellschaftlichen Einrichtungen laufen der Natur
schnur straks zuwider; durch sie wird der Mensch weit unglücklicher als die Thiere, welche ihm untergeordnet sind;
man zwingt ihn, sein Wort nicht zu halten, indem man ihm
nöthiget, Bande zu knüpfen, die er sein Leben lang nicht
zerreissen soll; hat er Ein Mahl gewählt, so befiehlt ihm die
Religion, dabey bis an den Tod zu bleiben; ich würde
schier so viel lieben, als die Natur befiehlt, um nicht krank
zu werden. Der Mensch vermag eben so wenig sein ganzes
Leben lang beständig zu bleiben, als er die Krankheiten, deren
Opfer er wird, von sich abzuhalten vermag.

Es gibt vielleicht einige, welche die Begierdenlosigkeit
gegen allen Genuß gleichgültig macht; das sind aber nur
Ausnahmen von der allgemeinen Regel. Ich vergleiche sie
mit leblosen Wesen, mit einer Pagode, deren Kopf und
Glieder man nach Belieben zerren kann. Der wohlorgani-
sirte Mensch aber ist zum Begehren gebohren; ohne dieses
Vermögen wäre er unglücklich. Ein Gut erweckt in ihm den
Wunsch nach einem andern; die kaum befriedigte Begierde
wächst im nächsten Augenblicke wieder auf: tausend Plane
darf er zu seinem Glücke entwerfen; und die wenigen, das
Bedürfniß der Liebe zu befriedigen, will man ihm übel nehmen? Ist sie doch von allen Leidenschaften die mächtigste,
und diejenige, welcher man vergebens die meisten Hindernisse
in den Weg zu legen gesucht hat. So lange es Menschen
geben wird, so lange werden sie aus Bedürfniß veränderlich
seyn, so wie sie auch den übrigen Gesetzen der Natur sich zu
unterwerfen gezwungen sind. Und die Unbeständigkeit,
welche dem bey Seite gesetzten Gegenstande so grausam
scheinet, ihn zwinget, sich bey denen zu beklagen, welche von
den in ihrer Gegenwart vergossenen Thränen gerührt werden,
keimte zuverläßig in dem Herzen des Unglücklichen, der Mit-

leid

leid für sich zu erwecken sucht; wir sind ihm nur zuvor gekommen, und das ist sein ganzes Unglück. Ich behaupte,
daß einige Monathe eher oder später allen Unterschied zwischen der ungetreuen und der verlaffenen ausmachen. Diese hätte gethan, was jene gethan hat; die eine ist nur
der andern zuvor gekommen. Daher kommt es auch, daß
der Mann, dem diese Grundsätze eigen sind, sich nie den
Vorsprung abgewinnen läßt, und sich immer vor aller De-
müthigung zum voraus zu verwahren sucht. In eben dem
Augenblicke, da eine Frau uns am feurigsten zu lieben
scheint, gibt sie uns oft auf; und nur ein Neuling in der
Liebe kann sich einbilden, daß er ewig gefallen werde. Ein
bisher unbeachteter Gegenstand verführt auf Ein Mahl unsere
Sinne, und es ist um unsere Treue geschehen; denn wer
weiß nicht, daß die Sinne allein eine Rolle in der Liebe haben. Es trifft sich zuweilen, daß ein Gegenstand, der keine
Reitze mehr für uns hatte, in unsern Augen allen Reitz der
Neuheit wieder gewinnt. Abwesenheit, Weigerungen,
Verbindungen mit Frauenzimmern, die nicht so viel glänzende Eigenschaften besitzen, können die erlöschten Begierden
wieder anfachen. Aber man muß sich nur nicht davon täuschen laffen; es ist nichts als ein loderndes Feuer, es hat
keine Dauer, und wird oft von nichts als der gedemüthigten
Eigenliebe angeblasen, wenn wir die verschmäheten Rechte
nicht mehr wieder bekommen können. Der Mensch ist stolz,
er will triumphiren, und betrügt sich, wenn er die Begierde
ein Frauenzimmer zu erobern, das ihm den Sieg schwer
macht, für Liebe nimmt.

Dieses war auch meine Lage mit der Herzoginn * *.
Es blieb mir kein Zweifel übrig, daß sie mich nicht über
alles geliebt hatte; ich sahe selbst ein, daß sie mich noch
liebte, und fand es daher sehr sonderbar, als sie meiner
Inbrunst, mich aufs neue wieder mit ihr zu vereinigen,
nicht nachgab. Ich suchte noch Ein Mahl sie zu verführen.
Es war mir unbegreiflich, daß es ihr ein Vergnügen machen

könnte,

könnte, mir, das Verdienst ihrer Nebenbuhlerinn zu rühmen, eines Frauenzimmers, das mich von ihr abwendig gemacht hatte; und ich hielt alle diese schönen Sentiments mehr für studirt als wahr. Dem gemäß betrug ich mich auch gegen sie: ich griff sie lebhaft an, ich war wirklich in diesem Augenblicke in sie verliebt; die geringste Abwesenheit flößte mir Begierden ein, die sie allein das Talent hatte zu erzeugen; ihr Widerstand entflammte sie. Ich that der Herzoginn noch Ein Mahl den Vorschlag, ihr meine Nacht zu opfern, und da sie noch unerschütterlich blieb, wollte ich Gewalt brauchen, als einer von ihren Leuten hereintrat. Dieser erschien auf ein Zeichen, welches die Herzoginn, während meines verliebten Anfalles, mit der Klingel, mir unbemerkt, gegeben hatte; es nöthigte mich von meinem Vorhaben abzustehen. Aber wie erstaunte ich, als sie zu ihm mit der größten Kaltblütigkeit sagte: der Herr von Fronsac will ein Glas Wasser; rufe er Mamsell Vincent, und laß er anspannen. Der Ausgang dieses Abenteuers machte mich so bestürzt, daß ich weder reden, noch die Herzoginn ** ansehen konnte. Ich war rasend, ich machte tausend Plane mich zu rächen; und der Bediente, welcher seiner Gebietherinn Befehle schnell erfüllte, stand mit diesem impertinenten Glase Wasser schon vor mir, ehe ich noch einen festen Gedanken, was ich thun sollte, herausgebracht hatte. Dieser Spott stimmte mir so wenig mit dem Charakter der Herzoginn überein, daß ich ihn gar nicht mit ihr zu reimen wußte. Eine in allen Künsten der Galanterie geübte Buhlerinn hätte wohl so handeln können; aber ein zärtliches Weib, das nur ihr Herz schwach gemacht, das ihre Niederlage so oft beweinet, und sich nur aus zu großer und unwiderstehlicher Liebe verirret hatte, das sollte meiner Meinung nach sich nicht so betragen haben; es geschah aus Verachtung; und wenn ich mich der Scene erinnerte, da ich ihr mein Gemählde wieder zustellte, welches sie ihr Leben lang zu bewahren schwor, einer Scene, die erst eben vorgefallen,

und

und wobey ich, durch die von ✹ mit so vielem Vergnügen verfertigten Verse, augenscheinlich überzeugt worden war, daß sie sich immer mit mir beschäftigte, so glaubte ich mich zu irren, und konnte mich nicht überreden, daß es eine und eben dieselbe Frau wäre.

Ich saß da, den Elbogen auf den Kamin gestützt, und war ganz in Gedanken vertieft, die pfeilschnell auf einander folgten. Ich sahe die Herzoginn ** ganz maschinenmäßig an; sie saß noch immer auf dem Kanapeh, wohin ich sie wider ihren Willen geführt hatte. Ihr Kopf hing gesenkt auf ihren Busen, der in großer Wallung zu seyn schien; die Arme waren verschränkt, wie an einem Menschen, der tief über etwas nachdenkt. Mich erschütterten eine Menge sich widerstreitender Gefühle bey diesem Anblicke; von allen aber beherrschte mich der Haß, so viel ich merkte, am meisten. Er machte mich ungerecht gegen sie, und benahm ihr auf Ein Mahl alle die Eigenschaften, welche ich so oft an ihr bewundert hatte. Ich hielt sie für falsch, buhlerisch, schlechtdenkend, und es kränkte mich, daß ich so sehr in sie gedrungen hatte, Gunstbezeigungen zu erhalten, die mir in dem Augenblicke sehr wenig begehrungswürdig schienen; man sieht hieraus, daß oft ein Nichts unsere Gefühle bezaubert und entzaubert. Ohne Zweifel flößte der Verdruß zu eben der Zeit, da der Zorn mich so ungerecht gegen die Herzoginn * * machte, auch ihr solche Gefühle ein, die eben nicht sehr günstig für mich waren. So viel ist gewiß, wir blieben beyde stumm, und weder sie noch ich suchte das Stillschweigen zu brechen. Mamsell Vincent kam herein, und machte diesem traurigen Tete a Tete ein Ende. Die Herzoginn stand auf, als ob nichts vorgefallen wäre, und sagte zu ihr, sie sollte nur in ihr Ankleidezimmer gehen. Mir stotterte sie ein paar Worte von einer Entschuldigung vor, daß sie genöthigt wäre, mich allein zu lassen, und ich ging noch weit wütender über diese Verweisung aus ihrem Hause.

Ich

Ich gelobte, es nie wieder zu betreten, und auf ewig ein Weib zu fliehen, das mich so schlecht behandelte.

Ich wußte nicht, wohin ich mich begeben sollte, meine Galle zu verschnaufen. Es verdroß mich so gar, daß man mich hatte aufbringen können. Ich kehrte nach Hause, um an die Frau zu schreiben, worüber ich so große Ursache zu haben glaubte, mich zu beschweren. Zu wiederhohlten Mahlen fing ich meinen Brief an, aber kein Anfang wollte meinen Verdruße entsprechen; ich zerriß sie alle. Nun erwog ich, daß Verachtung mit Verachtung müßte vergolten werden, und ein Brief mich nicht sattsam genug rächen könnte. Auf Ein Mahl fielen mir meine Zusammenkünfte auf den Abend bey, und ich beschloß mir das Vergnügen, was ich mir davon versprach, durch die Erinnerung an eine Frau nicht zu verderben, der ich um meiner Ehre willen entsagen mußte. Es war mir jetzt selbst unbegreiflich, wie ich ein solcher Thor hatte seyn können, ihr den Vorschlag zu thun, den Genuß zwey liebenswürdiger Weiber ihr aufzuopfern, und das noch weit reitzendere Vergnügen, sie beyde auf Ein Mahl, in einem und eben demselben Hause zu hintergehen. Diese Vorstellungen verbannten allmählich meine üble Laune, und ich sahe ein, daß der Zorn, der uns das erwünschte Gut zu genießen verhindert, eine Thorheit war. Mein Herz öffnete sich ganz der Hoffnung des Glückes, welches auf mich wartete, und ich fand die Aussicht darauf weit lachender, da die Stille nach dem Sturme zurückkehrte, welcher das Gemählde davon verdunkelt hatte.

Ich hatte Madam Michelin zwar gesagt, daß ich vor dem Abend nicht kommen könnte; um aber auch den geringsten Zug von dem Verdrusse, welchen mir der so eben zwischen der Herzoginn ❖ ❖ und mir vorgefallene Auftritt gemacht hatte, zu vertilgen, hielt ich es für nöthwendig, gleich hinzugehen, überzeugt, daß ich über ihren Anblick jede unangenehme Vorstellung verliehren würde. Es war mir zu wohl bekannt, was für Macht der gegenwärtige Gegenstand über meine Sinne hatte, und ich zweifelte nicht an den glücklichen Folgen dieses Besuches. Madam Renaud war bey ihr, als ich kam; sie hatten sich beyde in Staat geworfen, und wollten mit einander zu Mittage essen, einen so schönen Tag zu feyern. Sie sahen nicht voraus, daß sie beyde gleichen Grund hatten sich zu freuen. Die Freude der Frommen war sanft, und Madam Renaud verrieth ihr Verlangen durch die Lebhaftigkeit ihrer Blicke.

Auf das Erstaunen, worin sie über meine Ankunft geriethen, folgte das lebhafteste Bestreben, mich wohl zu empfangen. Es war ein Wetteifer zwischen beyden, wer mir die meiste Freundschaft erzeigen sollte; aber die Furcht sich zu verrathen, hielt die zu ausdruckvollen Beweise dieser Freundschaft, so alle Augenblicke sich zu verrathen droheten, zurück. Sie gaben mir auf eine versteckte Weise zu verstehen, daß sie heute eine angenehme Nachricht bekommen, und sich um deswillen vorgenommen hätten, sich mit einander etwas zu gute zu thun. Jede warf mir verstohlen einen Blick zu, der mir den Sinn dieser räthselhaften Worte, die ich zum wenigsten eben so gut wie sie errieth, zu verstehen geben sollte. Diese Lage schien mir so angenehm, daß ich die Herzoginn * * bald vergaß. Ich weiß selbst nicht einmahl, ob sie den Vorzug bekommen haben würde, wenn sie sich zu diesen zwey Weibern hätte gesellen können; ich sage dieses nicht wegen des Zwistes, der mich gegen sie erbittert hatte: vielleicht wäre ihr ein anderer Tag noch weit weniger günstig gewesen. Diese doppelte Zusammenkunft schien mir sehr reitzend; ich wußte mir nichts darüber. Ich sahe die zwey Weiber, welche der Gegenstand desselben waren; und diese Aussicht entfernte jede andere Vorstellung. Das Sonderbare ist oft alles Verdienst an einer Gesellschaft. Ich warb ersucht an dem frugalen Mahle, das sie als gute Freundinnen bereitet hatten, Theil zu nehmen. Sie trugen dazu die Kosten mit einander, und bathen mich, ihr Vergnügen dadurch vollkommen zu machen, daß ich ihr Anerbie-

F 5

then

then annähme, welches sie nicht gegen mich würden gewagt
haben, wenn ihnen nicht die Gelegenheit so günstig gewesen
wäre, und mich zur Mittagsstunde hergeführt hätte. Allein
Zusagen, die ich nicht zurück nehmen konnte, verhinderten
mich, den Vorschlag anzunehmen, der mir großes Vergnü=
gen machte; ich versprach aber, so lange ich könnte, bey
ihnen zu bleiben, weil ich weit später speisete als sie. Ich
verlangte, sie sollten sich zur Tafel setzen, und ließ mich so
lange bey ihnen nieder, bis ich sie verlassen mußte. Ich
saß zwischen beyden, wartete ihnen auf, und sahe Liebe und
Eigenliebe gleich sehr befriedigt. Ein wahres Nichts von
uns Vornehmen berauscht die Weiber aus dieser Classe; man
überhäufte mich mit Danke und Verehrung. Ich gab Ma=
dam Michelin's Kniee mit meinem Kniee einen verliebten
Druck, es kam ihr etwas sauer an, auf die Berührung zu
antworten. Ganz anders aber verhielt es sich mit meiner
leichtsinnigen Renaud. Diese setzte sich kaum nieder, als
sie auch schon ihren Fuß hart neben dem meinigen hinpflanzte;
und da stand er wie angeschroben: denn, welche kleine
Versuche ich auch machte, und zu machen genöthigt war,
sie zog ihn nicht von der Stelle. Indessen bohrte sie ihn
zuweilen so empfindlich ein, wahrscheinlich um mir eine aus=
druckvollere Vorstellung von ihrer Liebe beyzubringen, daß
ich mich, versteht sich mit Anstande, dieser peinlichen Last
zu entschütteln suchte. Ich warf ein Gedeck zur Erde, und
ungeachtet aller dienstfertigen Hände, die mich sogleich um=
gaben, bückte ich mich doch es aufzuheben. Die Stellung
des Fußes meiner Brünette würde bey dieser Gelegenheit zum
Vorscheine gekommen seyn; sie befreyete mich daher selbst von
diesem lästigen Gewichte. In der Folge stellte ich mein Bein
so, daß alle Versuche, das vorige Spiel wieder vorzuneh=
men, vergebens waren. Ihr Knie ergriff gleich ein anderes
Geschäft, und theilte dem meinigen zuweilen solche Stöße
mit, daß mein ganzer Körper davon erschüttert ward; ich
mußte nur darauf antworten, um einem neuen Stoße zuvor

zu

zu kommen. Da man aber das immer lieber hat, was schwer zu erhalten ist, als das, was sich uns unaufhörlich darbiethet, so waren mir die seltenen Knieberührungen der Frommen unendlich lieber, als alle die, welche mir die Brünette in so reichem Maße zutheilte. Die Zeit verging schnell, und es war schon spät, als ich beyde Schönen verließ, deren Blick mein nahes Glück verkündigte.

Meine Einbildungskraft war golden; alles erschien mir den Rest des Tages über in rosenfarbenem Lichte. Unsere Gefühle entsprechen stets der Stimmung unserer Seele: ist diese heiter, so lacht alles um uns her; ist sie traurig, so legt auch die ganze Natur für uns Trauer an, und wir sehen alles in der Farbe der uns beherrschenden Schwermuth. Wenn uns demnach das Evangelium mit dem Weinenden zu weinen, und mit dem Fröhlichen fröhlich zu seyn, befiehlt, so ist dieses ohne Zweifel ein heilsamer Rath, den es uns mehr zu unserm physischen als moralischen Besten ertheilet. Die Mishälligkeit ist uns eine Marter, und nichts fällt uns schwerer, als unter Leuten zu seyn, die ein Gefühl bezeigen, was wir nicht haben; man zwingt sich mit ihnen überein zu stimmen; aber alle Mahl auf Kosten seines Temperamentes und folglich auch seiner Gesundheit. Ich glaube, wenn man lange leben will, muß man seine Sinne vor Erschütterungen zu bewahren suchen, so sie zu sehr ermüden. Leute von häufigen Affecten leben nicht lange. Ein brausender Wein zersprengt das Faß (la lame use le fourreau *). Das Blut, so sich mit der Länge der Zeit durch Gährung zu sehr auflöset, erzeugt Gemüthskrankheiten, welche so viele Menschen aufreiben; die Verdauung geht schlecht von Statten, und die verdorbenen Säfte, welche das ersetzen sollen, was wir täglich verlieren, bringen die ganze Maschine in Unordnung, anstatt ihr einen heilsamen Balsam ein-

*) Die Klinge reibt die Scheide auf. Es fehlte mir hier an einem ähnlichen Sprichworte. Anmerk. des Uebers.

einzuflößen. Der Mensch kann sich nicht genug bestreben, seine Leidenschaften zu mäßigen, vor allen aber die Traurigkeit zu verbannen; der Kummer verkürzt ihm seine Tage um die Hälfte. Glücklich ist der, welcher alles sehen kann, ohne in Aufwallungen zu gerathen, der sich bey Zeiten gewöhnt, alles, was ihn umgibt, als etwas, das ihm nicht zugehört, zu betrachten. Wird ihm ein langes Leben zu Theile, so muß er sehen, wie ihn alles verläßt, was ihm theuer ist: und welche Schmerzen würde er sich nicht bereiten, wenn er sich nicht gewöhnte, solchen Verlust zu ertragen? Aus Menschlichkeit kann er sich hinreissen lassen, dem Unglücke eines andern abzuhelfen, aber er thut unrecht, wenn er sich darüber kümmert; er muß so viel Klugheit haben, es als einen unangenehmen Traum zu betrachten, und mit Lachen zu erwachen suchen. Ist er gleich der menschlichen Gesellschaft einige Augenblicke, so ist er ihr doch nicht seine Gesundheit schuldig, es ist Thorheit, sich an die Stelle seiner unglücklichen Freunde zu setzen. Denn was entsteht daraus? Kummer: das Ziel des menschlichen Lebens ist zu kurz, um es noch mehr zu verkürzen. Nimmt nun der vernünftige Mann an dem Unglücke anderer Menschen nur mäßig Theil, so muß er bey dem seinigen den Muth nicht verliehren. Muthlosigkeit raubt uns die Mittel das Uebel wieder gut zu machen; und noch ein Mahl, man muß den traurigen Gefühlen, die den Samen des Todes in uns ausstreuen, ausweichen, wie man den Stich giftiger Insecten, oder einen Trank von vergifteten Säften vermeidet. Die Leute, welche den Egoismus als ein Uebel betrachten, sehen nicht ein, daß er Natur ist. Das Thier ist auch nur auf sich selbst bedacht, es denkt und handelt nur um sein selbst willen, es vertheidigt sein Futter, es ficht für den ausschließenden Besitz des Weibchens, dessen es bedarf. Der Mensch ist nicht besser organisiret. Die Kinder sind davon ein Beweis: sie eignen alles sich zu, wollen alles, was sie sehen, und weinen, wenn man

man

man ihnen das Spielzeug wieder nimmt, welches sie für sich behalten wollen. Wenn sie groß werden, hören sie darum nicht auf Kinder zu seyn. Das Spielzeug nimmt an Werth mit dem Alter zu, und das ist der ganze Unterschied. Nichts desto weniger wollen sie es für sich allein besitzen, und die Erziehung, welche diese Neigung mit Ausschluße zu genießen verfeinert, kann sie damit doch nicht ausrotten. Jedermann handelt um sein selbst willen, und thut wohl daran. Derjenige, so von den Blendwerken einer übel angebrachten Philosophie verführt, sein Glück darin sucht, das Glück anderer Menschen zu machen, ist immer der betrogene Thor eines Systemes, dessen Unstatthaftigkeit er bald einsehen lernt. Die Bücher schildern den Menschen, so wie er seyn sollte; nach denselben macht man sich übertriebene Vorstellungen von ihm, und beseufzet seinen Irrthum nicht eher, als bis man das Opfer desselben geworden ist.

Die Freundschaft, so wie man sie in der Welt antrift, hat mehrere unglücklich gemacht als der Haß; man hüthet sich vor dem Einen, und überläßt sich ganz der Andern. Ich bin damit weit entfernet die zu loben, welche die Welt fliehen, von der sie betrogen worden sind. Dieses sind Thoren, die sie nicht zu genießen wußten. Man muß aus dem Zirkel, worin man sich befindet, seinen Vortheil zu ziehen, und vorzüglich alles von sich abhängig zu machen verstehen. Der Mensch, welcher nicht sich allein lebt, ist über kurz oder lang der betrogene Thor seiner Gesinnungen. Man kann andere lieben, aber es ist nicht mehr als billig, sich den Vorzug vor allen zu geben. Dieß ist seit langer Zeit meine Art zu denken und zu handeln; und schöne Freundinn, ich befinde mich sehr wohl dabey. Sie selbst haben mir oft Recht gegeben, und gesagt, daß es auch ihr System wäre.

Die Nacht brach an. Ich begab mich zu meiner Frommen; sie erwartete mich in einer reitzenden Nachtkleidung. Die Ladenjungfer schlief schon fest, Kraft meines Schlaftrunkes, und nun lag meinen Freuden nichts mehr in dem Wege.

Man

Madam Michelin war verlegen, und verrieth ihrer Gewohn=
heit nach eine Unruhe, deren sie sich nicht zu entschlagen
vermochte; ich half ihr beym Auskleiden, und niemahls er=
füllte wohl ein Kammerdiener seine Pflichten besser. Nach=
dem ich den Platz des guten Michelins eingenommen hatte,
fiel mir bey, daß ich nichts als die Rolle eines Hausgeräth=
händlers doppelt spielte, und diese Vorstellung, verbun=
den mit der Dunkelheit, so mich verhinderte, Madam Mi=
chelin, die aus einem Reste von Sittsamkeit so gleich das
Licht ausgelöscht hatte, zu sehen, schlug die Lebhaftigkeit
meiner Entzückungen nieder. Ich gab mir indessen alle er=
sinnliche Mühe, sie wieder zu beleben; und da die Natur
sich in solchen Fällen nie stiefmütterlich gegen mich betrug,
so brachte sie mir bald die Morgenröthe der Wonne wieder
zurück. Meine Fromme litt lange unter meiner Erkaltung,
und gab sich ohne Rückhalt der lange erseufzten Aussöh=
nung hin.

Bald darauf fiel es mir bey, daß ich noch Madam Re=
naud Gesellschaft leisten müßte; und diese Erinnerung ver=
minderte auf Ein Mahl das Feuer, so ich eben blicken lassen
wollte. Die erstaunte Fromme, der noch immer meine er=
sten Unterhaltungen mit ihr vorschwebten, glaubte, daß
eine Aussöhnung eine weit längere Erklärung nach sich ziehen
müßte: sie schwieg eine Zeit lang stille; ihre kleinen erstickten
Seufzer deuteten genugsam an, was sie nicht zu sagen wagte;
einige Küsse bewiesen ihr, daß ich sie noch liebte, ohne doch
von meinem Vorsatze abzugehen, diese Zärtlichkeitsbezeigun=
gen nicht zu übertreiben. Indessen kam die Stunde heran;
und Madam Michelin sahe mit großem Schmerze den Au=
genblick unserer Trennung heran nahen: sie bath mich, ihr
doch noch einige Augenblicke zu schenken; aber meine Ein=
theilung war gemacht, und sollte genau befolgt werden.
Als es zwey schlug, stellte ich ihr die Nothwendigkeit vor sie
zu verlassen, und riß mich ohne Erbarmen aus den verlieb=
ten Umarmungen dieser Frau. Vermittelst eines angezün=

deten

deten Wachsstockes kam ich zur Treppe, wo ich that, als ob ich hinunter steigen wollte. Ich ließ nur Madam Michelin erst ihre Thür verschließen, und schlich mich alsdann zur Thür ihrer Nachbarinn, welche noch wachte. Madam Renaud, eine vorsichtige Frau, erwartete mich schon bey unverschloßener Thür in ihrem Vorzimmer; sie lobte meine Pünktlichkeit, und hatte ich vorhin bey der ersten den Kammerdiener gemacht, so fand ich hier wieder eine Kammerfrau an der letztern. Diese Frau bediente mich zum Verwundern; und ich befand mich schon zwey Minuten nach dem ich die andere verlaßen hatte in einem neuen Bette. Madam Renaud besaß nicht die Eigenliebe, sich zuvor kommen zu laßen; sie eilte mir mit der Huldigung entgegen, die ich ihr bringen wollte; und ich ward mit Liebkosungen überhäuft, denen es mir unmöglich war zu widerstehen. Sie verstand die Kunst ermattete Begierden wieder zu beleben; und ich sahe nun, wie klug ich gehandelt hatte, daß ich mit meiner Lebhaftigkeit bey Madam Michelin sparsam gewesen war. Gegen Morgen bemächtigte sich ihrer der erquickende Schlaf. Auch über mich schüttete er seine Wohlthaten aus, und nahm mir selbst das Andenken an diese bezaubernde Nacht. Ich erwachte von dem Geräusche, so die Magd dieser Frau verursachte, welche, da sie den Schlüssel zum Zimmer hatte, herein kam, um wie gewöhnlich das Feuer anzumachen. Ich bezeigte Madam Renaud leise meine Unruhe über die Schwierigkeit wieder fortzukommen; aber ich fand, diese Frau war beherzt, und ließ sich nicht von einer jeden Kleinigkeit aus der Faßung bringen: sie sagte zu mir, ihre Magd sollte auf den Markt gehen, und dann würde ich Zeit genug gewinnen, mich nach Belieben zu entfernen. Ihre Sicherheit bewirkte die meinige; und ich erwartete geduldig bey Madam Renaud diesen günstigen Augenblick. Er kam, die Magd ging fort, und ihre Gebietherinn überzeugte mich, wie sehr bequem es war, mit ihr in Verbindung zu stehen. Sie erwartete, sahe ich wohl, mein Versprechen, wieder zu

kom-

kommen, und die Einsiedeley, so nannte sie ihre Wohnung, mit ihr zu theilen: ich ermangelte nicht, ihr zu versichern, daß ich mich zu wohl bey ihr befände, um sie nicht wieder zu besuchen.

Ich war aufgestanden, aber noch nicht angekleidet, als sich auf Ein Mahl die Thür öffnete, und Madam Michelin in eben der Nachtkleidung herein trat, die sie vorigen Abend angehabt hatte. Die verdammte Magd, welche ihr auf der Stiege begegnet war, hatte ihr auf ihr Befragen, ob Madam Renaud schon zu sprechen wäre, als ihrer Frauen Freundinn die Thür geöffnet, ohne die tragisch-komische Scene, welche sie veranlaßte, voraus zu sehen. Madam Michelin's Eintritt war ein Theaterstreich zum Entzücken; ich stand da, die Augen unverwandt auf sie gerichtet, den Mund offen, und zweifelte an der Wahrheit dieser Erscheinung. Madam Michelin, noch erstaunter als ich, war blaß und zitternd auf einen Stuhl gesunken, der hinter ihr stand; Madam Renaud, welche Trotz ihrer natürlichen Unerschrockenheit über diesen unerwarteten Vorfall ganz bestürzt da saß, hatte das Betttuch über den Kopf geworfen, ihre Schaamröthe zu verbergen. In dieser Lage blieben wir einige Minuten: Madam Michelin unterbrach zuerst dieses interessante Stillschweigen, und rief auf Ein Mahl im Tone der Verzweiflung aus, Herr Herzog, — ach! Herr Herzog — Ich faßte mich wieder, ging zu ihr, ward aber zurück gestoßen, und erhielt den Befehl mich anzukleiden. Nun brach sie wieder in Ausrufungen aus, und Madam Renaud war der Gegenstand derselben. Die Nachbarinn, die sich von ihrer Beschämung erhohlte, brachte nun einige Worte ohne Zusammenhang vor, sprach aber bald darauf schon zusammenhängender. Sie gestand, daß sie schuldig, und die Liebe, so sie zu mir hätte, ihre einzige Entschuldigung wäre. Eine brave Frau kann nicht immer für sich stehen, sagte sie; es gibt Augenblicke, so der Tugend gefährlich sind, und ein solcher Augenblick hatte dem Herrn

Her-

Herzog sein Daseyn zu danken. Es kränkt mich innigst, meine liebe Freundinn, daß sie ein Zeuge meiner Schwachheit geworden sind; ich weiß wohl, es wird mir ihre Freundschaft kosten; ihre strengen Grundsätze werden es ihnen nicht länger erlauben, mit mir in einem so guten Vernehmen zu bleiben; sie haben zu viel Religion, einer Frau Umgang mit ihnen zu verstatten, welche sich so aufführt, und sich mit Vergnügen verirrt; denn ich kann ihnen nicht bergen, ich bethe den Herzog an, und will ihn ewig lieben. Ich schäme mich selbst nicht einmahl, ihm vor ihren Augen diese Erklärung von meiner Zärtlichkeit zu geben. Wenn es ihnen aber, möglich wäre, Nachsicht mit mir zu haben; so würden sie ihre Freundinn, welche in den Pflichten rückständig bleibt, die sie mit so vieler Pünktlichkeit abtragen, bedauern, und sie deßhalb um nichts weniger lieben, weil sie den ersten Eingebungen ihres Herzens gefolget ist. Die Fromme schlug die Augen nieder, als sie so viele Lobeserhebungen erhielt, welche sie, wie sie wohl wußte, nicht verdiente.

Ich glaubte nun auch ein Mahl reden zu müssen, und versicherte Madam Renaud, ihrer Nachbarinn Religion wäre zu lauter, als daß sie nicht andern solche kleine Verirrungen eines gefühlvollen Herzens verzeihen sollte. Madam Michelin hat, ich weiß es gewiß, große Nachsicht gegen ein Vergehen, welches der Zufall ihr von uns verrieth, und wir, von unsern Sinnen hingerissen, begangen haben; sie weiß besser als eine andere das Geboth des Evangeliums, welches seinen Nächsten wie sich selbst zu lieben befiehlt; und ich bin überzeugt, sie beobachtet es mit großer Gewissenhaftigkeit. Sie weiß, daß man dem, der da bittet, geben muß; und sie gibt den Unglücklichen, welche Zuflucht zu ihr nehmen. Ist es nicht wahr, sagte ich zu ihr, und faßte sie bey der Hand, daß meine schöne Fromme von der göttlichen Liebe durchdrungen ist, und es dieser Liebe, sich wohl zuweilen auf irdische Dinge herab zu lassen, beliebt?

Meine Rede verdoppelte ihre Verwirrung; sie drückte mir die Hand, mich zu verhindern fortzufahren. Da aber meine Absicht war, von der Gelegenheit, die sich darboth, Vortheil zu ziehen, um unsere gegenseitige Liebschaft nicht länger verbergen zu dürfen, und mit beyden Weibern einen freyen Umgang haben zu können; so umarmte ich Madam Michelin mit dem lebhaftesten Feuer, und bath sie für den kleinen Verrath, welchen ich an ihr beging, um Vergebung. Es wäre mir, sagte ich, nicht möglich gewesen, der Zeuge einer so seltenen Freundschaft, als zwischen ihr und ihrer Nach- barinn herrschte, zu seyn, ohne ein Verlangen zu tragen, Theil an derselben zu nehmen; Freundschaft könnte zwischen zwey verschiedenen Geschlechtern nur dann Statt finden, wenn beyde sich ohne Rückhalt gegen einander betrügen; und aus diesem Grunde hätte ich alle Mittel versucht, mit Madam Renaud in eine so innige Verbindung zu treten.

Diese Letztere, welche sich bisher so demüthig gegen ihre Nachbarinn bezeigt hatte, schien über den freyen Ton, so ich bey ihr annahm, eben so erstaunt zu seyn, als über meine nicht zweydeutige Rede, welche ich in ihrer Gegenwart führte. Beyde Weiber sahen sich an, ohne ein Wort zu sagen, und blickten alsdann zur Erde. Ich, meiner Seits, konnte mich nicht enthalten in ein großes Gelächter auszu- brechen, und sagte zu ihnen: ich erstaunte, wie eine Klei- nigkeit sie so bestürzt machen könnte; nichts wäre ja gewöhn- licher, als einen Mann an der Freundschaft zweyer Weiber Antheil nehmen zu sehen; dieser Antheil müßte sie vielmehr heiterer machen; von nun an rechnete ich ganz darauf, daß es kein Geheimniß mehr unter uns geben, und dieses Klee- blatt von vertrauter Freundschaft alle Tage neue Reitze ge- winnen würde. Nun brach Madam Renaud in Ausrufun- gen aus — Wie meine Freundinn? — wie, sie sind meine — das Wort Nebenbuhlerinn erstarb ihr auf den Lip- pen — Erst den Augenblick darauf vermochte sie es aus- zusprechen. Es gibt hier keine Nebenbuhlerinnen, rief ich aus;

aus; zwey zärtliche Freundinnen sind es, die gleichen Geschmack und gleiche Neigungen haben, und sich um so mehr lieben müssen, da sie finden, daß ihre Denkungsart sich so gleich ist.

Ich nahm Madam Michelin, deren Blick mich, wo möglich, durchbohrt hätte, bey der Hand, und zog sie, all ihres Sträubens ungeachtet, zu Madam Renaud's Bette. Daselbst legte ich ihre Hände in einander, fügte die meinigen hinzu, und sprach einen Schwur aus, der dieses Bündniß ewig dauernd machen sollte. Ich drang in sie, sich zu umarmen, und drückte einen Kuß auf beyder Lippen, der mir nicht erwiedert ward. Madam Renaud war indessen weit geschwinder mit sich einig; sie gestand, die Erfahrung, nicht die einzige Genossinn meiner Liebe zu seyn, hätte sie ganz niedergeschlagen; doch wäre ihr Madam Michelin lieber als jede Andere. Nur wüßte sie sich noch nicht in dieses Abenteuer zu finden, und begriff nicht, wie die Frömmigkeit ihrer Freundinn, sich bis zu diesem Grade hätte vermenschlichen können; sie fühlte sich getröstet, eine Frau zur Theilnehmerinn ihrer Schwachheit zu haben, von der sie überzeugt wäre, daß sie wahre Religion besäße; Madam Michelin, dürfte versichert seyn, daß sie nicht aufhören würde sie zu lieben; und sie bäthe sie, stets ihre Freundinn zu bleiben. Diese aber war höchst aufgebracht, sich der andern gleich gestellt zu sehen, und das Uebergewicht, welches ihr ihre erste Entdeckung gegeben hatte, verlohren zu haben; sie war fromm und eben darum auch sehr gallsüchtig; ihre Eigenliebe litt; und Freundinn und Liebhaber schienen ihr gleich verhaßt.

Indessen mußte sie sich in die Umstände fügen, sie durfte nichts sagen, ihrer Nachbarinn Schwachheit war auch die ihrige. Sie war in eben derselben Lage gewesen: der Zufall hatte ihr nur mehr zu Gefallen gethan, und sie sahe sich genöthigt, an ihr einen Fehler zu entschuldigen, den sie sich jetzt selbst verzeihen mußte. Es ward beschlossen,

uns

uns so gleich in den Stand zu setzen, daß wir uns vor der Magd, welche nun bald wieder zurück kommen mußte, sehen lassen konnten; und Madam Renaud und ich kleideten uns an. Die Fromme wollte fortgehen, ich hielt sie zurück; sie sagte mir ganz leise: ach, wie schlecht handeln sie an mir! — mich diesen Morgen so bald zu verlassen! und warum! — Ihre Eigenliebe, sahe ich, war empfindlich gekränkt; ich suchte sie immer zurück zu halten, und schlug vor, mit einander zu frühstücken. Madam Renaud, die nicht böse seyn konnte, unterstützte meinen Vorschlag, und both Chocolate an. Aber Madam Michelin wollte durchaus hinunter. Ich widersetzte mich ihrem Entschlusse und sagte: sie hätten den Tag vorher so schön mit einander zu Mittage gegessen, um die Nacht zu feyern, die sie, ohne es zu wissen, mit einander theilen sollten; sie könnten nun diesen Morgen noch angenehmer mit mir frühstücken, um dieses köstliche Fest vollends zu krönen. Alle beyde sahen mich auf Ein Mahl wieder an, und riefen zugleich aus: ein wahrer Wundermann! Madam Renaud setzte noch hinzu: aber es ist allerliebst! und ich drang der Frommen das Geständniß ab, daß dieses zuweilen auch ihre Meinung gewesen wäre.

Das Frühstück ward beschlossen, und man machte sich an die Zubereitung der Chocolate. Während Madam Renaud damit beschäftigt war, erkundigte ich mich bey Madam Michelin nach der Ladenjungfer; sie antwortete mir mit Empfindlichkeit, es wäre sehr grausam, ein Mädchen so zu behandeln, um ihrer Frau noch schlechter mitzuspielen. Man hätte, erzählte sie mir, alle Mühe von der Welt gehabt, sie nur wieder zu ermuntern, und Anfangs so gar gefürchtet, daß sie gestorben wäre; seitdem wären ihr die Glieder wie erstarret, und sie selbst mache sich nun ein Gewissen daraus, meinen Bitten nachgegeben zu haben. Aber immer noch konnte sie es nicht verschmerzen, daß ich sie so bald, und um an ihr untreu zu werden, verlassen hatte; vergebens versicherte

ſicherte ich ihr, daß es eine kleine Thorheit, ein jugendlicher Muthwille wäre, und ich ſie tauſend Mahl mehr als Madam Renaud liebte. Es ſchien ſie nun nichts mehr zu beruhigen. Für ihre Ladenjungfer, ſagte ich ihr, dürfte ſie ſich nicht leid ſeyn laſſen; dieſe Gliedererſtarrung würde bald wieder vergehen, es wäre die gewöhnliche Wirkung des Opiums auf diejenigen, ſo nicht daran gewöhnt wären.

Das Frühſtücken ging von meiner Seite ſehr angenehm vor ſich: die Fromme genoß nicht das geringſte, Madam Renaud ließ es ſich ſo ziemlich ſchmecken, und ich ſchlang wie ein Wolf. Während deſſelben ergriff ich bald die Hand der einen, bald der andern, nannte ſie meine lieben Bettgenoſſinnen, und verſicherte ihnen, die Vielweiberey wäre zu allen Zeiten erlaubt geweſen. Mein Aufenthalt in der Baſtille hatte mich gar gewaltig gelehrt gemacht, und ich kramte ihnen meine Gelehrſamkeit nach der Länge und Breite aus; allein ich ſahe wohl, daß ich doch nicht das Talent, ſie zu überzeugen, beſaß, und daß, wenn ſie auch nachſichtig gegen das Vergangene wären, es ihnen doch viele Mühe koſtete, es gegen das Gegenwärtige zu ſeyn. Jedermann iſt auf ſich ſelbſt bedacht; und im Grunde konnte ich ihnen ihren kleinen Unwillen gar nicht übel nehmen. Ich hatte es mir aber Ein Mahl in den Kopf geſetzt, ſie an das Theilen zu gewöhnen; und mein Wille war, ſie ſollten in gutem Vernehmen mit einander leben. Die erſten Augenblicke wußte ich wohl, würden ſtürmiſch ſeyn; aber mit Geduld und froher Laune verſprach ich mir beynahe gewiß, den Frieden wieder herzuſtellen. Das ſahe ich wohl ein, daß Madam Michelin mir die meiſte Mühe machen würde; ihre Frömmigkeit, die ſeit dem Anfange unſerer Verbindung mir entgegen war, vermehrte in dieſem Augenblicke ihre Reue und Bußfertigkeit. Da ſie meiner Liebe den größten Widerſtand gethan hatte, ſo glaubte ſie auch, daß ich ihr mehr ſchuldig wäre, und ſie hielt es für eine Erniedrigung, in ihrer Freundinn eine Nebenbuhlerinn anzutreffen; am meiſten aber verdroß ſie, die

ſie

ſelbe ſo unter ihren Augen zu haben. Aber meine theure Fromme liebte, folglich war ſie ſchwach; dieſes bürgte mir denn auch dafür, daß ſie über lang oder kurz mir verzeihen, und wieder zu mir zurück kehren würde. Ihre Nachbarinn, Madam Renaud, deren Eigenliebe auch beleidigt war, möchte vielleicht wohl gegen einen Liebhaber von ihrem Stan= de empfindlich gethan haben; aber ein Mann wie ich ſchmeichelte ihrer Eitelkeit, und ſie wollte lieber mit einer andern ſich in den Genuß theilen, als ganz und gar leer ausgehen. Der Ungetreue ſchien ihr liebenswürdig; und ſie ergab ſich daher gutwillig in das, was doch nicht mehr zu ändern ſtand. Ihre gute Laune ſtellte ſich noch beym Frühſtücke wieder ein; ſie ſagte zu ihrer Freundinn: jetzt haben wir uns einander doch nichts vorzuwerfen, und um= armte Madam Michelin, dem Anſcheine nach, von ganzem Herzen.

Als ich Abſchied von ihnen nahm, erhielt ich von Ma= dam Renaud den Kuß wieder, welchen ich ihr gab; ihre Freundinn aber war einige Minuten lang nicht dazu zu brin= gen. Ich erſuchte Madam Renaud ſie zu bewegen, wie= der mit mir Friede zu machen; und dieſe gute Frau bath, mir zu Gefallen, Madam Michelin mich zu umarmen. Es kam mir luſtig vor, daß eben ſie, ihre Nebenbuhlerinn, alles mögliche aufboth, uns wieder auszuſöhnen. Endlich hatten ihre Bemühungen den gewünſchten Erfolg; und ich fühlte den Druck von Lippen, welchen mir meine Fromme für einen Kuß gab, und ich dieſes Mahl für ächt an= nahm. Unter dem Verſprechen, ſie bald wieder zu beſu= chen, verließ ich ſie beyde, und ſagte zu ihnen: künftig dürften keine ſauern Geſichter mehr zum Vorſcheine kommen; dieſe wollte ich noch wohl hingehen laſſen, weil ſie Wirkun= gen der erſten Aufwallung wären; allein, das nächſte Mahl, da ich wiederkäme, und dieſes würde ſo bald als möglich geſchehen, müßte auch alles vergeben und vergeſſen ſeyn.

Noch

Noch an eben demselben Abend fiel mir die Herzoglich
bey, die ich während dieses doppelten Auftrittes ganz aus
den Gedanken verlohren hätte. Es regte sich in mir der
Wunsch, mich für das, was sie mir zuwider gethan hatte,
zu rächen; und ich entschloß mich, ihr von dem ganzen Ver-
laufe meines Glückes eine Erzählung zu machen, die ich,
zur Strafe für ihre Aufführung, recht übertreiben wollte.
Meine Absicht war, es sollte sie kränken, wenn sie hörte,
daß, aller Liebe ungeachtet, welche ich gegen sie bezeigte,
sie doch so wenig Einfluß auf meine Vergnügen hätte; und
ich so leicht ihre Gunstbezeigungen enträthen könnte.

Ich ging zu ihr. Man spielte. Sie empfing mich
kalt; aber nach und nach bezeigte sie mehr Theilnahme für
mich. Je mehr ich gewahr ward, daß meine Rückkunft
ihr Vergnügen machte, desto mehr versprach ich mir von
dem Betragen, welches ich gegen sie anzunehmen im Begriffe
stand. Schon mehr Mahl hatte ich bemerkt, daß nichts in
der Welt ein Frauenzimmer mehr erbittert, als eine Kränkung ihrer Eigenliebe, und demnach nahm ich mir vor, der
Herzoginn * * Eigenliebe zu beleidigen. Das Spiel ging
zu Ende; und ich suchte auf eine ungezwungene Art ein Mittel hervor, allein bey ihr zu bleiben. Es blieben nur zwey
Frauenzimmer beym Abendessen, das sehr kurz war. Diesen, unterließ ich nicht, etwas Verbindliches zu sagen, ach-
tete sehr wenig auf die Herzoginn, und lieh ihnen meinen
Arm, sie zum Wagen zu führen. Ich gab bey ihnen vor,
daß ich meine Dose vergessen hätte, und kehrte wieder zur
Herzoginn zurück, welche ich, wie ich es wünschte, allein
fand. Sie glaubte, es brächte mich ein innerer Drang wieder zu ihr zurück, und ich käme, eine Erklärung über das,
was am vorigen Abend zwischen uns vorgefallen war, zu
hören; allein, mit dem fröhlichsten Wesen von der Welt sagte
ich zu ihr, sie sähe den glücklichsten Menschen vor sich; ich
würde den Rechten der Freundschaft, so sie für mich hätte,

und

und der von ihr so gutwillig übernommenen Rolle, meine Vertraute zu seyn, zu nahe treten, wenn ich ihr, das köstlichste Abenteuer, ein Abenteuer, welches alle, so mir noch begegnet wären, weit überträfe, verhehlen wollte. Wie vielen Dank bin ich ihnen doch dafür schuldig, rief ich nun aus, daß sie so grausam gegen mich waren; hätten ihre Gunstbezeigungen mich hier bey ihnen zurück gehalten, wie ich ihnen den Vorschlag that, so wäre ich um den kostbarsten Augenblick meines Lebens gekommen. Dieser Anfang machte die Herzoginn * * verwirrt; indessen gab sie sich alle ersinnliche Mühe, die Bewegung ihres Herzens zu verbergen. Nun erzählte ich ihr, was mit meiner Frommen vorgefallen war, und verweilte mich noch länger bey dem Verdienste der Madam Renaud, welche sie noch nicht kannte. Alsdann theilte ich ihr die Art mit, wie ich meine Nacht hingebracht, und über diese neue Geliebte, die ich über alle die Vorigen erhob, triumphirt hatte. Etwas schöneres und verführerisches ließe sich gar nicht denken. Ich schilderte ihr alles mit einer Umständlichkeit, wobey die Erinnerung mich noch zu entzücken schien; und nie hat wohl ein Mensch mit so ruhigen Sinnen verliebter gethan. Die Herzoginn hörte mich ungeduldig an, hüthete sich indessen aber wohl, ihre Unruhe merken zu lassen: sie lachte selbst mit mir; aber es lautete ganz erzwungen. Ich kannte sie zu gut, um nicht einzusehen, daß sie innerlich litt, obgleich ihr Gesicht heiter zu seyn schien; ich freute mich über den Schmerz, welchen ich ihr verursachte. Je weiter ich in meiner Erzählung fortrückte, desto mehr suchte ich sie zu übertreiben; und nachdem ich beynahe eine Stunde mich an dem peinlichen Zwange der Herzoginn * * geweidet hatte, stand ich auf und sagte: da ich nun die Pflichten, welche die Freundschaft uns auflegt, erfüllet hätte; so wäre es nicht mehr als billig, auch dahin zu fliegen, wo die Liebe mich erwartete. Ohne sie zu umarmen, und ohne die geringste Liebkosung, eilte ich nun von ihr weg, und wurde zu meiner großen Zufriedenheit gewahr, daß sie eben

so

so niedergeschlagen über meinen Abschied war, als sie betroffen über meine Erzählung gewesen.

Diese Frau liebte mich, wie ich schon erzählt habe, wirklich, und kämpfte, wenn sie mich sahe, unaufhörlich gegen ihre Leidenschaften. Ihre Liebe verbarg sich unter der Gestalt der Freundschaft; allein die letztere Empfindung wurde bald von der erstern überwältiget. Sie hoffte, wie ich hernach erfuhr, ihre Nachgiebigkeit sollte mich eines Tages mehr an sie fesseln, und ihre Sanftmuth und Freundschaft, nachdem ich meinen Zirkel von Frauenzimmern durchgelaufen wäre, die Schaale zu ihrem Vortheile neigen; die an den meisten bemerkten Mängel würden einen Abstich zu ihrem Vortheile bewirken; und, nach meiner Aufführung, wollte sie dann entweder meine Freundinn bleiben, oder wieder meine Geliebte werden. Noch hatte sie nicht Gewalt genug über sich erlangt, eine Theilung zu ertragen, welche sie demüthigte; allein ich hoffte, sie noch wie alle die Andern daran zu gewöhnen: denn kein Weib auf der Erde würde die Macht gehabt haben mich zu fesseln, ich war zum Flattern gebohren; und man mußte mich entweder ungetreu finden, oder mich noch an eben dem Tage, da man mich kennen lernte, aufgeben.

Sehr vergnügt über meine kleine Rache ging ich nach Hause, und fand zwey Briefe vor, wovon der eine die Fromme, der andere Madam Renaud zur Verfasserinn hatte. Der erstere kam mir sehr lang, der letztere sehr schlecht geschrieben vor; und da ich müde war, verschob ich das Lesen derselben bis auf den andern Morgen. Ich hatte der Ruhe vonnöthen, und stand deshalb sehr spät auf. Das erste, was mir beym Erwachen in die Augen fiel, war Madam Michelin's Brief. Sie überhäufte mich in demselben mit Vorwürfen, und gab mir Schuld, ich wäre ein Hinderniß zu ihrer Seeligkeit. Da indessen der Augenblick ihrer völligen Bekehrung wahrscheinlich noch nicht gekommen war; so gestand sie mir, sie wäre geneigt, mir zu verzeihen, wenn

ich

ich mit Madam Renaud brechen wollte. Diese aber war weit gemäßigter in ihren Beschuldigungen, und gestand aufrichtig, daß sie mich meiner unverzeihlichen Aufführung ungeachtet noch immer liebe; sie bäthe mich aber doch zu sehen, ob es mir nicht möglich wäre, sie allein zu lieben, weil ihr das Theilen zu hart falle. Diese Bitte machte mich lachen; und ich beschloß, des nächsten Tages sie beyde in die kleine Wohnung einzuladen, die ich mir hatte möbiliren lassen. Madam Renaud kannte sie noch nicht; und es war nicht mehr als billig, ihr so gut als ihrer Nebenbuhlerinn, für welche ich sie hatte zurichten lassen, ein Recht darauf zu ertheilen. Die Zeit der Zusammenkunft setzte ich genau um fünf Uhr an, weil ich es mit der einen nicht eher als mit der andern zu einer Erklärung kommen lassen wollte. Meine einzige Absicht war, mir mit diesen beyden Weibern einen Spaß zu machen, und eine pikante Scene zwischen ihnen zu veranstalten. Denn Liebe hegte ich zu keiner von beyden mehr: meine Begierden waren gesättigt; und es bedurfte des Reitzes der Neuheit, ihnen neue Stärke zu geben. Es fing mir an lästig zu werden, in einen Laden zu gehen, und daselbst für eine kleine Handelsfrau zu seufzen, die, wenn sie auch sehr artig war, doch, nachdem ich sie genossen hatte, nichts Neues mehr für mich besaß. Ihre Nachbarinn war mir schier in die Arme gefallen; ich kannte sie ebenfalls auswendig; und nur ein Feyerabend von meinen Liebeshändeln vermochte mich wieder zu diesen Frauenzimmern zurück zu bringen, wofern nicht ihre Eifersucht, oder gegenseitige Eintracht mir einige Vergnügen bereiteten, so die ersterbenden Begierden wieder belebten.

Meine Billette schickte ich ihnen durch einen zuverläßigen Menschen, der sie einer jeden von ihnen einhändigte, ohne den geringsten Verdacht zu erwecken, daß ich auch der andern geschrieben hätte. Noch vor fünf Uhr war ich in meiner kleinen Wohnung, und sahe meine Fromme zuerst ankommen. So wie ich ihr nur entgegen kam, überströmte

sie

sie mich schon mit Vorwürfen; ich ließ diesen Strom fort=
schäumen, überzeugt, daß der Besuch, welchen ich noch
erwartete, ihn schon auf einige Augenblicke hemmen würde.
In der That schien sie auch erstaunt zu seyn, als sie klingeln
hörte; noch erstaunter aber als sie Madam Renaud herein=
treten sahe, die sich nicht weniger verwunderte, Madam
Michelin hier zu finden. Sie sehen, sagte ich zu ihnen,
den Drang, welchen ich fühle, zwey gute Freundinnen wie=
der zu vereinigen. Ich habe für keine von beyden etwas
geheim: ich versprach ihnen die Zärtlichkeit, welche sie mir
einflößen, redlich unter sie zu theilen; und sie sehen, daß
ich Wort halte. Nur thut es mir leid zu finden, daß eine
jede von ihnen einen so angenehmen Umgang abzubrechen
sucht, und nur mit Ausschluß der andern geliebt seyn will.
Wie, Madam Michelin, sie wollen mir meine Liebe nicht
anders erwiedern, als wenn ich Madam Renaud entsage!
und sie, Madam Renaud, wollen die Trennung von mei=
ner Freundinn Michelin zum Preise ihrer Zärtlichkeit machen!
Ach, wie grausam sind sie! sie wissen nur nicht, wie groß
meine Verlegenheit bey einer solchen Wahl seyn würde.
Aber, betrachten sie nur, fügte ich hinzu, und führte sie
vor den Spiegel, sehen sie nur, ob es möglich ist, unter
ihnen den Ausspruch zu thun! Hier sehe ich eine anbe=
thungswürdige Blondine, deren Züge von einer bezaubern=
den Schönheit sind. Die Sanftmuth, diese so seltene und
am weiblichen Geschlechte so gern gesehene Eigenschaft,
mahlt sich auf einem Gesichte, worauf man noch tausend an=
dere kleine Reitze bewundert. Sähe man keine andere als
sie, man müßte sie ungetheilt anbethen. Aber ich wende
meine Augen da hin, und werde eine Brünette gewahr, de=
ren Feuer mich entzückt: die Farbe, nicht so weiß, als an
der andern, ist dennoch um nichts weniger anziehend; ihre
Augen verrathen Wollust, und erwecken sie, so wie man nur
die seinigen auf sie heftet; der geheimen, noch weit hinreis=
sendern Schönheiten, womit beyde versehen sind, nicht ein=
mahl

mähl zu gedenken. Und sie wollen, daß ich mich für eine von beyden erklären soll? Nein, meine Damen, nein, das ist mir unmöglich. Ich will es nicht wie des Buridans Esel machen, der, als man ihn zwischen zwey gleiche Maaß Kleyen stellte, aus Unvermögen, eine Wahl zu treffen, verhungerte. Er hätte, sich aus dem Handel zu ziehen, sie beyde zu sich nehmen sollen. Was er aus Dummheit unterließ, werde ich so gescheidt seyn zu beobachten. Doch, wollte ich sie beyde auf Ein Mahl zum Gegenstande meiner Betrachtung machen, wie leicht könnte mich nicht da die Unschlüßigkeit so lange hinhalten, bis ich nicht mehr im Stande wäre, eine Wahl zu treffen, und mich um den Genuß von zwey Schönen bringen, die mir doch so theuer sind. Kann ich nun auch gleich hier keinen Ausspruch thun, so will ich ihnen doch auf eine gleich herzliche Weise huldigen; ich will sie lieben, ohne zu entscheiden, welche von beyden es am meisten verdient. So wie ich mit meiner Bewunderung bey der einen aufhöre, will ich bey der andern wieder den Anfang machen. Dieses wird mir, indem ich über gleiche Vollkommenheiten einen gleichen Ausspruch thue, das Glück verschaffen, sie wechselsweise anbethen zu können.

Madam Michelin, von meiner Rede nicht überzeugt, und ohne Zweifel noch mehr über die Lobeserhebungen, so ich ihrer Nebenbuhlerinn ertheilte, erbittert, ging von mir weg, und setzte sich in einer Ecke des Zimmers nieder; Madam Renaud riß sich von mir los, und warf sich auf ein kleines Kanapeh, was neben dem Orte über stand, wo die Fromme saß; und ich blieb allein zwischen meinen beyden Göttinnen stehen, welche über das, was eben vorgefallen war, tief nachzudenken schienen.

Es würde thöricht seyn, sagte ich zu ihnen, den auf dem Zimmer der Madam Renaud vorgefallenen Auftritt zu wiederhohlen; man müßte den gegenwärtigen Augenblick besser benutzen; die Zeit, so man mit Klagliedern hinbrächte,

ginge

ginge für das Vergnügen verlohren; es wäre ihnen ja nichts
Neues, was sie hier erführen; und ich besäße eine so reiche
Quelle von Liebe, daß sie für beyde zugleich sattsam hinreichte. An der Begierde, so sie bezeigten, sich wieder auszusöhnen, wollte ich nun sehen, fuhr ich fort, wie sehr sie
mich liebten; und schickte mich an, eine um die andere zu
umarmen. Ich faßte die Fromme an, und sie ließ sich zu
ihrer Freundinn ziehen; hier fiel ich auf ein Knie nieder,
und bath sie flehentlich sich zu vergleichen. Hierauf entwarf
ich ihnen ein angenehmes Gemählde, von den vergnügten
Stunden, welche wir künftig in dieser kleinen Einsiedeley
genießen wollten; und bewog endlich Madam Renaud zuerst
zur Aussöhnung. Sie umarmte Madam Michelin mit diesen Worten: meine Freundinn, sie lieben den Herrn Herzog
zu sehr, um ihn mir abzutreten; ich bethe ihn an, und
kann nicht Verzicht auf ihn thun; wir müssen uns also zu der
vorgeschlagenen Theilung entschließen. So lange er keiner
von uns einen ausgezeichneten Vorzug gibt, lassen sie uns immer in gutem Vernehmen mit ihm leben. Nun wohlan denn!
rief ich aus, und drückte Madam Michelin die Hände, machen
sie es wie ihre Freundinn, und Friede und Glück werden auf
immer wieder zu uns zurückkehren. Die Fromme besaß mehr
Stolz als die andere; sie entwickelte in einem hohen Tone das
Verdienst des Opfers, so sie brachte, und wie viel es ihr noch
kosten würde. Ach! sagte sie, in welch einen Abgrund kann
uns doch ein einziger Fehltritt stürzen! Nein, ich darf über
meine gegenwärtige Lage nicht nachdenken. Wer mir gesagt
hätte, daß ich so schwach werden, es in dem Grade werden
würde, wozu sie mich gebracht haben — Ach! Herr Herzog! Diese Ausrufung unterbrach ich mit einem Kusse. Ich
beugte die eine zur andern nieder, sich noch ein Mahl zu
umarmen; und sie thaten es mit vieler Artigkeit.

Froh über diesen ersten Schritt, wollte ich diese glückliche Aussöhnung benutzen. Ich nannte sie meine lieben
Weilchen, meine treuen Gespielinnen, meine zwey Auser-

wählt

wählten mich glücklich zu machen. Ich suchte sie in Lieb=
kosungen zu berauschen, und Begierden in ihnen zu erwecken,
deren Stärke ich kannte, und die ihnen alle Ueberlegung, so
meinen Planen entgegen war, benehmen sollten. Ein ge=
wandter Mann, der nur allmählich das Feuer der Liebe in
den Sinnen eines Frauenzimmers, und wäre es auch das
tugendhafteste auf der Welt, zu entzünden weiß, der darf
sich darauf verlassen, daß er bald unumschränkter Herr ihres
Geistes und ihres Körpers wird. Wo der Kopf berauscht ist,
da hört das Vernünfteln auf; und alle Grundsätze der Weis=
heit, wie tief sie auch ins Herz gegraben seyn mögen, verlö=
schen in eben dem Augenblicke, da man nach nichts, als nach
Genusse schmachtet: dieser beherrscht alsdann allein die Seele,
und dieser nur findet Gehör. Der durch Gewohnheit zu er=
obern geübte Mann erreicht fast immer den Endzweck,
wornach der Schüchterne seufzet; jener greift an, und ist
eher Sieger, als der andere nur seine Liebespein klagen
kann.

Als ich meine zwey Schönen in dem Zustande der Erge=
bung erblickte, worin ich sie zu sehen wünschte, zeigte ich
ihnen brünstigere Begierden: ihre Augen erglühten; sie er=
wiederten mir einige Liebreitzungen; und ich sahe, daß der
Widerstand, die neue Scene, so ich wieder mit ihnen durch=
zuspielen Lust hatte, nur um einige Minuten verzögerte.
Ich that ihnen den Vorschlag, eine nach der andern mit mir
in ein bezauberndes Cabinett, das am Zimmer lag, und ich
von ihnen bewundert zu sehen wünschte, zu gehen. Beyde
schwiegen still. Sie bedenken sich noch, sagte ich zu ihnen!
ich will nun ein Mahl sehen, welche von beyden mich am
meisten liebt. Wer mich lieber hat, folge mir zuerst, und
überzeuge mich von ihrer Zärtlichkeit. Dieses ist der
größte Beweiß, den sie mir von ihrer Liebe geben kann; sie
wird mir am meisten gefallen; und von ihr werde ich, so
lange ich lebe, am meisten halten. Indem ich dieses sagte,
ging ich auf das Cabinett zu; aber keine rührte sich. Ma=
dam

dam Renaud schmunzelte, die Fromme schlug die Augen nieder, keine konnte sich entschließen; ich sahe aber schon im voraus, daß diese vielleicht neue Art des Genusses sich ganz nach meinem Wunsche endigen würde. So viel merke ich nun wohl, sagte ich zu ihnen, indem ich mich ihnen näherte, daß sie nicht so viel Liebe für mich haben, als ich für sie; oder vielmehr, daß jede sich vor der andern scheuet, den Eifer zu zeigen, welchen sie hat, meinen Begierden zu begegnen. Es hält sie noch immer ein wenig Schaam zurück; ich für meinen Theil kann keiner von ihnen die Vorhand ertheilen; sie sind mir alle beyde, zu Folge unserer Uebereinkunft, die ich stets beobachten werde, gleich theuer. Nun wohl denn! das Loos entscheide: hier ist ein Alphabet; die, deren Buchstab dem A am nächsten kommt, soll genöthigt seyn mir zu folgen; die andere aber wird geduldig auf ihre Rückkunft warten, und alsdann mit mir das Cabinett besehen.

Hierauf überreichte ich ihnen das Alphabet und eine Nadel, durch die das Loos entscheiden sollte: ihre Hände blieben so ruhig als ihre Zungen. Nun nahm ich wieder zu Liebreitzungen meine Zuflucht; ich bath, und alsbald redete Madam Renaud ihre Freundinn an: liebe Nachbarinn, es ist einmahl eingeschenkt, man muß austrinken; das bißchen Schaam wird sich bald verliehren; machen sie es wie ich, ich will es wagen. Mit diesen Worten stach sie in das Alphabet, und zog ein F hervor. Ich wünschte ihr zu einem so bedeutsamen Buchstaben Glück, und gab nun das Buch des Schicksals der Frommen hin. Allein dieser mußte man beynahe die Hand führen; und erst nach einem heftigen Zittern fuhr die Nadel in eine Karte, worauf ein E stand; ihr ward also das Loos voran zu gehen. Beyde Weiber errötheten nun zugleich; die eine aus Schaam, die andere aus Verdruß. Zum Troste über diesen kleinen Aufschub umarmte ich die theure Renaud, und gab der Frommen, welche sich noch, wie wohl nur schwach, sträubete, den Arm. Ihre Kniee wankten, es verging eine beträchtliche Zeit auf dem

Wege

Wege vom Zimmer ins Cabinett, in welchem ich sie auf ein
Kanapeh hinsinken ließ. Da ich wußte, daß noch ein Ge=
schäft auf mich wartete; so verlohr ich keine Zeit, und fing
so gleich mit der Unterzeichnung unsers Friedens an. Die=
ses brachte Madam Michelin wieder ins Leben zurück; sie
rief aus: wie! Herr Herzog, ist es denn nicht Spaß? Ich
glaubte, es wäre nur ein Scherz — Kann man auch scher=
zen, wenn man sie liebt! erwiederte ich, und ohne weiter
etwas zu antworten, machte ich meine Sachen so gut, daß
sie selbst bald gewahr ward, daß hinter dem Scherze Ernst
steckte. Meine Fromme war mir zu bekannt; ich wußte,
daß sie sich nach einigem Sträuben dem gegenwärtigen Au=
genblicke ganz hingeben würde. Dieser schien ihr nun aber
auch eben so köstlich zu seyn, als diejenigen, welche wir
schon ehemahls in unsern Zusammenkünften genossen hatten:
sie vergaß ganz der Theilung und ihrer Freundinn, welche
das Ende unserer Unterhaltung erwartete. Indessen hatte
ich aber doch dieser mein Ehrenwort gegeben, sie eben so gut
zu unterhalten; und ich hielt es für Zeit, Madam Renaud die
Schönheiten des Cabinettes auch sehen zu lassen. Die
Fromme befand sich hier aber nun Ein Mahl so wohl, daß
sie gar keine Lust bezeigte, hinaus zu gehen; und ihre Au=
gen verriethen mir, daß wenn man sich doch ein Mahl vergan=
gen hat, man vor Einer Sünde mehr oder weniger nicht
mehr zurück fahren darf. Dieses hätte ich ihr auch gerne
glauben können, wenn Madam Renaud nur nicht in dem
Zimmer, wohin wir uns nun verfügten, gewesen wäre; und
es kam mir vor, als ob ich meine Fromme etwas verdrüß=
lich sagen hörte: freylich, es ist nicht mehr als
billig!

Madam Renaud las bey unserer Ankunft in eben dem
Buche, so ihrer Nebenbuhlerinn die Vorhand verschaft hatte.
Ich setzte Madam Michelin zu ihr nieder, und nahm Ma=
dam Renaud dafür wieder bey der Hand. Mich sollen sie
nicht lange bitten: wenn man ein so gutes Muster vor sich
hat,

hat, sagte sie, und zeigte auf Madam Michelin, so muß man sich nicht weiter bedenken, und sprang ins Cabinett, wo sie noch lachend hinzu setzte; wahrhaftig, lieber Herzog, ich komme nur her, mich über sie lustig zu machen; denn was werden sie mir jetzt noch wohl zu sagen haben? Die Fromme zur Ueberzeugung zu bringen, haben sie sich so gewaltig abreden müssen, daß es wohl das Beste seyn wird, wenn sie es mit mir bey einem weisen Stillschweigen bewenden lassen. Dieser Scherz verdroß mich, und in dem Augenblicke zeigte ich ihr, daß ich für meine Freunde noch immer einige Gedanken hinter der Hand hätte, und ihr auf keine Frage eine Antwort schuldig zu bleiben brauchte. Meine kräftige Rechtfertigung versetzte Madam Renaud in eine solche Verwunderung und Freude, daß sie nur durch entzückte Bewegungen, die ihre ganze Zufriedenheit mit mir bezeigten, darauf antworten konnte, und ehe sie noch wieder hinein ging, Ein Mahl über das andere ausrief: welch ein Mann! welch ein Mann! es ist zum Erstaunen! wie viel Mahl glücklicher müßte man mit ihm seyn, wenn er auch noch treu wäre! Vergnügt kehrte sie wieder in das Zimmer zurück, und theilte der Frommen, welche an ihrer Statt die Lektür vorgenommen hatte, wohl hundert witzige Bemerkungen mit. Nicht wahr, sagte sie zu ihr, sie glauben, daß sie die Unterhaltung des Herrn Herzoges ganz erschöpft haben; allein sie irren sich. Genien, wie er, fehlt es nie an Stoffe, und das Ende ihrer Unterhaltung ist eben so geistreich als der Anfang derselben. Die Unterhaltung ward freyer, man gewann Geschmack an diesem Tone. Madam Michelins Gesicht klärte sich ganz auf, und ich war herzlich froh, daß sich die Eintracht doch nur Ein Mahl unter diesen Weibern wieder einstellte. Wir gingen aus einander, und versprachen uns diese Gesellschaft bald wieder zu halten, und besonders, mit der frohen Laune herein zu treten, womit wir das Mahl die Gesellschaft verließen.

Um diese Zeit verlohr ich meinen Vater: es war schon ein sehr bejahrter Mann. Der Kummer, den ich über seinen Tod hatte, war so gering, daß er von dem Vergnügen, welches ich nun über meinen bevorstehenden Reichthum empfand, mit leichter Mühe verjaget ward. Er hinterließ mir seine Sachen in der größten Unordnung; auf seiner Hinterlassenschaft hafteten beträchtliche Schulden; und ich befand mich in einem Labyrinthe von Prozessen, worin mich die Pächter (gens d'affaires) um so mehr irre zu führen suchten, als sie ihre Rechnung dabey fanden. Ich kam sehr jung zu einer sehr reichen Erbfolge, und bewunderte die Klugheit des Cardinales, meines Großoheims, der die Einrichtung getroffen hatte, daß ich zu dem ungeschmälerten Besitze der Herzogthümer Richelieu und Fronsac, der Herrschaft Ferté-Bernard und anderer, und des Salzwerkes zu Hierre-en-Trouage gelangte. Mein Vater, dessen Vermögen in den Händen der von den Gläubigern bestellten Curatoren war, würde genöthigt gewesen seyn, diese Herrschaften zu veräußern, und den Belauf davon wieder verschwendet haben; denn die ansehnlichsten Summen fielen ihm in kurzer Zeit durch die Finger. Ohne sich Ehre zu machen, hatte er sich zu Grunde gerichtet. Habe ich von ihm den Geschmack an Frauenzimmern geerbt, so ist er von mir doch wenigstens etwas veredelt worden. Er warf sich ihnen beynahe immer betrunken hin, und verthat viel mit diesen häufigen Liebeshändeln, deren sich ein Pair von Frankreich schämen sollte. Es gibt Leute, so die Kunst verstehen, ihr Vermögen zu verschleudern, ohne auch nur eine erhebliche Ursache dazu angeben zu können. Sie besitzen Thorheiten in Menge, aber keine, die wichtig genug wäre, daß man sie als die Ursache ihres Verderbens ansehen könnte. Und zu dieser Classe von Leuten gehörte mein Vater: er hatte von seinem Vater den unermeßlichen Nachlaß des Cardinales von Richelieu mit einer ziemlichen Lücke erhalten, und nach und nach beynahe alle Güter dieser Erbschaft verkauft. Nie war er genöthigt gewesen

wesen, Eine Art von kostbarem Aufwande, der große Ausgaben erfordert, zu machen; er hatte keine Befehlshaber-Stelle in der Armee gehabt: bloß Mangel an Ordnung, sein Vertrauen auf die Pächter, die sich auf seine Kosten bereicherten, und sein seltsamer und kostspieliger Geschmack, der alle Tage auf was anders verfiel, bewärkten die Verschlimmerung seiner Umstände, wovon er lange Zeit die Nachwehen empfinden mußte, und welche bey seinem Ableben den Fortgang meiner verliebten Eroberungen unterbrach.

Mit Sorgfalt verwandte ich nun alle meine Zeit auf die Entwirrung der Sachen, so mir sehr viel lange Weile machten. Wahr ist es, ich war für dieses Opfer entschädigt, wenn ich etwas gewahr ward, so zur Vermehrung meiner Erbschaft diente. Denn mich beherrschte alle Begierde eines Erben, und das heftigste Verlangen zu glänzen, das jederzeit mein Geschmack gewesen war. Ich widmete mich der Chikane, um nur einen hellen Blick in die Lage der Sachen, worüber man mit Gewalt Dunkelheit verbreiten wollte, zu bekommen. Bey dieser Untersuchung des Verfalles der Güter meines Vaters, wo ich einsahe, wie sehr die Veräußerung der Herrschaften das Ganze von dem, was mir zukommen sollte, vermindert hätte, konnte ich nicht genug die Einführung der nachgesetzten Erbfolge (substitution) segnen. Dieses war ohne Zweifel das Beste, was man zur Aufrechthaltung der großen Häuser thun konnte; und ohne dieses möchte vielleicht nicht mehr die Hälfte derselben noch bestehen. Ein verlohrnes oder getheiltes Gut würde den Erben eines großen Nahmens außer Stand setzen sich zu behaupten; und man wird nicht in Abrede seyn, daß für einen Mann von Geburt, oder für den, der eine große Stelle bekleidet, ein großes Vermögen unumgänglich nothwendig ist. Der Aelteste einer Familie, welcher eine beträchtliche Erbschaft einnimmt, verewigt den Glanz und Ruhm derselben; er ist im Stande etwas Großes zu unternehmen; er kann den Handel blühend machen, die Künste aufmuntern, und den Platz in der Welt behaupten,

den

ben er einnehmen muß. Sein Nahme flößt Ehrfurcht ein; sein Vermögen setzt in Erstaunen; es blendet und erhält eine Schaar Unglücklicher, die gedrungen sind, sich vor ihm zu demüthigen. Damit sind nun aber die jüngern Söhne eben nicht zu bedauern; sie finden in dem Malthefer-Orden, oder in der Kirche eine Entschädigung, die sie oft in den Stand setzt, noch mehr Figur in der Welt zu machen, als der Aelteste. Die Gnade des Königes, die man immer erhält, wenn man zu rechter Zeit seinen Ministern, vor allen aber seinen Geliebten den Hof zu machen weiß, ist eine noch größere Hülfsquelle; und nur Thoren verstehen es nicht, von der Ebbe und Fluth am Hofe Nutzen zu ziehen. Kann man die Töchter nicht los werden, so macht man Aebtissinnen daraus; und ich sehe nicht ein, daß sie unglücklich sind, wenn sie, statt in der Welt zu vegetiren, alle Gewalt über ein Kloster bekommen, das sich beeifert, ihnen zu gehorchen; und das Frauenzimmer herrscht ja so gerne. Vielleicht wird man mir einwenden, es sey ihr Beruf nicht; ich antworte aber, daß eine Aebtissinn Freyheit genug besitzt, die Strenge der Gelübde, die sie gethan hat, zu mildern, und Mittel zur Stillung der Begierden, so sich wider sie empören möchten, ausfindig zu machen. Und man wird mich doch nicht überreden wollen, daß sie zu beklagen seyn; ich habe sehr liebenswürdige unter ihnen gekannt, die so gut wie ich wußten, daß man sich mit dem Himmel schon abfinden kann. Die, welche davon keinen Gebrauch machen wollen, müssen sich an sich selbst halten.

Man hat es einsehen gelernt, wie wichtig es ist, in einem monarchischen Staate das Vermögen der großen Häuser zu verewigen. Die Erfahrung hat es gezeigt, daß sie die Stütze des Thrones waren, und zur Erhaltung seines Glanzes dienten. Ein von einem reichen Adel umgebener König, strahlt durch den vervielfachten Glanz, so jener verbreitet, und der sich mit der Pracht vereiniget, welche er selbst haben muß, noch weit herrlicher wieder. Jeder vom hohen
Adel

Adel ist ein Glied einer Kette, so sich vom Throne anhebt, und unmerklich zum Volke herabgeht; er gehorcht dem Könige, und erhält wieder von ihm die Macht, diejenigen, welche ihm untergeordnet sind, zum Gehorsame anzuhalten. Er muß dem Volke Ehrfurcht einflößen, und das Vermögen ist dazu eines der dienlichsten Mittel. Die Erbfolge wird beständiger in den Familien; und so lange Frankreich seyn wird, muß man durchaus dieses Mittel, ihre Besitzungen zu sichern, als einen Grund = und Constitutions = Artikel ansehen. Es würde der gröbste Verstoß gegen die Staats=klugheit seyn sie einzuziehen; und ich bin fest überzeugt, daß kein König es zugeben wird *).

H 3

Man

*) Der Marschall von Richelieu hätte wohl nicht gedacht, daß zwey Jahre nach seinem Tode diese Erbfolgen, so ihm um des Glanzes der Familien willen so sehr am Herzen lagen, auf immer abgeschaft werden würden. Es ahndete ihm gewiß nicht, daß es je einer von den Grundsätzen eines weisen Königes werden könnte, die Abschaffung derselben zu unterschreiben; eine Abschaffung, die um so nöthiger war, da jede Erbfolge ein schändliches Mittel ist, die rechtmäßigen Gläubiger um das Ihrige zu bringen. Der Erbe überläßt den Leuten, die ihm baar Geld vorgeschossen, oder Waaren creditirt haben, die freyen Güter, wenn er deren hat, oder ein bewegliches Gut, das jederzeit unzureichend ist, die Schulden seines Vaters oder seines Verwandten zu tilgen, und genießt, Trotz der Thränen der Unglücklichen, die er beraubet, eine unbelastbare Erbfolge. Zu dieser Gewissenlosigkeit bevollmächtigen ihn noch selbst die Gesetze; sie machen alle Verfolgungen gegen den Erben fruchtlos, der, in Ueberflusse schwimmend, sich begnügt, auf die Klagen der Leute, welche sein Vater zu Grunde gerichtet hat, zu antworten, daß ihm dieses nichts angehe; als ob ein Sohn nicht für die Verpfändungen seines Vaters haften müßte, wenn Vermögen genug da ist, die Gläubiger zu befriedigen! Der Ehre will ich nicht einmahl erwähnen; diese trift man selten bey Leuten an, welche über alles hinaus zu seyn glauben, und die der Ehrgeiz besitzt. Es gibt zwar einige, welche es für ihre Pflicht halten, die von ihren Eltern gemachten Schulden, so sie wie die heiligsten Gelübde betrachten, zu bezahlen, obgleich sie es nicht nöthig hätten, und lieber auf eine unrechtmäßige Erbschaft Verzicht thun wollen, als

daß

Man sollte selbst jedes Haupt der Familie nöthigen, eine Erbfolge, so einzugehen drohet, zu erneuern. In diesem Gewirre von Beschäftigungen, die mir fremd waren, brachte ich einige Zeit zu; endlich aber wachte der Geschmack an Vergnügen, den der Eigennutz nur betäubt hatte, mehr als jemahls wieder in mir auf. Mein Verlangen, mich an der Herzoginn ** zu rächen, hatte sich abgekühlt, und von einer Freundschaft, die nie erloschen gewesen war, gedrungen, kehrte ich wieder zu ihr zurück. Es war ein Engel von einem Weibe, meine Beleidigungen schwanden immer gleich aus ihren Augen, und sie ertrug meine Thorheit jederzeit mit Nachsicht. Sie empfing mich auf das beste,

bes

daß sie sich auf ihre reiche Erbfolge berufen sollten; der größte Haufe aber glaubt, es sey Thorheit, sich an des Vaters Platze zu stellen, eine gute Handlung zu verrichten. Sie verschwenden Geld an einer Schauspielerinn, Sängerinn, oder an der gemeinsten Hure; versagen dem Manne einen Thaler, den der Vater in die Noth versetzt hat, sein Brod zu betteln; werfen ihn aus dem Hause; behandeln ihn mit dem übermüthigsten Stolze; und setzen ihn alsdann auch noch den Mishandlungen ihrer Leute aus, deren Beystand er aus Noth gezwungen war anzuflehen. Mögen diese an den verhaßten Erbfolgen gekränkte Herren noch für ihre Person des noch abscheulichern Rechtes genießen, denen ungestraft Unrecht thun zu können, welche, von dem scheinbaren Vermögen ihres Vaters verführt, die Schwachheit hatten, ihnen ihr Vermögen anzuvertrauen; ihre Söhne werden von nun an alle, nach dem Wunsche der Natur, zu gleichen Theilen gehen. Aber erst müssen sie die Schulden des Urhebers ihrer Tage tilgen. Man wird sie anhalten, das Andenken desselben dadurch zu ehren, daß sie das einlösen, was er versetzt hat. Der Gläubiger wird alsdann Gewalt über den Erben haben, der, indem er in die gewöhnliche Klasse der Menschen zurücktritt, das väterliche Vermögen nicht eher antreten kann, als bis es ganz von Schulden frey ist. Ich gebe gerne zu, daß dieses billige Gesetz mit diesem Theilen das Vermögen der Großen bald vermindern wird; sie werden weniger Aufwand machen können: sollte denn dieses wohl übel seyn? Es ist aber oft ihr einziges Verdienst. Nun, so werden sie sich wesentlichere Verdienst e zu erwerben suchen.

bezeigte mir den wärmsten Antheil an meinem eben erhalte-
nen Vermögen, gab mir den Rath, es ja nicht wie mein
Vater in Unordnung gerathen zu laſſen; und wir ſchieden als
die beſten Freunde aus einander.

Von da ging ich zu Madam Michelin. Sie kam mir
ſehr verändert vor; bezeigte mir aber die lebhafteſte
Freude, mich wieder zu ſehen, erzählte mir, ſie wäre krank
geweſen, und ſchrieb die Schuld davon den zu lebhaften Gefühlen der Schmerzen und der Vergnügen zu, die ich ihr
verurſacht hatte. Ich bath ſie um Erlaubniß, Madam Renaud zu beſuchen, und bemerkte beym Weggehen eine auf-
fallende Veränderung in allen ihren Geſichtszügen.

Madam Renaud flog an meinen Hals, als ſie mich gewahr ward; und ohne mir Vorwürfe über mein Stillſchweigen auf drey oder vier Briefe, ſo ſie mir während meines
Ausbleibens geſchrieben hatte, zu machen, überließ ſie ſich
ganz der Freude, ſo ihr meine Rückkehr verurſachte. Es
iſt wahr, der Styl und die Hand dieſer guten Frau war ſo
jämmerlich, daß ich mir nicht die Mühe geben mochte, ihre
Briefe zu leſen; ich wußte doch alle Mahl den Inhalt derſelben voraus. Man kann ſich leicht einbilden, daß eine ſo
lebhafte Frau ſich nicht an bloßen Freundſchaftsbetheurungen
begnügte, und daß es weit weſentlicherer Mittel bedurfte, ſie
von derſelben zu überzeugen. Als die erſten Entzückungen
vorüber waren, fragte ich ſie, ob ſie mit ihrer Nachbarinn
in gutem Vernehmen gelebt hätte. Sie ſagte mir, es wäre
alles ſehr gut abgelaufen; ſeit einiger Zeit aber bemerke ſie
in Madam Michelins Charakter, und auf ihrem Geſichte
eine große Veränderung, die, ihrer Meinung nach, von
irgend einem Kummer herrühren müſſe, der ſie innerlich ver-
zehre; und ſie glaube ſich nicht zu irren, wenn ſie meine ge-
theilte Liebe, für die Urſache deſſelben halte. Auch ihr,
verſicherte ſie mir, mache dieſe Theilung vielen Kummer;
ſie hätte aber ſchon ihren Entſchluß gefaßt, und ihre Nachbarinn ſollte es auch ſo machen; denn da man mich nicht

an-

anders haben könnte, so müßte man sich in meinen Willen fügen. Diese Nachricht machte mir Madam Michelin noch theurer; und ich ging wieder zu ihr hinunter, um sie zu mir einzuladen. Ich fand sie in tiefen Gedanken, und bath sie, mich Abends auf meinem kleinen Zimmer zu besuchen; sie seufzete und versprach zu kommen.

Die Zusammenkunft hatte ich um sieben Uhr angesetzt: ich fand mich zur bestimmten Zeit ein; und es war beynahe acht, als Madam Michelin auch anlangete. Ich sagte ihr, ich wollte mich dafür, daß sie so spät käme, rächen und sie zwey Mahl mehr umarmen. Sie hätte, versicherte sie mir, nicht eher kommen können, weil ihr Mann nicht ausgegangen wäre; und sich des Vorwandes, ihr Abendgebeth in der Kirche zu verrichten, bedienen müssen, um mir nur ihr Wort zu halten. Zu gleicher Zeit flossen ihr die Thränen über die Wangen herunter; und ich hielt es für nöthig, auf ein schleuniges Mittel zu denken, sie ihr abzutrocknen. Ganz wider ihre Gewohnheit machte sie auch nicht die geringste Schwierigkeit, meinen Bitten nachzugeben; sie überließ sich mir ohne Sträuben. Sie gab sich wirklich Mühe, sahe ich, das Vergnügen zu erhaschen, so sie floh, und welches sie, aller meiner Anstrengungen ungeachtet, nicht in ihre Gewalt bekommen konnte. Ach! es ist damit vorbey! ich bin unglücklich! waren nur noch die einzigen Worte, so ihr darüber entfuhren. Ich suchte die Ursache dieser Ausrufung zu erforschen; allein es war umsonst: und da ihre Stunde zum Aufbruche geschlagen hatte; so ward ich genöthigt, sie zu entlassen, ohne mehr zu erfahren. Indessen glaubte ich, die Ueberlegung hätte ihr das Vergnügen verdorben, und zerbrach mir auch nicht weiter den Kopf damit.

Der Strudel der Welt, der mich, seitdem ich Herzog von Richelieu geworden war, mehr und mehr in seine innern Kreise riß, zog mich allmählich von diesen beyden Verbindungen ab, die schon anfingen, mir lästig zu werden. Madam Renaud insbesondere behelligte mich mit Briefen,
die

die das Verdienst nicht hatten, mich wieder zu ihr zurück zu
führen; indessen warf mich doch zuweilen die Gelegenheit
ihr wieder in die Arme; und, ich ging alle Mahl mit dem
Vorsatze von ihr weg, sie nicht wieder zu sehen. Für Madam
Michelin hingegen, die mir weit anziehender war, schlugen
die noch glimmenden Begierden zuweilen in helle Flammen
aus. Seit langer Zeit hatte sie keine günstige Gelegenheit
ausfindig machen können, in meine kleine Wohnung zu kom=
men, oder wenigstens diese Ausrede bey mir genommen.
Da ich aber so sehr auf einen Besuch drang, so setzte sie end=
lich einen Tag dazu an. Mit dem Schlage war ich da,
und sie stellte sich dieses Mahl auch weit bestimmter ein als
das letzte Mahl. Ich wollte mit einer verliebten Erklärung
den Anfang machen; aber sie that mir Einhalt, und bath
mich flehentlich, mich nieder zu lassen, und sie einen Augen=
blick anzuhören.

„Herr Herzog, fing sie an, den ersten Augenblick, da
„ich sie sahe, liebte ich sie auch. Ich lebte glücklich mit
„meinem gutherzigen Manne, der mich für die Liebe, so er
„mir nicht gewähren konnte, durch tausend zuvorkommende
„Gefälligkeiten entschädigte, die eine brave Frau nicht ohne
„Erkenntlichkeit annehmen kann. Die zärtlichste Freund=
„schaft trat an die Stelle der Liebe. Die Religionsübungen,
„denen ich mit der größten Inbrunst oblag, füllten dieses
„Herz, dessen Bedürfniß einmahl lieben war, aus. Sie
„wissen selbst am besten, durch welchen Zufall ich in ihre
„Bekanntschaft gerieth. Ich ging täglich zur Kirche, mich
„mit Gott nach meiner Gewohnheit zu unterhalten, und
„ward nicht gewahr, daß das Verlangen, sie daselbst anzu=
„treffen, mich dahin führte. In diesem Zimmer, von
„ihnen hingerissen, umging ich zum ersten Mahle diese hei=
„ligen Pflichten. Dieses Vergnügen, das erste, was ich so
„innig genoß, besiegte mich, ich will es nicht bergen, so
„sehr, daß ich nicht im Stande war, über meine Verirrun=
„gen nachzudenken. Kam mir auch zuweilen das Andenken

von

„an meine ehemahlige Aufführung wieder in Gedanken, so
„entfernte doch gleich das viel mächtigere Andenken an sie
„die Reue.   An dem Tage, da ich das Unglück hatte, ge=
„wahr zu werden, daß sie mir untreu wären, kam meine
„Vernunft zurück, hielt mir einen Spiegel vor, und zeigte
„mir in demselben alle meine Vergehen.   Nun glaubte ich,
„wenn ich mich nur von neuen hinreissen ließe, so würde ich
„die Gewissensangst, die mich quälte, verbannen; aber statt
„glücklicher zu werden, ward ich nur noch strafbarer.   Sie
„müssen sich noch erinnern, daß ich ihren Begierden kein
„Hinderniß in den Weg legte, als wir das letzte Mahl an
„diesem Orte zusammen kamen.   Ich schmeichelte mir, daß
„das Vergnügen, welches ich immer mit ihnen genoß, mich
„außer mich bringen sollte: eitle Hofnung! Das Vergnü=
„gen flieht mich, und ich fühle zu wohl, daß es nicht wie=
„der zu mir zurück kehren wird.   Meine Gesundheit nimmt
„ab, ich erliege der Marter, die ich fühle, und wünsche
„nichts mehr, als daß sie Gott nicht länger ein Herz streitig
„zu machen suchen, das ihn um nichts als Barmherzigkeit
„anflehen darf.   Zum letzten Mahle bin ich die ihrige,
„wenn der Genuß eines seufzenden Weibes sie noch reitzen
„kann, und morgen werfe ich mich zu den Füßen der Altäre
„hin, meine Verirrungen zu beweinen, und den Himmel
„um Verzeihung für meine Vergehen zu bitten.“

Diese Jeremiade machte mich eine Weile stutzig; als
ich aber wieder zu mir selbst kam, sahe ich ein, daß die Ei=
fersucht zu dieser Rückkehr zur Gottheit die meiste Veran=
lassung gegeben hatte, und that ihr das Versprechen, mit
Madam Renaud, der ich schon überdrüßig war, zu brechen;
und ihr alle meine Zeit zu widmen.   Sie hatte eine fromme
und schmachtende Miene, die meine Begierden entflammte;
und ich fand keinen Widerstand sie zu befriedigen.   Aber
meine Fromme war nicht mehr dieselbe; ihre Sinne schwie=
gen, meine Liebreitzungen ermüdeten sie, und Thränen wa=
ren alle Erwiederung auf meine Liebesbeweise.   Auch waren
sie

sie von kurzer Dauer. Die ganze Unterhaltung hatte nichts reitzendes für mich; und ich ließ Madam Michelin die Freyheit, sich wieder nach Hause zu begeben. Sie ergriff meine Hand und küßte sie, wünschte mir ein dauerhaftes Glück, und sagte mir mit einem Seufzer, sie würde nicht lange mehr leben.

Ich ging ganz traurig fort, und eilte zur Herzoginn * °, wo ich die bezaubernde Prinzeſſinn von ° * * antraf. Ein ausnehmend schöner Wuchs, Zähne wie die Perlen, und die Stimme einer Harmonika riſſen mich bald aus dem Nachdenken, worin ich verſunken war; der Trübſinn entwich, und ein neues Vergnügen thauete einen Balſam auf alle meine Sinne.

Ich beſtrebte mich, ihr meinen Hof zu machen; man ſpielte; ich warf mich zu ihrem Rathgeber auf; miſchte einige Galanterien in den Rath, welchen ich ihr ertheilte; und warb, wie es ſchien, mit Güte angehört. Sie lächelte oft, meine Einfälle beluſtigten ſie, und ich zog daraus eine glückliche Vorbedeutung für die Zukunft. Das Spiel hörte zu bald für meinen Wunſch auf. Die Prinzeſſinn * ° °, welche bey der Herzoginn du Maine zu Abend ſpeiſen ſollte, konnte die Einladung der Herzoginn von °°, welche ſie dringend bath, ihr Geſellſchaft zu leiſten, nicht annehmen. Ungern ſahe ich ſie weggehen, und als ſie fort war, fühlte ich mich ſo niedergeſchlagen, wie man es iſt, wenn man eben einen theuren Gegenſtand verlohren hat.

Die Herzoginn von ° ° ſollte die Bewegung nicht gewahr werden, worin mich die Entfernung der Prinzeſſinn von ° * ° verſetzt hatte; ich nahm daher alle meine Munterkeit zuſammen, und geſtehe, ſie koſtete mir einige Anſtrengungen. Mein Wunſch war mit der Herzoginn ° * allein zu bleiben; aber Frau von Luynes und Herr von Gontault, die nirgends verſagt waren, blieben bey ihr zum Abendeſſen. Ich mußte mein Unglück mit Geduld ertragen. Indeſſen hatte ich doch das Vergnügen, von der Frau, welche

ich

ich liebte, reden zu hören. Gontault, der verliebt in sie war, konnte sie nicht genug loben. Es kostete mir viele Mühe zu schweigen, um nicht zu verrathen, daß sie auch auf mich Eindruck gemacht hätte.

Frau von Luynes sagte zu uns, sie beklage die Prinzessinn, daß sie einen Mann habe, der ihrer Zärtlichkeit gar nicht entspreche; die ganze Welt glaube, er lebe in der vollkommensten Eintracht mit ihr; in der That besitze er auch das ganze Aeußerliche von einem liebenden Manne; eigentlich aber sey er in eine gewisse Madam Dornano, eine stolze und herrschsüchtige Frau, verliebt, und ganz in ihren Banden; dieser Geliebten zu gefallen, leiste er seiner Frau keine von den ihr schuldigen Pflichten; eine Begegnung, so die Prinzessinn von * * *, welche ihren Mann anbethe, nicht im geringsten verdiene.

Gontault, der eben so begierig als ich war, die ausführliche Geschichte derselben, so er auch nicht wußte, zu hören, bath die Frau von Luynes in ihrer Erzählung, die ihn interessirte, fortzufahren; er kam mir damit zuvor; die Herzoginn von * * und ich vereinigten unsere Bitten mit der seinigen; und Frau von Luynes, welche nichts mehr wünschte, als sich der Unterhaltung allein zu bemächtigen, und die Prinzessinn von * * * sehr liebte, befriedigte so gleich unsere Neugierde.

„Man verschaft mir ein sehr großes Vergnügen, sagte „sie zu uns, wenn man mir Gelegenheit gibt, auf meine „theure Hortense, so nannte sie sich vor ihrer Vermählung „mit dem Prinzen von * * *, eine Lobrede zu halten. In „meinem Leben habe ich kein liebenswürdigeres und anziehen„deres Frauenzimmer kennen gelernt. Ihr Unglück ist nur, „daß sie ein für die Liebe zu empfindliches Herz besitzet; diese „Empfindlichkeit vielleicht zu sehr aus Romanen, deren „Lectür sie mit Begierde verschlang, geschöpft hat; und mit „einem frostigen Menschen vermählt ward, der die Aeußerun„gen der Freundschaft, so sie für ihn fühlt, zurück weiset.
„Uns

„Unglücklicher Weise habe ich zu dieser Ehe mit beygetragen,
„und mache mir noch immer Vorwürfe darüber.“

„Meine Hortense verlohr ihre Mutter noch vor ihrem
„funfzehnten Jahre; ihr Vater, der sie herzlich liebte, ließ
„sie nicht von seiner Seite weg; er wollte selbst über ihre Er-
„ziehung, die sehr sorgfältig war, wachen. Sie machte große
„Fortschritte bey den Lehrern, die man ihr hielt; und in
„kurzer Zeit sprach man von nichts als ihren Geschicklichkei-
„ten und ihrer Schönheit. Es zeigten sich verschiedene Par-
„thien für sie. Die Frau Marschallinn von Villeroi wollte
„ihr einen Verwandten ihres Gemahles zufreyen; die Mar-
„schallinn von Villars sprach von dem kleinen Grafen von
„Clermont; kurz der Vater befand sich in Verlegenheit,
„welchen er wählen sollte. Um diese Zeit eröffnete sie mir
„ihr Herz, und bath mich ihm zu sagen, daß sie bey Ver-
„schenkung ihrer Hand nur auf die Stimme ihres Herzens
„zu hören wünschte. Ihr Vater, der nur für sie lebte,
„schwor ihr, sie nicht zu zwingen, und zu erwarten, wel-
„chen Gemahl ihm dieses Herz zeigen würde.“

„Der Prinz von ° ° ° sahe sie auf einem Balle, wel-
„chen ich gab. Sie kennen ihn; er ist groß von Statur,
„wohl gebildet, und von dem sanftesten Wesen. Hortense
„tanzte verschiedene Mahle mit ihm, und fand in ihm den
„Mann, der bestimmt war, ihr Liebe einzuflößen. Einige
„Vorzüge, so er ihr das Mahl vor andern erwieß, nahm
„sie für eine förmliche Liebeserklärung; und es brauchte
„nichts mehr, um diese jugendliche Einbildungskraft zu er-
„hitzen. Dieser Liebhaber schien ihr der vollendeteste Mann
„zu seyn, bey ihm erinnerte sie sich an alles, was sie je ge-
„lesen hatte, und die Vergleichung fiel zu Gunsten des Prin-
„zen von ° ° ° aus. Sein frostiges Wesen ward für
„Schüchternheit, sein Blick, der von Natur schmachtend
„war, für Empfindsamkeit genommen; kurz die Einbil-
„dungskraft meiner kleinen Hortense lieh diesem neuen Lieb-
„haber Reitze und Eigenschaften, die er nicht hatte. Er ist
M 2

„Musikus, sie liebt die Musik. Man wurde einig, daß,
„wenn es der Vater erlaubte, er von Zeit zu Zeit kommen,
„und Concerte mit ihr spielen wollte. Der Prinz von * ° *
„ist ganz dazu gemacht, allenthalben wohl aufgenommen zu
„werden. Die Einwilligung des Vaters der Hortense war
„nicht schwer zu erhalten; und der Prinz benutzte es, um
„Hortensen sehr fleißig zu accompagniren. Der Zufall war
„ihnen immer so günstig, daß, wenn sie zu mir kam, ich
„mich darauf verlassen konnte, auch den Prinzen ankommen
„zu sehen. Es verliefen mehrere Monathe, in welchen der
„Prinz durch seinen fleißigen Besuch Hortensens Vater in der
„Meinung bestärkte, daß er die Augen auf sie geworfen
„hätte; doch kam es nie mit ihm zur Sprache; und die
„Kleine war doch sehr ungeduldig zu hören, wenn er sich er-
„klären würde. Sie schloß mir ihr Herz auf, ich sahe, es
„gehörte ganz dem Prinzen. Aus Freundschaft für Hor-
„tense wagte ich es, ihn auf den Zahn zu fühlen; ich brach
„über meine kleine Freundinn in Lob aus: er stimmte mir
„ganz bey, und dennoch ließ er sich in seiner Unterredung
„mit mir nicht undeutlich vernehmen, daß er noch nicht Lust
„hätte sich zu verheirathen. Diese Erklärung fiel mir sehr
„auf. Da ich mich aber gleich wieder überredete, daß er
„seine Gesinnungen nur zu verhehlen suche; so hielt ich es
„fürs Beste, frey heraus mit ihm zu reden. Ich sagte ihm
„demnach, die ganze Welt glaube, er liebe Hortense; ich
„selbst bilde mir es ein; und die Kleine wäre eben der Mei-
„nung; er möchte mir doch nur frey heraus sagen, was
„wir von der Sache glauben dürften. Seine Antwort fiel
„nicht sehr bestimmt aus; ich sahe ihn in Verlegenheit, und
„dachte, er wolle sich nur deßhalb nicht erklären, weil er
„nicht wisse, ob der Vater und Hortense auch einwilligen
„würden. Ich nahm es aber über mich, ihn beyder Einwilli-
„gung zu versichern.“

„Wie wir noch davon redeten, kamen sie an. Nach
„den ersten Höflichkeitsbezeigungen, hielt ich es fürs Beste,

„die

„die Sache, da sie noch im Gange war, zu Stande zu brin=
„gen.   Hortensens Vater war schon durch sie selbst von ihrer
„Zuneigung zum Prinzen von * * * unterrichtet; und dieser
„gute Vater hob selbst zuerst alle Schwierigkeiten, so sich
„nur ereignen könnten.   Die Vermählung ward beschlossen;
„und eine von den Bedingungen, so der künftige Gemahl
„selbst machte, war, daß sie so schnell als möglich vor sich
„gehen sollte.“

„Hortense sahe nichts als Drang der Liebe in diesem
„Verlangen, und das schien ihr sehr zu schmeicheln.   Ich
„für meine Person war mit der Mine des Prinzen von * * *
„nicht sehr zufrieden.   Sein Ton lautete erzwungen;   es
„war nicht Wahrheit, nicht das feurige und aufrichtige Ent=
„zücken einer Seele, welche ihr Glück fühlt: und von diesem
„Augenblicke an sahe ich ein, daß er aus Schwachheit, nicht
„aus Liebe nachgab.“

„Diese Entdeckung verbarg ich vor Hortensen; ich
„schmeichelte mir noch zuweilen, daß ich mich täuschen
„könnte, und wollte sie nicht kränken.   Indessen zeigte der
„Prinz von * * * so wenig Eifer in seinem ganzen Verfah=
„ren, daß ich mich nicht länger entbrechen konnte, meine
„Freundinn darauf aufmerksam zu machen.   Ich wünschte,
„sie hätte mit meinen Augen sehen können; allein das Vor=
„urtheil hatte sie geblendet, und seine so unzeitige Kälte ward
„ihm noch zum Guten angerechnet.“

„Endlich ging die Vermählung bey mir auf dem Gute
„vor sich; sie wissen, es liegt nur zwey Stunden von Paris;
„es war mir also ein leichtes, mich der berühmtesten Künst=
„ler aller Art daselbst zu bedienen.   Es war ein sehr schönes
„Fest. Die neue Prinzessinn von * * * glich einer Rose, um
„welche der West buhlen sollte; ihre Augen funkelten vor Freu=
„de, sie fielen nicht Ein Mahl auf ihren Gemahl, daß sie nicht
„vor Wonne flammten.   Er hingegen ging aus Gleichgül=
„tigkeit fast immer allein in einem entlegenen Lustwäldchen
„herum.   Seine junge Gemahlinn, deren Seele ganz von

„ihm

„ihm voll war, wußte es so gut einzurichten, daß ihre
„Spaziergänge sie immer auf das Lustwäldchen zuführten,
„welches den Gegenstand ihrer Wünsche verbarg; aber sie
„ward nicht wie eine Frau aufgenommen, von welcher man
„sich noch an eben dem Abend die höchste Glückseligkeit ver-
„spricht.“

„Es ist nun Zeit, die Ursache dieser wachenden Träume
„des Prinzen von ° ° ° anzugeben. Er lebte seit langer
„Zeit, wie ich ihnen schon gesagt habe, mit Madam Dor-
„nano, in Forderungen die unerschöpflichste Frau von der
„Welt. Sie wußte recht wohl, daß der Prinz Hortensen
„oft den Hof gemacht hatte; erfuhr aber seine Vermählung
„erst zwey Tage vor dem Beylager selbst. Man kann sich
„die Wuth nicht vorstellen, welche sie über diese Nachricht
„hatte; sie schrieb an den Prinzen von ° ° °, sie müsse ihn
„durchaus sprechen; und als die angesetzte Stunde vorüber
„und er noch nicht da war, flog sie zu ihm. Er war nicht
„zu Hause, sie wartete auf ihn. Als er kam, brach sie in
„Vorwürfen und Thränen aus, setzte Himmel und Erde in
„Bewegung. Der Prinz war, wie wir schon wissen, ein
„schwacher Mann: er wäre verführt worden; bekannte sich
„schuldig; schützte eine Menge Dinge vor, die ihn zum Al-
„tare führten; sagte, es gereue ihn; bezeigte Verdruß dar-
„über, daß er sich hätte fesseln lassen; und erhielt nicht eher
„Verzeihung, als bis er schwor, sich Hymens Rechte gänz-
„lich zu begeben, weil er zu der Heirath gezwungen worden
„wäre. Das versprach er denn; und die Erinnerung an
„dieses Versprechen, so man sich freylich nicht einbildete,
„war es, was ihn traurig und niedergeschlagen machte.“

„Diese Nacht aber konnte er, von seinen Verwandten
„fortgeschleppt, und von den Liebreitzungen seiner Gemahlinn
„hingerissen, sich nicht versagen, sein Bett mit ihr zu thei-
„len: es war aber nicht die Liebe, so die Rose brach; ihn
„beseelte, ein anderes Gefühl. Sechs Wochen mochte er
„wohl ungefähr ihr Gemahl gewesen seyn; als Madam
„Dor-

„Dornano die Herrschaft wieder an sich riß, und ihn nö=
„thigte, bey seiner Frau den Enthaltsamen zu machen.. Sie
„suchte ihn indessen wieder an sich zu ziehen, nahm sich aber
„wohl in Acht, zu dringend zu scheinen. Er stellte sich auf
„das gefühlvollste gegen sie, und sahe er, daß seine Ge=
„mahlinn einen Augenblick traurig schien, wenn sie seinen
„Gram nicht zerstreuen konnte, so brach er in die Klage
„aus: er wäre der unglücklichste Mann von der Welt,
„weil er seine theure Hortense nicht glücklich zu machen ver=
„mochte. Kurz alle seine Zärtlichkeit bestand in Worten und
„nie in Handlungen."

„Seine Gemahlinn, welche ihn vielleicht desto mehr
„liebte, je kälter er gegen sie ward, litt alle Qualen der
„Eifersucht. Sie bethete einen Mann an, der so gar die
„Hand, welche sie an ihren Mund oder ihr Herz drücken
„wollte, zurück zog. Selbst diese kleine Zärtlichkeitsbezeigung
„ward ihr, wiewohl, ich gestehe es, alle Mahl mit Artig=
„keit, abgeschlagen; endlich aber mußten ihre Sinne bey
„einem Manne verstummen, dessen Sinne bey ihr so ruhig
„waren; sie bestrebte sich zurückhaltend zu seyn, und genoß,
„bey allem Scheine von Glücke, auch nichts von dem
„Wesentlichen desselben."

„Eines Tages, als ihr Gemahl ausgegangen war,
„ging sie in sein Zimmer hinein. Ihr fiel ein beschriebenes
„Papier in die Augen, das in kleine Stücke zerrissen, und
„ins Kamin geworfen war. Sie befand sich allein, die
„Neugier gewann Oberhand über sie; sie sammnelte alle diese
„kleinen Papiere, ordnete sie, suchte den Sinn aus ihnen
„heraus zu bringen, und legte sie auf ein anderes, so ganz
„war, um die Hand zu erkennen. Wie groß war ihr
„Schmerz, als sie sahe, daß der Brief ein Frauenzimmer
„zur Verfasserinn hatte, welches Rechte auf ihren Gemahl
„zu haben schien! Was hatte sie verbrochen, daß sie nicht
„auch so glücklich war als diese Nebenbuhlerinn, die sie gar
„nicht kannte?"

(Michel, geb. Lebens-Geschichte 3. Th.)

J

„Die

„Die Vernunft kam, wiewohl spät, ihr zu Hülfe.
„Nachdem sie zwey Jahre verseufzt hatte, sahe sie wohl ein,
„sie müsse eine und zwar d i e Parthie ergreifen, sich von
„einer Leidenschaft, so sie ungetheilt hegte, zu heilen.
„Sie schätzt ihren Gemahl, sie liebt ihn vielleicht noch sehr;
„aber sie sucht einen zu starken Eindruck, der sie seit so langer
„Zeit unglücklich gemacht hat, zu verdunkeln. Um des-
„willen besucht sie Gesellschaften, und verjagt die lange
„Weile. Dessen ungeachtet würde sie noch immer Drang
„genug fühlen, ihrem Gemahle ein Herz zu übergeben,
„welches wohl schwerlich je aufhören wird für ihn zu
„schlagen.“

Während die Frau von Luynes dieses erzählte, wagte
Gontault kaum zu athmen, die Thränen standen ihm in den
Augen. Die Herzoginn beklagte ihre Freundinn, daß sie
einen solchen Mann hätte. Auch ich stimmte laut mit in
das Bedauern der Gesellschaft ein, insgeheim aber zog ich
daraus eine gute Vorbedeutung für den Angriff, welchen ich
auf sie zu machen gedachte. Eine Frau, die ihren Mann
innig liebt, und von ihm vernachläßiget wird, ist schon halb
erobert.

Des andern Tages besuchte ich wieder die Herzoginn **,
fand aber meine neue Göttinn nicht bey ihr; sie wollte gerade
in Gesellschaft gehen, und ich begab mich von da zu Madam
Michelin. Diese lächelte, als sie mich sahe: aber ich fand
sie außerordentlich verändert; ihre blühende Farbe war fort;
und der brave Michelin, welcher dazu kam, theilte mir seinen
Kummer über die abnehmende Gesundheit seiner Frau mit.
Ueber meine Geschäfte hätte ich wohl, sagte er zu mir, keine
Ursache zu klagen, es glückt mir alles, was ich unternehme;
aber meine Frau muß einen geheimen Kummer haben: denn
so viel Mühe ich mir auch gebe, ihren Wünschen zuvor zu
kommen, so vermag ich doch nicht die Traurigkeit zu verbau-
nen, die sich ihrer bemächtiget hat. Sie hingegen suchte
uns zu trösten, und sagte in dem rührendsten Tone zu uns,

sie habe keinen Kummer auf dem Herzen. Der gute Mann ließ uns allein. Ich fragte sogleich Madam Michelin, was sie denn hätte, daß sich ihr Mann so sehr über ihre Traurigkeit beklage. „Und das können sie mich noch fragen, Herr „Herzog antwortete sie mir; sie wissen ja alles, was vor„gegangen ist. Zwar darf und will ich ihnen keine Vor„würfe machen; aber sie sind Schuld an meinen Vergehun„gen: ihr Betragen gegen mich hat mich bewogen sie abzu„büßen; mein Antheil am Uebel ist viel größer, als mein „Antheil am Vergnügen war.‟

Hier hielt sie inne; und nach einem Seufzer fragte sie mich nach meinen neuen Zerstreuungen. Ich blieb einige Zeit bey ihr, und ward gewahr, daß sie sich doppelte Mühe gab heiter zu seyn. Sie sprach indessen viel von Tugend, Religion und Züchtigungen des Himmels; und als sie sahe, daß ich über ihre Predigt lachte, so sagte sie zu mir, ich würde noch in meiner Unbußfertigkeit hinsterben. Madam Renaud kam auch dazu. Ich dachte mich an ihrer derben Munterkeit wieder zu erhohlen, aber ich fand eine Frau, die von dem Zustande ihrer Freundinn ganz durchdrungen war; sie fing an zu weinen, als jene uns ihr nahe bevorstehendes Ende so gelassen ankündigte. Diese Weissagung nahm ich, wie man leicht denken kann, für Chimäre auf, und suchte die Vorstellungen vom Tode, so mich nicht unterhalten konnten, zu zerstreuen. Da ich aber sahe, daß alle meine Bemühungen vergebens waren, ging ich fort. Schon seit langer Zeit war ich dieser beyden Liebschaften überdrüßig. Diese Gewissensbisse, diese verdoppelte Frömmigkeit, diese Traurigkeit, kurz alles bestärkte mich in meinem Vorsatze, nicht weiter an sie zu denken; ich verschwor es, wieder zu kommen, und mich bey diesen beyden Weibern, welche ich doch nicht mehr liebte, lebendig zu begraben. Und gleich wie Merkur auf einige Zeit die Gestalt des Sosias annahm, sich alsdann zum Olymp begab, und mit Ambrosia wieder entmenschlichte; so hoffte auch ich mich in der Sphäre der

himm=

himmlischen Prinzeſſinn von * * * von jenen beyden bürger-
lichen Verbindungen wieder zu läutern.

An eben dieſem Tage verbreitete ſich das Gerücht in Paris, daß die Krankheit des Königes überhand nehme, und
man Urſache habe, für ſein Leben beſorgt zu ſeyn. Ich begab mich nach Verſailles, wo man mir verſicherte, daß er
aufs höchſte nur noch zwey oder drey Tage zu leben hätte.
Keiner von denen, die dem Herzoge von Orleans den Hof
machten, war mehr um ihn. Man ſtellte ſich ſchon auf die
Seite der werdenden Gewalt; und dieſer große König ſahe
ſich jetzt von Dienern, welche ihm alles zu verdanken hatten, verlaſſen. Selbſt Frau von Maintenon hatte ſich ſchon
nach Saint = Eyr in die Einſamkeit begeben; und Vater Le
Tellier war von ſeinem Kranken gewichen, um in Paris Cabalen zu ſpielen. Nur einige alte Officire bezeigten ihre
Betrübniß, den König in einem ſo beklagenswürdigen Zu-
ſtande zu finden; viele andere aber konnten es nicht erwarten,
ihn am Ziele ſeiner Laufbahn zu ſehen.

Endlich kam dieſer Augenblick; das Gerücht von ſeinem
Tode lief bald in Paris herum, und ward daſelbſt mit Vergnügen aufgenommen. Beſonders ging der gemeine Mann
in der Ausgelaſſenheit ſeiner ſchändlichen Freude ſo weit, daß
er laut ſagte, er ſey nun von der größten Landplage befreyet.
Er tanzte; er ſang zu wiederhohlten Mahlen die plumpſten
Spottlieder auf den Souverain. Der Refrein flog von
Munde zu Munde, und die Gährung war ſo allgemein,
daß der Polizey=Lieutenant, Herr von Argenſon, erklärte,
er könne nicht für das Volk ſtehen, wenn die Leiche durch
Paris käme.

Den Freunden des Herzoges von Orleans war dieſer Haß
des Volkes gegen Ludwig XIV ſchon recht. Sie ſahen
wohl ein, daß man den letzten Willen eines ſo wenig geliebten Fürſten, wenig ehren, und folglich der Herzog von Orleans ſich all der Rechte wieder bemächtigen würde, welche
der König ihm ſo ſehr beſchränkt hatte. Rechtſchaffene Leute
aber

aber ärgerten sich darüber, daß das Volk all der glänzenden Thaten dieses großen Königes vergaß, und sich mit Ausgelassenheit der unverzeihlichsten Freude überließ.

Ich will gerne zugeben, daß das Ende der Regierung Ludwigs XIV sehr unglücklich war: aber dieses rührte von den Ministern her, die nicht die gehörige Kraft hatten, dem Kriegs=Departement wohl vorzustehen; vielleicht kam es auch wieder davon her, daß der König aus Frömmeley die Stellen im Kriegesrathe mit Frömmlingen besetzte, welche man zum Nachtheile derer wählte, welche mehr Talente dazu besaßen. Die Widerrufung des Edictes von Nantes, seit den dreyßig Jahren, da es unterzeichnet war, und noch die Ursache des Blutvergießens in vielen Provinzen, hatte vielleicht auch das Unglück, worunter Frankreich damahls seufzte, durch die Vertreibung so vieler Tausende reicher Bürger bewirket. Ich will ihn ganz und gar nicht entschuldigen: aber so viel bleibt doch wahr, ein König ist Herr in seinem Reiche. Die katholische Religion ist darin die herrschende; er schwört bey seiner Gelangung zum Throne, sie zu beschützen, und Ludwig XIV hatte das Recht, einen allgemein gleichen Gottesdienst vorzuschreiben. Vielleicht war die Staatsklugheit wenig zu Rathe gezogen, als man die Protestanten aus dem Königreiche jagte: aber Ludwig XIV hatte die Macht zu verlangen, daß seine Unterthanen alle durch einen Glauben vereinigt seyn sollten. Ohne Zweifel hätte er besser gethan, die Gewissen frey zu lassen; aber man muß bedenken, daß er von Priestern umgeben war, die größten Theils unduldsam sind, und daß diese Widerrufung vielmehr ihr als sein Werk ist.

Man gab ihm auch noch Schuld, daß er, aus Ehrgeiz seinen Enkel, den Herzog von Anjou, auf den Thron zu setzen, einen blutigen Krieg veranlasset hätte. Welchem Könige aber wird es nicht lieb seyn, seinem Sohne eine Krone zu verſchaffen, und die Königreiche in ſeiner Familie zu vermehren. Konnte er, ohne ſich Schande zuzuziehen, auf das Teſtament Carls II, welcher dem Herzoge von Anjou die Krone vermacht hatte, Verzicht thun? Es iſt wahr, der Krieg koſtete viel Blut; aber noch ein Mahl, die Wahl der Miniſter und der mehrſten Generale war Schuld daran. Was war ſein Zweck, als er die Waffen ergriff? ſeinem Enkel die Krone zu verſichern. Hat er ihn denn nicht erreicht? und regiert nicht, Trotz der Unglücksfälle und der Demüthigungen, dieſer jüngere Zweig der Bourbonne noch in Spanien?

Dieſes immer übertreibende Volk, das ſich ſo unanſtändig in ſeiner Freude über den Tod des größten aller ſeiner Beherrſcher betrug, weil es nur den gegenwärtigen Augenblick ſahe, vergaß muthwillig alles, was er geleiſtet hatte. Es erinnerte ſich nicht mehr der Eroberung der Franche-Comté, eines Theiles von Flandern, welcher die Kron-Güter vermehrt, des beſtändigen Sieges, welcher dieſe Regierung verherrlichet hatte: und konnte es ihm gleich zu große Liebe zum Kriege vorwerfen, ſo mußte es doch auch wenigſtens wieder zu geben, daß eben dieſe Liebe einen Türenne, Condé, Luxembourg, Catinat, Créqui, Boufflers, Vendôme, Villars, Generale, deren Ruhm nie ſterben wird, gebildet hat. Welches Volk hat größere Seehelden aufzuweiſen, als Duquesne, Duguay-Trouin, Tourville und Jean-Bart waren? Welche Miniſter können es mit einem Colbert und Louvois aufnehmen? Trat nicht mit unglaublicher Schnelligkeit Ein großer Kopf nach dem andern auf? Bourdaloue, Boſſuet, Maſſillon waren eine Zierde des Predigtſtuhles. Vauban befeſtigte die Städte. Perault und Manſard errichteten Palläſte. Pujet, Girardon, le Pouſſin, le Sueur, le Brun, ſchmückten ſie mit Gemählden aus. Le Nôtre ging ihnen zur Seite in der Kunſt Gärten anzulegen. Eben ſo fruchtbar war dieſes ewig merkwürdige Jahrhunhundert an schönen Geistern. Corneille *), Moliere, Racine, la Fontaine, Boileau, Fenelon, lauter unsterbliche Schriftsteller, werden ewig von dem Glanze desselben zeugen. Die Denkmähler, so man noch zur Ehre dieser Regierung anführen könnte, werden vergehen; Versailles, das Invalidenhaus, Trianon, Marli, werden nicht mehr seyn, wenn die Werke dieser großen Männer es noch der Nachwelt sagen, daß einst ein Ludwig XIV war.

Noch kann ich nicht ohne Unwillen an die Unanständigkeiten denken, welche das Volk in Paris an dem Tage beging, da die Leiche des Monarchen durch Paris geführt ward; der Tod des verhaßtesten Tyrannen könnte nicht mehr Vergnügen gemacht haben. Man maß ihm die Schuld an all den Unglücken bey, man sahe seinen Tod als eine Wohlthat des Himmels an. Einige unglückliche Jahre hatten alles zerstört; sein ehemahliger Ruhm war hin; das Volk fluchte seinem Andenken, und beschimpfte gröblich den Sarg eines Königes, der Frankreich ewig Ehre machen wird, und den man nicht ohne Besorgniß in der Gruft seiner Väter beysetzen konnte.

Frau von Maintenon verließ nach dem Tode des Königes Saint=Cyr nicht wieder. Da sie alt, und lauter Fröm-

J 4

migkeit

*) Es ist nur noch die Frage, ob diese großen Männer, ich will die Generale, welche zu ihrer Ausbildung Krieg haben müssen, ausnehmen, unter einem Friede liebenden, und das Wohl seines Volkes befördernden Könige, sich nicht in einer noch größern Anzahl gezeigt hätten. Die Natur scheint nur einen Augenblick mit großen Geistern verschwenderisch zu seyn; mit den Jahrhunderten derselben aber geizt sie. War nicht Augustus, dieser so grausame Kaiser von einer Menge berühmter Köpfe umgeben, denen er den Ruhm seiner Regierung zu verdanken hat? Sollten nicht Titus, Trajan und Markus Aurelius persönliches Verdienst genug besessen haben, solche Genie hervor keimen zu lassen, wenn ihnen die Natur in ihren Bemühungen hätte beystehen wollen? Und doch zählt man nicht mehr als vier Jahrhunderte: das Jahrhundert des Alexanders des Augustus, der Mediceer und Ludwigs XIV,

miglkeit war, besuchte ich sie sehr selten. Man hatte mich
gewöhnet, sie als meine zweyte Mutter anzusehen. Der
König hätte zu einer Gesellschafterinn keine bessere Wahl treffen können; es war eine gefällige und gescheidte Frau, deren
Unterhaltung Vergnügen gewährte. Bey ihr fand er Theilnahme und Zuvorkommen, Eigenschaften, die eine Frau,
welche sanft ist, und sich beeifert zu gefallen, immer theuer
machen. Kein Tag verging, daß er sie nicht besuchte; es
war ihm zum Bedürfnisse geworden; und er ging zu ihr, den
häuslichen Kummer, wovon er am Ende seiner Laufbahn
verzehret ward, in ihren Schooß auszuschütten.

Ein Vorwurf, den man der Frau von Maintenon mit
Recht machen kann, ist, daß sie dem Könige eine kleingei-
sterische Gewissenhaftigkeit einflößte, die den Priestern zu
viele Gewalt über ihn verschafte. Sie glaubte ohne Zweifel
aus voller Ueberzeugung, daß Ludwig XIV selig werden
würde, wenn er seine Andachtsübungen vermehrte. Es ist
aber gewiß, daß er von der Zeit an, da er fromm ward,
die Selbstständigkeit und den festen Muth verlohr, welche er
so oft gezeigt hatte. Er gab sich mit Kleinigkeiten ab, die
unter einem Könige sind; er schickte zum Beyspiele denen,
wovon das Gerücht ging, daß sie etwas ausschweiften, den
Befehl zu, hübsch einträchtig mit ihrer Gattinn zu leben.
Im Privatstande thut die Frömmeley wenig Schaden; beherrscht sie aber einen Monarchen, so kann sie machen, daß
Geschäfte schlecht betrieben werden, oder Verfolgungen entstehen. Die Absichten der Frau von Maintenon waren sicher
gut; ihre Handlungen konnten auch lauter seyn; aber sie
hatten nicht immer eine glückliche Folge.

Um nicht Zeuge eines Schauspieles zu seyn, was mir
mißfiel, verließ ich Paris. Ich hatte erfahren, daß meine
theure Prinzessinn von * * * bey der Marschallinn von Villars auf dem Lande war; und von der Liebe angespornet
machte ich mich auch bald auf den Weg dahin. Sie müssen
wissen, die Marschallinn bezeigte viel Freundschaft für mich,

und fand mich ein Mahl über das andere allerliebst. Sie verhehlte mir das Vergnügen nicht, so sie fühlte, mich bey sich zu sehen; und ich beschloß ihr Wohlwollen zu benutzen.

Die Prinzessinn von * * * war, wie ich wußte, weitläuftig mit ihr verwandt, und besuchte sie sehr oft; ich nahm mir demnach vor, der Marschallinn den Hof zu machen, um Gelegenheit zu bekommen, meine liebe Prinzessinn nach Gefallen zu sehen. Jung war die Marschallinn nicht mehr, aber immer noch liebenswürdig; und man konnte ihr schon noch einige Augenblicke widmen.

Sie war erstaunt und erfreut mich zu sehen. Meinen Besuch schrieb ich weislich der Begierde zu, ihr meine Aufwartung zu machen; und sie konnte mich nicht genug loben, daß ich sie so überrascht hätte. Die Prinzessinn von * * * ließ sich nicht eher als bey der Mittagstafel sehen; sie war schon völlig angekleidet: als sie mich sahe, erröthete sie und ihre Farbe gewann dadurch nur noch mehr Lebhaftigkeit. Aus diesem Anfange schöpfte ich gute Vorbedeutung, und lauerte nur auf den Augenblick, da ich mit ihr allein seyn könnte.

Es währte einige Zeit, ehe er erschien; endlich aber ging sie allein in den Garten, und schlug eine Allee ein, die seitwärts vom Schloße abführte. Ungesäumt eilte ich ihr nach. Anfangs betraf die Unterhaltung gleichgültige Gegenstände; aber bald hernach gestand ich ihr meine Liebe. Sie nahm die Erklärung ohne Unwillen auf. Die Marschallinn, welche beständig so viel Gutes von mir sprach, hatte ihr Herz schon zum voraus zu meinem Vortheile gestimmt; und ich sahe wohl ein, daß, wenn ich mir einige Mühe geben wollte, sie nicht sehr grausam seyn würde. Aber ich irrte mich ein wenig. Denn war gleich die Prinzessinn von * * * so gefällig gewesen, meine Wünsche anzuhören; hatte sie sich gleich im ersten Augenblicke ganz dem Vergnügen überlassen, daß sie empfand, in meiner Gesellschaft zu seyn: so gab ihr doch die Ueberlegung, als sie sich wieder allein befand, Waffen in die Hände, mir Widerstand zu thun.

J 5

Am

Am folgenden Tage hatte ich wieder Gelegenheit, mit ihr allein zu reden; ihre Aufrichtigkeit, ihr freymüthiges Wesen, alles vergötterte sie in meinen Augen: allein sie mochte keinen Gebrauch von diesen Waffen machen, und hielt es für besser, einen Mann, der ihr gefährlich schien, von sich entfernt zu halten. Zu meinem größten Schmerze erfuhr ich noch an eben diesem Abend, daß sie wieder nach Paris zurück gegangen wäre.

Die ganze Nacht über konnte ich kein Auge zu thun; die Aufwallung, worin ich über diese Flucht gerieth, war zu groß, um mich schlafen zu lassen. Ich verwünschte und verfluchte diese Abreise, welche alle übrigen wie mich in Verwunderung gesetzt hatte; und mein erster Gedanke war, nach Paris zurück zu kehren. Indessen hielt mich doch die Achtung zurück, die ich der Marschallinn schuldig war: denn ich konnte nun nicht mehr an ihrer Liebe zweifeln; der Abend meiner Ankunft hatte mich schon davon überzeugt; und da ich es mit ihr durchaus nicht verderben durfte, weil die Freyheit meine Prinzessinn von ° ° ° zu sehen, davon abhing, so blieb ich die bey meiner Ankunft versprochenen acht Tage noch da. Aber sie wurden mir zu Jahrhunderten. Endlich ging die Zeit zu Ende; die Marschallinn, welche von mir ganz entzückt war, wollte sie verlängern; allein ich wandte so dringende Geschäfte vor, daß sie mich nicht länger zurück halten konnte.

Meinen ersten Besuch machte ich bey der Herzoginn von ° °. Das Glück war mir nicht so günstig als die ersten Mahle; ich fand die Prinzessinn nicht da. Die Herzoginn war noch immer meine beste Freundinn; und ungeachtet ich vor Ungeduld brannte etwas von der Prinzessinn zu hören, so verweilte ich doch sehr gern einige Augenblicke bey ihr. Ich suchte das Gespräch auf ihre Freundinn zu bringen, und erfuhr von ihr, sie wäre des Lebens in Paris überdrüßig, und hätte ihren Gemahl ersucht, eine Zeit lang mit ihr auf ein Gut, welches sie in Anjou hatte, zu ziehen. Dieses

Vor-

Vorhaben machte mich ganz bestürzt; als ich aber hörte, daß der Herr Gemahl keine Lust hätte, Paris zu verlassen, beruhigte ich mich gleich wieder. Sie sagte mir auch noch, die Prinzessinn von *** würde bey ihr zu Abend speisen; und ich nahm ihre Einladung da zu bleiben, wie man leicht denken kann, gern an.

Meine Gegenwart machte wieder eben denselben Eindruck auf sie; sie erröthete, als sie mich sahe: die Unterhaltung war sehr munter; und das Verlangen zu gefallen, spornte mich an, alle Mittel aufzubiethen, ihr liebenswürdig zu werden. Es glückte mir sehr gut; ich zog die Aufmerksamkeit der Gesellschaft auf mich, und sahe, daß die Prinzessinn sich innig über die Lobeserhebungen freute, welche mir gemacht wurden. Man theilt den Ruhm mit dem, welchen man liebt. Selbst die Herzoginn von *** schien vor Vergnügen berauscht zu seyn; und ich bin gewiß, wäre ich mit ihr allein gewesen, die Liebe hätte die schönen Plane von platonischer Freundschaft alle vereitelt.

Ich ergriff im Scherze die Hand der Prinzessinn von ***, und raubte ihr einen kleinen Ring, welchen sie trug: Anfangs war sie etwas ernst darüber; bald aber sahe ich Nachsicht auf ihrem Antlitze. Ich drückte ihr die Hand, bediente mich aller kleinen Mittel der Liebe; und sie ließ es mir alles hingehen. Nun bath ich sie leise um die Erlaubniß sie zu besuchen. Sie schwieg; ich nahm es für Erlaubniß, und bediente mich derselben gleich des nächsten Tages.

Die Marschallinn von Villars schrieb mir, ich möchte mich, so günstig war mir mein Stern! zu der Prinzessinn von *** verfügen, an die sie gleichfalls geschrieben hatte, um sie wieder zu einem Besuche bey ihr auf dem Lande zu bewegen, und ertheilte mir den Auftrag sie zu begleiten. Man kann sich denken, wie angenehm mir dieser Auftrag war. Ich fand den Recken von Prinzen von *** bey seiner Gemahlinn im Zimmer: er war nach seiner täglichen

Gewohnheit da, sich nach ihrem Befinden zu erkundigen. Drey bis vier Mahl umarmte er sie in meiner Gegenwart, und sagte zu mir: das ist meine Hortense, es ist mein Alles. Aber seine Miene war so kalt, daß sie schlechterdings nicht zu seinen Worten paßte. Die lange Weile gähnte einen aus seinem Gesichte und aus allen seinen Handlungen an; bey einem vortheilhaften Wuchse und schönen Ebenmaße der Glie=ber, besaß er doch selten die Geschmeidigkeit, welche er hätte haben sollen; seine milzsüchtige, menschenfeindliche und uner=klärbare Moral hatte Einfluß auf seinen ganzen Körper.

Ich überreichte ihm den Brief der Marschallinn; und als=bald rief er aus: das ist vortrefflich! sie müssen hingehen. Sie wünschten, meine liebe Kleine, aufs Land zu gehen, und da zeigt sich auf Ein Mahl eine Gelegenheit, die sie be=nutzen müssen; das ist mein Rath — Es war auch der meinige, und der Prinz von * * *, welcher seine Besuche gern kurz machte, überließ es uns, den Tag der Abreise anzusetzen.

Ich bezeigte der Prinzessinn von * * * das größte Ver=langen, sie zur Marschallinn zu begleiten; aber sie war sehr zurückhaltend, und sagte zu mir, sie wisse noch nicht, ob sie von dieser Einladung so bald Gebrauch machen werde. Mit unendlicher Geschmeidigkeit wußte sie auch dem unbedeutend=sten Worte auszuweichen, welches die Unterhaltung auf das Kapitel von der Liebe bringen konnte. Zwar ließ ich ihren Ring, der jetzt an meinem Finger steckte, ihr unter den Augen spielen; aber sie sagte nichts darüber; und ich hatte nur noch sehr obenhin von meiner Liebe zu ihr reden können, als sie einen Besuch erhielt.

Acht Tage hinter einander kam ich zur Herzoginn von * *, ohne je meine Prinzessinn bey ihr anzutreffen. Die Herzoginn von * * schien über diesen fleißigen Besuch sehr zufrieden zu seyn; allein so vergnügt sie war, so wenig konnte ich es seyn. Mehr als Ein Mahl war ich in dem Hause der Prinzessinn von * * * gewesen, und hatte immer

den

den Bescheid, erhalten, daß sie nicht zu Hause wäre. Man sahe ich wohl, daß sie mich floh; aber ich schloß auch daraus, daß ich geliebt ward, und nur den günstigen Augenblick des Sieges, der mir nicht lange mehr streitig gemacht werden konnte, geduldig abzuwarten brauchte.

Die Herzoginn von * *, die mir schon manchen Dienst, ohne es zu wissen, erwiesen hatte, war mir auch dieses Mahl behülflich. Des längern Wartens, ihre Freundinn bey sich zu sehen, überdrüßig, ging sie selbst zu ihr, und nahm sie, ohne Entschuldigungen von ihr anzuhören, mit sich zum Abendessen. Mir war es zur Gewohnheit geworden, des Abends zur Herzoginn von * * zu gehen, und ich ward ganz angenehm überrascht, als ich diejenige daselbst antraf, welche ich so lange vergebens aufsuchte. Wir waren nur unserer drey. Die Herzoginn von * *, gerade sehr weichherzig ge= stimmt, gestand ihrer Freundinn, daß sie um ihren Kummer wisse. Wir beklagten sie beyde: vergebens wollte sie es einige Zeit lang uns mit Gewalt leugnen; endlich aber be= stätigte sie, was Frau von Luynes uns schon erzählt hatte.

Man kann sich nicht vorstellen, welch' ein Vergnügen es mir gewährte, eine Frau, welche ich liebte, mit Errö= then die umständliche Geschichte ihres ehelichen Lebens erzäh= len zu hören. Wenn sie inne hielt, ward sie von der Her= zoginn von * * wieder aufgemuntert, die angefangene Erzäh= lung fortzusetzen. Sie liebte, wie ich sahe, noch immer ihren Mann; aber seine Aufführung mußte nothwendig ihren Fall nach sich ziehen. Ich betrachtete sie, und war über= zeugt, daß alles, was ich sahe, und was ich nicht sahe, bald in meinen Händen seyn würde. Mir waren die Wei= ber zu gut bekannt, um nicht zu wissen, daß man alles von ihnen erwarten darf, wenn man gewandt genug ist, zwey Leidenschaften zu benutzen, welche sie beseelen, die Rache und den Hang zum Vergnügen.

Als ich nur erst der Vertraute der Prinzessinn von * * * geworden war, so ward auch gleich der Posten, welcher mir den Eingang zu ihr verwehrt, hatte, weggenommen. Ich besuchte sie oft, und beklagte sie von ganzem Herzen, daß sie keinen Mann hätte, der ihr Verdienst besser zu schätzen wüßte. Wenn meine Frau ihr ähnlich gesehen hätte, sagte ich zu ihr, so würde ich mich bey den Rechten auf sie sehr glücklich geschätzt, und weit entfernt, sie zu vernachläßigen, mich sehr hingerissen gefühlt haben, mich derselben zu bedienen. Eine Gemahlinn wie sie, versicherte ich ihr, würde ich herzlich geliebt haben; und das Glück wäre mir nur nicht so günstig gewesen, sie mir damahls zu zeigen, als wir beyde noch frey waren. Ich sprach, wie ich dachte; und wenn man lebhaft fühlt, was man sagt, so ist man beynahe immer beredt.

Die Ueberredung drang in das Herz der Prinzessinn von * * *; sie verschwieg mir noch, daß sie mich liebte; aber ihre Blicke waren unvorsichtiger: ich las in ihnen mein Glück und die Freuden, welche mich erwarteten.

Die Marschallinn von Villars war in Paris gewesen, und hatte die Prinzessinn von * * * wieder mit sich genommen. Mir hatte sie sagen lassen, ich sollte sie besuchen; und ich hatte es ihr versprechen müssen. Schier gezwungen hatte ich es versprochen, weil ich nicht wußte, ob die Prinzessinn auch von der Gesellschaft seyn würde; als ich aber erfuhr, daß auch sie dahin abgereiset war, machte ich mich so bald als möglich auf den Weg.

Den Abend vor meiner Abreise sahe ich den guten Michelin nahe bey meinem Wagen vorbey gehen. Er war in tiefer Trauer. Ohne es zu wollen, zog ich an der Schnur, und ließ halten. Mit einer Erschütterung, die mir tief zu Herzen drang, erfuhr ich, daß seine Frau schon vor zwey Tagen begraben wäre. Der Mann vergoß während der Erzählung einen Strohm von Thränen. Ich war gerührt, und fühlte wider meine Gewohnheit auch meine Thränen fließen. Da ich den Ort zum Erzählen nicht sehr bequem fand, so fragte ich ihn, ob er einen Augenblick Zeit hätte, mit mir zu kommen, und ließ ihn in meinen Wagen steigen.

Wir

Wir waren bald zu Hause, und hier brach der gute Handels=
mann in ein noch viel heftigeres Schluchzen aus. Als der hef=
tigste Schmerz vorüber war, sagte er zu mir, er habe die
klügste und würdigste Frau verlohren, und ich wisse wohl,
daß er mich, wenn ich zu ihm gekommen wäre, auf den
Kummer seiner Frau aufmerksam gemacht hätte. Seit der
Zeit, setzte er hinzu, hätte der Kummer immer mehr über=
hand genommen; und alle seine Bemühungen sie zu zer=
streuen, wären vergebens gewesen. Sehen sie, Herr Her=
zog, was es mit uns Menschen ist, fuhr er fort, und wie
die Krankheit uns um allen Verstand bringen kann! die arme
Frau, die Sanftmuth, und die Tugend selbst, bath mich
in den letzten Augenblicken ihres Lebens um Verzeihung,
nicht anders als ob sie mich beleidigt hätte! Seine Einfalt
hätte mich lachen machen können, wenn ich nicht so erschüt=
tert gewesen wäre; aber ich war wirklich gerührt, und ganz
von dem Tode der armen Michelin durchdrungen. Ich be=
fürchtete sehr, der Urheber desselben zu seyn, und fühlte in=
nerlich einen Vorwurf, der mich ganz niedergeschlagen
machte.

Um sie zu zerstreuen, erzählte er ferner, hätte er
sie nach Saint=Cloud gebracht. Bey ihrer Rückkehr aber
wäre sie, in Ermanglung eines Wagens, einen Theil des
Weges zu Fuße gegangen, und hätte sich dabey erst gewal=
tig erhitzt, dann wieder erkältet, und darüber einen Cathart
zugezogen, wovon sie endlich so elend und schwach geworden
wäre, daß sie sich hätte legen müssen. Sie muß etwas auf
ihrem Herzen gehabt haben, setzte er noch hinzu, welches
ihre Gesundheit seit einiger Zeit untergraben hat; ich bin
aber nicht im Stande gewesen, es von ihr heraus zu bringen.
Er verlohr sich ganz im Nachsinnen, die Ursache des Kum=
mers seiner Frau zu erforschen, eine Ursache, welche ich sehr
leicht errieth.

An eben dem Abend erhielt ich auch noch einen Brief
von Madam Renaud, worin sie mir den Tod ihrer Freundinn
mel=

meldete. Der Sonderbarkeit halber will ich ihn hier ab=
schreiben.

Herr Herzog,

„Eine prafe Frau, welche keinen andern Fehler began=
„gen hat, gleich wie auch die, welche Ihnen schreibt, als
„das sie Ihnen zu sehr geliebt haben, ist vorgestern in mei=
„nen Armen gestorben. Ihre Aufführung gegen sie hat sie
„bewogen, sich selbst ein Fegfeuer noch in dieser Welt zuzu=
„bereiten, so glaube ich auch fest, das die arme selige Frau
„im Pargdise ist, wo sie mir auch versprechen gethun, Gott
„für Ihnen und für mich zu bitten; denn Sie müssen wissen,
„das sie unter den Thränen, welche sie über die Sünden,
„vergoß, wozu sie sie verführt haben, doch noch immer an
„Ihnen dachte. Sie hat mir aufgetragen Ihnen zu schrei=
„ben, daß sie sich bekehren sollen, weil sie nicht nur ihre
„eigenen Sünden abzupüßen hätten, sondern auch noch die
„Sünden anderer Leute. So hat sie mir auch gesagt, daß
„sie Ihnen vergibt, und so werden sie so viel weniger auf
„ihren Gewissen haben. Ich bin so auser mir gewesen,
„das ich Ihnen das nicht eher habe melden können, was mir
„Madam Michelin in ihren letzten Willen an Ihnen aufge=
„tragen hat. Sie ist den schönsten Todt gestorben, den
„man nur sehen kann; und wären sie dabey zugegen gewe=
„sen, das Herz wäre Ihnen für die Füsse gefalen. Sie
„baht alle um Vergebung. Als wir allein waren, schprach
„sie beschränbig von Sie, und beweinte ihre Schwachheit,
„welche auch die meinige ist. Sie hat mirsch auch auf die
„Seele gepunden Ihnen zu sagen, daß Sie in sich kehren
„sollen, weil es bald um uns Menschen geschehen ist, wie
„Sie an ihr sehen, heute an mir, morgen an dir. Ich
„habe ihr auch versprechen müssen, Ihnen nicht wider zu
„sehen, um mein Hail nicht zu verscherzen, wenn Sie aber
„gscheidt seyn wollen, so soll mir dieses nicht verhindern,
„Ihnen zu einen Frühschtücke einzuladen, damit wir von
„dies

„dieſer guten Freundinn mit einander plaudern können, die
„wie eine Hailiche gſchtorben iſt."

Ich befand mich nicht in der Laune, ihren Vorſchlag
anzunehmen, und ſchrieb ihr wieder, daß es mir zu Folge
der Nachricht, welche ich ſo eben von ihr erhalten hätte,
unendlich leid thäte, nicht in ein Haus zurück kehren zu können, wo mich alles an einen traurigen Gegenſtand wieder
erinnern müßte; ich bath ſie, Madam Michelin Wort zu
halten, und den letzten Willen ihrer Freundinn zu erfüllen.

Dieſen Abend brachte ich ſehr traurig zu: aber ich wußte
ſchon, daß es nicht klug iſt, ſich in ſeinen Schmerz zu ver-
tiefen, und ging zur Herzoginn von *.*, wo ich Gontault antraf. Man ſprach von nichts als von der Reiſe der
Prinzeſſinn von * * *; und das Vergnügen, von ihr reden
zu hören, verſchaffte mir wieder meine gute Laune.

Die Herzoginn von * * zog Gontault ſehr mit der Theilnahme auf, welche er für ſeine Freundinn bezeigte; er verhehlte es nicht, gab zu, daß er ſehr verliebt in ſie ſey, und
alles in der Welt darum geben möchte ihr zu gefallen.
Mich verlangte zu wiſſen, ob er ſchon weit bey ihr gekommen wäre; aber ſeine Erzählung bewieß mir, daß er kein
Gehör fand. Dieſes kitzelte meine Eigenliebe: man iſt
ſchon froh, wenn man nur ſeine Nebenbuhler klagen hört.

Man empfing mich auf dem Lande, wie ich es mir ver-
ſprochen hatte, das heißt ſehr wohl; die Marſchallinn war
ausgelaſſen luſtig. Die Prinzeſſinn von * * * zeigte eine
ſanfte Freude, welche einen ſehr unterhaltenden Abſtich in
meinen Augen machte. Die Marſchallinn ſagte mir leiſe
beym Abendeſſen, ich möchte mich nicht eher niederlegen,
als bis ich erſt auf ihr Zimmer gekommen wäre, und ein
paar Minuten mit ihr verplaudert hätte. Aeußerlich ſtellte
ich mich ſehr eifrig ihr zu gehorchen, im Grunde des Herzens aber war ich wild über dieſen Zwang, weil ich mir
vorgenommen hatte, der Prinzeſſinn einen Beſuch abzuſtatten.

Des andern Morgens ward ich dafür entschädigt; ich sahe sie ausgehen, einen Spatziergang in einem reitzenden Hölzchen zu thun; und die Liebe leitete sehr schnell meine Schritte auch dahin. Sie hörte hinter sich gehen, und stand still, als sie mich sahe. Ich faßte sie bey der Hand, und küßte dieselbe. Ich bezeigte ihr mein Vergnügen sie wieder zu sehen; und sie war so aufrichtig, mir das ihrige nicht zu verhehlen. Es verging uns eine Stunde auf das angenehmste im Gespräche über die Liebe; ihre Augen erfüllten sich mit so kostbaren Thränen, als sie die Wollust nur vergießen kann: wir sprachen von ihrem Gemahle; und indem ich sie mit aller Inbrunst der Liebe ansahe, versicherte ich ihr, es wäre mir unbegreiflich, wie er sie vernachläßigen könnte. Möchte er doch nur mit meinen Augen sehen, rief ich aus! Die Prinzeſſinn von * * * ward nun ganz offenherzig gegen mich. Sie schilderte mir ihres Gemahles Betragen von seiner geheimsten Seite, vertraute mir seine eheliche Enthaltsamkeit gegen sie an, um sich keinen Verbruß zuzuziehen. Unter andern erzählte sie mir, daß sie eines Abends, da sie müde gewesen wäre, ihren Gemahl zwey Tage hinter einander seufzen zu hören, und ihn trauriger als gewöhnlich zu sehen, den Muth gefaßt hätte ihn zu fragen, was ihm fehle. Da ihr aber keine Antwort zu Theile geworden wäre, so hätte sie zu ihm gesagt, er liebe sie nicht mehr.

Dieses hätte den Prinzen von * * * aus seinem Seelenschlummer gerissen. „Ich meine Hortense nicht mehr lieben! „o Himmel! kann sie das von mir glauben, rief er aus! „wie unglücklich bin ich doch! Es ist um mich geschehen, „meine Ruhe ist dahin! Sie ist unglücklich durch mich, ich „weiß es; nie werde ich mich darüber zu trösten wiſſen.“ Die Prinzeſſinn von * * * sahe sich genöthigt, ihn von der Angst, so er zu empfinden vorgab, zu befreyen, und ihm zu versichern, es wäre nur Scherz. Sie warf sich in seine Arme, und hoffte, daß die Entwickelung dieser Scene glücklich für sie ausfallen sollte; allein er ließ es bey einigen

Küſſen

Küssen bewenden, und begab sich eben so kalt als sonst fort, ohne ihr Glück zu krönen.

Man kann sich leicht den Zustand vorstellen, worin sich eine Gattinn in einem solchen Augenblicke befinden muß. Besäße man die Gabe, diejenigen Augenblicke zu errathen, welche günstig sind, die Anzahl der besiegten Weiber müßte weit größer seyn. Aus der Erzählung der Prinzessinn von * * * sahe ich, wie sanft, lenksam, und für die Gesellschaft gemacht ihr Charakter war. Ich brannte vor Verlangen, an die Stelle dieses unnachahmlichen Ehemannes zu treten; und hoffte ihr einen so großen Unterschied zwischen mir und ihm zu zeigen, daß sie darüber erstaunen sollte. Wir trennten uns sehr zufrieden mit einander; sie bath mich, ihr keinen merklichen Vorzug vor andern zu geben, um allen Argwohn zu vermeiden.

Die Marschallinn hatte es schon zu einer Gewohnheit gemacht, daß ich alle Abend zu ihr kommen und mit ihr plaudern mußte; und ich wußte nicht, wie ich es anfangen sollte, dem Dinge auszuweichen. Es war kein anderes Mittel da, als mich krank zu stellen. Allein mich schreckte nur die Diät ab, welche ich beobachten mußte, andere zu überreden, daß ich krank sey. Ich sagte meinem Kammerdiener, ich wäre meiner Gesundheit wegen genöthigt, auf ein oder zwey Tage ruhig auf meinem Zimmer zu bleiben, und er müßte mir zu essen verschaffen, ohne daß es jemand gewahr würde. Er that, was ich ihm befahl.

Des andern Morgens breitete mein Kammerdiener im ganzen Schlosse aus, daß ich eine abscheuliche Nacht gehabt hätte, und sehr krank wäre. Alles gerieth sogleich in Bestürzung. Die Marschallinn kam zuerst zu mir, ihre Besorglichkeiten waren mir zuwider, sie brachte ihren Wundarzt mit. Ich klagte über einen abscheulichen Magenschmerz; der Aeskulap fand, daß ich kein Fieber hatte, und verordnete mir schmerzstillende Mittel. Meine Rolle desto besser zu spielen, krümmte und wand ich mich; man erstaunte,

mich

mich nicht noch mehr verändert zu finden; die Marschallinn
aber, welche mich schon für todt hielt, sagte, die Krankheit
hätte noch nicht Zeit gehabt, meine Züge zu verändern.
Sie wollte mir selbst einen Trank, der eben fertig geworden
war, eingeben. Vergebens sträubte ich mich; wollte ich
sie nicht weinen sehen, wollte ich den Bitten ein Ende machen, so mußte ich nachgeben, und ich schluckte mit großem
Widerwillen das Gesöff, dessen ich so wenig bedurfte, hinunter.

Als diejenige herein kam, um derenwillen ich diese Komödie spielte, hätte ich die Frauenzimmer, welche bey mir
waren, gern ersucht, mich zu verlassen. Ich nahm mich
aber wohl in Acht, mein Verlangen, allein zu seyn, merken
zu lassen. Sie kam mit der Miene der zärtlichsten Unruhe
an mein Bett, faßte mich bey der Hand, und drückte sie:
sie heftete ihre Blicke auf mich; und niemahls habe ich etwas
beredters gesehen. Es war ein köstlicher Augenblick für
mich; und ich glaube, wenn ich wirklich krank gewesen
wäre, dieser hätte mir die Gesundheit wiedergeben können.

Endlich sagte die Marschallinn selbst, man müsse mich
in Ruhe lassen, die Menge Zuschauer würde mir lästig fallen, und das nothwendigste für mich sey die Ruhe.

Der Prinzessinn von * * * sahe ich es an, daß sie sich
mehr von mir los riß als entfernte; auf ihrem Gesichte war
die Bewegung ihrer Seele gemahlt. Alles ging fort. Die
Marschallinn wollte sich allein an meinem Bette niederlassen,
und behauptete, sie müßte meine Wärterinn seyn. Das
war aber ganz wider meinen Plan, und es kostete mir viele
Mühe, mich diesem übertriebenen Eifer zu widersetzen.
Erst nach vielen inständigen Bitten, und nachdem ich gedrohet hatte aufzustehen, wenn sie länger auf ihrem Vorhaben beharren würde, brachte ich sie dahin, sich zu entfernen.

So bald sie hinaus war, ließ ich alle Arzeneyen, so
sehr man mir auch, sie einzunehmen, auf die Seele gebun-
den

ten hatte, wegschütten. Ich setzte mich ans Schreiben, und gab meinem Kammerdiener den Befehl, niemand als den Wundarzt und die Prinzessinn von *** herein zu lassen, und so bald sie herein wäre, im Vorzimmer sorgfältig Acht zu geben, und jedermann zu sagen, daß ich schliefe.

Die Marschallinn kam mehrere Mahle, und da sie nicht hinein gelassen ward, so schickte sie den Wundarzt, dem ich es einschärfte, vorzugeben, daß ich der Ruhe höchst benöthigt wäre. Alles, was sich nur auf dem Schlosse befand, kam zu meinen Kammerdiener, und erkundigte sich nach meinem Befinden; nur die Prinzessinn von *** ließ sich nicht sehen, sie hatte blos geschickt, und das war mir nicht genug.

Die Lebensmittel, welche mir mein Kammerdiener verschaft hatte, kamen mir sehr zu Statten; denn ich glaube, in meinem Leben war ich nicht so hungrig gewesen, als das Mahl. Das Entbehren macht ein Bedürfniß nur um so lebhafter und dringender. Ich hielt eine trefliche Mahlzeit, die aus keinen Leckereyen, und in keinem Ueberflusse an Gerichten bestand; der Hunger aber verlieh allem, was ich genoß, den angenehmsten Geschmack.

Gegen Abend kam die Prinzessinn selbst zu meinem Kammerdiener, und fragte, wie ich mich befände. Sie trug Bedenken herein zu gehen, aus Furcht mir Ungelegenheit zu machen; ich hatte ihm gesagt, wie er sich zu verhalten hätte, je nachdem er Schwierigkeiten finden würde, sie zu überreden mich zu besuchen. Er meldete sie an; ich lag auf dem Bette, und gab ihm ein Zeichen auf das aufmerksamste Wache zu halten. Sie zitterte, und ihre Schüchternheit hatte einen unaussprechlichen Reitz für mich. Die Theilnahme, welche sie mir bezeigte, war so wahr, so köstlich, daß ich die Rolle vergaß, welche ich zu spielen angefangen hatte, und mich dem Vergnügen überließ, welches ich empfand. Ihre Gegenwart, sagte ich zu ihr, hätte die Krankheit verjagt; ein Arzt wie sie schlüge jede Krankheit in

die

die Flucht. Ich schloß sie in meine Arme, sie wollte sich
los reissen, aber Trotz ihrem Sträuben zog ich sie doch auf
das Bett: „Wer so ein göttliches Weib vernachläßigen
„konnte, rief ich aus, der kannte ihren Werth nicht! Be-
„zaubernde Partien, ewig hätte er euch huldigen sollen!
„Wie schön die Hand! und zugleich bedeckte ich sie mit
„Küssen. Welche Arme! Wer kann sich erwehren, eine so
„feine Taille zu umschlingen?“ Und indem ich dieses sagte,
drückte ich sie mit allem Feuer der Liebe an mein Herz. Es
schlug ihr heftig, das meinige wallte vor Inbrunst, sie schienen sich zu verstehen, und dieses war das Zeichen zur Schä-
ferstunde. Einige Mahl wollte sie schreien, aber mein
Mund hielt den ihrigen zu. Ich sagte ihr, der Kammerdiener könne uns hören; und die Prinzeffinn von ✻ ✻ ✻,
für ihre Ehre besorgt, und von der Wolluft in ihren Zau-
berkreis gezogen, folgte willig, wohin diese sie führte.

Jede ihrer Reitze erhielt ein eignes Opfer von mir, und
ich entschädigte sie, wiewohl nur in der Geschwindigkeit,
dafür, daß sie so lange Zeit verlaffen gewesen war. Als
die Prinzeffinn von ✻ ✻ ✻ wieder zu sich selbst kam, erstaunte
sie über die Rüstigkeit, welche ich gezeigt hatte: sie hielt
mich für sehr krank; und doch bewieß ihr diese Umarmung,
daß ich mich bewundernswürdig wohl befand. Ich versicherte ihr, daß meine Krankheit nichts als ein Vorgeben,
und alles, was ich gethan hätte, nur um deswillen geschehen wäre, sie in mein Zimmer zu ziehen. Nun bath ich sie
um die Erlaubniß, eine Nacht bey ihr zuzubringen. Obgleich wir nur eine sehr kurze Zeit beysammen gewesen waren;
so hatte sie doch so viel wahrgenommen, daß es zwischen ihrem Gemahle und mir einen großen Unterschied gebe; und
nach einigen leichten Weigerungen, erhielt ich die von ihr
erbethene Erlaubniß. Wir trafen die Abrede mit einander,
daß ich um Mitternacht zwey Mahl sanft an ihre Zimmerthür
klopfen, und dieses das Zeichen, mir aufzumachen, seyn
sollte.

So bald sie hinaus war, erhielt mein Kammerdiener Befehl, alle, welche mich besuchen wollten, herein zu lassen; und in weniger als einer Stunde hatte ich fast die ganze Gesellschaft des Schlosses auf meinem Zimmer beysammen. Man fand mich viel besser; und die Marschallinn schrieb meine Genesung der Ruhe zu, welche ich genossen hatte. Ich sagte, daß ich noch sehr schwach wäre, und zu meiner vollkommenen Wiederherstellung wohl noch einige Tage nöthig haben möchte.

Mit Ungeduld erwartete ich nun die Stunde meiner Zusammenkunft, und begab mich mit noch weit größerer Freude dahin. So bald ich das verabredete Zeichen gab, ward ich eingelassen; und während man mich im Bette glaubte, um durch einen wohlthätigen Schlaf meine Kräfte wieder zu gewinnen, genoß ich die vollkommensten Freuden der Liebe. Meine Geliebte erkannte von neuen den ungeheuren Unterschied zwischen einem Liebhaber, der sie liebt, und einem Ehemanne, dessen Zärtlichkeit in nichts als Redensarten besteht. Der Prinz sagte ihr nur zuweilen, daß sie bezaubernd wäre; ich aber verlohr keine Minute dieser Nacht, es ihr zu beweisen. Noch vor Tage verließ ich sie, und wir schworen uns einander ewige Treue.

Die Marschallinn kam gleich des Morgens selbst, sich nach meinem Befinden zu erkundigen; und da ich von der Ermattung der vergangenen Nacht etwas blaß war; so sagte sie, man sähe es mir im Gesichte an, wie sehr ich gelitten hätte. Sie bath mich herzlich, ja im Zimmer zu bleiben. Zu meinem Unglücke aber hatte ich keine neue Lebensmittel erhalten; und verspürte einen Hunger, der mir vor der Diät bange machte.

Nebst den andern Frauenzimmern kam auch die Prinzessinn von * * * zu sehen, wie ich mich befände; ich benutzte den Augenblick, da sie mich allein hören konnte, und gab ihr den Auftrag, mir Mittel zu verschaffen, meine verlohrnen Kräfte wieder zu ersetzen. Ich fühlte mich matt,

 und

und war gewaltig hungrig. Kurz nachdem die Gesellschaft sich verlohren hatte, kam sie mit allem, was ich brauchte, wieder; und dieses leichte Mahl, von den Händen der Schönheit bereitet, schmeckte mir unaussprechlich köstlich.

Des Tages entzog sie sich meiner Gesellschaft, um mir ingeheim einen Besuch zu geben: ich that ihr den Vorschlag, diese Nacht wieder zusammen zu kommen; sie bedachte sich ein wenig; allein die Liebe brachte sie bald zu dem Entschlusse, mich zu eben der Stunde, worin ich die vorige Nacht gekommen war, aufzunehmen.

Diese Nacht verging eben so süß als die vorige. Die Prinzessinn von * * *, welche wie jedes andere Frauenzimmer Sinne hatte, die zuweilen über sie herrschten, fand in einem gewandten Liebhaber allen Stoff, sie noch immer mehr zu beleben. Sie erstaunte über den Reitz eines Vergnügens, so sie kaum kennen gelernt hatte, und wozu ich das Talent besaß, es ihr zu vermannigfaltigen. Ihr Entzücken war ein neuer Genuß für mich. Ich genoß das Glück eine gelehrige Schülerinn zu haben, die täglich von neuen Entdeckungen, so ich sie machen ließ, bezaubert ward, und von ihrem ersten Lehrer nichts als schwache Vorübungen erhalten hatte, welche seit der langen Zeit, da sie mit ihr gemacht wurden, beynahe schon wieder vergessen waren. Bis zum Anbruche des Tages genoß ich so süße Augenblicke, daß ich sie nur mit denen, welche die Herzoginn von * * mir einst gewährte, vergleichen kann.

Meine Prinzessinn reisete noch an eben dem Tage nach Paris ab; und allem Besuche zuvor zu kommen, eilte ich so sehr ich konnte, in den Saal, verkündigte ihnen, daß ich mich viel besser befände, und entschlossen wäre, nach Hause zu kehren, wo vielleicht mein Arzt mich völlig wieder herstellen würde. Die Marschallinn wollte sich meiner Abreise widersetzen; da sie mich aber dazu so entschlossen fand, so sagte sie zu mir, ein Kranker müsse wenigstens Gesellschaft haben, und die Prinzessinn von * * * würde sich gewiß nicht

wei=

weigern, mir einen Platz in ihrem Wagen einzuräumen, statt mich in dem meinigen allein fahren zu laffen.

Ich hätte mich nicht unterstanden, diesen Vorschlag zu thun, aus Furcht Verdacht zu erwecken; allein meine allerliebste Marschallinn hob alle Hinderniffe aus dem Wege, und erwieß mir den ausgezeichnetsten Dienst. Zwar stellte ich mich, als ob ich besorgte, die Prinzessinn von * * * zu geniren; allein sie antwortete mir, daß kranke Freunde der wahren Freundschaft nie lästig fielen. Die Marschallinn, welche hier unumschränkt schaltete, traf die Einrichtung, daß die Kammerjungfer der Prinzessinn mit meinem Kammerdiener in meinem Wagen, und wir, um desto ungenirter zu seyn, ganz allein in dem ihrigen fahren sollten. Diese Einrichtung verschafte uns ein unter vier Augen, welches uns gleichfalls ein Vergnügen gewährte.

Bey meiner Zurückkunft in Paris fand ich Verweisbriefe von Madam Daverne, der ehemahligen Geliebten des Regenten, vor, welche ich aus keiner andern Ursache besucht hatte, als um die Freude zu haben, ihn zum H — y zu machen. Ich suchte ein Vergnügen darin den Frauenzimmern, welche er hatte, den Hof zu machen; und sein Nebenbuhler war mehr als Ein Mahl glücklich. Dieser Prinz war nicht eifersüchtig, er traf mich beständig auf seiner Fährte an; und ward er auch zuweilen ein Mahl etwas übler Laune, wenn er sich von mir aus dem Sattel geworfen sahe, so dauerte dieses doch nicht lange.

Er hatte mich mit der Herzoginn von Berry fast auf der That ertappt. Man weiß, daß, ungeachtet er den zärtlichsten Antheil an seinen Töchtern nahm, er dennoch die Augen bey ihren Schwachheiten zudrückte, zufrieden, sie mit ihnen zu theilen. Mein Abenteuer mit Mademoiselle von Valois, nachmahlige Frau von Modena, welches einige Zeit hernach vorfiel, wird Ihnen ohne Zweifel sonderbar genug vorkommen; doch ich will in der Ordnung der Begebenheiten bleiben.

<table>
<tr><td>K 5</td><td>Mit</td></tr>
</table>

Mit Mademoiselle von Charolois war ich gespannt. Dieses befreyete mich doch von der Unannehmlichkeit, immer beschlichen zu werden: denn wenn die Eifersucht sie nur ein wenig beherrschte; so konnte ich mich darauf verlassen, daß ich keinen Schritt thun durfte, der nicht von einem Spione begleitet war. Einen derselben prügelte eines Tages einer von meinen Leuten so tüchtig aus, daß er einige Tage hernach starb; ich war genöthigt an d'Argenson zu schreiben, daß er seiner Gemahlinn, welche klagen wollte, zu schweigen bereden möchte.

Diese Prinzessinn war schön, aber stolz und ihre Liebe mehr ungestüm als zärtlich; in gewissen Augenblicken indessen schien keine mehr Gefühl zu haben, als sie. Glaubte sie sich ungetheilt geliebt, so wußte sie nicht, wie sie ihrem Geliebten genug gefallen sollte: aber auch der geringste Verdacht erbitterte sie; sie fühlte alsdann gleich, daß sie Prinzessinn vom Geblüte war, und zeigte ein so gebietherisches Wesen, daß es jeden andern getäuscht hätte, nur mich nicht. Sie sahe es auch bald ein, daß sie sich vergebliche Mühe machte, und ließ nach, im Zorne von ihrem Range gegen mich zu erwähnen.

Wir hatten oft einen Strauß mit einander: aber wenn ich nur im geringsten zuerst die Hand both; so waren wir wieder gute Freunde. Es ist unglaublich, was sie für List anwandte, unsere Zusammenkünfte zu Stande zu bringen: Sie sollen alles erfahren, wenn ich von ihr nach unserer Aussöhnung reden werde. Indessen muß ich Ihnen doch ein Abenteuer erzählen, welches ihr das gänzliche Verderben bey ihrer Familie, so ihre Vertraulichkeiten mit mir ungern sahe, hätte bereiten können, wenn es ganz, wie es sich verhielt, bekannt geworden wäre.

Wir sahen uns an Tagen, da der Mond nicht schien, gewöhnlich in dem Garten des Hotels de Condé, und sprachen daselbst auf einer abgesonderten Bank am äußersten Ende des Gartens mit einander von unserer Liebe. Zuwei=
len

len diente uns auch das Zimmer eines Garderobe=Mädchens der Prinzeſſinn zum Freyorte für die geheimen Unterhaltungen. Da ſie ſich nicht gern einer dritten Perſon anvertrauen wollte; ſo bedienten wir uns ſelten dieſes Mittels, weil man ſehen konn= te, wenn ſie zu dieſem Mädchen ging, welches leicht hätte Ver= dacht erwecken können. Eines Tages, da ſie frey war, beſtellte ſie mich gerade gegen der Kirche der Minoriten über hin: wir hatten uns ſchon mehrmahls des Abends daſelbſt verſammelt, wenn der Mondſchein uns aus dem Garten vertrieb. Sie klei= dete ſich alsdann ſehr einfach, ſetzte einen Hut auf, und nahm nur die Kammerjungfer mit, welche beym Ein= und Ausgehen dem Schweitzer allein Beſcheid ſagte, der dann, weit entfernt, die, welche zu Fuße hinaus ging, für die Prinzeſſinn zu halten, ſie als eine Freundinn paſſiren ließ.

So bald auch ich an dem beſtimmten Orte anlangete, ver= ließ die Kammerjungfer ſie ſogleich, ging zu einer Verwandten in der Nachbarſchaft, und kam zur ausgemachten Stunde wieder. Ich bediente mich alsdann nicht meines Wagens, ſondern nahm eine Miethkutſche; die Prinzeſſinn ſtieg zu mir ein; und dieſer ſchlechte Wagen verwandelte ſich in eben der Zeit, daß er in Pa= ris herumrollte, für uns in einen Altar der Liebe. Auch an dem Tage, wovon ich erzählen will, machten wir uns dieſes Vergnü= gen; die Prinzeſſinn aber, von dem Rütteln des Wagens, der das Mahl weit unſanfter als gewöhnlich ging, ermattet, bekam unter dem Fahren ein ſehr heftiges Kopfweh, that mir den Vorſchlag auszuſteigen, und den noch bis zu den Minoriten übrigen Weg zu Fuße zu machen. Sie hoffte, es ſollte dieſes unangenehme Kopfweh von dem zu Fuße gehen und in der freyen Luft ſich wieder verliehren.

Wir befanden uns gerade auf der neuen Brücke. Beym Eingange in die Straße Dauphine kam ein ſehr ſchlecht ge= kleideter Menſch, eine Art von Handelsmanne, nahe an uns heran, und nachdem er den Wuchs der Prinzeſſinn, de= ren Geſicht zum Theile bedeckt war, betrachtet hatte, ſo rief er aus: ſie iſt's, ich habe ſie wieder gefunden. Ueber dieſe

Aus=

Ausrufung gerieth Mademoiselle von Charolois in Schrecken, und bath mich inständig schneller zuzugehen. Aber dieser Mensch verließ uns nicht, und hatte die Verwegenheit, ihr den Hut aufheben zu wollen, um sie besser zu sehen. Sie stieß einen Schrey aus. Zur Belohnung dafür gab ich ihm einen Schlag mit der Faust ins Gesicht, daß er einige Schritte zurück prallte. Das Blut lief ihm aus der Nase; er erhob ein fürchterliches Geschrey, und rief: Räuber! Mörder! man entführt mir mein Weib! Wir beschleunigten unsere Schritte; ich sahe aber wohl, daß dieser Auftritt uns angenehm werden würde, sprach deshalb der Prinzessinn Muth ein, und beschwor sie, sich nicht zu fürchten, und nicht zu reden.

Einige Kaufleute, welche auf das Schreien dieses Menschen aus ihren Läden kamen, hielten uns auf. Ich hatte nichts bey mir mich zu vertheidigen, war sehr einfach gekleidet, und sahe, daß Widerstand vergebens seyn würde. Die Wache, welche zum Unglücke in diesem Viertel die Runde machte, ward herbey gerufen; und ich fand nun, daß hier nichts anders zu thun war, als mich auf eignes Verlangen zu einem Commissär führen zu lassen. Der Mensch hatte sich zu uns geschlagen, und schrie beständig, man sollte ihm seine Frau wieder geben. Das Volk, so ihn begleitete, schrie Zeter über uns; und er bezeigte seine Freude, uns bestraft zu sehen.

Die Verlegenheit der Prinzessinn war über alle Beschreibung; sie zitterte entdeckt zu werden, und verwünschte ihren unglücklichen Einfall zu Fuße zu gehen. Wir kamen beym Commissär der Straße der Comédie françoise an. Vor ihm erhob unser Mann, oder vielmehr unser Teufel von neuen seine Klagen, und behauptete noch zuversichtlicher als bisher, daß die Prinzessinn seine Frau wäre. Es war ein Parfumeur aus der Straße de Bussi, den seine Ehehälfte, welche er entführt glaubte, zwey Jahre vorher verlassen hatte. Der Commissär sahe ich, schickte sich an, es

zu

zu protokolliren. Der Mensch drang darauf, die Prinzessinn sollte so gleich ihr Gesicht sehen lassen; schon war er auf sie zugegangen, und hatte sie mit Kloster und Strafe bedroht. Mein und ihr Bestreben ging dahin, nicht erkannt zu werden. Ich näherte mich daher dem Commissär und sagte ganz leise zu ihm: nehmen sie sich in Acht! ich bin der Herzog von Richelieu, ich will nicht genannt seyn. Bey dieser Erklärung veränderte sich die Miene des guten Mannes, der schon die Augenbraunen zusammen zog, indem er uns betrachtete; so sehr war er für den Kläger!

Hierauf redete ich den vorgeblichen Mann der Prinzessinn an, und sagte zu ihm: dieses Frauenzimmer ist meine Geliebte. So viel will ich ihnen wohl sagen, daß sie bey der Oper ist; aber ihre Frau ist sie nicht; denn die habe ich niemahls weder gesehen noch gekannt. Es ist sehr leicht, sie davon zu überzeugen; allein wissen sie, daß wenn sie auf ihrer Klage bestehen, ich sie auf Bicétre setzen lasse.

Bey diesem Worte glaubte ich, der Mensch wollte zur Decke hinauf springen; auf Bicétre! einen Bürger von Paris, der sich das Seinige nimmt, wo er es findet! — Zu gleicher Zeit wollte er die Prinzessinn beym Arme ergreifen; aber ein zweyter Schlag mit der Faust bestrafte ihn für seine Verwegenheit. Der Commissär erhob seine Stimme, und sagte zu ihm, er solle bedenken, wo er wäre; seine Klagen sehe er, hätten keinen Grund; und zur Strafe für seine Unbesonnenheit angesehene Personen arretiren zu lassen, und den gehörigen Respect gegen seinen Richter aus den Augen zu setzen, verurtheile er ihn, die Nacht ins Gefängniß nach Klein = Chatelet zu wandern. Nun ging es erst an ein Schreien und Fluchen: allein das beschleunigte nur seine Strafe; und des andern Tages gab d'Argenson Befehl, ihn nach Bicétre abzuführen, wo er sechs Monathe Zeit bekam, für die Zukunft mehr Vorsichtigkeit zu erlernen.

Wir blieben beym Commissär, bis sich der Haufe vor der Thüre wieder verlaufen hatte. Er entschuldigte sich wohl

tausend Mahl, daß er mir nicht gleich Anfangs alle Ehre
erwiesen hätte, welche er meinem Range schuldig wäre; er
erboth sich selbst, zum Policey=Lieutenant zu gehen, um den
Befehl, den Handelsmann, welcher uns beleidiget hatte,
nach Bicétre zu schaffen, unterzeichnen zu lassen. Kurz, wir
hatten Ursache, mit ihm zufrieden zu seyn. Ich bekam in
der Folge Gelegenheit, diesem Manne einen Dienst zu erwei=
sen, und that es mit Vergnügen. Er ließ uns einen Wa=
gen kommen; und ich begleitete die Prinzessinn, welche noch
nicht von ihrer Furcht befreyet war, zu den Minoriten, wo
ihre getreue Gefährtinn sie schon erwartete. Sie versprach
mir heilig, sich in Zukunft nicht wieder einer solchen Gefahr
auszusetzen; und dieses Abenteuer benahm ihr alle Lust zu
dergleichen Zusammenkünften, die sie sonst nicht unterließ,
so oft sie konnte, zu veranstalten.

Jetzt war ich doch von den Ueberlästigkeiten dieser Prin=
zessinn, die fast immer jeden meiner Schritte wußte, und
deren wachsame Eifersucht ich befürchtete, auf einige Zeit
frey. So hatte ich mich auch von der Frau von Guebriant
los gerissen, die unter meiner Abwesenheit sich mit von
Broglie zu trösten gesucht hatte, und mir bey meiner Rück=
kunft einen Brief schrieb, worin sie mir ihren Verdruß über
meine Untreue bezeigte. Sie wußte aber nicht, daß ich von
ihrer Aufführung unterrichtet war; ihre Vorwürfe schienen
mir daher so übel angebracht zu seyn, und hatten mich so
sehr erbittert, daß ich in meinem Unmuthe unter diesen Brief,
den sie mit der Bitte schloß, ihr meinen Wagen nach dem
Palais=Royal, in den Küchenhof zu schicken, folgende Wor=
te setzte.

„Der Ort der Zusammenkunft ist recht gut gewählt.
„Bleiben sie ja in dem Küchenhofe für immer; denn sie sind
„zu nichts besseres geschaffen, als die Küchenjungen zu be=
„zaubern. Leben Sie wohl mein kleiner Engel!“

Man kann leicht denken, daß ich nun lange Zeit nichts
von ihr hörte. Ich war auch sehr froh, von niemand mehr

be=

behelligt zu werden, und mich ohne Stöhrung der Liebe zu
überlaffen, welche ich für die Prinzeſſinn von * ⚬ * empfand,
und die, wie ich glaubte, beharrlicher ſeyn ſollte, als die
Liebe zu irgend einer Andern.

Meine kleine Wohnung, welche ich für die gute Michelin hatte zurichten laſſen, kam uns ſehr zu Statten: ich
gab ihr dazu einen Schlüſſel; wer zuerſt kam, wartete auf
den andern; und wir redeten hier mit einander ab, wie wir
uns gegen einander betragen wollten. Die Prinzeſſinn
von * ⚬ * ſuchte ihren guten Nahmen unbefleckt zu erhalten,
und hatte mir deßhalb aufs ſtrengſte eingeſchärft, ſie ſelten
zu beſuchen: ſie verboth mir, in Geſellſchaft ihr den geringſten Vorzug vor andern zu geben; für welchen kleinen
Zwang uns dann unſere geheime Zuſammenkunft ganz ent-
ſchädigen ſollte. Die Herzoginn von ⚬ ⚬, bey welcher ich
ſie oft ſahe, hatte nicht den geringſten Verdacht von unſerm Lie-
besverſtändniſſe. Ich erhielt beynahe von jedem Beſuche, welchen ſie ablegte, Nachricht: und in welchem Hauſe wir uns auch
befinden mochten, war ein einziges Wort, nur im Vorbeygehen geſagt, uns Winkes genug zu einer Zuſammenkunft. Niemahls ſahe man uns beyſammen; und ich hätte
den Scharffichtigſten auffordern wollen, ein Liebesverſtänd-
niß zwiſchen uns zu merken. Auch iſt es, glaube ich, das
Einzige, welches nicht bekannt ward. Es dauerte zwar
nicht lange; aber die acht Monathe durch, welche es währte,
entging es doch der Schelſucht des Publici.

Eines Tages fand ich in der kleinen Wohnung einen
langen Brief von der Prinzeſſinn von * ⚬ *, worauf ich noch
Spuren von Thränen erblickte. Sie berichtete mir darin,
daß ihr Gemahl, nachdem er von Madam Dernano gänzlich verabſchiedet worden wäre, nun wahrſcheinlich nichts
beſſers zu thun wüßte, als ſich in ſeine Frau zu verlieben.
Anfangs hätte ſie ſeine Bewerbungen für Scherz genommen,
in der Folge aber geſehen, daß er ſich wirklich mit ihr wieder ausſöhnen möchte; allein ihre Liebe zu mir mache ihr

alle

alle seine Liebkosungen verhaßt, und sie wolle lieber sterben als mir untreu werden; denn sie betrachte es als eine Untreue, die so lange von ihm versäumten ehelichen Pflichten ihm nun wieder zu leisten. Sie theilte mir einen fast tragischen Auftritt mit, welcher in der nächst vergangenen Nacht vorgefallen war.

Er war gekommen, das Lager mit ihr zu theilen. Vergebens hatte sie eine Unpäßlichkeit vorgeschützt; nichts war vermögend gewesen, ihn abzuhalten, in ihr Bett zu steigen. Der Prinz, der zu der Zeit als er geliebt ward, den Genuß eines Weibes, das oft in seiner Gegenwart über ihre Beyseitsetzung seufzte, ausgeschlagen, zwey Jahre lang Begierden gereizt, und nie befriedigt hatte, kehrte nach einem sehr gewöhnlichen Unfalle wieder zurück, um verschmähete Rechte jetzt wieder geltend zu machen, da er das Herz der Prinzessinn nicht mehr besaß. Sie wollte aus dem Bette springen, und zeigte, als sie von ihrem Gemahle, der seine Ueberlegenheit zu benutzen strebte, daran verhindert ward, einen Widerstand und eine Beharrlichkeit, die ihn in Erstaunen setzte. Nichts schien ihr abscheulicher als einem Liebhaber, den sie anbethete, untreu zu werden; sie drohete ihrem Gemahle, wofern er nicht nachließe, ihre Wuth gegen sich selbst auszulassen, und sich den Kopf an dem Nachttische zu zerschmettern.

Der erschrockene Prinz, welcher durch die Anstrengung in diesem Kampfe, so eine ziemliche Weile gewähret hatte, kühler geworden war, versprach seiner Frau, sich ruhiger zu verhalten, wenn sie ihn anhören wollte. Er beklagte sich über ihre beständige Weigerung, und versicherte ihr, er wolle, da er so unglücklich wäre, ihre Gunst nicht wieder zu gewinnen, in Zukunft alle Mittel anwenden, den Frieden wieder herzustellen. Er gestand sein Unrecht ein, schwor, es wieder gut zu machen, und sein ganzes Leben lang eine Frau anzubethen, der er nicht hatte Gerechtigkeit genug wiederfahren lassen. Alsdann ging er hinaus, und entfernte
sich,

sich, um ihr den ersten Beweis von seiner Unterwürfigkeit, und dem Verlangen, so er hatte ihr zu gefallen, zu geben. Dieser Brief machte mich eifersüchtig; ich fand es höchst sonderbar, daß ein Mann, der seine Frau bisher nicht geachtet hatte, sie nun, da es ihm beliebte, wieder zurück nehmen wollte. Ich war es ein Mahl gewohnt, die Prinzeſſinn von * * * als mein Eigenthum anzusehen, und konnte den Gedanken nicht ertragen, sie mit jemand zu theilen. Sie kam gerade an, als ich an sie schrieb, und bestätigte mir alles mündlich, was sie mir geschrieben hatte: ihre Besorgnisse nähmen zu; der Prinz verlasse sie selten, und wie der zärtlichste Liebhaber thue er alles, was er ihr nur an den Augen absehen könne; sie gestand mir, jetzt da sie mich liebe, komme ihr das abscheulich vor, was ehemahls sie glücklich gemacht haben würde. Ich bath sie sehr, bey dem Entschluſſe, ihm nicht nachzugeben, zu verharren, und gab mir viele Mühe ihr zu beweisen, ihr Gemahl verfolge sie jetzt nur aus Widerstrebungssucht und Eigensinne so inbrünstig, indem er sähe, daß seine Verfolgungen ihr peinlich wären; und es ward mir nicht schwer, ein Weib zu überreden, dem das Herz alles das sagte, was ich ihr rieth.

Auf einem Ruhebette, und die Arme um mich geschlungen, schwor sie mir nun, eher zu sterben, als ihrem Manne nur ein einziges Recht einzuräumen; alle sollten sie mir aufbewahrt bleiben: die Liebe hätte sie mir gegeben, die beglückte Liebe betheure nun auch heilig, sie nur mir zu erhalten. Vervielfältige Entzückungen begleiteten diesen Schwur, und an dem reitzendsten Altäre von der Welt, den ich mit Küſſen bedeckte, versprach ich, mich ewig dieses köstlichen Augenblickes und des Opfers zu erinnern, so sie mir eben dargebracht hätte.

Der Prinz von * * * war wirklich in seine Frau verliebt. So ungünstig er aufgenommen war, so sehr hatte seine Liebe zugenommen. Von einem glücklichen Nebenbuhler untergraben, von Madam Dornano verbannt, stellte ihm die Vernunft

sie nun als eine Buhlerinn dar, die sich ein Vergnügen dar=
aus gemacht hatte, ihn zu tyrannisiren. Die Binde der
Liebe war ihm von den Augen gefallen; er sahe sie, wie sie
war, stolz, herrschsüchtig und alles ihrem Eigensinne auf=
opfernd, und konnte nicht begreifen, woher er den Muth
genommen hatte, so lange mit ihr zu leben. Er fühlte die
Marter, so ein Weib verursacht, welches einen solchen Cha=
rakter hat, und wie alle guten Eigenschaften verschwinden,
wenn man keinen Geist besitzt, der sich in die Gesellschaft
fügt.

Eine Vergleichung, so er zwischen ihr und seiner Ge=
mahlinn anstellte, öffnete ihm über den Werth der Prin=
zessinn noch mehr die Augen; es war ein Schatz, welchen
er bisher vergraben hatte. Die Sanftmuth schien ihm die
erste Tugend an einem Frauenzimmer zu seyn, eine Tugend,
ohne welche man selten glücklich wird. Dieses hatte ihn
jetzt die Erfahrung gelehrt. Er fand dieses Glück bey ihr;
die Prinzessinn war sehr artig; allein ihr sanfter, sich in
alles fügender Charakter schien ihm das höchste Gut eines
Gatten zu seyn.

Des Prinzen Beflissenheit, wovon wir glaubten, daß
sie nur einen Augenblick dauern würde, verdoppelte sich von
Tage zu Tage. Er war ein besorgter und schüchterner Lieb=
haber, der alle Gelegenheiten aufsuchte, seiner Geliebten zu
gefallen. Wohl sahe er nun ein, daß seine Gemahlinn sich
über seine ehemahlige Aufführung geärgert hatte; aber er
hoffte, seine jetzige Aufführung sollte sie zärtlicher als jemahls
gegen ihn machen.

Und doch mußte er erfahren, daß er auch nicht einen
Schritt vorwärts kam; er glaubte daher, daß der Einfluß
der Freunde seiner Gemahlinn den glücklichen Augenblick be=
schleunigen sollte, welchen er mit Ungeduld erwartete. Er
wandte sich an die Herzoginn von * *, welche die Vertraute
seines Kummers ward, und die zwey Eheleute wieder auszu=

söh=

föhnen suchte. Das erfuhr ich alles von ihr, und traf meine Einrichtung darnach.

Die Prinzessinn von ○ ○ ○, nun von ihrem Gemahle belagert, konnte nicht mehr so oft in meiner kleinen Wohnung erscheinen. Unserer Verabredung gemäß ging ich selten zu ihr; und die Leere, so mir darüber blieb, trieb mich in Gesellschaft. Damahls ließ ich mich mit der Marquisinn von Villeroi, einem Frauenzimmer, welches ich in der Folge besser kennen lernte, in eine Verbindung ein.

Auch ging ich sehr häufig zur Herzoginn von ○ ○, wo ich den Prinzen von ○ ○ ○ antraf, der ihr seine Leiden vorklagte. Aus Muße gewann ich wieder Geschmack an ihr, und entschloß mich, unser Bündniß zu erneuen. Ich hielt es nicht für schwer, weil sie mir viel Freundschaft bewieß. Ein Umstand beschleunigte den glücklichen Fortgang meines neu entworfenen Planes.

Der Vater der Prinzessinn von ○ ○ ○ war auf dem Lande krank geworden, und seine Tochter hatte sich in aller Eile zu ihm begeben. Die Herzoginn von ○ ○ reisete auch nach Mantes ab; und ob gleich Mademoiselle von Charolois mir zur Aussöhnung schon die Hand gebothen hatte; so nahm ich mir doch vor, lieber die Herzoginn von ○ ○ zu überraschen, der meine Ankunft großes Vergnügen machte. Ich hatte den Schlüssel, so ich mir einst machen ließ, zu mir gesteckt, und wollte alle Formalitäten, die alten Rechte auf sie wieder zu nehmen, vermeiden. Den ganzen Tag über dachte ich auf nichts als ihr zu gefallen, welches mir fast immer gelang, und ich glaubte wenig Hindernisse bey meinem Vorhaben zu finden.

Seit der Zeit, da sich die Herzoginn von ○ ○ vorgenommen hatte, blos auf dem Fuße der Freundschaft mit mir umzugehen, war mir auch nicht Ein Mahl ein Liebesverständniß von ihr zu Gesichte gekommen. Da ich so häufig zu ihr kam, müßte es mir ein Leichtes gewesen seyn, zu sehen, ob sie irgend einem mit vorzüglicher Achtung begegnete; allein

im

im Gegentheile hatte ich wahrgenommen, daß sie nur mir dieselbe bezeigte. Ihr Mund, welcher die schönen Entschlüsse der Weißheit sprach, ward oft von den Augen, in welchen sich die Liebe wider ihren Willen mahlte, der Unwahrheit bezüchtigt. Daß ich noch geliebt ward, wußte ich gewiß; und in dieser Ueberzeugung begab ich mich, als ich glaubte, daß alles eingeschlafen war, in meiner Freundinn Schlafzimmer.

Zum Verwundern diente mir der Schlüssel. Die Herzoginn von ** las, und schien ganz erstaunt zu seyn, mich in einem Anzuge ankommen zu sehen, der meine Absicht verrieth. „In der That, Herr von Richelieu! denken sie daran, „sagte sie zu mir? Wie, sie haben noch den Schlüssel — „Ich hoffe sie werden wieder nach ihrem Zimmer umkehren.“

Zuweilen fand ich mein Vergnügen darin, das kleine Kind bey ihr zu machen — Ich legte mich auf die Kniee vor ihrem Bette, faltete die Hände, und bath sie in einem kindischen Tone um Verzeihung für meine Verwegenheit. Ich fürchtete mich, sagte ich, ganz allein zu liegen, und käme zu ihr, um mich sicher zu wissen; ich wäre ein armer Waise, den man in Schutz nehmen müßte; eine Pflicht, welche der Himmel selbst sehr empfohlen hätte.

Meine Geberden, meine Stellung, meine Art zu sprechen, alles machte sie lachen, und ich war in ihrem Bette, ehe sie nur noch ein Wort vorbringen konnte. Jetzt verschwanden ihre Pläne, sie widersprachen zu sehr ihrem Herzen; und hatte die Vernunft seit langer Zeit die Herrschaft über das Herz geführt, so triumphirte nun das Herz vollkommen über die Vernunft. Dieses Mahl war mein Vergnügen eben so süß als die vorigen Mahle, und meine Liebe zur Prinzessinn von *** schien gänzlich zu erlöschen, und den Gegenstand vertauscht zu haben. Unsere beyderseitige Trunkenheit dauerte eine beträchtliche Zeit; wir entschädigten uns für das lange Entbehren; und sie erstaunte, daß sie der Vernunft so köstliche Augenblicke aufgeopfert hatte.

Aus

Aus einer zurückhaltenden Freundinn, die die Herzoginn von * * gegen mich gemacht hatte, war sie die zärtlichste Geliebte geworden; ganz berauscht in dem gegenwärtigen Glücke, warf sie auch nicht einen Blick auf die Zukunft; sie sagte mir bloß, als ich von ihr ging: ach! mein Freund, das war wieder eine Nacht, die mich auf lange Zeit unglück- lich machen wird. Ich versicherte ihr, daß es nur auf sie ankäme, es nie wieder zu werden; ich versprach ihr so treu, als es mir möglich wäre, zu bleiben, und sagte ihr, wenn sie mich liebte, so sollte sie über kleine Verirrungen meiner Vernunft, woran mein Herz selten Theil hätte, die Augen zudrücken. Man muß seine Freunde selbst mit ihren Fehlern lieben, erwiederte sie, und stieß einen Seufzer aus.

Am folgenden Tage kehrte ich wieder nach Paris zurück, in der Hoffnung von der Prinzessinn von * * * Nachrichten zu erhalten, die mir unter einem angenommenen Nahmen und unter der Addresse eines Kaufmannes, der nahe bey meinem kleinen Logis wohnte, schreiben wollte. Er nannte sich Jory, à la truye qui file. Und wirklich fand ich auch daselbst einen Brief vor, in welchem sie mir berichtete, daß ihr Vater schon viel besser sey, und sie hoffe in einigen Tagen bey unserer Freundinn, der Herzoginn von * * auf dem Lan- de zu seyn.

Die Marschallinn von Villars war wieder nach Paris zurück gekommen, und bath mich zum Abendessen; ich fand daselbst Mademoiselle von Charolois, die mich kaum so viel würdigte, einige Blicke auf mich zu werfen. Sie glaubte, daß mich das verdröße; ich that aber, als ob ich auf ihren verachtenden Ton nicht merkte, und plauderte viel mit der Frau de la Rochefoucault, die allerliebst war. Meine Scherze wurden laut belacht, und dieses zog mehrere Perso- nen von der Gesellschaft zu uns; die Freude ward allgemei- ner; ich war ausgelassen lustig, und man schien sich an meinen Thorheiten zu ergetzen. Auch die Marschallinn von Villars konnte sich nicht erwehren, Mademoiselle von Charo-

L 3

lois

lois, welche mit der Frau von Soubise plauderte, zu verlassen, und zu unserer Parthey zu treten; und bald darauf befand sich die ganze Gesellschaft in unserm Kreise.

Mademoiselle von Charolois, welche es sehr verdroß, nicht unter den Uebrigen zu seyn, ging endlich auch zu uns über, und sagte: man ist hier ja sehr aufgeräumt. Unsere Freude wird noch weit größer seyn, wenn sie mit dazu beytragen wollen, antwortete ich ihr, faßte sie bey der Hand, und fing die schon angefangene Anekdote wieder von vorn an. Die Prinzessinn, deren Gesicht sich wieder aufheiterte, machte mir darüber ihr Compliment; und ich sahe wohl, daß man daraus eine gute Vorbedeutung zu unserer Aussöhnung zog. In der That verrieth auch ihr liebenswürdiges Betragen, daß sie zu gefallen strebte; und ich glaube selbst, es würde mir nicht schwer geworden seyn, die verschmäheten Rechte auf sie wieder geltend zu machen. Aber es war damahls nicht in meinen Plane; ich ging gleich nach dem Abendessen fort, alle Erklärung zu vermeiden.

Als ich nach Hause kam, fand ich ein Billet von Madame Daverne vor, welche der Marschallinn Estrées zu Saint=Cloud ein Fest gab, wobey der Regent auch zugegen seyn würde. Es lautete so:

„Obgleich Sie es nicht verdienen, daß man noch an „Sie denkt; obgleich Sie ein Mann sind, auf welchen sich „ein Frauenzimmer am allerwenigsten Rechnung machen „darf: so will ich Ihnen doch noch Ein Mahl zeigen, daß „ich sie noch nicht vergessen kann. Ich gebe Morgen ein „Fest in Saint=Cloud. Soll es vollkommen für mich seyn, „so muß ich das Vergnügen haben, Sie dabey zu sehen. „Leben Sie wohl! Ich rechne auf Sie.

Die Neugier lockte mich des andern Tages zu Madame Daverne, und sie war sehr vergnügt über meine Ankunft. Es gab eine schöne Illumination auf dem Wasser und ein Feuerwerk; alles war in einem Ueberflusse da, der von den reichen Geschenken des Regenten zeugte. Er erwieß mir die

Ehre mir zu sagen, daß man mich gar nicht mehr in Lu=
remburg sähe, und setzte hinzu, daß er des andern Tages
bey der Herzoginn von Berry zu Abend speisen würde; und
ich sahe wohl, daß es ein Befehl war, mich auch daselbst
einzufinden.

Indessen war ich es nicht Willens zu thun, weil ich
mir vorgenommen hatte, zur Herzoginn von wieder zurück
zu kehren: allein die Nothwendigkeit zwang mich dieses noch
einen Tag zu verschieben. / Ich begab mich nach Lurem=
burg, wo ich Madame Daverne, Mesdames Para=
bere, de Gesvres und du Defant antraf. Die Her=
zoginn von Berry machte die Wirthinn ganz vortreflich;
unserer waren eben so viel als der Frauenzimmer; der Re=
gent, der Marquis de la Fare, Riom, Fargis und ich.

/ Nach dem Spiele setzte man sich zur Tafel, und der
Regent schlug vor, den Frauenzimmern scharf zuzutrinken,
um ihren Charakter aus dem Weine zu ersehen. Der Vor=
schlag ward angenommen, und wir bekamen alle ein Räusch=
chen. Der Regent, durch den Wein ausgelassener gewor=
den als die Uebrigen, sang Lieder, die mehr als lustig lau=
teten, und begleitete sie mit Geberden, die für die Damen
noch sprechender waren: ein jeder folgte seinem Beyspiele.
Lafare versprach uns eine magische Laterne von seiner Ar=
beit zu zeigen. Man richtete das Zimmer dazu ein, und
er ließ eine Anzahl Kupferstiche aus dem Aretin *) vor
unserm Blicke vorüber gehen, worunter passende Couplets
von ihm standen. Unter der zur Vorstellung nöthigen Dun=

L 4

kel=

*) Vielleicht sind hier die sechzehn Kupferstiche des Marco Antonio
von Boulogna nach dem Julio Romano gemeint, die dieser be=
rühmte Mahler zu dem berüchtigten Buche de omnibus Veneris
schematibus verfertigte; ein Buch, das nach vieler Gelehrten Mei=
nung den berühmten Pietro Aretino, nach dieses Satyrikers eig=
ner Aussage aber einen seiner Schüler mit Nahmen le Venerio
zum Verfasser haben soll. S. Bayle im Pierre Aretin.

Anmerk. des Uebers.

ſelheit hatte ſich jeder eines Frauenzimmers bemächtiget; ich wollte auch meine Hände bey einer, die neben mir war, unterbringen; aber nach welcher Seite ich mich auch hin=wandte, fand ich den Platz ſchon von einem andern belegt. Ich wandte mich an ihre Nachbarinn, und mir war ge=holfen.

Als wir von dieſem Abendeſſen nach Hauſe fuhren, fiel jenes ſeltſame Abenteuer mit dem Regenten vor, welches be=weiſet, in welchem Grade er ſeine Vernunft verlohren hatte. Er ſaß mit la Fare und Fargis in ſeiner Caroſſe. Man ſprach eine Zeit lang kein Wort; Fargis und la Fare aus Achtung nicht, weil ſie glaubten, der Regent wäre einge=ſchlafen. Aber bald darauf brach er das Stillſchweigen, und redete la Fare mit dieſen Worten an: Mein Freund, ſagte er, ich bitte dich, thue mir einen Gefallen. Dieſer antwortete ihm, er ſtehe zu Befehle — Du darfſt mirs aber nicht abſchlagen, Freund, — Schneide mir hier die rechte Hand ab — La Fare glaubte, er ſcherze; allein da der Regent darauf beſtand, ſo ſagte er ihm rund heraus, er würde ihm nicht gehorchen, und fragte ihn, was ihn zu einem ſo ſonderbaren Entſchluſſe bewege. Der betrunkene Regent antwortete ihm: wie! riechſt du denn nicht, wie meine Hand *) — Ich habe mich ſchon deßhalb mit rie=chenden Waſſern gewaſchen; aber dieſes Gemiſch hat einen ſo peſtilentialiſchen Geſtank erzeugt, daß mir der Kopf davon ganz abſcheulich weh thut: ich will es nicht länger ausſtehen; ſchneide mir die Hand ab. Zu gleicher Zeit hielt er ſie la Fare an die Naſe, aber dieſer verſicherte ihm, er rieche nichts. Sie ſtritten ſich mit einander; der Regent

beſtand

---

*) Wer ſich das Uebrige nicht hinzudenken, ſondern durchaus leſen will, dem will ich dieſe kräftige Stelle des berauſchten Mannes im Original herſetzen: tu ne ſens pas la puanteur qui ſort de ma main, et qu'elle a contractée en careſſant les femmes avec [qui nous étions. **Anmerk. des Ueberſ.**

beſtand darauf, daß er ihm die Hand abſchneiden ſollte; und dieſer weigerte ſich ſchlechterdings es zu thun. Zum Glücke für la Fare kamen ſie indeſſen im Palais-Royal an, wo der Regent, vom Schlafe überwältigt, in ſeinem Bette ſein lächerliches Verlangen vergaß.

La Fare, noch ganz ausgelaſſen über das, was ihm mit dem Regenten begegnet war, und eben ſo betrunken wie er, hatte die Unvorſichtigkeit, Turgi dieſes Abenteuer zu erzählen. Es kam zu den Ohren der Frau von Para-bere, welche dem Regenten den Zuſtand, worin er ſich ver-ſetzt hatte, vorwarf. Vergebens ſtellte Frau von Gevres ihr vor, ſie möchte doch einen Liebhaber behutſamer behan-deln, der der Herr ihres Glückes wäre; nichts konnte ſie zurück halten; ſie hörte nicht auf zu ſchmähen, weil ſie wahrſcheinlich eine von denen geweſen war, bey denen die Hand des Regenten, nach ſeiner eignen Beſchuldigung, ſich einen ſo unerträglichen Geruch zugezogen hatte. Er wollte nun den Urheber eines ſolchen Gerüchtes wiſſen. Man nannte ihm la Fare; er kam; und der Regent ſagte im Zorne zu ihm, er würde, wenn er nicht ſo gut wäre, ihn aus dem Fenſter werfen laſſen. La Farre bath ihn auf den Knieen um Vergebung, und brachte zu ſeiner Entſchul-digung vor, er hätte, da er noch weit betrunkener geweſen wäre, als ſeine königliche Hoheit, den Einfall, ſich die Hand abſchneiden zu laſſen, ſo auſſerordentlich gefunden, daß es ihm unmöglich geweſen wäre ihn zu verſchweigen.

Der Regent, noch immer auf ihn zornig, wandte ihm den Rücken zu; und la Fare zog ſich das ſo ſehr zu Gemü-the, daß er, wahrſcheinlich ſchon zu einer Krankheit ge-neigt, welche er ſich durch ſeine häufigen Ausſchweifungen zugezogen haben mochte, ein ſehr heftiges Fieber bekam, von welchem Chirac ihn durch eine Menge Aderläſſe und den häu-figen Gebrauch des Brechmittels befreyete. Dieſe Krank-heit beunruhigte la Fare's Freunde, insbeſondre aber die junge Prinzeſſinn von Conti, die in ihn verliebt war. Der

 Re=

Regent, welcher gut war, besuchte ihn einige Mahl ihm zu zeigen, daß er ihn wieder in seine Gnade aufgenommen hätte, und dieses beschleunigte seine Genesung.

Ich war wieder zu der Herzoginn von ** auf das Land zurück gekehrt, wohin sich die Prinzeſſinn, wie sie mir geschrieben hatte, auch begeben wollte. Sie kam einen Tag später an als ich; ihr Großherr begleitete sie, und dieſes diente mir eben nicht zum größten Vergnügen. Sie konnte sich von ihrem ewigen Gefährten nicht losmachen; er spielte den ersten Liebhaber bey seiner Ehehälfte. Da er aber sahe, daß er doch nicht weiter kam, so flehete er die Freunde seiner Gemahlinn um Vermittelung an.

Insbesondre wandte er sich an die Herzoginn von **, die ihm ihr Bestes zu thun versprach. Als ich eines Tages lange mit seiner Gemahlinn und der Herzoginn von ** geplaudert hatte, kam er zu mir, und sagte, er wäre der unglücklichste Mann von der Welt, erzählte mir alsbann alles, was ich schon wußte, und bath mich in Verbindung mit der Herzoginn seine Frau dahin zu bewegen, daß sie ihm sein erstes Unrecht vergeben möchte; er sahe wohl, daß ich bey der Herzoginn in Ansehen stand, und er bediente sich meiner, um sie an das ihm gegebene Versprechen zu erinnern.

Seine Gegenwart verscheuchte alle Gelegenheiten zu dem Vergnügen, das ich mir mit der Prinzessinn von *** versprochen hatte. Ihr Zimmer lag neben dem seinigen; und sie wagte es nicht, mir den Eingang zu verstatten. Ein einziges Mahl konnten wir uns auf einige Augenblicke in einem kleinen Pavillon, welches in einem der Quarres des Lustwaldes lag, genießen; doch hatte die Furcht unser Vergnügen gemindert; und ich wußte nicht, was ich erfinden sollte, um mehr Freyheit zu bekommen. Es ist wahr, die Herzoginn von ** entschädigte mich für diese Widerwärtigkeit, ich benutzte fast alle Abend meinen Schlüssel sie zu besuchen, und sie war zärtlicher und liebreitzender als jemahls. Weit entfernt indessen mich dadurch für entschädigt

zu halten, vermehrte die Schwierigkeit, die Prinzeſſinn
unter vier Augen zu ſehen, nur noch mehr meine Sehnſucht
nach ihr.

So verliefen einige Tage: ich kaunte des Prinzen
von * * * Geſchmack am Piquet; die Herzoginn von * *
war dem Spiele auch nicht feind. Und da der Regen eines
Abends uns am Spazierengehen verhinderte; ſo ſchlug ich
dem Prinzen eine Partie vor, und er nahm ſie an: allein
bald hernach that ich, als ob mir beyfiele, daß ich noch nach
Paris zu ſchreiben hätte, und bath die Herzoginn meine
Karten zu nehmen. Mit der Prinzeſſinn hatte ich die Abrede genommen, ſie ſollte, wenn ſie ihren Gemahl beym
Spiele ſähe, ſich nach meinem Zimmer verfügen; mein
Wink ſagte ihr, daß ich ſie erwartete; und ich war nicht
lange da, als ſie auch ankam. Nun entſchädigten wir uns
etwas für unſern Zwang: und mich beluſtigte die Vorſtellung
mit der Prinzeſſinn eine Partie bey Seite zu machen, während ihr Gemahl und die Herzoginn auf meine Veranſtaltung
jene ſpielten.

Des andern Tages war ich noch glücklicher; der Prinz
von * * *, in Verzweiflung über die neuen fruchtloſen Verſuche bey ſeiner Gemahlinn, ſagte zur Herzoginn von * *
und mir, er müßte, wenn ſie bey ihrer Weigerung beharren
würde, glauben, daß ſie jemanden anders liebe. Wir ſuch-
ten ihm dieſes auszureden. Nun wohl denn, erwiederte
er! ſo machen ſie, daß ſie vernünftigen Vorſtellungen Gehör gebe. In dem Augenblicke ſahe er ſie an der Seite,
wo das Pavillon lag, in das Gehölz gehen, und bath mich
ihr nachzugehen, und in ſeinem Nahmen ernſthaft mit ihr
zu ſprechen. Ich ſtellte mich, als ob ich Bedenken trüge,
dieſen Auftrag zu übernehmen. Die Herzoginn von * * erſuchte mich gleichfalls Vermittler zu ſeyn, und der Prinzeſſinn zu ſagen, daß es ein Mahl Zeit wäre zu verzeihen.
Sodann ſollte ich ſie in den Saal bringen, wohin ſie ſich
auch

auch begeben und mich erwarten wollten, um den letzten Ver=
such an ihr zu machen.

Ich ließ mich nicht lange bitten, und nahm mir vor,
die Gelegenheit, welche sich so glücklich darboth, nicht un=
genützt vorben zu lassen. Die Prinzessinn von ☼ ☼ ☼ befand
sich schon in dem Pavillon. Anfangs lachten wir recht herz=
lich über meine Rolle, und dann beredete ich sie, eine an=
dere mit mir zu spielen. Wir benutzten vollkommen den Au=
genblick, welchen uns die Liebe verschafte, und der zu köst=
lich war; als daß er uns nicht hätte schnell verlaufen sollen.
Noch ein Mahl gab sie mir ihr Wort, den Bitten ihres Ge=
mahles nicht nachzugeben, und sagte zu mir, ich sollte mich
nun nach dem Saale, wo man sie erwarte, verfügen, und
ihre Ankunft melden.

Des Prinzen von ☼ ☼ ☼ Ungeduld war unbeschreiblich.
Ich antwortete auf alle Fragen, die er an mich that. An=
fangs hätte mich die Prinzessinn sehr wohl empfangen, und
sich ganz geneigt dazu bezeiget. In der Folge aber hätte ich
in Hinsicht seiner nicht so sehr Ursache gehabt, zufrieden zu
seyn; sie wäre indessen unter Weges, um sich gegen ihn zu
erklären. Wie ich noch sprach, kam sie auch an; und indem
sie sich nach ihrem Gemahle umwandte, sagte sie zu ihm:
sie erstaune, daß er sich an der Freundschaft und Aufmerksam=
keit, welche sie für ihn hege, nicht begnügen lasse; er wäre
ja der erste gewesen, der die zärtlichste Liebe nicht hätte er=
wiebern wollen. Zwey Jahre lang, fuhr sie fort, habe ich
nach ihrer Rückkehr geseufzt, und bin nun endlich, nachdem
ich sahe, daß ich verdammt war, meine zärtlichen Gefühle
zu ersticken, zu der Ruhe gelanget, die sie in mir hervor zu
bringen, ein so gewaltiges Verlangen bezeigten. Diese
Wirkungen sind ihr Werk; und es ist jetzt nicht mehr Zeit,
sie wieder zu vernichten. Sie reichte ihm die Hand; that
ihm den Vorschlag, mit ihr auf einem bloß freundschaftli=
chen Fuße zu leben; und bath ihn flehentlich, nichts wei=
ter von ihr zu verlangen. Alles dieses sagte sie mit so vie=

lem

lem Adel und Stärke des Geistes, daß die Herzoginn von c *
nicht wußte, was sie ihr antworten sollte; und ihr Gemahl verließ sie, ganz außer Stande, einen Entschluß zu
faffen.

Nach unserer Zurückkunft in Paris sahen wir uns selten
in der kleinen Wohnung. Der Prinz war ausserordentlich
eifersüchtig geworden; er hatte seine Frau genöthiget, dem
noch immer verliebten Gontault, der sie häufig besuchte,
die Thür zu verschließen. Mir schrieb sie, sie hätte einen
Argus, der sie unaufhörlich bewache. Ich hatte sie nun
seit vielen Tagen nicht gesehen, und wollte es wagen, sie
zu besuchen: seine Verbothe gingen mich nichts an; ich fand
sie allein. Sie eröffnete mir den Kummer, welchen ihr die
heftige Eifersucht ihres Gemahles verursachte und sagte zu
mir, daß wir uns eine Zeit lang nicht sehen dürften. Aus
Besorgniß, ich möchte sie vielleicht nicht sprechen, hatte ich
ihr auch geschrieben, und in dem Briefe ihr ein Mittel vorgeschlagen, wie sie mir von ihrem Befinden Nachricht geben
könnte; ich händigte ihr denselben ein, um Gebrauch davon
zu machen, indem ich immer besorgte überrascht zu werden,
und mit ihr nicht ausführlich reden zu können. Noch hielt
sie den Brief in der Hand, als der Prinz von ° ° ° herein
trat: sie war nicht vermögend ihre Bestürzung zu verbergen;
und ich gestehe es, ich selbst hatte diesen Ueberfall nicht erwartet. Das erste, was die Prinzessinn von ° ° ° that,
war, daß sie ihren Brief zu verstecken suchte; ihr Gemahl
aber nahm eine erzwungene lachende Miene an und sagte zu
ihr, indem er ihre Hand ergriff: das muß ein sehr wichtiges Papier seyn, was sie da vor mir zu verbergen trachten!
Die Prinzessinn stotterte; ich sahe, daß er es ihr mit ver-
doppelter Anstrengung zu entreissen strebte: diesem glaubte
ich zuvor kommen zu müssen; sie überließ es mir. Nun
sagte ich zu ihrem Gemahle: dieser Brief, mein Herr, gehört mir; es stehen Sachen darin, die ihnen gleichgültig
sind, und die ich nur ihrer Gemahlinn mittheilen wollte.

Der

Der Prinz, blaß und zitternd vor Zorn, antwortete mir, er erlaffe es mir, feiner Gemahlinn Geheimniffe mitzuthei= len, die er nicht wiffen dürfe. Ich ging fort, in der Ueber= zeugung, daß der Prinz mir folgen würde; aber er kam nicht.

Des Abends traf ich ihn in der Oper an; er zog mich bey Seite, und nach dem er mir erft den Vorwurf gemacht hatte, daß ich ein treulofer Freund wäre, der feine Ge= mahlinn zu verführen fuche, an Statt fo edel zu feyn, fie wieder mit ihm auszuföhnen, fo fragte er nach der Urfache meines Betragens. Wir kamen des andern Tages frühe auf dem Boulevard, nahe bey meinem Hotel, zufammen. Jeder hatte nur einen einzigen Bedienten zum Zeugen. Schon wegen eines Duelles mit Nocé war ich in der Baftille gewefen; wir wollten daher diefen nicht bekannt werden laffen.

Der Prinz, welcher fonft fchon fo wenig Gewandtheit befaß, hatte fie jetzt noch weit weniger, da er von der Wuth, welche ihn beherrfchte, hingeriffen ward. Drey bis vier Mahl hatte ich Gelegenheit ihn zu erftechen; aber ich wollte ihn nur entwafnen, oder auch bloß am Arme ver= wunden, indem ich ihm weit überlegen war. Das Schick= fal wollte es anders; ich bekam einen Stich, der mir die Bruft von einer Seite zur andern hätte durchbohren müffen, der aber, indem er zum Glücke auf eine Ribbe traf, längs der Bruft weg glitfchte, und mir nur eine tiefe Wunde im Fleifche machte. Ich hielt mich für weit gefährlicher ver= wundet; der Prinz von ⁕ ⁕ ⁕ glaubte es felbft. Nach dem Blute, welches heftig hervor ftröhmte, hielt er mich für todt: er empfahl mich meinem Bedienten und entfloh.

Es währte einige Tage, ehe ich wieder genaß, und nun ließ ich mich wieder öffentlich fehen, um allen Verdacht eines Zweykampfes zu entfernen. Eine Ahndung aber, der ich mich nicht erwehren konnte, machte mich um die Prin= zeffinn von ⁕ ⁕ ⁕ beforgt: ich erhielt keine Nachrichten von ihr;

ihr; und die erste, welche ich bekam, meldete mir ihren Tod. Ein Donnerschlag hätte mich nicht mehr zerschmettern können. Wäre meine Wunde gefährlicher gewesen, es hätte mir sicher das Leben gekostet.

Ich begab mich zur Herzoginn von * *, und vereinigte meine Thränen mit den ihrigen; sie war weit entfernt sich einzubilden, daß ich eine theure Geliebte in ihr beweinte: keiner hatte auch nur den geringsten Verdacht von einem Liebesverständnisse zwischen uns; und von meinem Duelle wußte man gar nichts. Die Prinzessinn litt in ihrem Leben an heftigem Herzpochen, und man schrieb ihren Tod einer zu plötzlichen Zusammenziehung dieses Organes zu.

Was mich betrift, ich wußte nicht, was ich denken sollte; ich fürchtete die eifersüchtige Wuth des Prinzen von * * *, und doch wäre er mir in diesen Augenblicken allein begegnet, ich hätte ihn meiner Rache aufgeopfert. Lange hernach erfuhr ich von der Kammerjungfer, die für das Verschweigen des Geheimnisses gut bezahlt worden war, daß nach unserm Duelle, der Prinz von * * * seine Gemahlinn aufgesucht, und nach vielen Vorwürfen ihr versichert hätte, ich wäre im Duelle mit ihm geblieben. Sie bekam hierauf fürchterliche Convulsionen, und noch an eben demselben Abend sahe dieses Mädchen sie beym Zubettegehen einige Tropfen von einem ihr unbekannten Liqueur in Orangenschalen-Saft gießen, welches wahrscheinlich machte, daß sie sich vergiftet hätte. Man fand indessen keine Spur von Gift.

Ich brachte einige Zeit bey der Herzoginn von * * auf dem Lande zu, wo die tröstende Freundschaft die zu schmerzhaften Erinnerungen auslöschte. Das Vergnügen entfernte den Kummer, und das zerstreute Leben, so ich in Paris führte, gab mir bald meine erste Ruhe wieder.

Frau von Villeroi, ein junges und artiges Frauenzimmer, welches ich oft bey dem Marschalle, ihrem Schwiegervater, sahe, entzündete von neuen mein Herz: ich hatte das Glück gehabt, ihr zu gefallen; und wird man geliebt, so findet man leicht Gelegenheit, Proben davon zu erhalten. Wir fingen einen Roman an, der um der Abenteuer willen, die er veranlaßte, sehr lustige Folgen hatte.

Zu eben der Zeit söhnte ich mich auch wieder mit Mademoiselle von Charolois aus, und unterhielt vor ihrem Angesichte sechs Liebschaften, die mir Beschäftigung gaben. Denn das war beynahe das Beste, was man am Hofe thun konnte.

Das nächste Stück, welches ich Ihnen schicke, wird sehr muntere und nicht so traurige Erzählungen enthalten. Ich erstaune selbst über alles das, was ich bisher schon gethan habe. Auch will ich Ihnen einen Abriß von der Staatsverwaltung mittheilen; und Sie werden sehen, daß wenn auch glänzende Handlungen vorfielen, sie doch von großen Albernheiten begleitet waren. Und damit Sie nicht immer verliebte Abenteuer aufgetischt erhalten; so will ich meine Bemerkungen über das, was ich gesehen habe, dazu fügen, und Sie mit den Personen so bekannt zu machen suchen, als ob Sie bey ihren Handlungen zugegen gewesen wären. Nur seyn Sie nicht wieder so dringend als das letzte Mahl; ich kann ihre Neugierde doch vor einem Monathe nicht befriedigen.

Anmerkung der Herausgeber.

Aller unserer Nachforschungen ungeachtet ist es uns bis jetzt noch nicht möglich gewesen, die Fortsetzung der Handschrift des Marschalles von Richelieu aufzufinden; wir wissen selbst nicht ein Mahl, ob es eine gibt; wir wollen uns aber von neuen bemühen, hinter die Wahrheit zu kommen; und, wenn sich eine findet, wenn sie sich auf Staatsangelegenheiten bezieht, wenn sie die Triebfedern der Staatsmaschine darlegt, so soll sie so schnell als möglich ans Licht gestellet werden, und den vierten und letzten Band ausmachen.

Es sind nunmehr Liebeshändel genug erzählt, um den Leser in Stand zu setzen, den Marschall von dieser Seite zu beurtheilen; und er selbst würde nur das wiederhohlen können, was wir schon von ihm erzählet haben.

Gerade da wir mit der Ausgabe dieser geheimen Lebensgeschichte beschäftigt sind, für deren Zuverlässigkeit wir bürgen können, und welche, bis auf einige politische Umstände, alles das enthält, was man über den Herrn von Richelieu sagen kann, erhalten wir seinen Briefwechsel mit der Frau von Mauconseil. Wir glaubten, daß derselbe uns einige Aufklärungen über Staatssachen geben sollte; aber alle diese seit zwanzig bis vier und zwanzig Jahren geschriebenen Briefe enthalten wenig Wichtiges; und wir wollen den Leser der Mühe überheben, die Klagen zu lesen, welche der Marschall über seinen Sohn anstimmt; die Menge von Vorwürfen, welche er ihm über sein Unrecht macht; und die Beschwerden, welche er über seine Heirath, so er nicht billiget, führt, und weshalb er ihn aus seinem Hause ver-

weiſet *). Zuletzt findet man noch weitläuftige Unterſuchun-
gen über das Luſtſpiel, und ſeine häuslichen Verdrießlichkei-
ten. Vielleicht können wir bey Gelegenheit, wenn es die
Umſtände erlauben, einen Auszug von den munterſten und
anziehendſten dieſer Sammlung zur Unterhaltung des Publici
veranſtalten.

Für jetzt aber wollen wir es nur bey einigen Briefen
von Richelieu's Geliebten bewenden laſſen, weil ſie großen
Theils von nichts als Liebe handeln, und die Weiber im allgemeinen über dieſe Materie gleich denken; denn hat man
einige geleſen, ſo hat man ſie alle geleſen. Von dieſen
Briefen beſitzen wir viele tauſend im Original, die aber
nichts als Verſicherungen beſtändiger Liebe, Eiferſucht oder
Zoten enthalten. Es gibt aber auch viele Frauenzimmer,
deren wir erwähnet haben, von welchen wir keine Briefe
mittheilen werden, weil ſie das Licht des Tages nicht vertra-
gen können **). Auch werden wir keine von Mademoiſelle

von

---

*) Wir wollen nur aus einem dieſer Briefe einen flüchtigen Auszug
mittheilen. Mein Sohn, ſchrieb er, den 20. April 1776, mein
Sohn iſt bey mir geweſen, und hat mir ſeine Heirath gemeldet;
ich kannte ſchon ſeine Wahl, ſie gefiel mir in keiner Hinſicht, aber
ich that, als ob ich von nichts wüßte, und ſagte: Ich wünſche
dir Glück zu deinem Vorhaben; wenn man ſich in deinem Alter
verheirathet, ſo geſchieht es mit Bedacht; ohne Zweifel haſt du
dir eine Gattinn von dem Stande deiner Mutter gewählt. Mein
Sohn ſtotterte und ſagte: nein — So iſt ſie gewiß ſehr reich? —
Er ſtockte wieder, und ſagte: nein. Ach! ich merke ſchon, antwortete ich ihm, du haſt einen albernen Streich gemacht; das hätte
ich längſt an dir gewohnt ſeyn ſollen. Du kannſt dich verheirathen, aber ich muß Dich bitten, Dich nach einer andern Wohnung
umzuſehen.

**) Hiervon wollen wir nur einen ausnehmen, der vom 11. May 1754
datirt iſt, und zu einem Beweiſe, wie ſehr der Herr von Richelieu noch in ſeinem 58. Jahre die Köpfe der Frauenzimmer ver-
rückte

von Valois, Herzoginn von Modena vorlegen; sie stehn in einer geheimen Lebensgeschichte des Marschalles, eine sehr schmutzige Lebensbeschreibung, wovon man nur erst einige Abschnitte geliefert hat, welche die Neugierde des Lesers nicht befriedigen wollten. Ueber dieses sind sie auch nicht wichtig genug, uns dahin zu vermögen, daß wir dem Publico das zukommen lassen, was wir davon haben. So aber verhält es sich nicht mit den Briefen der Frau von Tencin. Zwar besitzen wir nur wenige davon, aber diese handeln von der Staatsverfassung, und deshalb halten wir es für unsere Pflicht, drey davon zur Befriedigung unserer Leser mit abdrucken zu lassen, wovon wir die Originale nebst noch einigen andern aufbewahren, obgleich diese drey schon in einer Sammlung von Briefen stehen, welche eben die Presse verlassen hat.

Wir wiederhohlen nochmahls, daß der Herr von Richelieu verschiednen Personen Materialien zu seiner Lebensgeschichte anvertrauet hat, und daß die Herren von Meilhan, Soulavie, von Serres und andere dergleichen besitzen. Man darf sich demnach nicht wundern, wenn man in jenen Beschreibungen Aehnlichkeiten mit der unsrigen antrift. Aber wir versichern nochmahls dem Publico, daß wir einzig und allein in dem Besitze vieler Briefe und besonderer Memoiren sind, woraus dieses Werk besteht, die eine richtige Vorstellung von dem Marschalle und seinen Handlungen gewähren.

———

Den 11. May 1754.

Nein, ich weiche nimmer von Dir; alle Gelegenheiten will ich aufsuchen Dich zu sehen; noch ein Mahl will ich

M 2

mich

rückte, in der Abschrift beylegen. Wir wissen nicht, wer die Verfasserinn dieses Briefes ist, und haben unter mehrern von verschiedenen Frauenzimmern nur diesen einzigen von ihr gefunden.

mich ins Verderben stürzen: ich wünsche, daß er mich aus-
schlage; nimmt er mich aber, so bin ich nichts desto weniger Dein.   Ach, ihr Götter! rede ich doch nicht anders mit
Dir, als ob Du mich noch liebst — Und doch kann ich
mich nicht überreden, daß Deine Liebe zu mir ganz erloschen
seyn sollte; ich habe sie tausend Mahl und noch gestern Abend
erfahren.   Was ich vorhabe, kann nicht von Statten gehen.
Es ist durchaus nicht mein Wille dabey; mein Herz sträubt
sich dawider: Vernunft und Erfahrung sagen mir, es sey
unmöglich, daß Du mit mir leben kannst.   Alles in der
Natur eckelt mich an, und allem, was mir begegnet, rufe
ich zu: ihr seyd doch nicht, was ich liebe! So
sagte ich auch zu den Heerden von Louvois, und machte tausend Schäfergedichte auf dem Wege.   Ich habe Deinen
Nahmen auf alles geschrieben, was mir nur vorgekommen
ist; aber ausgesprochen, auch nicht gegen einen, er sey,
wer er sey.   Ach, nur die sind glücklich, welche Dich nie
kannten! Für mich gibt es kein Glück mehr: ich wünsche
bald zu sterben, und hoffe es auch.

Alle meine Wünsche füllten Sie aus; und ich würde die
Glücklichste auf der Welt gewesen seyn, wenn alles dieses
anders gekommen wäre, und ich Ihr Glück hätte machen können.   Sie sagten, es sey Ihnen schon genug, geliebt zu
werden.   Was habe ich denn gethan? Wenigstens habe ich
Dir, von meinem Zutrauen Proben geben wollen, und
sie Dir alle gegeben, ohne auch nur Eine Dir wieder abzubringen.   Ich schwöre es Dir, ich besitze keine kindische
Neugierde, und habe oft zu meinen zwey Freundinnen gesagt: er liebt mich ja nicht mehr, was nützt mir das Uebrige
zu wissen! Es ist eine Marter mehr; und ich möchte für immer von allen Veranlassungen dazu befreyet bleiben:
ich habe wohl zuweilen die unausstehliche Pein erdulden
müssen, von Leuten zu sprechen, oder reden zu hören, welche ich auf den Tod, und mit dem größten Rechte, haßte;

aber

über diese Empfindungen sind zu stark für mich. Dürfte ich in dieser Welt noch einen Wunsch thun, und könnte ich nur Ein Mahl über mein Schicksal befehlen, so würde ich sagen: gib mir meinen Geliebten von Fontenoy wieder, und ich tausche mit keiner Göttinn. Ich würde Unrecht haben, ich weiß es wohl; ich fühle es noch mehr; welche Schwärmerey! Wenn die Frau von Luxembourg dieses lesen sollte, sie würde mich sehr beklagen und tief verachten.

Ich weiß wohl, alle wollen sie mich von Dir, mein Liebster trennen, um Dir einen Dienst zu erweisen, und damit die ganze Welt mich herumstoße; sie haben Recht. Aber könnten sie Dich wieder herstellen, wie Du warst; und könnte ich bleiben, wie ich bin: so würden sie Dir einen bessern Dienst leisten. Das wahre Glück beruht auf Deinem Herzen; es hängt von uns selbst ab, und es kann uns nicht zu Theile werden: das ist ein hartes Verhängniß. Bey alle dem wird aber niemand als ich das Opfer davon seyn; doch tröstet es mich, daß ich das Opfer eines Liebhabers bin, welchen ich anbethe, und ich bereue es nicht. Ich bin entehrt worden; ich bin verachtet worden; ich habe fünf oder sechs Millionen verlohren: aber ich habe einen Geliebten verlohren, und dieses ist allein ein Unglück, ein für mich unersetzliches Unglück. Bin ich Ein Mahl von Ihnen getrennt, so werde ich mich zu beruhigen suchen; aber es wird nie aus meiner Seele verlöschen. Ich kenne mich, meine Gefühle sind unsterblich; Abwesenheit schläfert sie wohl ein: aber bey der geringsten Veranlassung erwachen sie mit mehr Ungestüm als jemahls. Die Natur, glaube ich, schuf Dich für mich, aber sie hätte mich aus Dir bilden sollen; wir würden beyde dabey gewonnen haben. Mein Herz hat schlimme Falten, daran sind aber die Schuld, mit denen ich umging; noch wäre es Zeit, sie mir auszugleichen; aber ich müßte Dich immer sehen. Ach! wie glücklich würde ich seyn, wenn es das Schicksal so gewollt hätte!

M 3

Lassen

Laſſen Sie uns davon abbrechen, mein Liebſter; ich kehre wieder zur Vernunft zurück, um mein Unglück ganz zu fühlen. Welche ſchreckliche Kämpfe in meiner Seele! Ich kann Ihren Nahmen nicht nennen hören, ohne zu weinen. Die Frau von Fontanges ſprach geſtern mit mir von Ihnen — —

Das Uebrige fehlt.

Anhang

Anhang

von

Originalbriefen

von dem Herzoge von Richelieu und an denselben.

Briefe,
des Marschalles von Richelieu
an die Herzoginn von ***
während seines Aufenthaltes als Gesandter zu Wien.

Wien, den 4. August 1735.

Ich habe Ihnen schon gemeldet, meine Freundinn, wie wenig Achtung man für mich hatte, und ich kann Ihnen versichern, daß ein Französischer Gesandter zu Wien eine sehr traurige Rolle spielen würde, wenn er nicht einen hohen Ton anstimmen wollte. Die Minister sind zum Kränken zurückhaltend gegen mich; ich müßte die Kunst besitzen, Gedanken zu errathen. Der Kaiser behauptet eine Feyerlichkeit, so dem ganzen Hofe einen Anstrich von sehr langweiligem Ernste gibt. Allenthalben begleitet ihn die kleinlichste Etiquette hin; und man hat mir schon mit so viel Messen und Gottesdiensten gedrohet, daß selbst ein Kapuziner davor zurück fahren sollte. Aber ich ergebe mich in alles; und da ich mich ein Mahl mit diesem Geschäfte beladen habe, so besitze ich zu viel Eigenliebe, daß ich nicht alle meine Kräfte aufbiethen sollte, es zu Ende zu bringen.

Der Herzog von Riperda ist ein nichtswürdiger Mensch, der mir von Tage zu Tage mehr mißfällt. Die Partie, welche man mir, zu ergreifen, schreibt, ist nicht die rechte. So lange wir furchtsam aussehen, werden wir nichts ausrichten; das ist meine Meinung. Was Riperda betrift, so werde ich es zu meiner eigenen Sache machen; und wenn das Ministerium sich scheuet, es mit dem Spanischen Ministerio zu verderben: so hege ich nicht dieselbe Furcht vor dem Minister; ich stehe für ihn.

Man

Man glaubt hier, daß wir weder Soldaten noch Geld
haben, und man macht sich eben keine große Vorstellung
von unserer Staatsverfassung. Man liebt den Herzog *)
nicht, und ich sehe schon voraus, daß er das Opfer dieses
Geschäftes werden wird, wenn er nicht der Sache eine lebhafte Wendung gibt. Dieses habe ich auch der Frau von
Prie geschrieben, welche darüber scherzt; allein ich glaube
richtig zu sehen, daß er das Opfer seyn wird. Es werden
Pasquille auf ihn gemacht; und alles wird seine Wirkung
thun, besonders wenn der H. von Frejus sich entschließt,
das öffentlich zu seyn, was er seyn will.

Ich gehe zur Frau von B — th — ni, welche, wie ich
Ihnen schon geschrieben habe, alles über den Prinzen Eugen
vermag; ich werde ihr zu gefallen suchen müssen, um nur
Ein Geheimniß ihr abzulocken, denn hier ist alles zum Erstaunen verschwiegen. Meine Spione taugen nichts; ich
erfahre nicht das Geringste. Doch will ich mich dem Wohle
des Staates aufopfern; meine Untreue werden Sie ohne
Zweifel als ein Opfer für das allgemeine Beste ansehen, und
mir Verzeihung angedeihen lassen. Ist die Gräfinn verschwiegen, so muß sie sehr gewandt seyn: ein Frauenzimmer, welches liebt, wird bald schwach; und auf diese
Schwachheit gründe ich meine Hofnung. Deßhalb werde
ich nicht weniger Ihr bester Freund bleiben.

Den 30. August.

Ihre Briefe sind ein großer Trost für mich, meine zärtliche Freundinn, in einem Lande, wo ich keine Zerstreuung
antreffe, und man mir in allem, was ich unternehme, entgegen arbeitet. H. von Morville beharret noch immer darauf, den ganzen Plan zu einem Vergleiche mit Spanien zu
verwerfen, in der Meinung, daß der Kaiser auch so gesinnt
sey, und will keinen andern Vermittler als den König von
England,

*) Von Bourbon-Conde. Anmerk. des Uebers.

England, wovon er sich viel verspricht. Er meint, daß der Kaiser auch eigentlich keinen wünsche, und ein unmittelbares Interesse darunter habe, es nicht dazu kommen zu lassen; daß alles, was er zu dem Ende sage, nur dazu diene, den Samen des Mistrauens zwischen dem Könige und dem Könige von England auszustreuen; und daß ich vor allem wohl darauf Acht haben, und den H. von St. Saphorin aufs beste zu täuschen suchen solle.

So lautet ein Theil von meinen Aufträgen; und ich sehe mit Schmerzen, daß man die Sache ganz verkehrt nimmt. Ich werde so lange schreiben, als ich noch Hofnung habe, es dahin zu bringen, daß man mich höre; ich weiß dieses hält schwer bey Leuten, welche Systeme haben, von denen sie sich nicht trennen wollen.

Den Prinzen Eugen, auf welchen, wie ich Ihnen schon geschrieben habe, die andern Minister eifersüchtig sind, sehe ich oft. Wir haben einen sehr lebhaften Wortwechsel mit einander über unsere Regierungsverfassung gehabt, die ich mich für verpflichtet hielt, gewaltig zu loben, weil ich sahe, daß er keine gute Meinung von ihr hegte; sie gränzte sogar nahe an Verachtung; und ich glaubte dieses als braver Unterthan des Königes nicht leiden zu müssen. Zuweilen, ich gebe es zu, hatte er wohl Recht; aber dazu stille zu schweigen, wäre eben so viel gewesen, als es ausdrücklich zuzugeben. Das kann ich Ihnen nicht verhehlen, daß man sich keine große Vorstellung von uns macht; und ich bin jetzt mehr als jemahls der festen Meinung, daß man Zurüstungen zu einem Kriege machen muß, wenn man den Frieden haben will.

Der Hof ist noch immer so melancholisch, so einförmig, als er war; und wenn ich nicht mit Geschäften überhäuft wäre, so müßte ich vor langer Weile umkommen. Aber ich will durchbringen; und es gibt nichts, was ich nicht bereit bin, in Bewegung zu setzen.

Haben Sie den H. von Silly gesprochen? er schreibt mir immer, der Herr von Morville sey für mich eingenommen; aber es dauert sehr lange, ehe er sich entschließt, und mir das versprochene Geld auszahlen läßt; denn Sie wissen, daß ich mich oft in Verlegenheit befinde.

Täglich bin ich in Unterhandlung mit den Ministern, es dienet aber zu nichts, als mir das Blut in Wallung zu bringen. Doch hoffe ich Ihnen mit dem ersten Couriere bessere Nachrichten mitzutheilen; zweifeln Sie unterdessen nicht an meiner Freundschaft.

Den 3. October 1725.

Liebste Freundinn!

Als ich Ihren letzten Brief las, glaubte ich einen schön geschriebenen Liebesroman zu lesen; der angenehme Traum, welcher Ihren Schlaf versüßte, gefällt mir ausnehmend: Ihr Aberglaube an Träume wundert mich nicht: denn kein Mensch auf der Welt hält mehr auf sie, und hegt mehr Vertrauen zu dem, was der gemeine Mann Aberglauben nennt, als ich. Auch verstehe ich mich nicht schlecht darauf sie zu deuten: und da Sie wollen, daß ich Ihnen sage, was ich davon halte, so wissen Sie denn, daß der Herr von Clermont H — y werden wird; zum Glücke habe ich meinen Entschluß in Hinsicht dieser kleinen Familienhändel gefaßt.

Die Geschichte der Frau, welche man einsperren will, kann ich noch gar nicht begreifen; Sie können mir mit meinen Couriren Licht darüber ertheilen: zweifeln Sie nicht, daß ich nicht blindlings alles, was Ihnen angenehm ist, thun werde.

Meine schöne Speculation auf die Gräfinn B — th — ni hat nicht all den erwünschten Erfolg gehabt, welchen ich davon erwartete. Es scheint, der Prinz Eugen spricht mehr von Liebes = als Staatsangelegenheiten mit ihr, oder sie weiß ihr Wort zu halten, wenn sie verspricht, nichts wieder zu sagen; denn ich bin um nichts weiter, als ich war. Man ist zu schüchtern, man muß einen Entschluß fassen; und ich fürchte, ich fürchte, man bedenkt sich so lange, bis es zu spät ist. Ich thue hier mein Bestes, und täusche, so lange ich kann, mit meinen Reden und meinen Handlungen. Am Ende, hoffe ich, muß dieses doch etwas bewirken. Ich bin so mit Geschäften überhäuft, daß ich nicht Zeit habe, Ihnen mehr darüber zu sagen.

Der Abbé von St. Remi läßt sich Ihnen empfehlen.

Wien, den 15. Februar 1726.

Ich würde mir einen Vorwurf machen, wenn ich Ihnen nicht einen Vorfall erzählen wollte, der mir vor drey Wochen begegnet ist, und den ich Ihnen nicht eher mittheilen konnte. Der Kaiser, welcher mir bisher nur alle Frohn= dienste der Capellen, wohin er sich von den Gesandten, wie von seinen Bedienten, begleiten läßt, vorbehalten hatte, ließ mich endlich zu einer Schlittenfarth einladen, die sehr glänzend war. Mich traf das Loos die Prinzessinn von L — — stein zu fahren, und ich erwartete nichts, als das Vergnügen in der Gesellschaft eines liebenswürdigen Frauen= zimmers zu seyn, aber ich ward sehr angenehm getäuscht. Nach einigen Minuten Complimenten sagte sie zu mir, sie nehme herzlichen Antheil an meiner Lage, und es schmerze sie alle die Unannehmlichkeiten, so ich, wie ihr wohl bekannt wäre, erfahren müßte. Die Freundschaft, fügte sie hinzu, welche ich ihr einzuflößen wüßte, bewege sie, mir vieles zu entdecken.

Stellen Sie sich vor, mit welcher Begierde ich diese Entdeckungen verschlang. Ich erhielt die Erlaubniß sie zu besuchen, aber heimlich, um nicht bey den Ministern, die ihr beständig den Hof machen, Verdacht zu erwecken. Von wem sie alles hat, was sie weiß, das war ich nicht im Stande von ihr heraus zu bringen; aber sie weiß wirklich viel. Sie entdeckte mir, daß ein Courier aus Spanien zu=

rück

rück gekommen ist, der Geld mitgebracht, und von S. C. M. den Auftrag hat, dem Grafen Guy von Staremberg inständig zu bitten, das Commando über die Spanische Armee zu übernehmen.

Meine Meinung, wie sich der König zu verhalten hätte, sagte sie mir, sey richtig, und dieses Betragen würde vielen ein Aergerniß seyn; man habe die Absicht mich schüchtern zu machen, aber ich müßte mich nur gut halten; der Kaiser stelle sich wohl, als ob er sich zum Kriege rüsten wolle, habe aber in der That keine Lust dazu; dem Prinzen Eugen sey aufgetragen worden, mich damit zu schrecken. Kurz ich sahe, daß ich das, was vorgeht, richtig errathen hatte, und ich darf Ihnen nicht erst sagen, wie vergnügt mich dieses machte.

Nun ist mein Plan, Spanien von dem Kaiser so zu trennen, daß keine Vermittelung weiter anschlagen kann. Ich hoffe, man wird nicht länger so schwach seyn.

Die Prinzessinn hat mir noch mehr Nachrichten versprochen; und Sie werden mir gewiß erlauben, sie mit den Augen der zärtlichsten Freundschaft zu betrachten. Sie verdient es, weil sie dieses für mich thut. Die Erzählung Ihrer Reise nach Versailles hat mir großes Vergnügen gemacht; und es freut mich, daß Sie mit der Aufnahme des H. von Fleury wohl zufrieden sind. Seyn Sie versichert, daß Sie einen Freund haben, der auch in der Entfernung Sie innig liebt.

———

Wien, den 6. September 1727.

Den Glückwunsch, welchen Sie mir, meine liebe Freundinn, über den Orden machen, so mir der König Ihrer Meinung nach ertheilt hat, kann ich für nichts, als eine Weissagung ansehen, woran ich, das glauben Sie mir, noch sehr wenig denke. Zwar glaube ich, daß es eines Tages dazu kommen wird, und erwarte es mit großer Ge-

duld

duld; aber bis jetzt habe ich auch noch kein Wort davon gehört.

Es sollte mir lieber seyn, wenn es ein Traum, als wenn es eine Neuigkeit wäre, so man Ihnen mitgetheilt hat: denn es scheint mir, als ob Ihre Träume etwas sind, worauf man bauen kann; und das ist wirklich etwas Seltenes. Schreiben Sie mir doch, wie es jetzt mit dem geht, was mich betrift, damit ich ungefähr erfahre, ob ich mir auf den Regen schönes Wetter versprechen darf.

Was Ihr großes Verlangen, mich im blauen Bande zu sehen, betrift, so glaube ich, daß es hier etwas besseres als dieses geben kann; und ich bin nicht gesonnen darum anzuhalten, weil es mir nicht lieb seyn würde, wenn ich deßhalb hier länger verweilen müßte. Ueber dieses wird es vor Lichtmeß keine Promotion geben, und man muß geduldig warten. Ich kann Ihnen nicht mehr darüber sagen, denn ich habe meine Abschieds-Audienz vor mir, welche mir viele Arbeit kostet. Um des willen aber komme ich nicht so gleich wieder zurück, denn ich habe noch vieles vorher zu beendigen.

Die Gerüchte, so von mir umgehen, sind sehr unangenehm, aber zugleich auch so albern, daß sie nichts als Verachtung verdienen. Diese Bosheit meiner Feinde beunruhigt mich wenig; ich werde nur suchen ihnen keine wahre Blößen zu geben, und ihre Verleumdung zu widerlegen.

Wien, den 28. Februar 1728.

Am 24. erhielt ich das blaue Band, welches Sie mir so herzlich wünschten. Die zur Aufnahme eines Ritters der Orden des Königes *) gebräuchlichen Untersuchungen sind hier in Gegenwart des Cardinales von Kollonicz angestellet worden; und der Prinz Eugen, welcher wieder kalt gegen

mich

---

*) Nähmlich des St. Ludwigs, H. Geistes- und Michaels-Orden; denn die Ritter des H. Geist-Ordens sind jederzeit Commenthurs der übrigen Königlichen Orden. Anmerk. des Uebers.

mich zu werden scheint, der Graf von Zinzendorff, und der Vater Tournemain waren Zeugen dieser Handluug. Nun will ich auch meine Rückkehr nach Frankreich so sehr beschleunigen, als mir immer möglich ist; denn ich muß Ihnen gestehen, daß es vieler Beharrlichkeit und Begierde zum Zwecke zu kommen bedurfte, um dieses Geschäft zu Ende zu bringen. Sie wissen, wie sehr man mir entgegen gearbeitet hat; und da ich mich auf meinen Courier verlassen kann, so will ich Ihnen unverhohlen alle Puncte Ihres Briefes beantworten.

Erstlich sehen Sie selbst, daß ich den vornehmsten derselben in Erfüllung bringe, und nach Frankreich zurück kehre. Auf die Frage, ob ich auf der Laufbahn, worin ich ein Mahl getreten bin, zu bleiben gedenke, muß ich Ihnen antworten, daß ich zu viele Unannehmlichkeiten auf derselben erfahren habe, als daß ich noch Lust hegen könnte, sie ferner zu versuchen. Man ist genöthigt, sich unaufhörlich mit den Ministern abzukämpfen, welche immer nur wollen, daß man sich nach ihrem Kopfe richten soll; und das geht so weit, daß ein Gesandter, welcher die Ruhe wünscht, nur blindlings ihren Willen befolgen darf. Dieses ist um so weniger meine Sache, da dieser Wille sehr oft dem, was man thun muß, ganz zuwider lauft, und ich nie eine Albernheit begehen sehen konnte, ohne darauf aufmerksam zu machen, und meine Meinung darüber zu sagen: daher man auch mehr Scherereyen mit seinen eigenen, als mit den Ministern des Hofes hat, wo man residirt. Sie haben gesehen, wie manchen Kampf ich mit dem H. von Morville und dem H. Cardinale gehabt habe. Erst nach unzähligen Briefen sahe man ein, daß ich Recht hatte, die Unterhandlung nach meinem angegebenen Plane zu eröffnen; und doch wollten mir beyde wohl: allein sie hatten ihre eignen Meinungen; und gegen eines Mannes Meinung vermag keine Freundschaft etwas. Dieser beständige Kampf eben ist es, was mir nicht gefällt; und da es einem so viele Mühe kostet, sich verständlich zu ma-

chen,

chen, so muß man darauf Verzicht thun, sich in Angelegen=
heiten zu mengen, die so vielem Widerspruche ausgesetzt
sind. Ich habe mit allem ersinnlichen Eifer gearbeitet, ich
möchte selbst sagen, mit Liebe; ich darf auch behaupten, daß
meine Bemühungen nicht fruchtlos gewesen sind; und dessen
ungeachtet mußte ich unzählige Unannehmlichkeiten erfahren.
Man hat es mir an Gelde und in einem Lande mangeln
lassen, wo man eine so vortheilhafte Meinung von uns hegt,
daß ich nicht für einen Sou Credit fand; in einem Lande,
wo ich gedemüthigt war, unter allerley Nahmen Sachen zu
versetzen, um nur Geld zu bekommen, welches ich so nöthig
hatte, und erst lange hernach bekam. Man hat mir
mehrmahls kein Wort gehalten; und ich kann sagen, ich bin
mit meinem Geschäfte der ganzen Welt zum Trotze zu Ende
gekommen.

Da ich nun meinen Endzweck so vollkommen erreicht
habe, so wäre es sehr billig, mich zum ersten bevollmächtig=
ten Minister beym Congresse zu ernennen. Aber der H.
Cardinal hat mir geschrieben, daß der König ihn dazu er=
nennen würde, und ich demnach nur der zweyte seyn könnte,
welches sich vielleicht für mich nicht schickte. Auch hat er
mir sehr fein zu verstehen gegeben, daß mir dieses wohl
nicht anstehen möchte. Unter uns, ich mache mir nicht
viel daraus; aber es scheint mir doch, als ob ein Mann,
dem ich zur Erlangung seines Huthes so wesentliche Dienste
geleistet habe, mir auch die Freyheit hätte lassen können,
diese Ehre auszuschlagen oder anzunehmen. Ueber dieses
wäre ich vielleicht eher für die Geschäfte, welche daselbst
vorfallen, gewesen, als er; weil ich mich seit langer Zeit
sehr ernsthaft damit befasse, und darin zu Hause bin.

Er hat mir von einem Gesandtschafts=Posten in Spa=
nien gesagt; und in der That ist es auch das Einzige, wel=
ches mir schmeicheln kann; aber ich würde es doch nur unter
gewissen Bedingungen annehmen: doch bin ich nur erst zu

Paris, so will ich schon, nachdem die Umstände sind, sehen, wozu ich mich bestimme.

Ich muß Ihnen gestehen, daß ich nach reiflicher Ueber, legung glaube, eine gute Stelle bey Hofe, wobey ich oft um den Herren seyn kann, sey die beste Partie für mich. Nach dem, was Sie über ihn sagen, und andere mir über, ihn schreiben, ist wohl sein Loos, stets von andern regiert zu werden; und es müßte sehr schlimm seyn, wenn ich mich nicht bey ihm beliebt machen sollte. Eine Stelle im Mini, sterio suche ich nicht, sie sind alle dem Cardinale untergeord, net, und ich halte sie nicht für sicher genug bey einem Her, ren, den man leicht wider jemand einnehmen kann. Man, reiset, so zu sagen, meistens nur durch den Hof durch; ich, aber will mich daselbst niederlassen. Ohne ein Departement, zu haben, und bey der Gnade des Königes, werde ich auf, alles Einfluß bekommen, und nicht so leicht seine Ungnade befürchten dürfen. Auch hoffe ich eine Befehlshaber, oder Statthalterstelle zu erhalten, und da werde ich alles thun, was mir beliebt. So lange ich gut bey dem Herren stehe, wird es kein Mensch wagen mir zu widersprechen, und ich fühle große Neigung unabhängig zu bleiben.

Mein Plan ist gut; ich werde an allen Begebenheiten Antheil nehmen, und von ihnen nichts zu befahren haben. Die Minister werden verschwinden, und ich werde immer bleiben. Sie werden mich fürchten, meine Gunst zu ver, dienen suchen, aber, wenn ich über das Herz des Monar, chen walte, und ich denke es schon so weit zu bringen, mich nie stürzen können, und mir selbst zu meinen Absichten die, nen müssen. Diesem Plane, glaube ich, werden Sie Ih, ren Beyfall schenken, weil er besser ist als ein Gesandt, schaftsposten, der mich von Ihnen entfernet. Ausser dem, wissen Sie wohl, verspricht einer von Ihren Träumen mir den Marschallsstab, und bis jetzt habe ich Ursache mit ih, nen so zufrieden zu seyn, daß ich an diesen glaube. Es ist unbegreiflich, wie sie alle in Erfüllung gehen, und dieses

befe

befestiget mich in meinem Glauben, daß man im Traume Ahndungen von alle dem haben kann, was einem begegnet. Träumen Sie doch, daß mein Plan eines Tages eintrift *), und ich werde sehr froh seyn, so sehr als ich es bin, wenn ich Sie von meiner zärtlichen und aufrichtigen Freundschaft zu überzeugen Gelegenheit finde.

*) Man sieht, daß der H. von Richelieu, welcher an Träume und Sterndeuterey glaubte, allen den Leuten gerne Gehör geben mußte, welche sich im Besitze wunderbarer Geheimnisse zu seyn rühmten. Er besaß Liebe zum Golde, zum Leben und zu Ehrenstellen. Ein Marktschreyer weißagte ihm ein langes Leben, und er hielt ihn für einen großen Mann. Ein anderer versprach ihm, ihn Gold machen zu lehren, und er bedauerte seinen Verlust, so lange er lebte. Er schrieb sich viele Jahre lang unzählige Recepte ab, die alle bewundernswürdig in seinen Augen waren. Er glaubte an den Einfluß der Sterne, und ungeachtet seines Verstandes, seiner Festigkeit und seiner Kenntnisse war er doch zuweilen so leichtgläubig wie eine Frau, die Karten schlägt. Er war ein starker Geist, und verfertigte doch Gebethe. Kurz, beynahe in seinem ganzen Betragen war er oft im Widerspruche mit sich selbst.

Diese Briefe fanden sich unter den Papieren der Schwester des Hrn. von Richelieu; ein Beweis, daß sie eine Freundinn der Herzoginn von * * * war.

Briefe
der Frau von Chateauroux
an den Herrn von Richelieu.

Den 29. May 1743.

Ich habe Ihnen, lieber Oheim, gemeldet, wie sehr mich die Kälte beunruhigte, womit mir der König seit einiger Zeit begegnete. Sicher war hier etwas wider mich im Werke, und der H. von Maurepas soll, wie man mir gesteckt hat, die Triebfeder davon gewesen seyn. Aber ich habe nicht Einen Beweis davon; und über dieses bin ich auch durch die Freundschaft, so man mir beweiset, gegen alles gesichert, was andere nur unternehmen können. Doch habe ich keinen Schritt gethan. Und wäre er leichtsinnig genug gewesen mich zu verlassen; so hätte ich wohl vor Kummer darüber sterben können: aber ich würde nie einen Schritt gethan haben, ihn wieder zurück zu ziehen. Sie kennen ihn und wissen, daß ich so handeln müßte.

Mit ihm hat sich auch alles mir wieder genähert. Damit will ich nun eben nicht sagen, daß man mich schon verlassen hatte: aber es war nicht schwer zu sehen, wie sauer es die ankam, welche wieder kehrten. Jetzt nimmt der Eifer wieder zu; aber ich weiß, woran ich mich zu halten habe.

Der König macht mir den Vorwurf, daß mir die Staatsgeschäfte so gleichgültig wären, und ich nie davon spräche. Sie wissen, ich will durchaus nicht thun, als ob ich etwas wüßte, um ihn desto begieriger zu machen, mir etwas zu erzählen. Er sagt so oft zu mir, meine Schwestern mischten sich zu viel in die Sachen, nur damit ich Lust bekommen soll, es auch so zu machen. Man muß aber die Zeit abwarten, und wenn man etwas thut, dahin sehen,

daß

daß man keine Vorwürfe davon habe. Oft ist er des Arbeitens ganz überdrüßig; je weniger ich also mit ihm von dem, was vorgeht, reden werde, desto mehr wird er, glaube ich, mir mittheilen; und das wird alsdann der Augenblick seyn, wo ich am kräftigsten wirken kann. Ihren Rath werde ich stets mit Eifer befolgen, und nichts unternehmen, ohne Sie erst um denselben zu fragen. Leben Sie wohl, lieber Oheim, ich bin sehr vergnügt; man kann nicht liebenswürdiger seyn, als er ist; und ich fühle, daß ich ihm alle Tage lieber werde.

Choisi, den 2. July 1743.

Ich habe nur so viel Zeit Ihnen, mein lieber Oheim, zu sagen, wie herzlich froh ich bin, daß Sie nichts davon getragen haben; ich halte es für ein wahres Wunder: denn es kommt mir vor, als ob die ganze Welt getödtet, oder wenigstens verwundet worden ist. Da er wahrscheinlich unverzüglich einen andern Courier wieder abfertigen wird; so will ich Ihnen ausführlicher schreiben. Der König hat noch an eben dem Abend, da die Nachricht von dem Tode *) einlief, dem jüngern Rochechouart die Stelle **) in den gnädigsten Ausdrücken ertheilt. Es ist mir sehr lieb, daß Sie nicht wie die Uebrigen mit einem Courier geschrieben haben. Ich habe so vielen Muth eingesprochen, daß wenn Sie hier gewesen wären, Sie die Gnade des Königes bewundert haben würden. Hundert Mahl hätte ich vor Unruhe umkommen mögen: denn man wußte am Montage Nachmittag schon, daß eine Schlacht vorgefallen war; und der Courier des Marschalles kam erst am Dinstage um drey Uhr an. Innigst schmerzt es mich, daß der Herzog von Ayen so übel zugerichtet worden ist, ich bin

N 3 sehr

*) Des Herzogs von Rochechouart, der in der Schlacht bey Dettingen blieb. Anmerk. des Uebers.

**) Seines Vaters. Anmerk. des Uebers.

sehr unruhig darüber; sagen Sie ihm unendlich viel Verbindliches von mir. Auch thut es mir sehr leid um den jungen
Gontaut; schreiben Sie ihm dieses ja mit dem ersten Courier. Alle sollen Nachrichten von mir bekommen. Dem Herren Marschalle sagen Sie von meinetwegen alles ersinnliche
Höfliche. Was auf der andern Seite meines Briefes steht,
wird ihm mehr gefallen; und ich versichere Ihnen, daß es
ganz meinen Beyfall hat: denn man spricht unendlich viel
Gutes von ihm. Leben Sie wohl! man erwartet mich.
Sie können auf meine Freundschaft, welche ganz aufrichtig
ist, sichere Rechnung machen. Daß Sie doch Thor genug
wären, das nicht zu sehen, was am Schlusse meines Briefes
steht! Meine Schwester schreibt Ihnen nicht, aber sie hat
mir tausend Complimente aufgetragen.

Ludwig XV. hatte mit eigener Hand am Schlusse dieses Briefes hingeschrieben:

„Ich weiß zu dem, was auf der andern Seite dieses
„Briefes steht, nichts hinzu zufügen; mit der Zeit will ich
„schon das Uebrige sagen. Dem Marschalle sagen Sie, daß
„ich ihm nicht antworte, aber mit ihm *), so wie mit seinem
„vor-

---

*) Diese paar Worte schrieb der König in Gegenwart der Frau von
Chateauroux einige Tage nach der Schlacht am Mayn. Entweder hatte man ihn sehr hintergangen, oder er kümmerte sich auch
wenig um das eben vorgefallene Unglück. Wie konnte er in einem
so unglücklichen Augenblicke, worin man eine Schlacht verlohren
hatte, welche man nothwendig hätte gewinnen sollen, so ruhig seyn?
Wie konnte er dem Marschalle von Noailles sagen lassen, er sey
sehr mit ihm zufrieden? da es wenigstens erwiesen ist, daß, wenn
er immer an seinem Posten geblieben wäre, sein Vetter, der Herzog von Grammont, Trotz seinem ungeheuren Fehler, doch nicht
ganz zur Unzeit und so unglücklich den Angriff gethan hätte, daß
die ganze Armee geschlagen worden wäre. Wenn der Tadel auch
nicht ganz auf den General fällt: so verdient er doch wenigstens
kein Lob. Was hätte man ihm ehrenvolleres sagen können, wenn
er die Schlacht gewonnen hätte? Der König dachte also nie selbst;
er folgte damahls den Eingebungen der Frau von Chateauroux, welche

„vortreflichen Betragen sehr zufrieden bin, und seinen Kin-
„dern das, was ihnen angenehm ist.‟

Fontainebleau, den 19. October 1743.

Sie sind also neugierig, lieber Oheim: nun wohl dann! man muß diese Neugierde stillen. Der König hat die Güte gehabt, mir in den gnädigsten Ausdrücken das Herzogthum Chateauroux zu schencken: ich bin darüber ganz von Dankbarkeit durchdrungen, wie Sie mir wohl glauben werden; und Sie wißen, daß ich desselben nicht beburfte, um außer mir zu gerathen. Es soll nicht eher als am Montage bekannt werden, weil ich es Ihnen zuerst schreiben wollte, und Sie es zuerst bey der Armee bekannt machen sollten, welches Sie thun können, sobald Sie meinen Brief erhalten; denn es wird bekannt seyn, ehe er noch zu Ihnen gelanget. Aus Ihren Briefen ersehe ich, Sie besorgen, der Scherz mit den Hörnern habe kein Glück gemacht; aber Sie irren sich, denn man hat darüber lachen müssen. Ich bin herzlich froh, daß die verwünschten Engländer ihren Entschluß gefaßt haben, und wir das Vergnügen haben können, Sie unaufhörlich zu sehen; es wird mir ein sehr großes Vergnügen verschaffen. Theilen Sie die Nachricht von meiner Standeserhebung dem Marschalle, seinen Kindern und dem Herrn von Soubise mit; ich schmeichle mir, daß es Ihnen nicht unangenehm seyn wird.

Versailles, den 16. October 1743.

Sie wünschen zu wissen, lieber Oheim, ob es wahr ist, daß Maurepas die Admiralitäts-Sache geendet habe; je-

N 4

der-

che gerade des Noailles Freundinn war. Aber so sehr man ihn auch getäuscht haben mochte, so konnte ihm doch nicht unbekannt seyn, daß diese Schlacht viel Blut gekostet hatte, daß seine Truppen geschlagen worden waren; und es scheint uns, als ob er etwas mehr Theilnahme bey einer so unglücklichen Begebenheit hätte bezeigen sollen.

dermann sagt es, und aus allen Schritten der Gräfinn von Toulouse erhellt es deutlich, daß er den größten Antheil daran gehabt hat. Die Gräfinn sagt überall laut, daß sie diesen Dienst nie vergessen wolle; und er hat wirklich ihrem Sohne einen sehr großen Dienst damit geleistet. Man sagt, man müßte alle Rechte der Admiralität abschaffen; nur mit dem Bedinge, daß der Herr von Penthièvre, der wie man meint, im Vorschusse steht, entschädiget würde. Man versichert, Maurepas habe das Recht für den König kaufen lassen, um es dem Hrn. von Penthièvre wieder zu verschaffen: das ist himmelschreyend; denn die Sache wird vielmehr schädlich als nützlich. Allein er hat sich Freunde machen wollen, und Sie wissen besser als ich, daß man das Wohl aller dem Besten einzelner Personen oft aufopfert.

H. von Argenson hat mir viel von dieser Sache vorgesagt, und allen Tadel auf den Hrn. von Maurepas geworfen; er hat mir versichert, der König wäre entschlossen, die ganze Abschaffung zu unterschreiben; aber Maurepas hätte in einer besondern Conferenz beschlossen, dem Hrn. von Penthièvre zum Besten ein so großes Opfer zu bringen. Er ist, glaube ich, auch mehr über den Credit, welchen dieses dem Letztern verschafft, verdrießlich, als über die Sache. Mit dem Könige, der über die Veränderung sehr vergnügt ist, habe ich es nicht gewagt, davon zu reden.

Die Nachrichten aus Böhmen sind beunruhigend. Ueber den Marschall von Broglio wird sehr geklagt; H. von Argenson vertheidigt ihn, so sehr er kann; man glaubt sie stehen mit einander in einem Einverständnisse. Zu verwundern ist es nicht, daß man dem Marschalle von Belle=Isle zu schaden sucht, der besser gethan hätte, wenn er nicht dawider gewesen wäre; es ist ein Labyrinth, worin man sich verliehrt. Das Ausgemachteste ist, daß die Geschäfte um nichts besser gehen. Hier sucht ein jeder zu schaden, und jeder möchte gerne dem Herrn allein im Schooße sitzen. Diesem Wunsche, sehe ich, opfert man alles auf, und die Geschäfte leiden darunter.

Der

Der König scheint mit dem Hrn. von Broglio sehr unzu=
frieden zu seyn, und es wäre kein Wunder, wenn er in Un=
gnade fiele, wofern nicht sein Freund von Argenson, der wie
man sagt, mit ihm einverstanden ist, den Streich von ihm
abwendet; denn Sie wissen, daß es hier zu Lande Leute gibt,
welche den schlechtesten Handlungen einen guten Anstrich zu ge=
ben verstehen. Es gibt auch wieder solche, denen es lieber ist,
wenn ein General eine Schlacht verlieret, sollte er auch da=
mit viel Unglück stiften, und die sich lieber die Gelegenheit
wünschen, ihn unglücklich, als siegreich zu sehen. Ich woll=
te nicht glauben, was ich mit eignen Augen sahe, und über
lang oder kurz, wenn man demselben nicht abhilft, große
Unordnung veranlassen wird. Darin denke ich ganz wie Sie,
man muß sich zu etwas entschließen; aber in der That! man
ist sehr in Verlegenheit; mit wem, das wissen Sie. Man
ist nicht immer sicher, ob nicht der Letztere Recht behält.

Ihrer bedarf ich sehr, mich in vielen gefährlichen Augen=
blicken zu leiten; es ist ein eben so schwer zu befriedigender
Wunsch, als derjenige, etwas Gutes zu stiften; Sie würden
mir beystehen, die verworrene Sache in Ordnung zu bringen.
Alles will Recht haben; jeder schreiet, er mache es am be=
sten; wer verdient Glauben? In gewissen Augenblicken be=
finde ich mich in Versuchung zu denken, daß keiner das thut,
was er thun soll. Man beklagt sich, daß die großen Ge=
schäfte im Staatsrathe nur zum Scheine betrieben werden;
daß der König vom Staatssekretär des Departements im vor=
aus gestimmt wird, der sorgen muß, sich Freunde zu machen,
damit sein Vorschlag durchgehe. Der König, welcher schon
überredet ist, und nicht alles ergründen kann, unterzeichnet
das, was er für das Beste hält. Wir werden uns künftig
mehr darüber unterhalten: denn ich sehe, daß Ihnen der
Ruhm des Königes wirklich am Herzen liegt; und Sie wis=
sen, es ist meine Schwachheit, es dahin bringen zu wollen, daß
er das werde, was er seyn kann; aber vorher gibt es noch

vieles zu verändern, und vielleicht auch einige Personen ganz umzuschaffen.

Alle Tage, merke ich, sucht man mich in Versuchung zu führen. Zwar biethet man mir nicht ausdrücklich Geld an; aber man läßt mich ansehnliche Vortheile für mich bey dieser oder jener Verhandlung erblicken. Allein die kennen mich nicht; und Sie wissen, daß es nicht die Begierde ist mich zu bereichern, weshalb ich die Stufe, worauf ich jetzt stehe, erstiegen habe. Ich will Ihnen zeigen, daß ich einen Charakter habe, der unfähig ist, durch einen solchen niedrigen Bewegungsgrund gelenkt zu werden. Kann ich zu dem Ziele gelangen, wohin ich strebe, so will ich ihnen beweisen, daß mich eine edlere Begierde leitet. Sie wissen einen Theil meines Ehrgeizes, und Sie können meinen Gesinnungen Gerechtigkeit widerfahren lassen. Manches Mahl wird mir der Eifer verleidet, etwas zu unternehmen; aber man muß Geduld haben: es kann unmöglich von großer Dauer seyn. Leben Sie wohl, mein lieber Oheim! wenn ich zuviel unternehme, so ist es der Fehler meines Herzens, und der Ihrige.

Versailles, den 3. November 1743.

Ich weiß nicht, lieber Oheim, was Sie so lange zurück hält; mich dünkt, Sie sollten eilen, wieder zurück zu kommen; und Sie wissen, wie sehr ich mich freue, Sie wieder zu sehen. Die Frau von Maurepas soll sich über meine neue Würde sehr geärgert, und es sehr übel genommen haben, daß ich einen Sessel (tabouret) *) erhalten habe, ehe Sie noch einen hatte; weshalb ihr Gemahl auch gesucht hat, diese Gnade des Königes ihr zu Gefallen zu verzögern. Kurz, man hat mir alle Streiche zu spielen getrachtet, deren man

hier

*) Ein niedriger beschlagener Sessel ohne Lehne, worauf man bey dem Könige oder der Königinn sitzen darf; eine Ehre, so nur Prinzessinnen, Herzoginnen und den Gemahlinnen der Gesandten zugestanden wird. Anmerk. des Uebers.

hier nur fähig ist. Ich drücke die Augen über dergleichen kleine Ränke zu, die an dem Orte zu gewöhnlich sind, wo ich mich befinde. Eben diese Personen, welche mir zu schaden suchten, bezeigen mir zugleich die größte Aufmerksamkeit; und wollte ich mich, wenn ich sie sehe, empfindlich stellen, so müßte ich es gegen drey Viertel von den Personen, welche ich sehe, thun.

Der König ist aus dem Staatsrathe ganz verdrießlich über alle die Pläne, so man ihm zu dem nächsten Feldzuge vorgelegt hat, zurück gekommen. Einige wollen, daß er den Kaiser verlassen; andere daß er seine Wahl unterstützen soll: aber es wäre wahrhaftig sonderbar, wenn man einen Fürsten, der gewisser Maßen die Ursache des Krieges ist, verlassen wollte. H. von Argenson widerspricht sich sehr; und man meint, daß er an dem Sturze des Marschalles arbeitet. Ich fange an zu glauben, daß jeder ein wenig zu viel Herr ist, und daß nur der, welchen Sie wohl kennen, vielleicht mehr eigenen Willen haben sollte.

Der Rath, welchen Sie mir geben, zuweilen mit Nachdruck zu sprechen, kann sehr gut seyn, und ich werde ihn befolgen; aber Sie wissen, was Sie wissen, und wie oft man es gewohnt ist, jedes Departement Herr aller seiner Verhandlungen seyn zu lassen. Dieses ist eine schwer abzuschaffende Ueblichkeit; und Sie wissen wohl, ist man ein Mahl von einer Meinung eingenommen, so nutzen auch die besten Vernunftgründe wenig. Die Liebe zum Besten, weiß ich wohl, reicht nicht allein hin, ihn thätig zu machen; man muß sich in das Detail einlassen: aber hat man Kraft dazu? Nach einer noch größern Gewalt zu trachten, dazu fühle ich nicht alle die erforderlichen Eigenschaften in mir. Sie kennen meine Art zu denken: ich vermag wohl einzusehn, daß viele Sachen schlecht gehen; aber ich weiß nicht Mittel genug, zu machen, daß sie besser gehen. So viel ist gewiß, daß Veränderungen nöthig seyn würden, und daß Sie mir

in

in meinen Unternehmungen, wenn ich anders noch etwas un=
ternehmen kann, mit ihren Einsichten beystehen müßten.

Der Cardinal von Tencin scheint sich besonders mit mir
verbinden zu wollen; ich weiß nicht, was Sie davon hal=
ten. Aber meine Meinung ist, er hat eine Schwester, wel=
che ihm sehr im Lichte steht. So viel Geist sie auch besitzt,
so weiß sie nicht genug an sich zu halten, um nicht merken
zu lassen, daß sie eine bedeutende Figur spielen möchte. Allent=
halben spielt sie Intriguen und Cabalen. Ich habe verschie=
dene Briefe ohne Nahmen erhalten, die ohne Zweifel von ihr
herrühren; es sind ewige Klagen über den Hrn. von Mau=
repas, den sie, wie ich weiß, nicht leiden kann. Er ist,
glaubt sie, das Hinderniß, daß ihr Bruder kein Departe=
ment erhält; sie wirbt um die auswärtigen Angelegenheiten
für ihn, und Gott weiß, wie sie sich in alles mischen wür=
de, wenn er eine solche Stelle bekäme.

Ich weiß, Sie stehen in einem großen Briefwechsel mit
ihr; ich wünsche, daß sie nichts schreibe, als was die Wahr=
heit ist; denn es mag ihr wohl oder übel gehen, so geräth
sie in Leidenschaft. Das brauche ich Ihnen nicht erst zu sa=
gen, daß man einer Frau, welche übertreibt, nie trauen darf;
und Frau von Tencin verändert gerne ihre Gesinnungen,
nachdem es ihr Eigennutz erfordert. Ich glaube gern, daß
sie zuweilen richtig urtheilt, aber ihre Gewohnheit ist es nicht.
Man hat mir versichert, daß sie alles durch ein Vergrößte=
rungsglas betrachtet. Ihr Bruder, sagt man, hat gute
Aussichten; aber das bisher Vorgefallene ist ohne Zweifel
Schuld daran, daß man gegen ihn nicht alle die Achtung
hegt, welche er verdienen mag.

H. von Argenson unterhielt sich gestern länger als eine
Stunde mit mir. Er sprach mit mir vom Marschalle, und
ertheilte ihm bey dieser Gelegenheit ein Lob, welches sich nicht
zu dem paßt, was ich weiß. Er sagte mir, der König lie=
be ihn sehr, und halte ihn für seinen besten General. Wäh=
rend der Unterredung heftete er die Augen auf mich, wahr=
scheins

scheinlich um zu erforschen, welchen Eindruck sie auf mich machen würde. Um der Freundschaft willen, so ich zu dem Marschalle hege, nahm er die Lobeserhebungen, worin ich ihn noch übertraf, gut auf; und ich glaubte zu bemerken, aber ich kann mich auch irren, daß er sich stellte, als ob er mit dem, was ich sagte, sehr zufrieden war. Ich würde mich daher nicht wundern, wenn er, so bald er mit dem Könige allein auf der Reise ist, jede Gelegenheit ergreift, ihn zu untergraben.

Es geht die Rede, daß er gegenwärtig mit der Frau von Rohan gut stehen soll; andere sagen wieder, es sey nichts als Coquetterie von seiner Seite. Sey dem, wie ihm will, die Frau von Mauconseil, scheint es, hat noch immer Credit bey ihm.

Der Marschall, sagt man, soll bey der unglücklichen Schlacht im Juny dieses Jahres einen Fehler begangen haben. Ist das wahr? das sollte mir unendlich leid thun: es ist ohne Zweifel ein Gerücht, das seine Feinde verbreiten. Wenn Sie mir die besondern Umstände schreiben, so schicken Sie sie mir durch Ihren Courier; denn Sie wissen, es herrscht jetzt mehr als jemahls der Gebrauch, die Briefe aufzubrechen: man hat ihn überredet, es sey jetzt nothwendig. Ich für mein Theil aber bin sehr ungehalten darüber, daß man ihn an solche niedrige Handlungen gewöhnt; das heißt das öffentliche Zutrauen hintergehen. Sie sollen alles erfahren, was vorgeht, und das, welches ich herzlich wünsche, daß ich es nicht lange dauern sehe.

Marly, den 25. Januar 1744.

Ihre Erlaubniß soll abgegangen seyn, lieber Oheim; denn der König hat schon vor vier Tagen dem Hrn. von St. Florentin dazu den Auftrag gegeben: also werden wir Sie zu Anfange des Februars wieder sehen. So eben hat der König die Gnade gehabt, dem Ritter von Grille eine Grenadier=Compagnie zu Pferde zu geben, worüber er sich, wie

Sie

Sie leicht denken können, herzlich freuet, und ich mich auch; denn es ist ganz liebenswürdig vom Könige; wahrhaftig er wird es von Tage zu Tage mehr: es reißt mich ganz hin; Sie wird es nicht überraschen. Hier gibt es nichts Neues, als daß die Frau von Néry gestorben ist. Die Frau von Beusols lag sehr krank an einem Katharr, aber es geht schon besser. Der Salon ist vortreflich, ich werde daselbst zu Grunde gerichtet. Man hat Ihnen von einem Liede auf eine ihrer Freundinnen gesagt; da haben Sie es: es ist wahr, meine Schwester kann es nicht leiden; was mich betrift, ich bin für dieses Mahl sehr damit zufrieden. Leben Sie wohl, ich verlasse Sie, um Madame, für die ich rasend eingenommen bin, meinen Hof zu machen: man kann nicht liebenswürdiger seyn; sie sucht aller Welt zu gefallen; und ich versichre Ihnen, daß es ihr vollkommen glückt. Haben Sie die Güte das Lied zu verbrennen, denn ich habe es eigenhändig abgeschrieben.

Versailles, den 3. Februar.

Ich kann nicht genug eilen, mein lieber Oheim, Ihnen zu melden, daß der König sich entschlossen hat, den nächsten Feldzug mitzumachen. Den Augenblick hat er es mir versprochen; und ich versichere Ihnen, daß mir nichts in der Welt ein größeres Vergnügen machen kann. Sie wissen, ich schwärme gerne, und in diesem Augenblicke weide ich meine Einbildungskraft an der glänzendsten Zukunft. Ohne Zweifel schmeichle ich mir, aber ich sehe den König mit Ruhm geschmückt, von seinen Unterthanen angebethet, und gefürchtet von seinen Feinden. Die Gegenwart des Herrn muß meiner Meinung nach von größtem Einflusse und eben so gut seyn, als ob wir noch eine Armee mehr hätten. Der Marschall von Noailles wird den Oberbefehl behalten; wir werden zwey Armeen haben, eine unter seinen, die andere unter dem Befehle des Grafen von Sachsen, wovon man sich unzählig viel verspricht.

S. M.

S. M. wird wenig Gefolge haben, und das wird denn auch weniger Aufwand erfordern. Gewiß sind Sie mit mir der Meinung, daß das schönste Gefolge eines Königes von Frankreich eine siegreiche Armee ist. Ich hoffe, der glückliche Erfolg soll ihm zeigen, wie innig ich seinen Ruhm liebe. Bisher hat der Cardinal für ihn regieret: es ist Zeit, daß er zeige, er könne selbst regieren. Es ist nicht Liebe, so mich täuscht, wenn ich in ihm die Eigenschaften zu finden glaube, welche erfordert werden, um gut zu regieren; ich fürchte nichts als sein gar zu großes Vertrauen zu seinen Ministern. Er urtheilt und sieht besser als sie, das weiß ich zuverläßig; und er ist manches Mahl so gnädig, und gibt ihren Meinungen nach, die schlechter sind als seine eigne. Man muß hoffen, daß er einen eignen Willen bekommen werde; und ich bin überzeugt, daß er selten böse seyn wird. Mit aller ersinnlichen Freundschaft fragte er mich neulich, ob ich nichts für Sie zu erbitten hätte; und, Sie können sich denken, daß ich antwortete, ich wollte es ganz seiner Gnade überlassen. Hierauf sagte er zu mir, daß er Sie zu einem seiner Generaladjutanten, und zum Generallieutenant machen würde. Sie können denken, lieber Oheim, daß es mir eben so viel Vergnügen machte, es zu vernehmen, als es Ihnen zu melden.

H. von Argenson besuchte mich und sprach mit mir von dem bevorstehenden Feldzuge auf eine Art, als ob er mir zu erkennen geben wollte, daß der König seinen Entschluß noch nicht erklärt hätte; und ich nahm mich wohl in Acht ihm zu beweisen, daß er sich in alle dem irrte, was er da sagte. Aergern würde es ihn gewaltig, wenn er wüßte, daß ich, eher als er so gut unterrichtet wäre, da er, wie seine Collegen, so gewohnt ist, den König nur das thun zu lassen, was er für ersprießlich hält. Der König darf selbst nicht ein Mahl seinen Willen eher zu erkennen geben als in dem Augenblicke, da er nicht mehr davon abgebracht werden kann.

Hier

Hier ist der Entwurf eines Verzeichnisses von den Kämmerherren, welche den König begleiten sollen; es scheint mir, als ob er sich vorgenommen hat, den Dauphin nicht mit dahin zu nehmen. So bald alles ausgemacht seyn wird, sollen Sie vollkommene Auskunft haben; das Hauptsächliche war doch immer die Abreise des Königes und die Gnadenbezeigungen, so ich Ihnen melde. Hat er ein Mahl den ersten Schritt gethan, so wird er sicher den zweyten von selbst thun. Wie will ich triumphiren, wenn so viel Gutes daraus entspringt, als ich es wünsche!

Die Reise nach Choisi war sehr lustig, und man hat auf ihre Gesundheit getrunken. Der König liebt sie noch immer, und ich hoffe seine Gnadenbezeigungen für Sie sollen sich immer mehr vermehren. Sie bedürfen keiner Stütze bey ihm; wäre es aber möglich, daß Sie einer bedürften, so würden Sie sicher nicht so ungerecht seyn, und nicht auf eine Freundinn rechnen.

Versailles, den 24. Aprill 1744.

Der Cardinal Tencin gab sich die Mühe, Ihnen, lieber Oheim, zu melden, daß der König die Gnade gehabt hat, mich zur Oberaufseherinn des Hofstaates der Dauphine zu machen. Gewiß werden Sie sich gewaltig gewundert haben, wie dieses so schnell bekannt geworden ist; aber es kommt daher, daß der König, als er dem Hrn. von Chatillion sagte, daß er seine Frau zur Ehrendame mache, ihm zugleich eröffnete, daß ich Oberaufseherinn werden würde, und es ihm nicht als ein Geheimniß anvertraute. So erfuhr es ganz Versailles in einem Augenblicke, und so kam es auch zu mir. Aufrichtig gesagt, ich liebe sie sehr; die Sache ist ein Mahl richtig, und ich sehe nicht ein, warum mich das nöthigen sollte die Reise zu machen; der Dauphine wird es gewiß recht seyn. Was die Dame D'atours *) betrift,

*) Dame D'atours ist eine Kammerdame, welche der Königinn und den Königlichen Prinzessinnen den Schmuck aufsetzt.

tr{ft, so hat die, wovon Sie mir schrieben, ihren Endzweck
nicht im geringsten erreicht. Ich sehe, daß es meine
Schwester seyn wird, wenn es eine vom hohen Adel
(titrée) ist, um so mehr, weil sie glaubt, daß es eine sehr
große Unannehmlichkeit für sie seyn würde, und weil sie die
Sache von der unangenehmsten Seite nimmt. Im Grunde
weiß ich wohl, daß sie nicht viel dazu taugt, und man es
ihr wird sagen können. Aber was thut das? Er wird deshalb vielleicht um nichts weniger glänzend werden. Leben
Sie wohl, mein lieber Oheim! Seyn Sie versichert, daß
ich eben so mißmuthig bin, als Sie, daß wir dem Zeit-
punkte, uns zu sehen, nicht mehr so nahe sind. Den Sessel
(placet) der Frau von Bouflers habe ich abgegeben. Melden Sie mir ja, wie meine neue Beförderung in Paris aufgenommen wird, und alles, was man darüber sagt.

Paris, den 20. August 1744.

Wir sind glücklich angekommen, mein lieber Oheim;
und ich kann Ihnen meine Unruhe und meine Verzweifelung
nicht genug schildern. Wenn er nicht so krank ist, als ich
glaube, und wenn er es nicht mehr ist, als wie Sie mir
geschrieben haben, so werden Sie ihn endlich doch noch zu
Tode ängstigen.

Ach, mein Gott! um ihn allein leide ich; nichts kann
mich mehr für die so eben erlittenen Demüthigungen entschä-
digen, die mein Herz mit Kummer zerreissen. Ich begegnete von Argenson, als ich eben in den Wagen steigen
wollte; er würdigte mich nicht, mich anzusehen, und bezeigte mir seine Verachtung: alles floh mich, und scheint
mir die Schuld dieses Vorfalles beyzumessen. Sie wissen
besser als irgend einer, was ich gethan habe; Ihnen ist
nicht unbekannt, was für Beharrlichkeit erfordert ward, ihn
zu dem Entschlusse zu bringen; ich glaubte, am Ende vielleicht noch einigen Dank zu verdienen, glaubte, daß wir
alle zufrieden seyn würden ———, und dieser Vorfall bringt

mich ums Leben — —; er macht, daß aller Tadel auf mich fällt. Aber meinen Schmerz achte ich nicht; sein Zustand ist es, der mich beunruhigt. Bey Ihrer Freundschaft beschwöre ich Sie! geben Sie mir Nachricht; melden Sie mir, ob noch einige Hofnung da ist, ob man ihn noch immer belagert. Mein lieber Oheim, ich lebe nicht mehr; Sie müssen mir das Leben wieder geben. Vergessen Sie nicht, und trösten Sie bald die unglücklichste unter den Weibern.

Den 30. August.

Er ist also außer Gefahr, lieber Oheim! und ich bin viel ruhiger. Seit seiner Krankheit lebe ich nur in Angst und Thränen. Nie soll er es erfahren, wie viel Zähren er mir gekostet hat. Glauben Sie mir, es war nicht mein verlohrner Ruhm, den ich beweine; er war es. Seine vortreflichen Eigenschaften und das, was er für mich gethan hat, sahe ich nur; und ich war wahrhaftig untröstlich über das, was ihm begegnete. Also hat er noch nicht von mir gesprochen! Ach, nun wird er gewiß allen Gehör geben, die sich zu ihm drängen; er ist schwach, und ich darf weiter nichts erwarten, als vergessen zu werden. Lieber Oheim, verlassen Sie ihn nicht. Ich brauche Ihnen nicht erst mein Wohl ans Herz zu legen; Sie wissen, es ist das Ihrige, und das Wohl aller guten Diener des Königes.

Man sagt, er hat versprochen, sich ganz wieder mit der Königinn auszusöhnen; alle Welt wünscht es. Sie wissen, ob es angehen kann. Mehr als Achtung wird er nie für sie hegen, und sein Herz immer einer andern schenken. Sollte es indessen geschehen, so glaube ich, daß man sich über niemand als die Minister zu beschweren hat, und daß die Priester dabey eine große Rolle spielen würden: und so hätten wir dann alle die Albernheiten wieder, welche am Ende der vorigen Regierung herrschten.

Ich

Ich bin allein in der Schöpfung, und meine Vorstellungen haften auf keinem Gegenstande. Bald wünsche ich zu bleiben, wie ich bin, entfernt von jenem Strudel; bald möchte ich mich wieder von neuen hinein ziehen lassen, ihm zu zeigen, daß ich ihn um sein selbst willen liebe. Zwar thue ich mir einen Gefallen, wenn ich mich an den Leuten räche, die mich, weil ich ihrer Meinung nach verlohren bin, zu demüthigen getrachtet haben; aber ich werde auch dem Staate mit meiner Rache einen Dienst leisten. Ihnen schließ ich mein Herz auf; es hat weder etwas beschlossen, noch sich zu etwas entschlossen; und wenn es sich einen Augenblick angenehmen Vorstellungen überläßt, so kommen andere viel traurigere, es in denselben zu stören.

Man muß durchaus zu verhindern suchen, daß die Gegen-Cabale nicht triumphire, wie Sie schreiben. Ganz wohl haben Sie gethan, daß Sie den Bitten, Metz zu verlassen, nicht nachgaben, Sie wären verlohren gewesen — Sie haben vielen Muth gehabt, so vielen Leuten, die Ihnen schaden wollten, zu widerstehen. Was würde er jetzt sagen, wenn Sie ihn verlassen hätten? Noch kann ich den Brief, worin Sie mir eine Erzählung von dem Tage machen, da er die Sacramente empfing, nicht lesen, ohne für Sie zu zittern; welche Gegenwart des Geistes! Sie sind im Stande sie alle zu überlisten. Verliehren Sie das nicht aus dem Gesichte, was wir mit einander ausgemacht haben; hören Sie nicht auf, mir die Nachrichten so genau mitzutheilen, als Sie sie bemerkten. Treffen Sie günstige Gelegenheiten bey ihm, so vergessen Sie mich nicht, und glauben Sie, daß ich Ihre Freundinn bin.

Paris, den 3. October 1744.

Nun, lieber Oheim, was ist das? alle Ihre Freunde scheinen vergnügt zu seyn, und behaupten, man habe in Hinsicht Ihrer Ursache dazu, und doch spricht man bey der Herzoginn von Brancas, daß alles, was die Gesandtschaft

be-

betrift, wieder eingestellt werde. Erklären Sie mir dieses Räthsel, denn ich begreife nichts davon. Es ist also ausgemacht, daß Sie nicht hingehen. Wenn es sich so verhält, so sehe ich nicht ein, warum man triumphirt: denn frey heraus gesagt, es ist ein kleiner Verdruß, und ein großer Triumph für unsere Feinde. Sie werden den König sehen, und folglich wissen, woran Sie sich zu halten haben. Ich bitte Sie, melden Sie mir, wie alles dieses abgelaufen ist, und ob man Ihnen gut begegnet. Jetzt denke ich wie Sie über die Stelle meiner Schwester, ich bin überzeugt, daß es damit vorbey ist, und sie sie nie bekommen wird. Meine ganze rosenfarbene Außsicht hat sich in eine schwarze verwandelt, und ich sehe in der Zukunft nichts als abscheuliche Dinge. Was wollen Sie mit den Worten ihres Briefes sagen, daß Sie mich nicht uach meinem Geheimnisse fragen, und schon genug davon wissen? Ich habe kein Geheimniß, und Sie werden mir einen Gefallen thun, wenn Sie mir etwas sagen können; da ich aber immer auf Sie schmählen muß, so will ich Ihnen sagen, daß Sie unerträglich sind. Sie thun, höre ich, als ob Sie in Hinsicht meiner Hofnung schöpfen, und sagen es aller Welt. Nur sehe ich nicht ein, worauf Sie dieselbe gründen. Geschieht es auf meine Briefe, so haben Sie sehr Unrecht; denn ich für meine Persou erkläre Ihnen, daß ich keine habe. Ich weiß nicht, was Ihnen begegnet ist, aber Sie sind so ausgelassen und unbesonnen, daß nichts darüber geht; man muß gestehen, das heißt, seine Zeit wohl absehen. Ach! mein Gott! Sie machen mich recht ungeduldig: Sie sind also mit dem Marschalle von Noailles zufrieden, das entzückt mich; es ist wahr, es ist sehr brav von ihm, daß er für Sie gesprochen hat. Ihre Gelder bleiben aus, ist das gut, oder schlimm? denn man weiß hier beynahe nichts mehr. Leben Sie wohl, lieber Oheim, ich wünsche Ihnen viel Gesundheit; Vergnügen werden Sie genug daran haben, daß Sie sich wieder beym

Kö-

Könige befinden. Sagen Sie ihm unzählig viel Artiges
von mir, wie vielen Kummer er mir verursacht hat, und
daß es nur von ihm abhängt, zu machen, daß ich es wieder vergesse. Finden Sie es nicht ganz allerliebst von ihm,
daß er nach Paris kommt, um seinem Volke seine Erkenntlichkeit zu bezeigen. Das zeigt Gefühl an; er ist also desselben fähig, und warum sollte er es nur für mich nicht haben? Ich müßte sehr unglücklich seyn, und, Sie wissen,
meine Thorheit ist, es nicht zu seyn. Das vergaß ich Ihnen noch zu sagen, daß die Cabale jetzt aussprengen will,
der König komme meinetwegen nach Paris, um mir einen
kleinen Befehl zuschicken zu lassen, daß ich mich hinausbege-
ben soll. Darauf arbeiten Sie hinaus; man muß hoffen,
daß es ihnen nicht gelingen werde; wahrhaftig das heißt
die Verfolgung zu weit treiben. Finden Sie es nicht lustig,
daß Jaquinet nicht in Straßburg gewesen, nachdem man es
bekannt gemacht hat, wie er und sein Anhang es gethan haben,
und daß die Königinn auch unter Weges aufgehalten worden
ist? Das ist herrlich. Schicken Sie, ich bitte Sie darum,
alle diese Briefe unter ihrer Adresse zurück.

Paris, den 16. October 1744.

Ich erhalte alles auf Ein Mahl, lieber Oheim, Ihren
Brief vom 29. und den vom 10; mit der Beantwortung
des ältesten will ich den Anfang machen. Noch diesen
Abend werde ich vom Cardinal von Tencin alles erfahren,
was Sie ihm mir zu sagen aufgetragen haben; denn ich
muß ihn sehen, aber, wie Sie es für gut halten, heimlich. Niemand als die Prinzessinn von Conti ist gewiß,
daß der König mit mir einen kleinen Briefwechsel führt:
denn man spricht von nichts anders; aber ich begreife nicht,
warum sie so eifrig meine Rückkehr wünschen mag; denn
wir haben eine ganz verschiedene Art zu denken. Sie liebt
Jaquinet über alle Maße, und ich verabscheue ihn. Sie steht
gut mit dem Hrn. von Argenson, ich auch; aber Sie wissen,

O 3

was

was ich davon halte. Sie verwünscht den Hrn. von Belle-Isle, und ich möchte ihn lieben. Sie ist les Noailles Her-zensfreundinn, und der Marschall hat mich so beleidigt, daß ich es ihm nie verzeihen kann. In nichts, glaube ich, stimme ich mehr mit ihr überein, als in ihrem Urtheile über du Soissons, la Rochefoucault und Bouillon. Wahr ist es, sie hat mir bey dieser Gelegenheit viel Aufmerksamkeit und Freundschaft bewiesen; aber ich weiß nicht, dieses macht mir bange, fürchterlich bange. Wohl haben Sie Ur-sache sehr vorsichtig bey ihr zu seyn. Bleiben Sie ferner das Lämmchen; Sie können es nicht genug seyn zur jetzigen Zeit. Auf alles, was man Ihnen sagt, bäh zu antwor-ten, ist eine sehr artige Antwort, eine Antwort, welche ei-nem jeden angenehm seyn muß. Ich für mein Theil, weiß wohl, was mich ergötzt. Von Courteil will ich Ihnen nichts sagen: denn Dank sey diesen Faquinetts, ich habe alles dieses aus dem Gesichte verlohren. Der Herzog von Ayen ist Thor genug zu glauben, der König komme nach Paris, um seine Verzeihung zu erhalten; und ich glaube, Sie sind eben so sehr Thor als er. Da man aber mit den Wölfen heulen muß, so will ich ein wenig mit ihnen schwärmen, und mir einen Augenblick alles wie sie vorstellen. So sehen sie denn da den König, er ist noch über das Vergangene erzürnt, aber er hegt noch Freundschaft für mich, und will mich wie-der sehen. Es ist sehr schön von ihm gedacht; aber meine Abreise war so sonderbar, als meine Rückkehr immer ein-fach seyn konnte. Das muß man nicht mit in Rechnung bringen, daß er mir meine, und meiner Schwester ihre Stelle wieder gibt; um die meinige kümmere ich mich wenig: die Stelle meiner Schwester wäre mehr zu wünschen, weil ich nicht weiß, wie sie wieder kommen sollte, wenn man ihr diese nicht wieder gäbe; und was mir die Prinzessinn von Conti auch sagen mag, ich werde sie nie verlassen. Welche Entschädigung aber würde ich erhalten? Ich weiß wohl, welche mir am besten gefallen würde. Es wäre die Ent-

lassung

laſſung des Jacquinet's *). Geſchähe dieſes, ſo würde ich
mich nicht lange bitten laſſen, nach Verſailles zurück zu kehren. Auch der H. von Soiſſons müßte ein wenig verbannt
werden, und die andern, welche Aemter und ſchlechte Beſol-
dungen haben. Aber wenn auch alles dieſes nach meinen
Wünſchen eingerichtet iſt, wie ſoll ich erfahren, daß der König
noch Luſt hat mich zu ſehen? denn es muß ja bekannt werden, daß er es verlangte. Er müßte daher einen wichtigen
Mann an mich abſchicken, der mir dieſes von ihm ſagte,
und mich mit aller möglichen Freundſchaft und Hochachtung
bäthe, ihn in Verſailles zu beſuchen? Was ſagen Sie dazu,
lieber Oheim? Sagen Sie mir Ihre Gedanken über dieſes
doch immer nur Geſchwärmte, denn es iſt wohl wenig
Wahrſcheinlichkeit zu dem allen da; aber das thut nichts,
die Dinge dieſes Lebens ſind ſo wenig beſtändig, daß ſich
dieſes mit jedem Augenblicke ändern kann, und ich muß doch
wiſſen, was man will. Das müßte aber ſehr ſüß ſeyn,
wenn alle dieſe Träume in Erfüllung gingen: ich für mein
Theil werde mich weniger darüber wundern als eine andere;
denn Sie wiſſen, was ich immer darüber dachte, und in
Augenblicken, wo dazu auch kein Anſchein war. Gut! ich
treibe meine Thorheiten noch viel weiter: aber dieſes läßt
ſich nicht ſchreiben, und ſoll Ihnen für Ihre Rückkunft aufbewahrt bleiben.

Zur Antwort auf Ihren Brief vom 10. diene Ihnen,
daß ich Sie in einer ganz abſcheulichen Laune treffe; Sie
haben Recht und Unrecht. Unrecht, weil Sie ſich einbilden, daß ich Ihnen nicht traue, denn Sie wiſſen ganz
wohl, worauf Sie ſich deshalb zu verlaſſen haben, und wie
ich Sie liebe. Recht haben Sie ſich darüber beleidigt zu
finden, daß man Sie nicht zum Geſandten gemacht hat;
und wahrlich Sie können es nicht mehr ſeyn als ich es bin.
Ich begreife es nicht, weil er ſie behandelt, wie vorbem;

O 4

er

*) H. von Maurepas.

er muß aber immer etwas außerordentliches haben: eine
traurige Bemerkung, besonders für die, welche darunter
leiden. Laſſen Sie uns aber wenigſtens ſuchen, eine an-
ſtändigere Wendung aufzufinden. Was ich wünſchte, wäre,
daß der König und die Königinn von Spanien Miene machten, Sie zu verlangen; ich weiß gewiß, er würde Sie
hinſchicken. Im Grunde ſehe ich nicht, was es ſoll. Ich
bin nicht ſo ruhig wie Sie, denn ich halte dafür, daß man
alles in Bewegung ſetzen muß, um nicht eine abſchlägige
Antwort zu bekommen, und wenn dieſes noch möglich iſt,
keine Mühe zu ſparen. Sehr übel haben Sie daran gethan,
daß Sie dem Könige nichts davon ſagten. Was Ihre Gelder betrift, ſo iſt das auch ſehr unangenehm. Der kleine
St. Florentin iſt ein Narr; er beklagt ſich bey jedermann in
Paris über den Brief, welchen Sie ihm geſchrieben haben:
man muß aber hoffen, daß einſt eine glücklichere und ruhi-
gere Zeit kommen werde. Leben Sie wohl, lieber Oheim,
Sie werden mir einen Gefallen thun, wenn Sie mir alle
die kleinen Lächerlichkeiten der Faquinets, ſo Ihnen zu Geſichte kommen, nach dem Maße als Sie ſich derſelben erinnern, ſchriftlich mittheilen, aber auch ſo ſchriftlich, daß
man es ein wenig leſen kann. Außer mir bin ich, daß es
wieder ſo lange hin iſt, bis ich Sie ſehe. Was das für
eine Idee iſt, weiß ich nicht. Ich liebe Sie, das verſichere
ich Ihnen, von ganzem Herzen. Der Marquis von Gontault läßt ſich Ihnen tauſend Mahl empfehlen.

Paris, den 16. November 1744.

Er iſt in Paris angekommen, mein lieber Oheim, und
ich kann Ihnen die Freude-Trunkenheit ſeiner guten Pariſer
nicht beſchreiben. So ungerecht ſie auch gegen mich verfahren, ſo kann ich doch nicht umhin, ſie ihrer Liebe zu ihrem Könige halber zu lieben. Sie haben ihm den Nahmen
des Vielgeliebten gegeben, und dieſer Beynahme löſcht all
ihr mir angethanes Unrecht aus meinem Herzen. Ach, Sie
wiſſen

wiſſen nicht, wie viel es mir gekoſtet hat, ihn ſo nahe zu wiſſen, und nicht den geringſten Beweis ſeines Andenkens von ihm zu erhalten! Meine Unruhe und Bewegung läßt ſich nicht ſchildern. Ich wagte es nicht, mich ſehen zu laſſen; man iſt ſo grauſam gegen mich, daß der geringſte Schritt ein Verbrechen geſchienen haben würde; überdieß habe ich keine Hofnung mehr. Nein, lieber Oheim, ich ſchwärme nicht mehr, und weit entfernt nur unter der Bedingung zu= rück zu kehren, daß einer oder der andere verwieſen werde, fühle ich mich vielmehr zu ohnmächtig, auch nur eine bloße Bitte dem Könige vorzutragen.

Aber ſagen Sie mir doch? glauben Sie, daß er mich noch liebt? Nein, Sie geben mir deutlich genug zu verſte= hen, daß man auf ſeine Rückkehr nicht zu rechnen habe. Vielleicht glaubt er, er habe zu viel Unrecht wieder gut zu machen, und läßt ſich dadurch abhalten, wieder zu mir zu= rück zu kehren. Ach! er weiß nur nicht, daß alles ver= geſſen iſt. Ich habe der Begierde nicht widerſtehen können ihn zu ſehen. Zur Einſamkeit und zum Leiden verurtheilt, indeß die ganze Welt ſich der Freude überließ, wollte ich wenigſtens das Schauſpiel davon ſehen; ich kleidete mich ſo an, daß man mich nicht erkennen konnte, und ging ihm mit Mamſel Hebert entgegen; ich ſahe ihn, ſein Antlitz drückte Freude und Rührung aus; er iſt alſo doch eines zärtlichen Gefühles fähig! Lange hielt ich die Augen auf ihn geheftet, und ſehen Sie, was die Einbildungskraft vermag! es kam mir vor, als ob er die Augen auf mich warf, und mich zu erkennen ſuchte. Sein Wagen ging ſo langſam, daß ich recht Zeit hatte ihn zu erforſchen. Ich kann Ihnen nicht be= ſchreiben, was in mir vorging; ich befand mich in einem ſehr großen Gedränge, und tadelte mich oft, daß ich dieſen Schritt nach einem Menſchen gethan hatte, um deſſentwillen ich ſo unmenſchlich behandelt worden war. Aber hingeriſſen von den Lobeserhebungen, die man ihm hielt, von dem Ge=

ſchrey,

schreye, daß die Trunkenheit der Freude allen Zuschauern entpreßte, hatte ich nicht mehr Macht, mich mit mir selbst zu beschäftigen. Eine einzige Stimme erscholl nicht weit von mir, die mich an mein Unglück erinnerte, und mit einem sehr kränkenden Nahmen belegte.

Sie werden mich ohne Zweifel tadeln, lieber Oheim; aber ich habe der Versuchung nicht widerstehen können. Seit der Zeit bin ich unruhiger als jemahls; ich vergleiche meinen jetzigen Zustand mit dem vorigen. Nie habe ich viel auf die Freunde gerechnet; aber mit Schmerzen sehe ich, daß mich die meisten verlassen. Ueber kurz oder lang, fürchte ich, begegnet mir ein Unglück; oder ich werde das Opfer falscher Beschuldigungen werden. Ich habe Ahndungen, deren ich mich nicht zu entschlagen weiß. Aber ich werde gewahr, daß ich eben so traurig bin, als Sie an den Tagen waren, da Sie mir schrieben. Von alle dem, was Ihnen widerfährt, begreife ich nichts: er müßte doch in allem zum Erstaunen seyn! Ich bin Ihrer Gegenwart sehr benöthigt, Ihre Gelder bleiben also ewig aus!

———

Briefe Ludwigs XV.
an den Hrn. von Richelieu.

Vom 5. Januar 1743.

Die rechtschaffene Frau von Chevreuse und Fargis haben seit einigen Tagen die Kinderblattern; dieser wird, wie ich glaube, schlimm, und jene vielleicht nicht sehr gut davon kommen. Helvetius wollen sie gar nicht gefallen. Sie hat eine Röthe im Auge, die nichts Gutes bedeutet.

Am Hofe und in der Stadt spricht man von nichts als den H. H. von Tencin und von Richelieu. Es geht auch die Rede von einer hundertjährigen Weissagung; Sie sind mehr als ein anderer im Stande hinter die Wahrheit zu kommen; ich sage Ihnen daher nichts weiter davon.

Der König hat am Donnerstage in seinen Zimmern mit einer oder zwey Prinzessinnen, und einer Herzoginn gespeiset, und man glaubt, daß dieses morgen wieder geschehen wird; aber man weiß noch nicht, ob die Prinzessinnen oder Herzoginnen, Marquisinnen oder Gräfinnen dabey seyn werden. Man will bemerken, daß die Gräfinnen seit einiger Zeit viel von ihrem Ansehen verlohren haben.

Seine Majestät schienen sich die Forelle aus dem Genfer-See, so der H. von Richelieu ihnen geschickt hat, zu Abend recht gut schmecken zu lassen; morgen, da der Rest verzehrt werden soll, wird ihre Gesellschaft darüber urtheilen können, ob sie Recht haben, und gewiß nicht ermangeln auf ihre Gesundheit, und die Gesundheit der Marschälle Marschallinnen u. s. w. zu trinken.

Der Marquis von Meuse befindet sich in großer Verlegenheit über ein Paar Pantoffeln, die der Held unserer Zeit ihm ließ, als er von ihm ging, um sich nieder zu legen.

Die

Die Marquise de la Tournelle ist seit gestern in ihrer neuen Wohnung, oder eigentlicher, in der Wohnung ihrer Schwester.

Die Marschallinn von Maillebois war in banger Erwartung wegen einer Bombe, die von einer ihr unerwarteten Seite her das Haupt ihres Gemahles zu zerschmettern drohete, aber, Gott sey Dank! es fehlt ihr nicht an mächtigen Beschützern; und das, was Sie vielleicht wundern, vielleicht auch nicht wundern wird, ist, daß der H. von Luynes mit in diese Sache sehr verwickelt war, und daß man ihm zugesetzt, sehr zugesetzt hat. Aber man hat Lunte gerochen, und die Herzoginn von Villars ist dem zu Folge nach Paris gegangen, um ein gerichtliches Verhör anstellen zu lassen, und übrigens das Ganze in das tiefste Stillschweigen zu vergraben, welches ich, wie ich mir schmeichle, nicht nöthig habe, Ihnen anzuempfehlen.

In Paris macht man viel Wesens von einer Dose, welche eine gewisse Gräfinn bey ihrer Nachhausekunft auf dem Kamingesimse gefunden haben, und 3000 Livres werth seyn soll. Sie glaubte nebst vielen andern, daß sie aus einem Reste von Liebe herrühre: aber nein, das ist nicht so; und im Gegentheile glaube ich, daß sie vielmehr von einer neuen Flamme herkommt, die im Begriffe steht, sie zu ergreifen! Sollte es nicht der H. von R — seyn? Man hat sehr starken Verdacht auf den H. von B —; und andere sagen, daß sie ein Geschenk des H. von P. — seyn könne. Das Zuverläßigste ist wohl, daß man es noch nicht weiß, woher sie kommt, aber mit der Zeit schon erfahren wird. Es friert hier ganz verteufelt; bey Ihnen ist es wärmer als bey uns: aber wir sind doch lieber hier.

Einer von den vierzig Hundertjährigen hat endlich der Parce den Tribut bezahlet; Gott gebe, daß es uns allen nicht auch so gehe! aber das ist mehr zu hoffen, als zu glauben.

Wir

Wir haben Nachrichten aus Prag vom 4. dieses Monathes, die nicht die geringste Neuigkeit enthalten. So gibt es auch welche vom 13. aus Bayern; aber ich habe sie noch nicht gelesen *). Zu Paris macht man viel Aufhebens davon; ein Theil derselben würde mehr zu wünschen als zu glauben, und der andere wieder mehr zu glauben als zu wünschen seyn. Die künftige Woche wird uns wahrscheinlich so wohl aus der Türkey als aus Italien Stoff zu Neuigkeiten verschaffen. Wir wollen demnach diesen Brief schließen, um diejenigen wieder vorzunehmen, welche von nun an das Tageslicht erblicken werden. Vale.

Versailles, den 13. Junius 1743.

Der König hat zwey Tage sehr ruhig mit der Prinzessinn zugebracht, und mit jedem Tage zeigt es sich, daß sie sein Vertrauen immer mehr verdient. Sie besitzt nicht den Hang alles zu wissen, welches ich an ihren Schwestern nicht leiden konnte, und mir oft zuwider war.

Seine Majestät haben die Sache mit den Sonnenschirmen entschieden, und diese Entscheidung ist so ausgefallen, daß es den Damen und Herzoginnen frey stehen sollte, sich derselben

---

*) Wäre das Original dieses Briefes nicht von des Königes eigner Hand, so sollte man in Versuchung gerathen zu glauben, er habe scherzen wollen: denn es ist unglaublich, daß Ludwig XV gegen seine und seiner Nation Ehre so gleichgültig seyn, und sich drey Wochen lang beruhigen konnte, ohne sich die Nachrichten aus Bayern mittheilen zu lassen. Es mußte daselbst etwas vorfallen, und es fielen wirklich sehr wichtige Dinge vor. Man hatte diesen Krieg unternommen, um das Haus Oesterreich zu demüthigen, und Bayern die Kaiserkrone zu verschaffen; der Churfürst war zum Kaiser erwählt worden; man mußte diese Wahl unterstützen: dieses kostete Frankreich unermeßliche Summen und viele Menschen. Es scheint uns also, der König hätte Bewegungsgründe genug gehabt, neugierig zu seyn; und es beweiset uns immer mehr, daß die Geschäfte seines Reiches ihm sehr wenig am Herzen lagen, und er sie gänzlich seinen Ministern überließ.

selben bey der Prozeſſion zu bedienen; und ſo haben ſie es auch ſchon gemacht.

Geſtern war Staatsrath; er dauerte ſehr lange, um nichts Wichtiges auszurichten. Ich ſehe, jedermann will Recht haben; aber ſie mögen reden, was ſie wollen, jeder hat Unrecht: das wird man mit der Zeit ſehen; denn es iſt unmöglich, in allem was vorgeht, nur das geringſte richtig zu unterſcheiden. Alles, was ich einſehen kann, iſt, daß unſere Lage in Bayern nicht gut zu ſeyn ſcheint. Der Cardinal von Tencin hat mir darüber einen Aufſatz eingereicht, welcher mir gut aus einander geſetzt zu ſeyn vorkommt, aber Ueberlegung verdienet.

Sie mangeln hier, ſagt man, einigen Frauenzimmern, die ſehr verdrießlich über Ihre Abweſenheit ſind. Eine ſoll darunter ſeyn, die, wie man mir verſichert, um Stärke zu bekommen, Ihre Abweſenheit zu ertragen, ſich mit einem andern tröſtet, der ſchon hier iſt. Ich weiß nicht, wie Ew. Excellenz dieſes aufnehmen werden.

Dümenil hat mit mir vom Marſchalle geſprochen, und ich bin froh, daß er mit dem Hrn. von Argenſon in gutem Vernehmen ſteht; denn Sie wiſſen, ich habe nicht gern eine Mishälligkeit zwiſchen Leuten, die zum Beſten meines Dienſtes übereinſtimmen ſollten. Er darf mit der Prinzeſſinn zufrieden ſeyn, ſie will ihm wohl.

Der Marſchall, verſichert man mir, ſoll eine ſehr vortheilhafte Anordnung gemacht, und ſeine Armee ſo geſtellt haben, daß er die Engländer ſchlagen muß. Wollte Gott, daß es erſt vorbey wäre! Man ſpricht viel davon, daß Sie im Begriffe ſind, eine Schlacht zu liefern, welche den Frieden bringen ſoll. Ich zweifle nicht, Ew. Excellenz werden ſich daſelbſt eben ſo gut halten, wie Sie es anderwärts gethan haben, und ich wünſche Ihnen nur, daß Sie ſich auch ſo glücklich heraus ziehen mögen.

Mit dem erſten Courier hoffe ich gute Nachrichten zu bekommen: unſere hier ſind von keiner Wichtigkeit. Nur die
Frauen=

Frauenzimmer unter Ihren Bekannten wissen sich über die Abwesenden zu trösten; das ist ein Uebel, welches ansteckt; da es aber zwey Personen mit einer verbindet, so sehe ich kein großes Unheil dabey, um so mehr, da es vielen zugleich die Zeit vertreibt. Morgen wird der König in Choisy schlafen, wo er aufs höchste zwey Tage zu bleiben gedenkt; er wird niemanden als seinen Dienst um sich haben, um sich desto freyer zu fühlen, und sich nicht von einem Haufen Sachen, so ihn ermüden, stören zu lassen. Wahrscheinlich werden die Prinzeßinn und er ein wenig von Ew. Excellenz sprechen; indessen wünscht man Ihnen Gesundheit und Erhaltung.

Versailles, den 4. August 1743.

Ich war in Choisy, als mir die Prinzeßinn den Brief einhändigte, welchen Ew. Excellenz ihr für mich geschickt hatten; ich habe zehn Tage daselbst zugebracht. Ich glaube gern, daß Sie mit dem Prinzen von Conti viel darüber geplaudert haben; aber geschehene Dinge sind nicht mehr zu ändern. Das versichere ich Ihnen, ich würde mich sehr gern damit begnügen, daß ich es weiß, denn ich bin nur schon zu sehr entrüstet, und Sie wissen, ich entrüste mich nicht leicht, geschieht es aber ein Mahl, so bin ich es sehr.

Nein wahrhaftig nicht, H. von Broglio hat keinen Befehl Bayern zu verlassen, und wird er an der Politik zum Martyrer, so glauben Sie mir, daß die Politik es auch an ihm wird. Aber ich will das Vergangene vergessen, und auf Mittel, sehr große Mittel denken. Geschlagen zu werden, ist keine Unehre, aber wohl zu fliehen, wie wir seit zwey Jahren gethan haben. Kriegszucht und Aufmunterung sind die Hauptpunkte, welche mich beschäftigen, und ich beschwöre meine ganze Generalität, sich damit hauptsächlich zu befassen.

Daß ich in Zukunft von keinen Zänkereyen mehr höre, darum bitte ich Sie; und lauter brave Franzosen um mich sehe, die sich einzig und allein mit dem allgemeinen Besten be=

beschäftigen, und für jetzt, ja selbst für immer die Parteylichkeit und das eigne Wohl hintan setzen.

Sie wissen, ich habe Sie von dem Hrn. von Bernage befreyet, und seine Stelle wieder mit, dem Hrn. la Main besetzt *). Was halten Sie davon? Man sagt, er hat eine Frau und einen ersten Sekretär, welche sehr stark Jansenisten sind; dieses weiß ich erst seit einiger Zeit; von ihm hoffe ich nicht, daß er es ist.

Die Vermählung des Fräuleins von Fleury mit dem Hrn. von Castries ist so gut als richtig; Sie wissen, wohin das zielt, und daß ich Ihnen nichts versprochen habe. Worauf beharren Sie jetzt? und hat die Veränderung keinen Einfluß auf Ihr Verlangen?

Unsere frischeste Neuigkeit, wovor sicherlich ihrer Sonderbarkeit wegen alle übrigen verstummen müssen, ist Madame's erste Niederkunft mit einer Tochter von vier Monathen. Sie hat alles gethan, was Sie mußte, ihr Kind vor der Zeit auf die Welt zu bringen, weil sie es sich nicht im geringsten vermuthete, daß sie schwanger seyn könnte; das Unbegreifliche dabey aber ist, wie man es ihr noch hat machen können. Wenn Sie es nicht wissen, so fordere ich Ihre Einbildungskraft auf, sich vorzustellen, wie es zugegangen ist. Ihr Gemahl indessen ist närrisch verliebt in sie; ich ehre dabey sein Feuer; denn er muß es seyn, damit ein ähnliches Kleinod eine Sensation erregen könne.

Ich wünsche Ew. Excellenz einen guten Abend! und schließe diesen Brief unter einem Kusse, den ich der Prinzessinn auf die Hand drücke. Sie läßt sich Ihnen vielmahls empfehlen.

Weiter unten steht von der Hand der Frau
von Chateauroux:

Der König befiehlt, ich soll Ihnen einen kleinen guten
Abend sagen; und ich gehorche mit vielem Vergnügen. Den
Brief, worin Sie mir von Ihrem Intendanten schreiben,
habe ich erst erhalten, da die Sache geschehen war. Es ist
mir, als ob ich Sie Gutes vom Hrn. le Nain hätte reden hören; ich schmeichle mir daher, daß Sie nicht darüber verdrießlich seyn werden. Mit dem Courier, über welchen ich
deßhalb sehr böse war, habe ich Ihnen nicht antworten können; aber aufgeschoben ist nicht aufgehoben. Wenn Sie
Dumenil sehen, so sagen Sie ihm, daß ich seinen Brief
erhalten habe, und ihm nächstens antworten will.

* * *

Versailles, den 4. Januar 1747.

Ich freue mich, daß Ew. Excellenz glücklich in Dresden
angekommen sind, noch mehr aber über die Schilderung, so
Sie mir von meiner künftigen Schwiegertochter machen.
Ich möchte sie wohl sehen; und mein Sohn sie haben;
denn er sagt, es sey Zeit, daß sein Witwerstand zu Ende
gehe; und die letzten Tage werden am schwersten zu ertragen seyn *). Wäre sie zu verkaufen, oder zu begehren gewesen, würden Sie sie ehemahls begehrt haben? Ihren Busen trägt sie sehr verhüllet, damit sie Sie zu einem gewissen Puncte hat reitzen können. Sie liegt meinem Sohne
recht sehr am Herzen, und es kommt mir vor, als ob er sie
nicht hassen würde, wenn sie lieblich wäre. Er hat der
Frau von Brancas empfohlen, sie wohl baden zu lassen,
ehe er zu ihr kommt, welches mich in dem Verdachte bestärkt,
daß die gute Verstorbene es nicht genug that.

Durch

*) Es scheint uns, daß der Dauphin ungeachtet des Kummers, den
er, wie man sagt, über den Verlust seiner ersten Frau bezeigte,
doch nicht weniger ungeduldig die zweyte erwartete.

P

Durch Ihre und unsere Anordnungen, hoffe ich, soll die Vollziehung den 9. oder aufs längste den 13. seyn, weil hier kein anderer Rath ist, wegen der Fastentage, die ich, wie Sie wissen, bey dergleichen Gelegenheit nicht gerne sehe. Gegen Lichtmeß rechne ich darauf, sie wieder zu sehen; schmeichle mir aber, daß Sie mich all die Zeit über nicht ohne Beweise von Ihrem Daseyn lassen werden.

Der König von Pohlen war sehr neugierig zu wissen, was Sie mir wohl von seiner Tochter geschrieben hätten; ich denke, er soll mit dem zufrieden seyn, was ihm der Graf von Sachsen antworten wird.

Sie reisen, glaube ich, nur um die ganze Welt in sich verliebt zu machen; zu Lüneville zwar nur vier; aber in Dresden beynahe alle: ja wenn es noch ein anderer Geruch als der Geruch von Portugisischen Räucherkerzen wäre, meinethalben! aber so, das ist nicht zu verantworten. Das mag für heute genug seyn: gute Nacht! Der Marquis von Argenson wird Ihnen das Uebrige beantworten.

Compiegne, den 13. August 1748.

H. Labour taugt nicht zum Bestellen meiner Briefe; aber zu dem, was sie enthalten, ist die Post, glaube ich, eben so wenig nütze. Ueber Ihre Aussöhnung mit der Frau von Ausenaba statte ich Ihnen meinen Glückwunsch ab; ohne die bevorstehende Trennung, glaube ich, würde sie noch zu machen seyn. Ihre Gedanken müssen zum Guten dienen; Sie werden die Ursache davon leicht errathen.

Die Wettergläser haben sich also doch nicht geirret, und stehen auf dem Grabe von 1706, 1707, 1724 und 1738. Heute bläset der Wind sehr kalt aus Norden. Neulich habe ich Gennevilliers Wimpel, aber nicht seine Excellenz gesehen. Wenn der neulich gehabte Sturm, worin der Columbus geblieben, nicht bey ihm vorüber gegangen ist, so kann er wohl dabey einige Stöße bekommen, wenigstens im künftigen Jahre.

Es

Es ist, glaube ich, wohl nicht Ungeduld, sich mir allein zu Füßen zu werfen; aber ich freue mich auf Ihre Rückkunft. Vor vier Jahren sagte ich nicht so: aber Sie wissen, was Sie wissen, und was ich damahls nicht wußte; denn ich vergesse nichts lieber, als Misvergnügen über das, was nicht mehr zu ändern ist. Sie werden sich Ihr Logis wählen, und man wird es Ihnen nach Ihrem Wunsche einrichten. Was den Aufenthalt für Ihre Leute und Pferde betrift, so erwarten Sie ihn nicht so nahe beym Schlosse.

Es ist nicht ein Wort wahr daran, daß, wenn ich Ein Mahl von hier weg bin, ich wieder herkommen werde. Ich merke, man ersinnet Neuigkeiten aller Art; auch sehe ich, daß ich niemanden lieber schreibe als Ew. Excellenz; und schließe mit der Versicherung, daß ich mich freuen werde, wenn ich Sie gesund und nicht so leichtgläubig als sonst wieder sehe.

Versailles, den 11. Julius 1753.

Da man sagt, daß Sie sich für das Parlament interessiren, so ist es mir lieb, daß ich eine Gelegenheit finde, Ihnen meine Denkungsart zu offenbaren, welche sich auf das, was ich gesehen, erfahren und gelesen habe, gründet.

Das Parlament war von je her den Königen oder Regenten entgegen, und mich, von dem man weiß, daß ich den Frieden liebe, hat es recht ausersehen, um mir Dinge zu sagen, die man sich nie unterstand, den Souverainen, meinen Vorgängern zu sagen. Im vergangenen Jahre habe ich gern noch Geduld tragen wollen; und Sie, H. von Richelieu, sind Augen- und Ohrenzeuge davon gewesen, ohne daß es, glaube ich, äußerlich so schien, und daher bin ich gleichgültig. Hätten Sie mich aber innerlich gesehen, so würden Sie mich ganz anders gefunden haben.

Ich rechne das nicht dem ersten Präsidenten zu, was er mir gesagt hat, weil er nicht anders handeln konnte; aber wer verdient es? Aufs äußerste gebracht, wie ich bin, kann

P 2
ich

ich es nicht mehr verschieben, es meinem Parlamente zu zeigen, daß ich unumschränkter Herr bin, daß meine unumschränkte Gewalt von Gott kommt, und ich niemand Rechenschaft zu geben habe, als ihm, an dem Tage, da er mich von dieser Welt abfordern wird. Alsdann werden Sie alle einen andern Herrn erhalten, der nicht weniger Herr, aber vielleicht strenger ist, als ich. Ich bin König und Herr, oder das Parlament ist es. Niemand will nachgeben, und doch ist es nothwendig, daß sich ein jeder schmiege. Aufheben will ich das Parlament nicht: aber ich will es in seine gehörigen Gränzen, worin es bey seiner Einsetzung war, einschränken; also muß entweder das Parlament oder ich nachgeben. Soll ich es, so werde ich alle mir von Gott verliehene Gewalt dagegen anwenden, und mein Blut mit vielem Vergnügen vergießen. Bittet es mich um Verzeihung, gehorcht es mir in dem, was ich ihm befehle, so will ich ihm mit Vergnügen die Macht wieder geben, welche ich ihm anvertrauet habe. Nach all den muthwilligen Beleidigungen aber, die ich gesehen habe, werde ich es nie wieder dazu kommen lassen, daß es mich in dergleichen Verlegenheit bringen könne.

Da der erste Präsident das Haupt ist, welches ich ihm mit vielem Vergnügen gegeben habe, so erwarte ich, daß er mir die Unterwerfung meines Parlaments überbringe, und demselben wieder die Befehle zurücktrage, die ich von ihm vollzogen wissen möchte. Man hat mich bewogen, in vielen Dingen nachzugeben, welche mich jetzt sehr gereuen, und damahls wenig nach meinem Geschmacke waren. Nun aber will ich von nichts anders hören, als daß man sich unterworfen habe, und davon die zuverläßigsten Beweise sehen.

Das Ansehen der Priester gefällt mir nicht mehr, so fern sie nähmlich ihre geistlichen Gränzen überschreiten wollen. Jeder gebe Gott, was Gottes, und dem Könige, was des Königes ist, das ist mein Wille. Nun hat der

König das, was des Königes ist, nur von Gott *); also
wird er auch keiner Person in ganz Frankreich weichen.

Sie können diesen Brief einem jeden, welchem Sie wol=
len, mittheilen; denn er ist nicht blos für Sie geschrieben:
machen Sie daher jeden Gebrauch davon, der Ihnen gut
dünkt. Ich unterschreibe ihn weiter nicht: Sie kennen
meine Hand, um gewiß zu seyn, daß er von mir ist; aber
ich würde es auch mit großem Vergnügen thun, wenn es
eines andern Beweises bedürfte.

* * *

Versailles, den 29. November 1757.

Ich kann Ew. Excellenz nichts anders schreiben, als
daß es mir sehr zu Herzen geht, daß der H. von Soubise so
großen Verlust in der Schlacht am 5. dieses Monathes **)
erlitten hat. Die meisten Regimenter, woraus seine Armee
besteht, sind nicht nur außer Stande jetzt zu dienen; es
wird selbst Mühe kosten, sie den Winter über so wieder her=
zustellen, daß sie den nächsten Feldzug mitmachen können.
Bey diesen Umständen halte ich es für das Beste, diese Ar=
mee mit derjenigen zu ergänzen, welche Sie befehligen.
Sie können indessen ein neues besonderes Corps errichten,
welches der H. von Soubise, welcher unglücklich war, und
von dem Prinzen von Sachsen = Hilburghausen schlecht unter=
stützt ward, unter Ihnen befehligen, und aus den Genera=
len und dem Stabe bestehen soll, wovon der H. von Argen=

P 3

son

---

*) Immer Gott! freylich ist nichts christlicher. Aber es kommt uns
nur vor, als ob Ludwig XV hätte sagen können, daß er auch et=
was von seinen Unterthanen besitze: und da von der Rechnung,
welche er nur Gott abzulegen schuldig zu seyn glaubt, nichts bis
zu unsern Ohren kommt, so würde es ohne Zweifel auch klug ge=
wesen seyn, sie vor dem Volke ein wenig abzulegen, welches
die Könige bezahlt, ihre Macht ist, und sie ursprünglich er=
wählt hat.

**) Die berühmte Schlacht bey Rosbach. Anmerk. des Ueberf.

fon Ihnen die Liste nebst ihren Dienstbriefen, und den Dienstbriefen derjenigen Regimenter, welche in dieser Schlacht am meisten gelitten haben, zuschicken wird. Ich empfehle alles Ihrer Sorgfalt; und Sie werden mir in Rechnung bringen, was Sie für jeden meiner braven Unterthanen, welche das Unglück verfolget, gethan haben. Von der Marquisinn haben Sie auch einen Brief erhalten sollen. Ich wünsche Ew. Excellenz gute Nacht.

Versailles, den 3. Julius 1767.

Ihre Verwandten sagen, daß Sie sich grämen, und daß nicht bloß der Verlust Ihrer Kinder die Ursache davon sey, sondern auch die Verzögerung meiner Antwort. Sie wissen, in diesem Stücke bin ich nicht sehr pünktlich. Beruhigen Sie sich, ich bitte Sie, über die Art, wie ich von Ihnen denke; sie ist noch nicht im geringsten verändert, und kann sich nicht verändern, weil ich seit langer Zeit Ihre Liebe zu mir und Ihren Eifer in meinem Dienste kenne; über dieses wissen Sie, daß ich die Veränderung nicht liebe. Fahren Sie fort mir in allen meinen Geschäften mit eben dem Eifer zu dienen, welchen ich bisher immer an Ihnen gesehen habe.

Wenn ich Ihren Brief ein wenig vergaß, so that ich es deshalb, weil ich wünschte, daß Sie auch eine Sache vergessen möchten, die nur Verachtung, aber nicht Kummer, so Sie, wie es mir scheinet, dabey gelitten haben, verdiente. Denn, wie kann man einen Marquis von Saluces mit einem vortreflichen Paire und Marschalle von Frankreich et caetera, caeterorum, in Vergleichung stellen. Aus dieser Erklärung, die Sie mir ohne Zweifel hingehen lassen, können Sie sehen, daß ich noch immer ebenderselbe gegen Sie bin, und sich darauf verlassen, daß ich dahin sehen werde, daß Sie allenthalben die Annehmlichkeiten vorfinden, welche ein so vortreflicher Diener wie Sie ver=

verdient, deſſen Zuneigung mir bekannt iſt, und der immer
auf meine Gnade rechnen darf.

Vom 4. Aprill 1771.

Man verſichert mir, daß ich von nun an weit ruhiger
regieren, und mehr Herr ſeyn werde, als jemahls; indeſſen
betheure ich Ihnen, daß es nicht dieſe letzte Hofnung iſt,
welche mich zu dem Entſchluſſe gebracht hat, ſtolze Collegia
zu zerſtören, die ſich ſeit ſo langer Zeit meinem Willen wi=
derſetzen: es iſt der Wunſch, den Frieden zu erlangen, der,
wie Sie, H. von Richelieu, wiſſen, ſeit ſo vielen Jahren
das Ziel meines Beſtrebens war. Ich habe mich zu ſehr
über meine Parlamenter zu beklagen, um ſie je wieder ein=
zuſetzen. Man hat mir all das Unrecht gezeigt, aber ich
bedurfte dieſes Beweiſes nicht, welches ſie je den Königen,
meinen Vorfahren gethan haben. Mich, der immer ſehr
gut gegen ſie war, mich haben Sie auf das Aeußerſte ge=
trieben. Ihre Stunde iſt gekommen. Ich will ihnen zei=
gen, daß ich meine Gewalt allein von Gott habe, daß ich
nur ihm Rechenſchaft zu geben brauche, und daß ſich keiner
meiner Unterthanen meinem Willen widerſetzen darf. Mein
Canzler hat mir es klar bewieſen, ich würde keinen Augenblick
Ruhe genießen, wenn ich nicht die Perſonen hart beſtrafen
wollte, welche bey allen Gelegenheiten Zwiſte mit der Kirche
und meinen Miniſtern anſpinnen. Sie wiſſen, was ich Ih=
nen ſchon damahls ſchrieb, als mein Parlament zu Paris
und die Prieſter jene ſchändlichen Debatten mit einander führ=
ten. Es iſt Ihnen nicht unbekannt, daß ich von dem Au=
genblicke an ſchon die Partie hätte ergreifen ſollen, zu wel=
cher ich mich jetzt entſchließe; aber ich habe Geduld tragen
wollen, weil ich immer hoffte, mein Parlament ſollte wie=
der zu ſeiner Pflicht zurück kehren. Aber meine Güte hat es
immer herrſchſüchtiger gemacht; es wollte gleichen Schritt
mit mir gehen; und ich will ihm zeigen, daß der, welcher
die Macht verleihet, auch Herr iſt, ſie wieder zu nehmen;

P 4

und

und daß, so lange ich noch leben werde, mein und nicht
sein Wille Gesetz seyn soll. Der Zustand der Geschäfte erlaubt mir nicht, zum Troste meines Volkes auf mein Herz zu
horchen: man macht mir aber Hofnung, daß eine glücklichere Zeit für dasselbe kommen soll; übrigens erzeige ich
ihm zuverläßig einen Dienst, wenn ich die zu mächtigen Collegia zerstöre, welche sich mehr mit ihren eigenen Angelegenheiten abgaben, als ihm Gerechtigkeit verschafften. Es ist
eine Wahrheit, die ich von Ihnen, H. von Richelieu,
selbst habe; denn ich erinnere mich noch recht wohl, daß
Sie mir mehr als Ein Mahl gesagt haben, die Gewalt der
Obrigkeit würde noch alle die übrigen verschlingen: dieses
will ich zu verhüthen suchen, und hierauf hat man mir gerathen, wohl Acht zu geben. Sie kennen mich genug um zu
wissen, daß ich nicht gerne strafe; aber es gibt Augenblicke, wo Nachsicht ein großer Fehler seyn würde, den ich
nicht begehen möchte.

Man sagt mir, daß man mehr Richter finden werde, als
man braucht; und, wahrhaftig, es müßte ein großes Unglück
seyn, wenn sie schlimmer wären als die andern. Dieses
kann ich nicht glauben, und ist auch sicher nicht so. Der H.
von der Brilliere wird Ihnen schreiben, daß Sie das Edict
von der Abschaffung des Obersteuer-Collegii in meinem Nahmen einregistriren lassen sollen, und ich zweifele nicht an
Ihrem Eifer mir zu gehorchen. Leben Sie wohl, H. von
Richelieu! Sie werden mir mündlich von Ihrer Verrichtung
Rechenschaft ablegen.

Der Gesandte des Kaisers und der Kaiserinn Königinn hat mich in einer Audienz, so er bey mir hatte, im
Nahmen seiner Gebiether, (und ich muß dem, was er mir
sagt, Glauben beymessen) welche der Prinzessinn von Loth-
ringen, bey Gelegenheit der Vermählung meines Enkels
mit der Erzherzoginn Antonie, eine Ehre erzeigen möchten,
um einen Tanz beym Ball gebethen; und da es das Einzige
ist,

ist, so keine Folgen nach sich ziehen kann, weil die Wahl der Tänzer und Tänzerinnen, nur von mir abhängt, und kein Unterschied des Platzes, des Ranges und der Würde (die Prinzen und Prinzessinnen von meinem Geblüte ausgenommen, die mit keinem andern Franzosen weder verglichen, noch in einen Rang gesetzt werden können) dabey Statt findet; und da man übrigens in dem, was an meinem Hofe gebräuchlich ist, weder etwas verändern noch Neuerungen aufbringen will: so rechne ich darauf, daß die Großen und der Adel meines Reichs, nach der Treue, Gehorsam, Zuneigung und Freundschaft, die sie mir und meinen Vorgängern jederzeit bewiesen haben, nie zu etwas Veranlassung geben werden, welches mir mißfallen kann; insbesondere bey dieser Gelegenheit, da ich der Kaiserinn meine Erkenntlichkeit für das mir gemachte Geschenk zu bezeigen wünsche, welches, wie ich und Sie hoffen, das Glück meiner noch übrigen Tage machen soll.

Sire,

Der Adel Ihres Königreiches kann nicht unterlassen, Ew. Majestät seinen ehrerbiethigen Dank für die Gnade abzustatten, daß Sie außer der Antwort, so Sie ihm zu ertheilen würdigten, auch noch den Herzog von Duras in den bestimmtesten und tröstendsten Ausdrücken zum Depositaire zu machen geruhet haben.

Wir hoffen, Sire, daß Ew. Majestät Wille in Absicht auf die Wahl der Personen, so auf dem Balle bey der Vermählung Monseigneur des Dauphins tanzten, keine Folgen haben werden. Ew. Majestät werden geruhen, davon einen Beweis auf dem Balle bey der Vermählung Monseigneur des Grafen von Provence zu geben, indem Sie, nach den Prinzen und Prinzessinnen von Ihrem erhabenen Geblüte, eine Mannsperson und ein Frauenzimmer vom Stande, vom hohen Adel oder nicht, zu einem Tanze auswählen, wel=

welche aber keinen weitern Anspruch auf einen Vorzug, der unter Ihrem Adel Unruhe erregen oder ihn beleidigen könnte, machen sollen.

Ihrem treuen Adel, Sire, bleibt nun, nachdem er Ew. Majestät einen auffallenden Beweis seiner unbegränzten Liebe und Verehrung gegeben hat, nur noch ein Wunsch zu den Füßen des besten und gerechtesten aller Könige zu äußern übrig; und er hofft von Ew. Majestät väterlicher Güte, Sie werden geruhen, den Befehl zu ertheilen, daß Ihre erfreulichen Befehle in einem der Departements des Ministerii Ew. Majestät aufgezeichnet werden, um daselbst zum ewigen Denkmahle des unendlich kostbaren Wohlwollens zu dienen, womit Sie Ihren Adel zu ehren gewürdiget haben.

Briefe

Briefe
der Herzoginn von Lauraguais
an den Hrn. von Richelieu.

Versailles, den   December 1755.

Man hat Ihren Plan zum Feldzuge sehr schön gefunden, nur hält man es für etwas gewagt, den Krieg mit der Belagerung von Mahon anzufangen: Ihr Aufsatz findet Widersprüche; und der König scheint erstaunt zu seyn. Er wird sich nur sehr ungern zum Kriege entschließen; und wäre hier nicht alles so begierig darnach, so würde er sich, glaube ich, lieber alle seine Schiffe eines nach dem andern wegnehmen lassen, als die Unruhe haben, die ihm das macht; wiewohl er unter uns, wie Sie wissen, sich nicht sehr damit befassen wird. Es war im Staatsrathe die Rede davon, den Krieg in das Churfürstenthum Hannover zu spielen, um den König von England für alles, was vorgeht, persönlich zu bestrafen; allein was nützt das Reden, wenn man sich doch zu nichts entschließt. Man sagt, der König habe noch keinen Ausspruch gethan: dem sey aber, wie ihm will, der Krieg ist beschlossen, weil man ihn wünscht; und man muß Sie durchaus anstellen.

Der Abbé hat mir versprochen, nichts zu versäumen, was zu Ihrem Besten dienet, und zu machen, daß alles, was Sie vorschlagen, durchgehe. Wahrhaftig, es ist eine sehr schöne Idee; und wenn es gelingt, so werden die Engländer, welche uns so schlecht behandeln, nun doch auch ein Mahl recht gedemüthiget werden. Nun kommt es hauptsächlich darauf an, zu erfahren, ob das Unternehmen auch so leicht ist, als Sie glauben: denn man behauptet, das Fort sey unüberwindlich; ich habe aber das Vertrauen zu

Ihnen,

Ihnen, Sie werden es, wenn Sie es angreifen, auch einneh=
men. So viel ich aus des Abbe's Reden schließe, ist der
König sehr übler Laune; und wird sich, wenn er durchaus
einen Entschluß fassen muß, wie es scheint, für den Prin=
zen von Conti erklären; aber man hat ihm noch nichts von
Ihnen gesagt, und will dazu einen günstigen Augenblick ab=
warten: der Abbé versichert mir, er sehe ein Mittel zum
Zwecke zu gelangen.

Ich muß Ihnen sagen, Sie irren sich zuweilen in Ih=
ren Muthmaßungen. Sie sagen mir, die Frau von Pom=
padour mache Ihnen Schmeicheleyen; aber ich weiß zuver=
läßig, daß, wenn Sie auch in Ihrer Gegenwart so gut be=
handelt werden, es doch nicht in Ihrer Abwesenheit geschieht.
Neulich kam die Rede bey ihr darauf, zu wissen, ob aus der
Belagerung noch etwas werden, und, wenn dieses wäre,
auf wen wohl die Wahl fallen würde, sie zu unternehmen,
Als man unter andern auch ganz natürlich Sie nannte, rief
sie in einem ironischen Tone aus; H. von Richelieu!
Ja Dünkel hat er genug, sich eine solche Stel=
le zu wünschen. Das Einnehmen einer Stadt
hält er für eben so leicht als das Besiegen
eines Frauenzimmers; das wäre doch lustig!
Er muß nur ein paar Mahl recht unglücklich
werden, so lernt er doch, sich nicht zu allem
tüchtig zu halten.

Sie können sich auf das, was ich erzähle, verlassen;
es ist wahr; und ich werde es Ihnen mündlich sagen, von
wem ich es weiß. Von dieser Seite, sehen Sie, ist nichts
zu hoffen, es sey denn, daß man Sie ernenne, um das
Vergnügen zu haben, Sie scheitern zu sehen. Wie sehr
wünschte ich, daß sie diesen Plan hätten; Sie bekämen
darüber die Stelle, und könnten ihnen alsdann zeigen, daß,
wenn Sie etwas versprechen, Sie es auch zu halten wissen.
Es würde sie sehr überraschen, und zum Spotte ihrer eignen
schwarzen Handlung machen.

Das

Das Wichtigſte iſt nur noch, daß der Plan durchgehe; Alsdann iſt es billig, daß man ſein Augenmerk auf den richte, der ihn vorgelegt hat. Ich ſtehe wie auf Kohlen, und werde den Abbé nicht aus den Augen laſſen, damit ſich ſeine Bereitwilligkeit ja nicht mindere. Vielleicht möchte es nicht unnütz ſeyn, der Marquiſinn zu verſtehen zu geben, Sie wiſſen wohl durch wen, daß Sie, wenn Ihnen die Expedition aufgetragen würde, verlohren wären. Iſt ſie übel gegen Sie geſinnt, ſo muß dieſes zum Zwecke bringen. Man muß, glaube ich, nicht Ein Mittel unverſucht laſſen, die Stelle zu erhalten; ich betrachte es als eine Ehrenſache, und träume beſtändig davon. Daß Sie mit dem Könige nicht davon reden wollen, daran haben Sie Recht; es wäre ſicher der Weg nichts zu erhalten: vom Staatsrathe muß der Antrag geſchehen. Belle-Jsle, ſagt man, ſoll Sie heimlich zu untergraben ſuchen; aber das thut alles nichts. Dieſen allen zum Trotze müſſen Sie zum Zwecke kommen, den Oberbefehl erhalten, Mahon einnehmen, und mit Ruhm gekrönt zurück kehren, damit alle vor Wuth berſten. Welch' eine Ausſicht! Welch' ein angenehmer Traum, mein lieber Herzog! warum iſt er doch nicht ſchon in Erfüllung gegangen!

Paris, den 3. Aprill 1756.

Ich bin ſo wild wie Sie darüber, daß man Sie neckt, und daß Sie nicht alles Verſprochene und zu Ihrer Belagerung Nöthige zu Toulon vorgefunden haben. Man will Sie zu Grunde richten, das iſt ausgemacht. Aber es freut mich, daß Sie dieſem aufs Beſte abzuhelfen wußten. Jm Nähmen der Freundſchaft, ſo ich für Sie hege, ſorgen Sie für eine Geſundheit, die mir ſo theuer iſt. Sie werden alſo von Antibes und Marſeille das Supplement Artillerie, deſſen Sie ſo bedürftig ſind, kommen laſſen. Ueber das, was Sie mir von dem Eifer der Provenzer melden, bin ich

ganz

ganz entzückt. Hätte man Ihnen allenthalben so gedienet, so würden wir froher seyn.

Die Marquisinn behauptet noch immer in ihrer kleinen Versammlung, wir würden schöne Dinge erleben. Alles bestärkt mich in dem Gedanken, daß man nur begierig ist, Sie die Belagerung aufheben zu sehen, und alsdann seine wahren Gesinnungen an den Tag legen wird. Das flößt mir wieder Muth ein, daß Sie die beste Ordnung unter den Truppen antreffen, und mit der festen Hofnung abgehen, Minorka einzunehmen. Ach, daß dieser Tag doch erst da wäre! Aber am Ende sind Sie erst abgereiset, und ging dieses nicht ohne Schmerz ab, wie Sie wissen! Ich will Ihnen nichts von den Thränen schreiben, so ich beständig um Sie vergieße. Um mich zu trösten, sehe ich auf nichts als Ihren Ruhm. Vor allem denken Sie an Ihr Versprechen, mir mit jedem Couriere Nachricht zu geben, und nicht zu sehr den jungen Mann zu machen.

Den 7. also wollen Sie am Borde schlafen, und zu gleicher Zeit einen Courier mit der Nachricht von Ihrer Abreise an den Hof schicken. Ich erwarte ihn mit großer Ungeduld, weil ich sichere Rechnung mache, daß er auch mir ein Wort von Ihnen bringet. Haben wir doch endlich den entscheidenden Augenblick erlebt, welchen wir so lange erwarteten! und Sie werden mir erlauben, daß ich ungeachtet Ihrer Tröstungen, mich doch nicht beruhige. Es kann sich so vieles ereignen, welches ihrer Operation nachtheilig ist, daß ich mich der Besorgnisse nicht zu erwehren vermag: stellen Sie sich vor, wie sie triumphiren würden! Und wie innig müßte es mich nicht erst kränken, meinen Freund gedemüthiget und lächerlich gemacht zu sehen.

Von Argenson geht sehr oft zur Frau von Pompadour, er scheint seine Sorgfalt zu verdoppeln. Nicht um ihretwillen allein beträgt er sich so; man will ihn sicher zur Triebfeder irgend eines Bubenstücks gegen Sie gebrauchen. Belle-Isle hält auch kleine Versammlungen in seinem Hause;

er

er gleicht den Hunden, die, wenn sie eine Weile gebellet haben, nun auch auf eine Gelegenheit lauren zu beißen. Er
wird Ihnen nie die Vermählung Ihrer Tochter verzeihen,
und jede Gelegenheit ergreifen, Ihnen zu schaden. Daß
sich doch die verfluchten Engländer schlagen ließen, und es
schon vorbey wäre! denn seit Ihrer Abreise lebe ich nicht
mehr.

Der König sagt noch immer nichts in seinem Staats-
Rathe; man sollte zuweilen glauben, es wäre nicht er, der
den Krieg führt. Als auf Sie die Rede fiel, sagte er:
jetzt ist es seine Sache! läuft es schlimm ab,
so hat er es so haben wollen. Sie sehen, man sucht
vorzubauen, um, wenn es unglücklich geht, den Tadel auf
Sie zu werfen.

Die Frau von Pompadour spottet jetzt über alles, und
sagt ohne Hehl: ich werde dieses oder jenes thun; und es
scheint, daß sie viel mehr den Krieg führen wird, als der
Herr. Demnach sehen Sie, daß Sie sich nicht versprechen
dürfen, von dem wohl unterstützt zu werden, der Sie aus
Schwachheit, oder Furcht vor Widerspruch Ihrem Schicksale
überläßt; noch weniger aber von ihr, welche Sie im Grunde
des Herzens nicht liebt. Anfangs waren Sie ein himmli-
scher Mann in ihren Augen: und ich begreife nicht, warum
Sie es nicht so gemacht haben, wie die, welche wir nun so
in Gnaden bey ihr stehen sehen. Wahr ist es, Ihr Rang
und Ihr Vermögen ließ es nicht zu, durch Kriechen dazu zu
gelangen; aber Sie hätten hier nichts als eine artige Frau
in Betracht ziehen, und nach ihr ein Verlangen bezeigen
sollen. Zwar begreife ich nach dem, was Sie mir gesagt
haben, wohl, daß der Gegenstand nicht sehr anziehend war;
aber opfert man denn nicht gern einige Kleinigkeiten auf,
um nur dasjenige, was man verdient, in Ruhe zu genießen.
Jetzt würden Sie die Früchte davon erndten. Mit meinem
Freunde spreche ich, der, da er sich so oft verging, es auch
dieses Mahl um seiner Beförderung und meiner Ruhe willen,

hätte

hätte thun können. Bedenken Sie doch, daß ein Frauenzimmer es selten vergißt, wenn man ihm nicht alle Ehre erwiesen hat, welche es erwartete; und dieses ist mein Grund,
warum ich glaube, daß Sie niemahls sehr auf sie rechnen
dürfen. Ueber dieses werden die Personen, welche Sie
umgeben, Sie immer gern in der Entfernung erhalten;
Sie wissen, wie sehr Sie ihnen überlegen sind, und man
ist natürlich auf den eifersüchtig, der mehr Werth hat,
als wir.

Ich weiß nicht, was ich alles thun möchte, um es dahin zu bringen, daß Ihnen von der ganzen Welt so beyge-
standen würde, als von meiner Freundschaft, die, ich
schwöre es Ihnen, alle Tage mehr zunimmt. Kaum werde
ich es gewahr, daß ich einen Theil der Nacht mit diesem
Schreiben zubringe; so viel Vergnügen macht es mir, mich
mit Ihnen zu beschäftigen! Mein Herz, mein Geist, alles
ist voll von Ihnen, wenn ich an Sie denke. Sie sind mein
Held; und es kann Ihnen nichts Gutes oder Uebels widerfahren, woran ich nicht den herzlichsten Antheil nehme.
Beständig forsche ich alles das aus, was Ihnen nützlich
seyn kann. Ich möchte Ihre Gefahren mit Ihnen theilen,
ohne an Ihrem Ruhme Theil zu nehmen. Um Ihretwillen
liebe ich Sie, ohne Eifersucht, und sehe auf nichts als Ihren Vortheil. Sie müssen mir mein Gewäsch um des Be-
wegungsgrundes willen verzeihen. Alle Ihre Briefe gewähren mir nicht vollkommenen Trost; aber ich wünsche sie doch
zu erhalten. Reisen Sie schnell um schnell wieder zu kommen, aber glücklich und bewaffnet, Ihre Feinde zu schrecken.
Nur mit Ihrem Glücke können Sie sie zum Schweigen bringen: denn ich sehe nicht, daß Sie sehr unterstützt werden.
Sollte es Ihnen gelingen, so werden Sie Eifersucht erwecken, aber was schadet das! Sie werden gerächet. Ich
kann die Feder nicht nieder legen; alles, was für Sie ist,
wird mir theuer; die Unruhe, so man für seine Freunde
fühlt,

fühlt, verdoppelt die Freundschaft; und die meinige war
schon vollkommen.

Wenn ich einen Augenblick Ruhe haben kann, so will
ich ihn benutzen, und für meine Gesundheit sorgen, mit der
ich nicht ganz zufrieden bin.

Mittages, den 6. Julius.

Ihren Brief vom 21. habe ich, ungeachtet aller meiner
Vorkehrungen, daß die Briefe nicht nach Compiegne ge=
schickt werden sollten, erst gestern erhalten; alles dessen un=
geachtet ist mir dieser doch wieder von da zugeschickt worden,
und darüber bekam ich Ihren Brief zwey Tage später, wel=
ches mich in eine sehr üble Stimmung versetzte. Ich ge=
stehe Ihnen, daß ich dessen nicht erst bedarf: denn es be=
trübt mich so schon genug zu sehen, daß nach all den Sor=
gen und der Mühe, die Sie sich geben, die Belagerung
noch nicht weiter gediehen ist.

Daß Sie sich nicht im geringsten schonen, das weiß ich.
Sie setzen sich wie ein Musketier, der sich erst auszeichnen
will, der Gefahr aus; und nun sagen Sie mir, ob ich noch
einen Augenblick ruhig seyn kann. Mir ist die Zeit, da ich
so unglücklich bin, von Ihnen getrennt zu seyn, schon zu Jahr=
hunderten geworden, und ich befinde mich immer in Todes=
ängsten, es möchte Ihnen etwas begegnen. Denn da Sie
sich so sehr der Gefahr aussetzen, so ist es nicht möglich,
mich der Sorgen zu entschlagen: aber Kummer ist mein
Loos. Bis jetzt glaubte ich, daß ein General dieses nicht
so wie ein Soldat zu thun braucht; obgleich er es offenbar
thun soll, weil Sie es thun. Indem ich Ihnen schreibe,
erhalte ich Ihren Brief vom 25. er träuft mir keinen Bal=
sam auf mein wundes Herz; ich finde nichts beruhigendes
darin, als die Versicherung von Ihrer Gesundheit und Ih=
rem Wohlbefinden; es ist ein wahres Wunderwerk in mei=
nen Augen, daß Sie es noch sind. Wenn, wie Sie mir

sehr richtig schreiben, nicht die Mühseligkeiten des Körpers sondern des Geistes Sie abmatten, so flößt mir das weiter keinen Trost ein: denn diese letztern sind viel gefährlicher. Indessen hoffe ich, daß das, was Ihnen jetzt Mühseligkeiten verursacht, Sie auch einst mit Ehre krönen wird; ich werde mich wahrhaftig sehr darüber freuen: aber man muß auch zugeben, daß ich meine Freude mit vielem Kummer erkauft habe. Man hört nichts vom Admiral Bing, noch von seiner Escadre reden; ich versichre Ihnen, daß ich den Kopf recht voll von ihm habe, und gern möchte, daß er Sie zu Ihrem Endzwecke kommen ließe. Ich werde mich noch zu einem Seetreffen entschließen müssen, denn man behauptet, daß der Admiral Hawke Befehl hat, den Herrn de la Galisonniere anzugreifen; aber ich ergebe mich ganz in den Willen Gottes, wenn nur Ihre Belagerung zu Ende geht, und es Ihre Rückkehr nach Frankreich nicht verzögert. Sehr froh bin ich, daß es mir bey der Frau von Aiguillon gelungen ist; sie gestand mir die Unbesonnenheit, so sie begangen hat: aber Sie können sich darauf verlassen, daß ich mich stellte, als ob Sie mir noch nichts geschrieben hätten. Vorgestern speisete ich zu Ruelle mit Pontoevele und la Mothe zu Abend: ich ward von der ganzen Gesellschaft außerordentlich wohl empfangen; sie war ein wenig rauschend, aber übrigens sehr angenehm. Gestern habe ich meine Brunnenkur angefangen: seit zwey Tagen zeigen sich bey mir die kleinen Ihnen schon bekannten Hitzblattern. Lorry sagt, es kommt von angehäufter Galle her; über drey Tage soll ich seiner Verordnung zu Folge abführende Mittel gebrauchen. Ich führe ein sehr leidendes Leben, gehe sehr selten aus, speise beynahe alle Abend mit la Mothe und der Frau von Rochechouart, die der Niederkunft der Frau von Damas wegen hier bleibt. Gontault speisete gestern mit der Gräfinn zu Abend; ich habe ihm Ihren Brief eingehändigt: er wird Ihnen eine schöne Antwort schicken; er ist diesen Morgen nach Hofe abgereiset. Ohne Sie in Paris zu seyn, finde ich sehr hart; aber es ist

mir

mir allenthalben so. Nur an Sie denke ich; und es wird
mir nirgends wohl als bey Ihnen; es ist mir unmöglich in
der Entfernung von Ihnen glücklich zu seyn. So viel ich
nur kann, halte ich zurück, um Ihnen nicht das Uebermaß
meines Leidens zu zeigen, damit Sie sich nicht grämen.

H. Offolniai ist todt: man sagt in Paris, die Schwestern des Hrn. von Beauveau bewerben sich um die Stelle
beym Könige von Pohlen; sie trägt sechzig tausend Franken
Einkünfte. Ich glaube, der Prinz, ihr Neffe, wird nicht
unempfindlich dagegen seyn; denn Sie wissen, er liebt das
Geld. Der Cardinal von Soubise hat die Frau von Mar-
san zum Universal-Erben eingesetzt: es soll sehr schlecht mit
ihrer Gesundheit stehen, und die Noailles geben sich unsäg-
liche Mühe, diesen Platz der Prinzessinn zu verschaffen. Sie
soll sich, sagt man, nicht sehr dagegen sperren. Mfr.
Dauphin war mit dem Könige in Arnouville. Das ist es
alles, was ich Ihnen in einem Briefe, der mit der Post
geht, melden kann. Leben Sie wohl! Schreiben Sie mir
so viel Neues, als Sie nur können, das ist mein Leben.

Den 9. um 3 Uhr des Nachmittages.

Meine Freude ist unaussprechlich; sie gleicht der Zärtlichkeit meiner Gesinnungen gegen Sie. Da stehen Sie
nun mit Ruhm überhäuft! Mein Kopf und Herz sind des
Vergnügens so voll, daß ich Ihnen unmöglich alles das
ausdrücken kann, was ich in diesem Augenblicke fühle; ich
schmeichle mir, daß Sie es ergänzen werden. Ich habe
das Vergnügen gehabt, den Hrn. von Fronsac bey seiner Ankunft zu umarmen. Ich war ganz allein, und schrieb an
Sie, als ich Ihren Brief erhielt, und welch' einen Brief! —
Sogleich war ich im Hotel d'Antin, und erkundigte mich
nach dem Hrn. von Fronsac, der auf Pferde wartete, um
nach Compiègne abzugehen. Leben Sie wohl!. Ich zittere

Q 2

so

so sehr, daß es mir unmöglich ist, Ihnen mehr darüber zu schreiben *).

———

Vom 25.

Ich komme von dem Siegelbewahrer zurück, der um des Te Deum willen hier ist. Anderthalb Stunden war ich bey ihm allein; er erzählte mir sehr viel von dem Streiche, welchen von Argenson Ihnen zu spielen sucht. D'Argenson, sagte er zu mir, wäre ohne Zweifel der, welcher Ihre Rück-kunft verhindert und dem Könige gesagt hätte, Sie müßten bey Ihrem Commando bleiben. Der König hätte, bey all seinem Verlangen Sie zu sehen, doch nicht die Kraft gehabt, von Argenson zu widerstehen. Der Siegelbewahrer ist über dieses Betragen höchst aufgebracht; er sagte mir, er hätte es der Frau von Pompadour gesagt, die wirklich der Mei-nung wäre, daß Ihre Gegenwart auf der Küste nothwendig sey. Diese Meinung hat er ihr aber benommen, und die Niederträchtigkeiten in von Argenson's Verfahren gegen Sie gezeigt; Ihre Antwort war: aber ich meinte, der H. von Argenson wollte dem Hrn. von Richelieu eher wohl als übel. Der Siegelbewahrer erwiederte ihr: ich überlasse es ihnen zu beurtheilen, ob es der Dienst eines Freundes ist, den er ihm da erweiset. Alles dieses geschieht zu dem Ende, daß Maillebois vor Ihnen ankommen soll, um das, was von Argenson für gut befindet, zu sagen, und die Mühe, so Sie gehabt, und den Ruhm, welchen Sie verdienen, so viel er nur kann, zu verringern. Sie wissen besser als ir-gend ein anderer, daß man nur in dem ersten Augenblicke erkennt, was man gethan hat, und daß selbst die wichtigsten Dienste bald vergessen werden. Ich bin sehr der Meinung, und es ist der Rath des Siegelbewahrers, daß Sie an von Argenson einen, und an den König einen andern Brief schrei-ben,

———

*) Dieses Billet ward in dem Augenblicke geschrieben, da die Nach-richt von der Einnahme des Fortes Mahon einlief.

ben, und ihn um die Erlaubniß bitten, hier auf acht Tage wieder herzukommen, weil Sie nothwendige Geschäfte hätten; daß Sie aber auch bereit wären, gleich wieder dahin zurück zu kehren, wenn es das Wohl seines Dienstes erfordere; Sie sollen aber ja nicht Miene machen, als ob Sie nur den geringsten Verdacht hegen. Der Siegelbewahrer sagte ferner, Sie müßten Ihre Briefe mit einem Expressen schicken, welcher auf die Antwort wartet, unverzüglich um Ihre Erlaubniß anhalten, und auf der Stelle zurück kommen. Dieses wird den Unhold von Argenson in Wuth setzen; er wird durch Ihre Gegenwart seine niedrige und häßliche Intrigue zerscheitern sehen. Begierig bin ich nur zu erfahren, welchen Vorwand er nehmen wird, wenn er Ihnen schreibt; ich kann mich nicht eher beruhigen, als bis ich Nachrichten von Ihnen erhalte, und sehe, welchen Entschluß Sie gefaßt haben. Sie kennen meine Theilnahme, meine Bewunderung, meine Liebe für Sie; Sie können denken, daß ich es bedarf, Nachrichten von Ihnen zu erhalten, und zwar ausführliche Nachrichten, was Sie von alle dem halten; nichts als was Sie mir sagen werden, kann mein Vertrauen verdienen. H. von Fronsac reiset diese Nacht ab; ich schwöre Ihnen, daß ich vieles um die Freyheit geben möchte, mit ihm fortzugehen. Er überbringt Ihnen die Nachricht, daß der König die Mahonisten begnadiget; es ist noch nicht bekannt, und Sie sollen es erst bekannt machen. Die Anwartschaft *) hoffe ich, wird in eben dem Packete seyn. Der König hat es Ihrem Sohne nicht verrathen, um Ihnen das Vergnügen zu verschaffen, es ihm zu sagen. Man hat mir gestern von Compiègne gemeldet, daß der H. von Beauveau, welcher der vorletzte Feldmarschall ist, nicht weiter rücken, sondern das blaue Band erhalten werde, wenn eine Promotion in der Armee vorgenommen wird; die Alten sollen wieder ihren Rang einnehmen. Das ist es alles,

Q 3 was

---

*) Auf die Oberstkammerherrenstelle. Anmerk. des Uebers.

was ich weiß; und ich hoffe, Sie werden mir schreiben, was der König Ihrer Armee für Gnadenbezeigungen ertheilt hat, und ob man Dümenil nicht vergessen wird, um so mehr, da er sich nicht schmeicheln darf, die Aufsicht über die Kriegsschule zu erhalten. Ich sprach darüber mit Düvernay: er gab mir zur Antwort, daß so lange er lebe, er sie nie bekommen würde. Das vergaß ich Ihnen noch zu melden, daß der Siegelbewahrer mir sagte, er würde, so bald Sie um die Erlaubniß zurück zu kommen gebethen hätten, sogleich zur Frau von Pompadour gehen, um von Argenson zu verhindern, Ihren Befehl in die Länge zu ziehen, und ihr selbst zu verstehen zu geben, daß man Ihnen schlechterdings nicht die Erlaubniß zu Ihren Geschäften zurück zu kehren verweigern dürfe. Leben Sie wohl, mein Herz! ich wollte, ich könnte schon morgen Nachrichten von Ihnen bekommen.

———

Den   1756.

Eben habe ich viele Entdeckungen gemacht, und ich eile, lieber Herzog, sie Ihnen mitzutheilen: Sie wissen, ich lebe nur für Sie, und um Ihnen nützlich zu seyn. Wie sehr wollte ich wünschen, daß jedermann Sie mit eben den Augen betrachtete! Sie würden der erste unter den Menschen seyn, und, in Wahrheit, Sie können alles seyn, was Sie wollen. Nur Ihre Feinde wollen dieses nicht zugeben; und ich bin außer mir, daß sie, weit entfernt, Ihnen Gerechtigkeit widerfahren zu lassen, Ihnen noch Streiche zu spielen suchen.

Der Unhold von Argenson gibt sich, bey all seinem übertriebenen Lobe auf Ihren Sieg, doch viele Mühe zu beweisen, daß ohne den Hrn. von Galissonière alles gescheitert seyn würde; er sucht auszusprengen, daß er mehr als Sie gethan habe: als ob das Zusammentreffen der Kräfte der Erde und des Meeres zu dieser Expedition nicht nothwendig war! Er

be=

behauptet, Sie hätten mehr den Soldaten, als den General gezeigt, und Ihren glücklichen Erfolg mehr dem Zufalle und den glücklichen Umständen als Ihren Talenten zu danken. Stellen Sie sich vor, in welch' einen Zorn ich gerieth, als man mir dieses hinterbrachte. Ich war beym Siegelbewahrer, der noch immer denkt, wie ich Ihnen schon gemeldet habe. Er hat mir versichert, der König komme ihm schon nicht mehr so zufrieden vor, als er gewesen ist; er lasse sich schon einnehmen; und Sie werden vielleicht noch das ganze Verdienst dieses herrlichen Feldzuges verliehren. Die Frau von Pompadour, welche indessen auf Ihre Rechnung zu frohlocken scheinet, kann morgen ihre Gesinnung ändern. Ich weiß, daß von Argenson hier einige Zeit bey ihr zugebracht hat, und ich fürchte, er sprützt seinen Gift auf alles, was sich ihm nähert. Sie wissen aus Erfahrung, daß die Frau von Pompadour Sie nur gelegentlich liebt, und daß sie, heute ihre Freundinn, morgen ihre Widersacherinn seyn kann. Es zeigen sich eine Menge Personen, die sich um den Oberbefehl bewerben; und sicher wird ihr Soubise nicht vergessen werden. Man ist überhaupt ärgerlich, merke ich, Sie als Sieger zu sehen; eine tüchtige Niederlage würde sie alle froh gemacht haben. Wären Sie genöthigt gewesen, ihre Belagerung aufzuheben, so würde man vor Freude außer sich gewesen seyn: nach alle dem, was Sie gethan haben, versprach man sich dieses nicht. Das Blut möchte mir erstarren über alles, was hier vorgeht. So war es auch, als Sie sich in Gefahr befanden, alle Tage getödtet zu werden, und Ihre Belagerung nicht so schnell von Statten ging, als ich es wünschte. Aber Sie wurden Sieger; ich glaubte ruhig zu werden, und fühle im Gegentheile nur noch größere Marter: denn man läßt Ihnen nicht alle Gerechtigkeit widerfahren. Kommen Sie eilig, man muß immer den ersten Augenblick benutzen: meine Ungeduld ist groß Sie zu sehen, vielmehr noch um Ihres Besten als um des meinigen Willen. Zuweilen habe ich so übellaunige Augenblicke, daß ich Ihnen rathen

wür=

würde, alles aufzugeben. Meine Schwester hatte wohl
Recht, wenn sie zuweilen sagte: es sollte eine verleiten,
alles für einen Traum zu halten, weil es unmöglich ist, einem Uebel unter einem Herrn abzuhelfen, dem es gefällt,
nichts zu seyn, der sich vor Beschäftigung scheuet, und seine
Minister alles, was sie wollen, treiben läßt. Wahrhaftig!
ich bin entrüstet über ihn, daß er nicht genug alles das ein-
sieht, was Sie gethan haben, und daß er zu schwach ist,
einem von Argenson zu widerstehen. Jetzt, hoffe ich, werden
Sie ihn kennen: und wiewohl Sie meinen, daß vielleicht
noch ein schlimmerer kommen kann; so möchte ich doch lieber,
um ihretwillen, es darauf wagen, als ihn sehen, wo er ist.
Leben Sie wohl! Seyn Sie auf das baldeste hier, um diesen Schwarm von Insecten zu zerstreuen, der sich wider Sie
an diesem Orte, wo jeder Herr seyn will, versammelt.

Verbrennen Sie meinen Brief.

Briefe
der Frau von Pompadour
an den Hrn. von Richelieu.

Den 10. November 1752.

Ich bin eine Frau von Worte, H. Marschall: auch können Sie sich auf eine schöne Umarmung von mir verlassen; Ihr Courier hat mir in aller Hinsicht unendlich viel Vergnügen gemacht. Von Bretagne möchte ich auch so einen erhalten. Ihren Brief habe ich dem Könige eingehändigt, und S. M. muß Ihnen geantwortet haben. Täglich habe ich die Abreise Ihres Kammerdieners erwartet, um Ihnen meinen Glückwunsch über die glückliche Erreichung Ihres Zwecks *) abzustatten; schreiben Sie es demnach den Ministern zu, wenn er so spät ankommt. Angenehme Ruhe, H. Marschall! meine Gesundheit ist noch sehr schwach, obgleich ich nicht mehr das Fieber habe; zwey oder drey glückliche Erfolge wie der Ihrige würde sie vollkommen wieder herstellen,

Q 5

und

*) Es herrschten viele Unruhen in Languedoc um der Verminderung der Auflagen Willen; die Stände waren sehr aufgebracht, und wollten nichts bewilligen. Der Marschall von Richelieu, immer fein und gewandt, und ein Mann, der sich in die Umstände zu fügen wußte, anstatt die Gemüther zu erbittern, gab zu, daß die Provinz zu sehr gedrückt wäre: zu gleicher Zeit aber sprach er von den Bedürfnissen des Staates, verführte die einen, gewann die andern, und erhielt endlich, wider alles Erwarten, ein viel ansehnlicheres Don gratuit, und einen viel stärkern Beytrag, als man erwarten konnte. Bretagne war nicht so leicht zu bewegen. Dieses ist die Ursache, warum die Frau von Pompadour, welche das Geld liebte, dem Marschalle Küsse versprochen hatte, wenn es ihm gelänge, und so viele Freude über seinen glücklichen Erfolg bezeigte.

und es sollten mich meine Küsse nicht gereuen, und müßte ich sie auch dem Bischof von Mirepoix selbst geben. Oh! ich glaube, daß es nach dieser Ausschweifung ein Mahl Zeit ist zu schließen, aber nicht eher, als bis ich Sie meiner aufrichtigen Freundschaft versichert habe.

Daß ich es nicht vergesse! Sie sind ein artiger Mann; der König hat, und zwar mit Zuverläßigkeit, behauptet, Sie hätten mir bey Ihrer Abreise gesagt, daß es Ihnen nur ein Spaß wäre, alle diese Languebokischen Köpfe zu beruhigen. Da ich nun nicht lügen kann; so ward es ihm sehr leicht, mich aus der Fassung zu bringen.

Den 9. Januar 1754.

Herr Marschall!

Sie haben mir das letzte Mahl in einer ziemlich übeln Laune geschrieben, und zu verstehen gegeben, daß ich an dem kleinen Gewölke, welches sich zwischen Ihnen und dem Könige erhebt, Schuld wäre. Man muß mit seinen Freunden Nachsicht haben, wenn ein trüber Augenblick sie verblendet; und ich halte es für meine Pflicht, Ihnen schriftlich zu wiederhohlen, was ich Ihnen mündlich gesagt habe. Ich versichre Ihnen, ich suchte nie Ihnen zu schaden; ich will nicht behaupten, daß ich nicht wie Sie einige flüchtige launische Augenblicke gehabt habe; Sie aber kommen sehr leicht dazu, sie merken zu lassen. Wenn ich sonst jemanden auszeichnete, so wissen Sie, waren Sie es; und Sie müssen einsehen, daß Sie bis jetzt, einige Höfneckereyen abgerechnet, beynahe alles erhalten haben, was Sie von dem Herrn verlangten. Auch wissen Sie, daß er mehr wie irgend ein anderer seine ungleichen Launen hat; daher man glauben sollte, daß man in dem Augenblicke weit schlimmer mit ihm daran wäre, wo er bloß gleichgültig ist.

Glauben Sie mir, daß er Ihnen alle schuldige Gerechtigkeit widerfahren läßt. Es ist ihm wohl erlaubt, einige Scher-

Scherze über die Fehler zu machen, welche er an Ihnen bemerkt, (denn Sie wissen wohl, daß auch nicht Ein Mensch
frey davon ist): er kann auch einen Tag minder aufgeräumt seyn, als den andern; aber das wiederhohle ich Ihnen nochmahls, daß es nicht von mir herrührt. Er erin-
nert sich alles dessen, was Sie gethan haben, und des glücklichen Erfolges, der jederzeit ihre Schritte begleitete; aber
ich glaube nicht, daß er eben die ausschließende Vorliebe
für Sie hegt, welche Sie sich wünschen. Ich hege selbst
nicht ein Mahl die Eitelkeit, sie für mich zu hoffen.

Was die Stelle betrift, so Sie für Ihren Clienten suchen, so thut es mir leid, daß ich hier mit Ihnen zusammen
treffe. Ich hatte schon den Hrn. von Argenson darum für
einen Mann ersucht, der mir schon lange empfohlen war;
ich wußte von Ihren Bemühungen nichts; und ich weiß Sie
sind zu galant gegen das Frauenzimmer, um mich den Ihrigen aufzuopfern, so bald Sie erfahren, daß ich schon viel
eher darum anhielt. Wenn ich nun hier Ihre Nebenbuhlerinn bin, so geschieht es nicht um Ihnen entgegen zu arbeiten.

Sie sehen, es ist sehr liebenswürdig von mir, daß ich
mich rechtfertige, und daß es wenigstens einen schönen Ent-
schuldigungsbrief von Ihrer Seite verdient. Eben so lieb
wäre es mir, wenn Sie selbst kämen, und sich schuldig be-
kennten; Sie besitzen so viel Grazie im Sprechen, daß man
nicht das Herz hat, Ihnen lange böse zu seyn.

Sie haben eine Freundinn, welche sich sehr lebhaft für
Sie interessirt. Es würde gefährlich seyn, Sie bekämpfen
zu wollen: Sie finden zu viel Leute, die zu Ihrer Verthei-
digung herbeyeilen. Deshalb schlage ich bey dem geringsten
Anscheine von Kriege den Frieden vor.

———

Paris, den 4. May 1754.

Sie halten mich für glücklich, H. Marschall, und urtheilen, wie alle andern, nach der Außenseite. Ich will

von

von meiner Gesundheit nicht ein Mahl reden, mit welcher es sich von Tage zu Tage mehr verschlimmert, noch von den Widerwärtigkeiten, so ich erdulde; ich erfahre noch beständig die Undankbarkeit derjenigen, die ich mir am meisten verpflichtet habe. Ueber den, von welchem wir das letzte Mahl sprachen, habe ich keine Ursache zu klagen; ich glaube gern, daß er mich immer als eine Freundinn betrachtet: aber welch' eine Kunst wird nicht erfordert, es dahin zu bringen, daß man mich immer mit eben dem Auge betrachte! Sie sagten mir, ich besäße alle Talente, die erfordert würden, zu meinem Zwecke zu gelangen: Sie sind doch immer galant; denn ich sehe, daß eben dieses Talent mir zuweilen versagt. Sie wissen, wie leicht er Meinungen annimmt: träfe es sich nun, daß mir diese nicht günstig wären, mein Gott! wie würden meine Feinde triumphiren! und das möchte ich doch aus allen Kräften zu verhüthen suchen: denn als Frauenzimmer müßte das meine Eigenliebe noch weit mehr als alles Uebrige kränken. Leben Sie wohl, H. Marschall! Ich werde mich noch lange Ihres letzten Besuches erinnern.

Den 10. Julius 1756.

Ich will nicht die Letzte seyn, H. Marschall, welche Ihnen zu Ihrer unglaublichen Expedition Glück wünscht. Ihre Freunde haben wohl Ursache zu sagen, daß Ihnen nichts unmöglich sey. Nach' einer so schönen Eroberung, als die Eroberung von Minorka ist, verdienten Sie wohl, daß man Ihnen den Nahmen, Minorkaner, ertheilte; ich will die Erste seyn, welche Sie so nennt, und ich weiß gewiß, daß Sie ihn auch von der Nachwelt erhalten werden. Ihr Sohn ist vom Könige so empfangen worden, wie er es für eine so glückliche Botschaft verdiente, und er muß sehr zufrieden mit seiner Aufnahme zurück kehren. S. M. sprechen von nichts, als von Ihnen, und Sie können glau-

ben,

ben, daß ich alle Lobeserhebungen, so er darüber anstimmt *), bekräftige. Die Liste der Gnadenbezeigungen, welche er der Armee bewilliget, soll man Ihnen gleich schicken. Jedermann rühmt hier Ihren Sieg; und selbst diejenigen, welche Sie nicht lieben, müssen gestehen, daß er erstaunlich ist. Man sagt, eine gewisse Dame in Paris soll über die Nachricht von Ihrer Eroberung beynahe ohnmächtig geworden seyn; ich bin nicht so nervenschwach wie sie, aber ich nehme nichts desto weniger Antheil an Ihrem Ruhme. Leben Sie wohl, mein lieber Minorkaner! Sie sind ein tüchtiger Soldat und ein tüchtiger General: Sie gewinnen Siege; Sie besiegen Weiber; man kann nicht mehr Mittel, sich der Welt werth zu machen, mit einander vereinigen.

Den 6. Januar 1757.

Ihre Ansprüche sind gerecht, mein lieber Minorkaner; es ist natürlich, den Oberbefehl zu wünschen, wenn man ihn so glücklich zu führen weiß, wie Sie. Man darf nicht vergessen, daß Sie der erste sind, welcher die garstigen Engländer gedemüthiget hat, die, ohne ein Wort zu sagen, glaubten, sich eines Theiles unserer Schiffe bemächtigen zu dürfen. Der Eroberer von Mahon kann mehr als ein anderer machen, daß es sie gereue, einen Krieg ohne die geringste Ursache angefangen zu haben. Das, was ich Ihnen schreibe, wird auch von **) einer gewissen Herzoginn uns

*) Das Betragen der Frau von Pompadour gegen den Hrn. von Richelieu ist unerklärlich. Es ärgert sie gewaltig, daß er den Oberbefehl bey der Belagerung von Mahon erhält; sie sucht alle Mittel auf, die Expedition zum Scheitern zu bringen; schonet weder Geld noch Menschen, den Mann lächerlich zu machen, welchen sie nicht liebt: und da es ihm Trotz allen diesen Hindernissen gelingt, so ändert sie auf Ein Mahl ihre Gesinnungen; verfertiget ihm zu Ehren Lieder, und schreibt an ihn als ihren zärtlichen Freund; sie war also sehr falsch, oder sich sehr ungleich.

**) Die Frau von Lauraguais.

unter Ihren Freundinnen allenthalben wiederhohlt; und ich wünsche aufrichtig, ihr bey den Ministern, welche mit dem nächsten Feldzuge andere Pläne haben, Beystand zu leisten. Man spricht von einer Unterhandlung zu Wien, und dieses könnte Veränderungen machen. Uebrigens wissen Sie, ob ich Ihnen zugethan bin; und glauben Sie, wenn man Ihnen nicht Gerechtigkeit widerfahren ließ *), daß ich mich nicht im geringsten mit diesen am Hofe so häufig vorfallenden Intriguen bemengen würde. Leben Sie wohl, mein lieber Minorkaner! es thut mir sehr leid, daß Ihr Schnupfen Sie abhält, morgen mit mir zu Abend zu speisen; es wird sicher von Ihnen gesprochen werden.

Den 11. October 1757.

Sie werden froh seyn, H. Marschall, Dümenil hat das Gouvernement. Der König hat der Herzoginn die erste erledigte Stelle für Ihre Tante versprochen; und so, hoffe ich, werden wir Frieden mit ihr bekommen. Cremille wird Ihnen eine genaue und ausführliche Schilderung von Düvernai's Denkungsart machen. Ich habe es Ihnen schon geschrieben, und kann es Ihnen nicht zu oft wiederhohlen: es gibt Leute, die sich darauf vorbereiten, Ihnen bey seiner Ankunft Mißtrauen beyzubringen. Seyn Sie auf Ihrer Huth, und beherzigen Sie nur das Gute; denn wenn Sie den Händelstiftern glauben wollten (und Sie wissen, daß es da, wo Sie sind, nicht mehr daran fehlet, als hier, wo ich bin) so würden Sie den Geschäften, und sich selbst zu nahe treten. Das Eine würde mir so leid thun als das Andere. Man ist noch immer vollkommen mit Ihnen zu frieden, und Ihre Feinde (und wer hat die nicht?) werden endlich Ihrem Verdienste Gerechtigkeit widerfahren lassen.

Vom

---

*) Den Augenblick hatte sie dem Hrn. von Soubise, der sich so schön bey Rosbach schlagen ließ, den Oberbefehl verschaft. -

Vom 16. October 1757.

Sie bestätigen, H. Marschall, Ihre schriftliche Behauptung vollkommen, daß man sich in einer Entfernung von dreyhundert Meilen nicht verstehe: aber wenn Sie meinen Brief gelesen haben, so müssen Sie ganz zerstreut gewesen seyn, daß Sie ihn so übel deuten. Wie ist es möglich, so einbilderisch zu seyn, und sich die Vergleichung des Milord Houzey zu Gemüthe zu ziehen *). Wahrhaftig, H. Marschall! ich befinde mich in großer Versuchung, Ihnen als Freundinn zu sagen, daß wenn man nicht wüßte, daß Sie Geist besitzen, so sollte man Sie für einen einfältigen Menschen halten.

Uebrigens hat sich Ihr Sohn sehr wohl betragen, so viel ich von Stainville weiß. Ihr kleiner Herzog schrieb an mich, und legte einen Brief für den König bey. Seine Majestät sagten lachend: das ist ein sehr beherzter Knabe! und darüber theilte ich Ihnen einen unglücklichen Scherz mit, welcher Sie erbitterte. Dieses konnte ich aber wahrhaftig nicht vermuthen, und Sie sollen dafür bestraft werden: denn ich erkläre Ihnen nun hiemit, daß ich eben so schwierig und langweilig werden will, als es meinem Style eigen ist, lakonisch zu seyn.

H. von Mirepoix war ein tugendhafter Mann; ich habe ihn von ganzem Herzen bedauert. Hat der H. von Beauveau diese Stelle wieder erhalten; so hoffe ich bey ihm eben so viele Erkenntlichkeit als bey seinem Schwager anzutreffen. Stainville, der ihn schon seit langer Zeit kennet, hat mir immer versichert, daß er ein ehrlicher Mann wäre.

*) Aus der Furcht des Marschalles sieht man, daß er besorgte, sein Sohn den er damahls noch liebte, möchte eine Unbesonnenheit damit begangen haben, daß er an den König geschrieben hatte. Man sollte fast glauben, daß diese väterliche Liebe nicht ohne Ursache erloschen ist.

wäre. Ich will hoffen, daß er mich nicht betrogen hat, und daß ich Ursache haben werde, mit dem Hrn. von Beaubeau wohl zufrieden zu seyn.

Die Herrschaft von Languedoc, glaube ich, wird dem Marschalle von Thomont zufallen: und was die Vicekommandantenstelle betrift, so ist es mir auch nicht in den Sinn gekommen, daß Sie sie begehren könnten. Ich will Ihnen selbst nicht verhehlen, daß ich seit einigen Jahren den König gebethen habe, er möchte geruhen, mir dieses Mittel, meinen Freunden einen Gefallen zu thun, vorzubehalten; und ich glaubte für sie nach dem trachten zu können, was einzig und allein von seiner Gnade abhängt. Diese Art zu denken, hoffe ich, wird Ihren Beyfall erhalten. Der Marquis von Gontault hat diese Vicekommandantenstelle erhalten; und es thut mir sehr leid, daß sie erlediget war.

Die Frau von Brissac wollte mit aller Gewalt das Gouvernement von Brouage für ihren Schwager haben. Sagen Sie ihm doch, daß ich es für einen Mann, wie er ist, nicht vortheilhaft gehalten habe, für mehr als dreytausend Livres zu troquiren, und daß es besser seyn wird, eines zu erwarten, welches sich mehr für ihn schickt. Sie haben die Geschichte von der Orleannischen Partey gewußt.

Man spielt hier jetzt mehr als jemahls Intriguen. Ich werde gemartert und zuweilen aufs äußerste gebracht: ich möchte nicht gern etwas abschlagen; aber es ist unmöglich. Das, was mich oft ungeduldig macht, ist der Anblick von Leuten, die mit Ehre und Aemtern überhäuft sind, und doch noch immer um etwas anhalten. Dümenil wünschte ich so herzlich die Statthalterschaft von Brouage: aber Ihre liebe Tante nimmt mich für ihren Sohn ein. Sie bittet, läßt bitten, schreibt und spricht alle Tage darum; es ist die aller unerschrockenste Bewerberinn, die ich kenne: ich weiß nicht, ob die Geduld Gottes des Vaters das am Ende aushalten würde; sie besitzt viel Geist, aber sie ist fürchterlich, wenn Sie etwas vor hat. Kann ich ihr nicht entkommen, so werde ich

ich Dümenil einige Gnadenbezeigungen des Königes verschaf=
fen; sagen Sie ihm dieses inzwischen von mir. Die Frau
von Fitz=James hat mir einen Brief von Ihrem Gemahle ge=
zeigt, den er, Ihnen mitgetheilt zu haben, behauptet: er
rechtfertiget sich herrlich darin; ich wünsche aus Liebe zu
ihm und meinen Gesellschafterinnen (compagnes *), daß er
nicht Unrecht gehabt habe. Leben Sie wohl, H. Marschall!
Sie kennen meine Freundschaft.

Alles hat sich vereiniget, H. Marschall, mich über das
Unglück des Hrn. von Soubise in Verzweifelung zu brin=
gen **): das Interesse des Staates, das Interesse meines
Freundes, mein eigner Ruhm, alles steht jetzt in Gefahr
beschimpft zu werden; mein Herz ist mir zerrissen. Noch
mehr befürchte ich, daß die Hannoveraner und Hessen nun
untreu werden, und der König von Preußen nach Halber=
stadt vordringt. Stellen Sie sich den Zustand meiner Seele
vor. Mir war die Theilnahme ganz wohl bekannt, welche
H. von

*) So nennen sich die Hofdamen bey den Prinzessinnen einander.

**) Diesen Brief schrieb sie an den Hrn. von Richelieu, nach der
Schlacht bey Roßbach, als er die Hannöverische Armee befehligte.
Man sieht, die Frau von Pompadour besorgte jetzt, man möchte
ihr die Ernennung des Hrn. von Soubise zur Last legen. Ins
dessen verhinderte dieses doch nicht, daß sie ihn nicht im nächstem
Feldzuge wieder an die Spitze einer Armee stellte, und ihm den
Marschallstab verschafte, welches ganz Frankreich erbitterte.

Was die Räubereyen betrift, worüber sie sich beklagt, so ist die=
ses nur ein kleiner Anfall von übler Laune. Denn sie selbst ver=
gab beynahe alle Proviantmeisterstellen bey der Armee; es waren
ihre Kreaturen, oder die Kreaturen ihrer Freunde: und wenn man
sie des Unterschleifes anklagte; so nahmen sie ihre Zuflucht zu der
Günstlinginn, welche ihnen aufs Wort glaubte, und sich öffentlich
für ihre Beschützerinn erklärte. Daher blieb alles ungestraft; und
daher entstanden die so vielfältigen Unordnungen und Bedrückungen
in diesem so unglücklichen Kriege.

H. von Ayen an Dublaisel nimmt: aber wenn sie den Urhe-
bern der Räubereyen, welche vorfallen, errathen; so bin
ich die erste, welche bey Ihnen auf seine Bestrafung anträgt.
Ich wollte, es stünde in meiner Macht, die Rotte von
Spitzbuben, welche so ungestraft raubet, und die Truppen vor Elend umkommen läßt, auf das strengste zu züch-
tigen.

Leben Sie wohl, H. Marschall! es fehlt mir die Kraft,
Ihnen mehr darüber zu sagen.

Briefe

des Marschalles von Richelieu

während seines Feldzuges in Hannover an den Kriegsmini=
ster, Marquis von Paulmi, an den Abbé von Bernis, und
den Grafen von Broglio, welche insgesammt auf die
Konvenzion zu Kloster Zeven Bezug haben.

An den Marquis von Paulmi.

Kloster Zeven, den 5 September 1757.

Mein Herr!

In meinem letzten Schreiben meldete ich Ihnen, was uns
abhielt, die Feinde zu verfolgen, und daß ich nicht
zweifelte, sie würden ihren Marsch weiter fortsetzen, nach=
dem sie so gute Posten, wie das Lager bey Rotenburg und
Ottersberg sind, verlassen hatten. Dem Hrn. von Saint=
Pern hatte ich den Auftrag gegeben, ein Detaschement aus=
zuheben, um ihnen nachzusetzen; und dieser hatte dem Hrn.
von Poyanne, das Commando darüber ertheilet, so wie
über die Carabiniers und leichten Truppen. Der H. von
Poyanne fand, daß sich die Truppen bey Elneusein gelagert
hatten, und schrieb es mir gerade, da ich mich aufmachte,
Ottersberg in Augenschein zu nehmen.

So gleich faßte ich den Entschluß, mich mit allen Gre=
nadieren, welche sich zu Rotenburg befanden, und mit der
Brigade Elsaß nach Kloster Zeven, welches sechs Meilen
über Rotenburg hinaus liegt, auf den Weg zu machen; von
da schrieb ich an den Herzog von Broglio, er möchte mit
seinem Rückhalte zu mir stoßen. Den Hrn. von Poyanne
schickte ich mit seinem Detaschement voraus.

Gestern Morgen bekam ich Nachricht, daß der Feind
aufgebrochen wäre. Dem zu Folge begab ich mich zum

Des

Detaschement des Hrn. von Poyanne, um das Land und die Stellung des Feindes zu untersuchen. Ich ging bis Bevern, und sahe das Lager des Feindes jenseits des Flusses. Ihre leichten Truppen hatten dieses Dorf inne; der H. von Berchini und der H. von Chabot, griffen es mit zwey hundert Mann Dragoner vom Regimente von Harcourt, die vom Pferde gestiegen waren, an. Es dauerte nicht lange, so hatten sie es eingenommen. Da aber der Feind regulirte Truppen in hinlänglicher Anzahl aus einem kleinen Gehölze, das dem Dorfe gegenüber liegt, anrücken ließ; so hielt ich es nicht für gut, mich in ein Treffen einzulassen, welches ich nicht im Stande war auszuhalten, weil ich keine Infanterie bey mir hatte: über dieses mußte ich glauben, daß die ganze feindliche Armee hinter dem Lager wäre, wovon ich einen Theil sahe; und so verhielt es sich auch wirklich. Ich gab daher den Truppen, welche im Dorfe waren, den Befehl, sich zurück zu ziehen; und nach dem ich alle Erkundigungen von Bevern, von dem Flusse, der hier vorbey läuft, und von der Lage der Feinde eingezogen hatte: sagte ich dem Hrn. von Poyanne, er möchte wieder nach Selsen umkehren, und da selbst die Nacht über bleiben, wo er von zwölf Compagnien Grenadier und vier Kanonen gedeckt seyn würde, welche ich unter dem Befehle des Prinzen von Chimai eine Meile über das Dorf hinaus in einen Wald gestellt hätte, um den Rückzug der Cavallerie zu decken, im Falle sie beunruhiget würde, welches auch wirklich geschah.

Der H. von Poyanne hatte noch keine halbe Meile zurück gelegt, als man eine Colonne Infanterie von funfzehn hundert Hessen gewahr nahm, welche der H. von Sartrow in eigner Person anführte, und viele Truppen Cavalerie, die aus dem Dorfe hervor kamen, über den Fluß gingen, und den Hrn. von Poyanne anzugreifen suchten, der sich sehr langsam mit seinen Truppen umwandte. Die Husaren wandten sich zum Scheine noch langsamer um; woraus der Feind noch mehr Hofnung schöpfte, uns angreifen zu kön-

nen,

nen; wir aber, daß sie bis unter den Schuß des Hrn. von Chimai vordringen würden, wenn sie sich davon täuschen ließen; und dieses geschah denn auch. Er ließ ein so wohl angebrachtes und so unerwartetes Feuer auf sie geben, daß sie in große Bestürzung geriethen. Zu gleicher Zeit rückten die Grenadier und Freywilligen von Chabot auf die Spitze dieser Infanterie, die sich die unsrigen nicht so nahe vermuthet hatten, und sich bald in sehr großer Unordnung zurück zogen: die Freywilligen von eben diesem Regimente, und die Husaren rückten nach, um den Rückzug der Freywilligen zu Fuße zu decken, deren Zahl nicht hinreichte; dieses vollendete die Verwirrung unter dem Feinde, welcher in der größten Eile die Flucht ergriff. Ein Bauer kam bey uns an und erzählte uns, er hätte viele Wagen mit Verwundeten gesehen, und ein General wäre getödtet worden. Dieses ist um so wahrscheinlicher, weil ein Freywilliger dem Hrn. von Poyanne sagte, er hätte auf eine gestickte Uniform gefeuert, und den Mann fallen gesehen. Das ist es alles, was ich bis jetzt weiß. -

Als die Nacht einbrach, zog sich der H. von Poyanne mit seinen Truppen in sein Dorf zurück, wo er die Nacht ruhig zubrachte. Die feindliche Armee steht noch immer im Lager. -

Der H. von Werchini und sein Regiment haben sich sehr tapfer gehalten; er verdient das größte Lob. Der H. von Chabot und sein Regiment verdienen es gleichfalls; und der letzte muthige Angriff, welchen ich Ihnen eben erzählte, war kräftig und nachdrücklich. Auch muß ich den Hrn. von Poyanne loben; die Carabiniers haben sich wie gewöhnlich gehalten. •

Um drey Uhr nach Mitternacht kam ein Trompeter vom Herzoge von Cumberland an, welcher mir bloß den Brief des Grafen von Lynar überbrachte, wovon ich die Ehre habe Ihnen eine Abschrift zu senden, nebst der Abschrift von meinem Briefe und dem Briefe, welchen ich vor zwey Tagen

vom

vom Hrn. Dgier erhielt. Nach dem, was ich nun von dieser Unterhandlung einsehe, halte ich es nicht dem Interesse, und der Ehre des Königes gemäß, einen Waffenstillstand zu machen, oder auch nur einen Daumen breit Landes zurück zu geben, das wir bereits gewonnen haben; ich glaube aber, daß, wenn der Graf von Lynar nur die Neutralität der Stadt Stade versprechen will, und alles von beyden Seiten in statu quo bleiben soll, ich wohl thun werde, es vorläufig anzunehmen, bis ich vom Könige Befehle erhalte; bis dahin müßte ich denn erklären, daß ich keinen Verhaltungsbefehl habe.

Sie wissen, mein Herr, es ist mir unmöglich die Reise nach Stade zu machen, weil dazu, daß ich den vierten Theil der Artillerie, welche die H. H. Valori und Fontenai verlangt haben, einziehe; alsdann die zur Belagerung von Hameln bestimmte, welche noch da ist, nehme; und das, was noch zu Braunschweig liegt, an mich ziehe, mehr als fünf Wochen Zeit erfordert wird, ehe ich die Laufgräben eröffnen kann. Nachdem ich nun alles wohl untersucht hatte, so fand ich, daß es kein Mittel gab, es ausführen zu können; alle die Gründe der Lage, die ich die Ehre gehabt habe Ihnen zu schreiben, nicht ein Mahl dazu gerechnet: Ich dächte, der Vergleich wäre nebst allen den Umständen, die ich Ihnen eben angegeben habe, rühmlich und nützlich.

Diesen Abend oder morgen früh hoffe ich den Hrn. von Lynar zu sehen, und ich werde Ihnen unverzüglich einen Courier schicken, um Ihnen das Resultat von unserer Unterredung mitzutheilen; aber ich hielt dafür, daß nichts die Sache mehr unterstützen könnte, als eine starke Armee, um den Herzog von Cumberland anzugreifen, wenn er sich in seiner Lage widersetzen sollte. Ich habe alle Mittel aufgebothen, um die erste Linie der Armee bis nach Rottemburg vorrücken zu lassen, und alsdann die Zweyte. Nach Bourgabe habe ich geschickt, um mit ihm zu überlegen, ob es

nöthig

möglich ift, fie bis hieher zu ziehen, und mit Aufbiethung aller Mittel fie zu unterhalten.

Ich kann mich nicht entbrechen, mein Herr, Ihnen den Wink zu geben, daß Troß den Anerbiethungen des Landgrafen von Heffen und des Herzoges von Braunfchweig ihre Truppen doch noch immer bey der Armee find, und gegen die unfrigen fechten, und daß es mir fcheint, es verdiene einige Aeußerungen des Unwillens von Seiten des Königes.

Ich bin, u. f. f.

———

Nach dem erften Entwurfe zu den Winterquartiren, mein Herr, worin die Lage derfelben der Gegenftand der Betrachtung war, follte der linke Flügel fich an Bremen leh= nen, und an der Aller und Oker hergehen, der rechte aber nach Heffen zurück kehren.

Das Glück der letzten kriegerifchen Operationen aber fcheint eine Abänderung in diefem erften Plane nothwendig zu machen, fo daß der linke Flügel der Winterquartiere nach Harburg verlegt werden muß, von wo aus die Linie durch Lüneburg, Uelzen, Gifhorn und Braunfchweig geht, und gleichfalls nach Heffen zurük kehrt, indem man fich vorbehält Halberftadt zu befetzen, wenn es für nützlich gehalten werden follte.

Die Neutralität Schwedens; die Lage des Harburger Schloffes, welches man in einen guten Vertheidigungs Stand fetzen; Lüneburgs Lage, welches zu einem fernerweitigen und wichtigen Gegenftande dienen kann, und der Gegen= ftand der Unterhandlung des Hrn. von Champeaur war; und einige Hülfsmittel zur Fütterung, welche das Land Lüneburg hat, da es weder durch die Nachbarfchaft, noch den Aufent= halt der Armeen erfchöpft worden ift; die Nähe der Elbe, die in den Stand fetzt, die Schritte des Feindes während des Winters viel näher gewahr zu werden, und im Frühlinge um fo leichter auf ihn hervor zu brechen: diefes find die

                                                Be=

Bewegungsgründe zu diesem neuen Plane zum Einlegen in die Winter=Quartiere; um so entscheidendere Bewegungs= gründe, da dem Feinde seine Lage nicht erlaubt, das Geringste von Bedeutung an der Unter=Elbe zu unternehmen, wenn auch selbst der Frost diesen Fluß brauchbar machen sollte, wosern man nur Lüneburg vor einem Ueberfalle zu schützen weiß. Ein anderer nicht minder wichtiger Grund ist der Vortheil, die erste Linie mehr in der Gewalt zu haben; eine große Anzahl von Bataillonen und Eskadronen der ersten, zweyten und dritten Linie im Falle der Noth viel schneller versammeln zu können, und durch diese Vermehrung der Quartiere den Truppen mehr Gemächlichkeit und Hülfe zu verschaffen. Dieser letzte Punkt verdient um so mehr Beher= zigung, da die Beschwerlichkeit, welche die Truppen diesen Sommer erfahren; die vielfältigen Märsche und die Noth, welche sie erleiden mußten, den Offizier zu Grunde gerichtet haben, dem kein anderes Mittel übrig bleibt, als ein gutes Winter=Quartier, das ihn in den Stand setzt, den nächsten Feldzug wieder mitzumachen, und sich mit den Ergänzun= gen zu befassen, welche er mit seinem Trupp nothwendig vor= zunehmen hat. Dieser Ergänzungen gibt es vielerley Arten:

1) Die Rekruten=Ergänzung. Um diese zu erleichtern, scheint es nothwendig, eine gewisse Anzahl Urlaube Ba= taillonen=Weise zu ertheilen, und Mittel anzugeben, diese in den Grenzörtern versammelten Rekruten zu unterhalten, und sie zu ihren Regimentern zu führen.

2) Ergänzung der Truppen Montirung. Das Beste des Königreiches erlaubt es nicht, die Vorschläge der Ham= burgischen Kaufleute anzunehmen, welche sich angebothen haben, diese Montirung zu liefern. Die Manufacturen des Königreiches erfordern, daß man sie den Regimentern wie sonst verschaffe; aber die Kosten für die Fracht würde die Massen verderben, wenn der König nicht die Gnade hätte, dafür von der Grenze bis in das mit den Truppen besetzte Land zu sorgen.

Zur

Zur Besetzung der verschiedenen Posten, so wohl der ersten als der zweyten, dritten und vierten Linie der Winter-Quartiere, muß noch eine Anzahl Generale und Brigadiers angestellt werden; aber sie erfordern nicht die Menge, welche es in der Armee gibt. Ihre zu große Anzahl würde eine sehr lästige Consumtion für ein nicht sehr gesegnetes Land seyn, mit deren Hülfsquellen man sparsam verfahren muß. Demnach setze ich die Zahl der General-Lieutenants auf funfzehn oder sechszehn; des General-Majors auf sieben und zwanzig, oder acht und zwanzig; der Brigadiers der Infanterie auf vierzehn oder funfzehn; der Cavalerie auf zehn, nebst eben so vielen Brigade-Majors fest, wenn es der Hof gut findet, sie im Winter anzustellen; für den nächsten Feldzug werden zwanzig General-Lieutenants und vierzig General-Majors hinreichen.

Es scheint indessen, daß man sich nicht weigern kann, die Equipagen der Generale, welche nicht angestellt sind, und nach Frankreich wieder kehren, den Winter aber in den Quartiren der Letztern zu ernähren. Sie werden die Güte haben, Ihre Befehle hierüber dem Hrn. de Lucé zu ertheilen.

Ich kann diese Depeche nicht endigen, mein Herr, ohne Ihnen noch etwas über den Punkt, der die Quartiere betrift, zu sagen. Es ist der Abzug des Hrn. von Soubise nach Hessen, wenn der Marsch des Königes von Preußen ihn etwa dazu nöthigte. Außer der Unordnung, welche die Truppen in den Hessischen Quartieren verursachen würden, halte ich es auch nicht für das Beste der gemeinschaftlichen Sache, eine große Menge Truppen auf einander zu häufen, und von dem Mayne bis zur Lohne nicht auf seiner Hut zu seyn.

Diese Lage, scheint es mir, sollte der H. von Soubise wählen, wenn er umzuwenden genöthigt wäre; da ich aber nicht zweifle, daß dieser Artikel im Staatsrathe gründlich abgehandelt werde, so will ich mich nicht weiter darüber ver-

brei=

breiten. Ich wollte Ihnen nur in dem zuvor kommen, was ich darüber gedacht habe.

Ich habe die Ehre, u. s. f.

In meinem letzten Schreiben meldete ich Ihnen, mein Herr, daß der Minister des Königes von Dänemark, Graf von Lynar, mich um einen Geleitsbrief ersucht hätte; so bald er ankam, legte er mir verschiedene Artikel zu einem Tractate vor, welche ich auf diejenigen einschränke, so ich die Ehre habe Ihnen durch den Herzog von Duras zu überschicken, welcher bey allem, was vorging, gegenwärtig war, und Ihnen darüber mehr Auskunft geben wird, als ich es in einem Briefe zu thun im Stande bin.

Ich gab dem Hrn. von Lynar zu verstehen, daß das Verlangen, welches, wie ich wüßte, der König bezeigte, dem Könige von Dänemark Beweise seiner Freundschaft zu geben, und die Besorgniß, welche ich hegte, daß man glauben möchte, ich wollte durch einen Sieg einen Ruhm suchen, Ursache wären, die Vermittelung seiner Dänischen Majestät anzunehmen; daß ich aber auch nichts von dem einbüßen würde, was ich zuverläßig erhalten könnte: und dem zu Folge entwarf ich Artikel, woran auch nicht ein Wort zu verändern war.

Der H. von Lynar fand sie hart, begab sich aber doch damit zum Herzoge von Cumberland, welcher die Anmerkung machte, daß, ungeachtet er ihm hinderlich seyn könnte sie anzunehmen, er sie doch mit den Abänderungen, so er gemacht hätte, unterzeichnen würde.

Ich antwortete, wenn es in dem, was ich verlangte, Dinge gäbe, die nicht auszuführen wären, so wollte ich mich von Herzen gern zu Erklärungen willig finden lassen, die man darüber in besondern Artikeln machen könnte; würde aber keiner Sache Gehör geben, noch selbst irgend einen Vorschlag annehmen, wenn ich nicht den Nahmen des Herzoges

zoges von Cumberland unter den Artikeln fände, worüber er
sich mit dem Grafen von Lynar verglichen hätte, weil die
Zeit zu kostbar wäre, um sie mit Unterhandlungen zu verliehren. Dem zu Folge ließ ich alle Grenadier nach den
von Hrn. von Poyanne avanzirten Posten vorrücken, so daß
die Feinde nicht ungestraft hätten aufbrechen können.

Die Artikel wurden mir, so bald ich sie verlangte, wieder zugestellet. Meinem Versprechen gemäß setzte ich mich
hin, und entwarf die besondern Artikel, welche Sie hier
beygelegt finden; und ich glaube, ich konnte nichts Rühm-
licheres und Nützlicheres für die Waffen des Königes thun.

Die Hessen, die Braunschweiger und Gothaer waren
ganz entschlossen, den Herzog von Cumberland zu unterstützen, wenn ich ihn angreifen wollte: und ich glaubte,
die Wärme der Truppen abkühlen lassen zu müssen; um so
mehr, da ich durch diese Kapitulation eben dasselbe erhalte,
wenn sie unverzüglich die Artikel darzu festsetzen. Nun sind
die feindlichen Truppen auf immer zerstreut. Ich wollte
nicht ausdrücklich ihre Entwafnung verlangen, weil es gefährlich seyn kann, sie so gleich durch zu harte Bedingungen
aufs Aeußerste zu treiben, und weil man sich vor Verzweifelung zu fürchten hat. Ich hielt dafür, daß die Pässe,
welche ich dieser Armee gab, hinreichend wären, zu zeigen,
daß, indem ich sie einzeln der Gnade des Königes überlasse,
welcher der Herr des Landes ist, und da sie von den Eng-
ländern verabschiedet worden, sie nicht anders als zerstreut
und entwafnet unter unsere Truppen wieder aufgenommen
werden könnten.

Jetzt müssen Sie es durch ein Endurtheil vor dem Landgrafen von Hessen, vor Braunschweig und Gotha öffentlich
bekannt machen. Das, was noch von den Hessischen Truppen in dem Bezirke von Stade übrig ist, hat man wegen
der Garantie des Königes von Dänemark und der Verwah-
rungen, welche ich hinzugefügt habe, für nichts zu achten.
Sie müssen sich aber vorstellen, wie wichtig es ist, diese

Sache

Sache gleich zu Ende zu bringen, um versichert zu seyn, daß man von diesen Truppen nichts mehr zu befürchten habe, und um nicht von andern Operationen abgehalten zu werden, die den Krieg auf eine eben so rühmliche als unerwartete Art endigen können.

Ich habe die Ehre zu seyn, u. s. f.

Vom 15.

Ich habe Ihnen alles, was ich von der Lage von Halberstadt hielt, geschrieben, und herzlich gewünscht, mich daselbst behaupten zu können; und Sie wissen wohl, daß seit dem Anfange des Feldzuges alle meine Absichten auf dieses Land gerichtet waren, welches ich als das glücklichste Ziel betrachtete. So bin ich hier mit jeder Art von günstigem Vorurtheile angekommen; und erst nachdem ich die Gefahr sahe, um nicht die Unmöglichkeit zu sagen, sie den ganzen Winter über zu beschützen, und selbst die Unmöglichkeit in Rücksicht auf die Belagerung von Magdeburg, entschloß ich mich, Ihnen zu melden, was ich davon dächte. Ich wage es selbst Ihnen zu versichern, daß es aus der Armee nicht einen einzigen als gültig anzuführenden Bericht gibt, der dem widerspräche. Sollten Sie aber doch zufälliger Weise einen haben, worauf Sie mehr Vertrauen setzten, und wäre es der ausdrückliche Wille des Königes, so würde ich selbst mit Gefahr der Nachtheile, welche daraus entspringen könnten, sehr gern und sehr genau alles das ins Werk richten, was Sie die Güte hätten, mir vorzuschreiben *). Indessen

ver=

---

*) So schreibt ein General der Armee an einen Kriegs-Minister. Man sieht, daß dieser aus seinem Cabinette alle Operationen des Feldzuges dirigiren will, welches abgeschmackt ist. Jeder Minister wollte in seinem Departement auf gleiche Weise das Ruder führen. Was entstand daraus? Sie begingen einige Albernheiten; und das war nicht selten der Fall. Der General beklagte sich über Befehle, welche seine Anordnungen vernichtet hatten. Der Minister entschuldigte sich mit dem Befehle des Königes; und so blieb alles

verſichert ich Ihnen, daß ohne ausdrücklichen Befehl auch nicht Ein General ſich damit befaſſen wird.

Die Werke, welche Sie mir vorſchlagen, um Hälber=ſtadt anzulegen, ſind ſehr möglich. Denn da dieſe Stadt vor andern eine ſehr ſchöne Lage hat, ſo kann man auch alle Werke, die man nur will, bey ihr anbringen: aber ſie wiſſen auch, was es für Zeit erfordert, ſie rund um eine ſo große Stadt als dieſe iſt, nur leidlich zu machen; es iſt da=her für ein Winter=Quartier nicht rathſam, dieſes Werk im Monathe October anzufangen.

Auch habe ich über diejenigen nachgedacht, welche ſie mir längs der Bode vorſchlagen, und ſelbſt bey meiner An=kunft dem Hrn. von Fontenay den Auftrag gegeben, es zu unterſuchen, und es durch Ingenieurs unterſuchen zu laſſen. Sie haben daran gearbeitet, und einen Aufſatz darüber ver=fertiget, welchen ich Ihnen zuſchicken will. Aber außer der langen Zeit, welche dieſe Werke erfordern würden, macht der in dieſem Lande ſehr ſtarke Froſt die Bode und das unter=Waſſer=ſetzen mit derſelben, während der zwey Mona=the, die es hier regelmäßig friert, ſo wie auch die Elbe, wo ſie ins Meer fließt, eine deutſche Meile breit iſt, und mit Karren befahren werden kann, unbrauchbar.

Wenn es demnach, mein Herr, über dieſe Lage einigen Zweifel geben ſollte, ſo würde ich Ihnen die Gründe dafür und dawider, ſo unpartheyiſch vorlegen, als es mir immer möglich iſt; aber ich würde Ihnen nicht für die Thatſachen, die ich mich unterſtehe Ihnen vorzulegen, und für die Ueber=einſtimmung der Berichte hierüber, ſo wie ich ſoll, ſtehen

kön=

unbeſtraft, und gerieth vom Uebeln ins Schlimmere. Es leuchtet in die Augen, daß die Langſamkeit der H. H. von Paulmi und Bernis, wenn ſie mit Schnelligkeit antworten ſollten, und ihr Ei=genſinn zu anderen Zeiten, dem Feldzuge von 1757 ſehr vieles ge=ſchadet haben.

können. Es ist wohl möglich, daß es in einer so zahlreichen Armee, einige Träumer oder auch Leute gibt, die sich auf Kosten anderer wichtig machen wollen. Noch weniger darf ich mich wundern, daß Sie diese Lage in der Ferne für vortheilhaft halten, da ich, der ich viel näher war, Halberstadt für das gelobte Land und für die letzte Frucht meines Feldzuges hielt. Aber ich versichere Ihnen, daß, nachdem ich genaue Untersuchung angestellt, und auf allerley Weise versucht habe, ob es nicht Ein Mittel gebe, meine Meinung zu rechtfertigen, ich nun einsehe, daß sie weder Sicherheit noch Brauchbarkeit gewähret, und daß sich alle Vortheile, welche ich für die Magasine und Belagerung von Magdeburg daraus ziehen kann, auch in Wolfenbüttel vereint antreffen lassen, deren Entfernung zwar ein wenig weit ist, aber doch nicht hinreicht, die Gefahren zu überwiegen, so mit der Besetzung von Halberstadt verknüpft seyn würden.

Ich bin im Begriffe an den Hrn. von Hamilton zu schreiben, und selbst den Hrn. von Montalembert dahin zu schicken, der gern hin geht; und es wird von sehr großem Nutzen seyn, daselbst einen verständigen Mann zu haben, der mir von allem, was vorgeht, Nachricht geben kann. Er wird zugleich dem Hrn. von Hamilton das Regiment von Turpinscher Husaren und noch ein anderes antragen, welches Sie mir ihm anzutragen befohlen haben. Diese Hülfe scheint mir indessen doch in Rücksicht auf ihr Bedürfniß schwach: es würde übrigens eine Einbuße für mich seyn; denn Sie wissen, wie nothwendig meine Winter-Quartiere leichte Truppen brauchen.

Der H. von Chabot hat den Auftrag; mit seinem Regimente Rotenburg und Ottersberg zu decken; es wird ihm viele Arbeit kosten. Die Hennegauischen und Flanderischen Freywilligen sind ganz zusammen geschmolzen. Berchini ist den ganzen Feldzug über in Thätigkeit gewesen, und hat der Ruhe sehr vonnöthen. Das Regiment von Turpin ist das

eine

einzige, wovon ich mehr Gebrauch gemacht haben würde. Wenn man es übrigens mit einem andern ausschicken müßte, so könnte dieses kein anderer seyn als Polorezki, der von Türpin's ältester Brigadier ist, welches dem letztern aber sehr unangenehm seyn würde; und wenn diese Hülfe für die Schweden zu schwach wäre, wie ich nicht daran zweifle, so würden diese beyden Regimenter für uns verlohren gehen, ohne daß sie den Schweden je einigen Nutzen geschaft hätten. Ich werde dem Hrn. von Montalembert den Auftrag geben, Ihre Anträge bis auf Ihre fernern Befehle zu erwägen.

Ueber den Artikel der Capitulation mit dem Herzoge von Cumberland stimme ich mit dem Hrn. Abbé von Berniß so sehr überein, daß ich zu dem, was ich ihm darüber schreibe, nichts hinzu zu setzen weiß: und da Sie mich auf das zurück führen, was er mir im Nahmen des Königes schreiben soll; so würde ich Ihnen nur das wiederhohlen können, was ich ihm schrieb.

Ich befinde mich hier in einer sehr unbequemen und nachtheiligen Lage für die Armee, welche umkommt und alle Tage mehr umkommen muß, bis ich in die Winter=Quartiere einrücken werde. Nur deßhalb, weil ich die Bewegungen des Hrn. von Soubise beschützen, und den König von Preußen zurück halten wollte, beharrte ich so hartnäckig darauf hier zu bleiben; allein ich glaube nicht, daß dieses von so großem Nutzen ist, als es zum Untergange der Armee beytragen kann. Wenn indessen der H. von Soubise glaubt, daß ich ihm zu dienen im Stande bin; so will ich gern hier bleiben, bis ich, in Uebereinstimmung mit ihm, die Winter=Quartiere beziehen kann: es sey denn, daß Sie mir von nun an ausdrücklich schreiben, daß ich die Erhaltung der Truppen allem vorziehen soll.

In diesen Tagen denke ich ein großes Detaschement abzuschicken, welches das kleine Lager, so der Prinz Ferdinand dieß Seits Magdeburg hält, bedrohen, und zugleich ein anderes, welches ich nach Gardeleben schicke, decken soll,

um

um diese Stadt dafür zu bestrafen, daß sie, weil es ihr vom Könige von Preußen verbothen war, ihr Wort nicht gehalten, und die Kriegessteuer erlegt, alsdann sich einge= schlossen, und auf ein Detaschement Husaren, so ich dahin geschickt hatte, gefeuert hat: denn es würde ein sehr gefähr= liches Beyspiel für die übrigen Brandenburgischen Oerter seyn, wenn man ihnen dieses ungestraft hingehen lassen wollte.

———

Halberstadt, den 11 October 1757.

Es ist mir bekannt, mein Herr, daß der H. von Vau= ban die Kapelle hatte bauen lassen, worüber Sie sich mit Recht beklagen: aber er hat weder mich noch den Hrn. von Verchini, unter dessen Befehle er, so wie viel andere Dinge standen, um Erlaubniß dazu gebethen. Da ich aber nicht förmlich große Klagen darüber geführt hatte, und die Sache ein Mahl geschehen war, so wollte ich in einer so kitzlichen Sache nicht weiter gehen; doch würde ich es verhindert ha= ben, wenn ich zum voraus davon Nachricht erhalten hätte.

Ich sehe ganz wohl ein, daß es nothwendig ist, die Form zu beobachten, und um die Einführung der Französi= schen Truppen in die Reichsstädte anzuhalten; und ich werde sie auch, wenn es möglich ist, beobachten lassen. Da ich aber keinen Reichs=Commiß bey mir habe, so erlaubt mir die Schnelligkeit der militärischen Operationen diesen Verzug nicht; und ich muß selbst um die Erlaubniß ansuchen, wie ich es zu Goslar und Nordhausen zu thun genöthigt war.

Ich werde den Bericht der Privatperson untersuchen, die den Ort anzeigte, wo sie glaubte, daß die Schätze des Kö= niges von England sich befinden, wie wenig wahrscheinlich es auch seyn mag. Ich habe selbst sagen hören, daß er zum Theile nach Dänemark zum Theile nach England gebracht worden sey.

Es ist hier auch bey mir ein Sächsischer Oberster mit Briefen von dem Könige von Pohlen und dem Grafen von Brühl

Brühl angekommen.   Der Sächsische Offizier sagt er, soll die Sächsischen Ausreisser für den Dienst des Königes von Preußen zusammen sammeln; es war schon einer da, der auch beym Hrn. von Soubise gewesen ist; und dieser, glaube ich, wird nicht mehr Geschäfte haben, als der andere gehabt hat.   Dieses wird eine kleine Verwirrung mehr für das Haupt-Quartier seyn, welches schon von Moskoviten, Dänen und Leuten aller Art überschwemmt ist.

Der König von Pohlen und der H. von Brühl denken, daß Magdeburg wohl eingenommen werden; sie zweifeln selbst nicht einen Augenblick, daß man nicht sogleich in ganz Sachsen wieder eindringen, und zu Dresden das Martins Fest feyern könne; und der Graf von Broglio ist nicht weit davon entfernt.   Ich würde sicher mehr Lust dazu haben, als sie, wenn es möglich wäre; aber ich gestehe, daß ich nicht den geringsten Anschein dazu sehe: man muß hoffen, daß dieser Fürst das künftige Jahr erwarten wird.

An den Abbe von Bernis.

Vom 15. October 1757.

Mit dem Courier, der gestern bey mir ankam, mein Herr, habe ich den Brief vom 6. erhalten, welchen Sie mir die Ehre erwiesen haben, an mich zu schreiben, und die Vollmacht, welche dabey lag, um die letzte Hand an die Capitulation vom 10 September zu legen; aber der Mangel an einem Verhaltungsbefehle bey Zufällen, welche sie etwa aufhalten möchten, verhindert mich auch jetzt noch, sie beendigen zu können.

In dem 11. Artikel der Capitulation heißt es ausdrücklich, die Hülfstruppen sollten sich in die Länder zurück begeben, wohin sie zu Folge des Vergleichs zwischen dem Französischen Hofe und ihren respectiven Souverain verlegt und vertheilt werden würden; und in dem ersten Artikel der befondern Artikel ist es auch ausdrücklich angegeben, daß die Truppen keine Kriegsgefangene seyn sollen.

Sie haben es gelesen, mein Herr, daß der Landgraf von Hessen, der noch über dieses vom Herzoge von Cumberland unterstützt ward, behauptete, daß alle die Truppen, welche keine Kriegsgefangene wären, auch nicht entwafnet werden könnten; und diese Behauptung geht so weit, daß der Graf Donnep mir im Nahmen des Landgrafen ganz frey heraus sagte, daß seine Truppen ihm mehr als sein Land einbrächten, daß sie seine Haupt=Einkünfte ausmachten, und daß er sich lieber allem Unglücke, worin er gerathen könnte, aussetzen, als sie beschimpfen lassen wollte.

Ich dachte immer, seitdem die Frage in Anrege kam, es würde nicht dazu kommen. Ich ersuchte Sie um Verhaltungsbefehle auf den Fall, daß sich dieses ereignen sollte, und bath Sie um die Beschleunigung derselben. Ich brauchte sie in sehr bestimmten Ausdrücken. Ueber dieses erforderte die Convention selbst, worin es heißt, daß die Truppen nach dem zwischen dem Könige und ihren respectiven Souverain errichteten Vergleich verlegt und vertheilt werden sollten, eine besondere Instruction, in welcher Sie mir wenigstens hätten sagen müssen, daß Sie sich auf das bezögen, was ich zu dieser Anordnung würde eingerichtet haben.

Ich brauchte auch eine zur Einlegung der Hannöverischen Truppen in das Herzogthum Lauenburg. Bey dem ersten Empfange dieser Capitulation schrieben Sie mir, daß die Alliirten des Königes über das Einrücken der Truppen in ihre Nachbarschaft, wo man sie unmöglich leiden könnte, erschrocken gewesen wären, und daß man noch besondere Clauseln hinzufügen müßte, um sie so lange unwirksam zu machen, als der Krieg noch dauern würde, wie die kontrahirenden Theile zu Kloster Zeven es zu erklären geglaubt hätten. Sie haben gesehen, daß es nicht schwer gehalten hat, es auf eine noch klärere Weise zu stipuliren; allein man

hatte

hatte auch noch ausdrücklich die Erwiederung der Neutralität des Herzogthumes Lauenburg, wo diese Truppen seyn sollten, verlangt.

Ich schrieb Ihnen gleich, ich glaubte, dieses könnte einige Folgen haben; und da ich über die Hannöverischen Bataillons nicht erschrecken würde, welche hier vorbey kommen sollten, so verwarf ich diese Bedingung.

Während dieser Erklärung erboth sich der König von Dänemark die Hannöverischen Truppen in seine Staaten aufzunehmen, und ich sehe selbst aus einer Note von Ihrer Hand, daß Ihnen dieser Vorschlag nicht mißfiel, und Sie wissen wollten, was ich darüber dächte. Ich darf annehmen, daß Sie für das gesorgt haben, womit Sie die durch die Nachbarschaft dieser Truppen in Schrecken gesetzten Alliirten wieder aufrichten können, und zugleich für einen Vortheil in der von unserer Seite freyen Ausübung aller Kriegsrechte in dem Herzogthume Lauenburg.

Nach Ihrer letzten Depesche indessen denken Sie, daß man dabey bleiben müsse, die Hannöverischen Truppen von der andern Seite Hessens zurück zu schicken; und Sie schreiben mir nicht, ob ich, wenn ich ihre Unwirksamkeit bis zu Ende des Krieges verlange, von meiner Seite die Neutralität des Herzogthumes Lauenburg zusichern kann, welches ein so wichtiger Artikel ist, daß man ihn in meiner Instruction nicht auslassen darf: wenn es aber auch möglich wäre, ihn in der Wahrscheinlichkeit zu suchen; so könnte ich doch jetzt nicht Gebrauch davon machen, weil der Herzog von Cumberland sich für die Hessen erklärt, und sagt, daß er aus schon angegebenen Gründen die Entwaffnung der Truppen als eine Verletzung der Capitulation ansehe, und daß, wenn wir sie unserer Seits nicht halten, er auch nicht verbunden sey, sie seiner Seits zu halten. Sie sehen also, mein Herr, daß Sie von den Bemerkungen, welche Sie mir über den dritten Artikel machen, weit entfernt sind, nach welchen Sie glauben, daß es gar nicht schwer halten

wer-

werde, weil der König dem Landgrafen von Heſſen und den andern Alliirten des Churfürſtenthumes Hannover eben die Bedingungen gewähret, welche er dem Herzoge von Braunſchweig gewährt hat, und wie weit der Landgraf entfernet iſt, dieſem nachahmen zu wollen.

Die Jahrszeit iſt zu weit fortgerückt, und die Ungewiß heit über die Vollziehung dieſer Capitulation dauert zu lange, als daß Sie mir nicht entſcheidend die beſtimmten Verhal tungsbefehle ſchicken ſollten, wo auf alle Fälle Vorbedacht genommen worden iſt.

1) Kann ich, da die Hannoveriſchen Truppen in das Herzogthum Lauenburg gehen, die gegenſeitige Neutralität dieſes Herzogthumes garantiren? daß die Truppen daſelbſt nicht im geringſten werden beunruhigt werden? und ihre wechſelſeitige Unwirkſamkeit während des Krieges?

2) Soll man auf der Entwafnung der Truppen beſtre ben, und behaupten, daß, obgleich dieſes in der Capitula tion nicht bedungen worden ſey, es doch hätte bedungen ſeyn, oder ſo darunter verſtanden werden ſollen. Und im Falle, daß der Landgraf in Verbindung mit dem Herzoge von Cumberland behaupten, wie ſie es denn auch wirklich thun, daß man in einer Capitulation nichts verſtehen könne, was nicht darin enthalten iſt, und weil es ausdrücklich darin heiſſe, daß, da die Truppen durchaus keine Kriegsge fangene ſind, ſie auch nicht entwafnet werden dürfen. Wenn man alles das, was dunkel zu ſeyn ſcheint, aufzu klären ſuchte; wenn ſie ihre Hartnäckigkeit ſo weit trei ben, und die Capitulation brechen, und ſie für nichtig erklä ren ſollten, was für einen Entſchluß ſoll ich dann faſſen? Aber nehmen Sie, ich beſchwöre Sie, ja auf jeden Ausgang und jede Folge dieſes Entſchluſſes Bedacht, ſo wohl in Rück ſicht auf den Landgrafen von Heſſen, als in Rückſicht auf die Hannoveriſchen Truppen.

Es gibt gar keine Schwierigkeit für die in den Gebiethen des Herzogthumes Mekelnburg etablirten Hannöverischen
Invaliden, noch Hinterlist von Seiten des Hrn. von Lynar,
weil man davon gesprochen hat. Aus eben dem Grunde,
warum Sie eine Bestätigung des Besitzes dieser Invaliden
in diesen Gebiethen befürchten, muß er auch befürchten,
daß unter der Bedingung, daß keine Hannöverischen Truppen hier eingelegt werden können, nicht auch dieses mit darunter begriffen ausgedrückt sey, daß diese Invaliden genöthiget werden können, wieder hinaus zu gehen. Ich erinnere mich, daß er mir bey der Uebergabe der schriftlichen
Capitulation auf die Bemerkung, die ich darüber machte,
diese Antwort gab; und es wird nicht schwer seyn, diesen
Artikel abzuändern, indem man hinein setzt, daß die Sachen in dem Zustande bleiben sollen, worin man sie in allen
Stücken in dem Herzogthume Lauenburg findet.

Wenn ich nach diesem noch meine Meinung sagen darf,
und die Ideen so, wie ich es mir vorstelle, verbinden kann,
so denke ich, daß, wenn die Hannöverischen Truppen ein
Mahl in dem Herzogthume Lauenburg aus einander gelassen
sind, es keine Schwierigkeit machen müßte, die Hessischen
nach Dänemark marschiren zu lassen, weil wir nur in dem
Falle die Rückkehr derselben zu befürchten hätten, wenn wir
so unglücklich wären genöthigt zu seyn, Hessen zu verlassen. Mir scheint es sehr klar, daß in diesem Falle eben
diese vertheilten Truppen, mit oder ohne Waffen, wie man
es wollte, weit leichter wieder zusammen zu bringen, und
auf eben den Fuß, wo sie jetzt sind, zu stellen wären, als
sie aus Holstein zu ziehen, wozu von Seiten des Königes
von Dänemark und von Seiten eben dieser Truppen selbst
zwey offenbare Uebertretungen eines feyerlichen Tractates
an statt eines erfordert würden; und ich kann mich nicht
entbrechen, Ihnen zu gestehen, mein Herr, daß ich einige
Uebertreibung in den Besorgnissen und Vorkehrungen finde,

                                   welche

welche Sie in der Vollziehung einer Sache vorbringen, die uns noch weit simpler zu seyn scheinet, als wofür Sie sie ansehen. Noch ein Mahl, mein Herr, man kann Truppen, welche schaden können, nicht zu weit entfernen; und ich stehe für die Ausführung dessen, was ich vorschlage.

Ich gebe zu, daß die Gesichtspunkte sehr verschieden sind, und Sie vielleicht vieles wissen, was ich nicht weiß. Aber ich sehe auf nichts als die Capitulation, welche schon vollzogen seyn würde, wenn Sie mir nebst Ihren ersten Betrachtungen auch zugleich bedingte Macht zugeschickt hätten, um Gebrauch davon zu machen, im Falle man alles das, was Sie verlangten, bewilligten sollte, wie es denn auch geschehen ist.

Ich sehe auch, daß eine beträchtliche Zeit verlohren gegangen ist, während welcher so viele Mächte neue Fragen erhoben haben und noch erheben können; Mächte, die, den Beschluß zu verhindern, Gründe haben, welche auf so viele Fälle, so sich ereignen können, gestützt sind, und welche Sie in solche Verwirrungen stürzen könnten, wovor ich, das gestehe ich Ihnen, zurück bebe. Nichts würde alsdann vielleicht dem Uebel abhelfen können; und ich halte mich durch die Ehre verpflichtet, Ihnen davon einen Wink zu geben.

Dieses sind mehr Betrachtungen eines Soldaten und Bürgers als eines Staatsmannes; sie rühren gar nicht, das schwöre ich Ihnen, von einem in sein Werk verliebten Manne her; sie sind bloß eine Wirkung meines Eifers und des Schmerzes, den ich habe, Irrthümer zu sehen, die vielleicht durch meinen Fehler bey dieser Sache entstanden sind.

Ich habe eine Unterredung mit dem Hrn. von Lynar gehabt, und ihn gebethen, selbst alles das schriftlich nieder zu setzen, was er mir sagte; weil ich dafür hielt, daß dieses

mehr

mehr Kraft haben und ihn mehr binden würde, als wenn ich es Ihnen bloß erzählte.

Ich bin, u. s. f.

Der Marschall von Richelieu entschuldiget sich in einem andern Briefe, daß er nicht im ersten Augenblicke die Hannöverischen, Hessischen und anderen Truppen hätte entwafnen können. Man sieht aus diesem, daß er wohl Ursache hatte, sich über die Langsamkeit, womit man sehr simple Entscheidungen ertheilte, zu beschweren. Wenn man zugibt, daß der Marschall im Begriffe war, mit dem Entwaffnen der Truppen den Anfang zu machen; so begingen die Minister einen weit größern Fehler (und dieses beweiset, wie viel Uebel sie bis jetzt gestiftet haben), daß sie bey einer Sache zögerten, welche Eilfertigkeit erforderte. Wären die Hannöverischen Truppen so gleich von der einen Seite in dem Herzogthume Lauenburg vertheilt worden, und die Hessischen nach Dänemark gegangen, wie Richelieu es wollte, so war alles vorüber; sie hätten nicht so leicht wieder die Waffen ergreifen können, als die Nachricht von der Schlacht bey Roßbach einlief. Alle diese Entscheidungen, welche man nach Gefallen in unendliche Länge zog, und die Entscheidungen wegen des Postens von Halberstadt, welchen Richelieu wider seinen Willen einnehmen mußte, und wieder zu verlassen genöthiget ward, würden nicht Schuld an seiner Unwirksamkeit gewesen seyn. Er würde dem Könige von Preußen eine Diversion gemacht haben; und dieser Feldzug wäre sicher der glorreichste im ganzen Kriege gewesen. Es erhellet deutlich aus diesem Briefe, daß nicht der Marschall für alles das in Anspruch zu nehmen sey, was aus dieser famösen Convention zu Kloster Zeven erfolgte, sondern die Minister: denn obgleich die Feinde die Waffen wieder ergriffen, so trieb doch Richelieu den Prinzen Ferdinand bis auf den letzten Augenblick in die Flucht, oder both ihm die Spitze. Dieß sind Thatsachen, die unmöglich bestritten werden können; und Voltair hatte wohl Recht zu sagen, daß eine Hof-Intrigue den Feldzug von 1757 um alle seine Früchte brachte.

An von Paulmy.

Vom 20. October.

Als ich Ihren vorletzten Courier erhielt, mein Herr, hatte ich schon den H. H. von Valori und von Fontenai den

S 4

Auf=

Auftrag gegeben, ihr Aeußerstes zu versuchen, Halberstadt so einzurichten, wie es der König zu verlangen schien. Sie hatten ein sehr ausführliches Memoire aufgesetzt, welches Sie vielleicht nicht so, wie Sie es hoffen mochten, gefunden haben; man brachte es ins Reine, als Ihr Courier vom 13 ankam, von welchem ich erfuhr, daß der H. von Cremille kommen soll. Ich erwarte ihn mit Ungebuld, und sehe ihm mit Vergnügen entgegen. Bis er also ankommt, mein Herr, und damit wir doch über seine Verhaltungsbefehle geplaudert haben, und er selbst erst mit eigenen Augen das einsehe, was nöthig ist, was weder lange dauern, noch schwer seyn darf, will ich keinen bestimmten Entschluß fassen, und bey der Hand zu seyn suchen, um alles das zu befolgen, was wir für das der Möglichkeit und den Absichten des Königes entsprechendste halten, wozu er hier Gründe haben mag, denen alle militärische Bewegungsgründe weichen müssen, und bey welchen ein General nichts auf sich nehmen kann.

Das bitte ich Sie aber nicht aus den Augen zu laffen, daß der Posten von Halberstadt für den nächsten Feldzug und die Belagerung von Magdeburg durchaus gleichgültig war, und es mir nicht militärisch möglich schien ihn einzunehmen, ohne gefährlichen Eräugnissen ausgesetzt zu werden. Ich würde geglaubt haben, wider meine Pflicht zu handeln, und des Postens, welchen ich einnehme, unwürdig zu seyn, wenn ich Ihnen nicht gesagt hätte, was ich für wahr halte, selbst mit der Gefahr zu mißfallen, und gegen eine Meinung anzustoßen, welche mir wohl gefaßt und stark unterstützt zu seyn scheint. Ich wiederhohle es mit mehr Vertrauen, weil der H. von Cremille im Stande seyn wird, Sie besser zu überreden.

Aus meinem letzten Briefe haben Sie jedoch gesehen, daß ich die Befehle des Königes so vollzogen haben würde, als ob ich das größte Vertrauen zu der Arbeit gehabt hätte. Nur

Nur zwey Generale fand ich, welche mehr oder weniger Zeit erforderlich hielten, als dieser Posten sich halten kann; der eine war der Herzog von Broglio, welchem ich gleich in den ersten Tagen meiner Hieherkunft; und da ich noch die Hofnung hegte, mich hier halten zu können, den Auftrag gab, ihn zu untersuchen. Er sagte mir einige Tage darauf, daß er dächte, wie ich seither gedacht habe, und daß er sich, wie jeder andere damahls, nicht anders als auf ausdrücklichen Befehl damit befassen würde.

Der andere General ist der H. von Voyer, der die vorzüglichste Kenntniß von diesem Lande, so er sich mit dem größten Fleiße erwarb, und ein ungeheures Talent besitzt, welches ich seitdem, daß ich ihm so nahe bin, um ihn in Arbeit zu sehen, kennen gelernt habe, wofür ich ihm alle Gerechtigkeit, so er verdient, widerfahren lasse.

Nach dem Empfange Ihres Briefes schickte ich ihn hin, es zu untersuchen, in der Absicht, ihm die Sache ganz zu übertragen; weil ich glaube, daß ein Mann, der eine Arbeit übernimmt, die man ihm zutraut, im Stande ist, sie besser zu machen, als einer, der sich derselben nur aus Gehorsam unterzieht. Ueber dieses ist er so unglaublich wachsam, und stets zu Pferde; er ist am meisten voraus detaschirt, und kennt das Land so, wie es keiner kennt.

Ich schicke Ihnen die Abschrift von einem Briefe, welchen er an Cremille oder Sie schrieb, und der mit dem Courier abgehen sollte, den ich, wenn ich den Ihrigen nicht erhalten hätte, im Begrife stand abzufertigen.

Ich erwarte mit Ungeduld den Courier mit den Befehlen die Winter=Quartiere zu beziehen, zu welchem Sie mir von einem Augenblicke zum andern Hofnung machen; Sie werden mir sicher zugleich Licht über die Zeit und die Umstände, unter welchen ich sie beziehen soll, geben.

Der H. Bouvet ist hier vom Hrn. von Soubise angekommen, um in Uebereinstimmung mit mir alle ersinnlichen Anordnungen zu unserm Winter=Quartiren auf alle Fälle zu

treffen.

treffen, so wie zur gegenseitigen Vereinigung und Unterstü-
tzung eben dieser Winter-Quartiere. Er ist gegenwärtig
jenseits auf einer großen Promenade; so bald er zurück
kommt, wollen wir die Materie ausführlich abhandeln, und
es wird alsdann nicht schwer halten, uns leicht zu verstehen:
und da wir sicherlich beyder Seits eben den Eifer und eben
das Beste zum Gegenstande haben; so werden unsere Meinungen, so bald die Unmöglichkeit und die Schwierigkeiten
erst bekannt sind, bald zu vereinigen seyn.

Ich kann nicht unterlassen, Ihnen noch zu sagen, selbst
mit Gefahr Ihnen zu mißfallen, und von neuen tief einge-
wurzelte Vorurtheile zu rügen, daß man die Quartiere in
dem Saalkreise für so wichtig hält, für weit wichtiger, als sie
es verdienen, und daß der Posten zu Bernburg, ununter-
stützbar und ganz unnütz ist, für welchen, wie es mir scheint,
Sie eine große Vorliebe haben.

Den Vorschlag, welchen der Bailli von Halberstadt dem
Hrn. Dumenil machte, habe ich Ihnen geschrieben; er ist
befolget worden; und Sie werden aus der Abschrift von drey
Briefen des Prinzen Ferdinand sehen, bis zu welchem
Grade man ihn getrieben hat, und wie es damit geht.
Dumenil bekam den Auftrag von mir, Ihnen einen Be-
richt davon abzustatten, weil ich mich nicht dabey sehen
lassen, noch umsonst hinein gehen wollte. Ich glaubte die
Antwort machen zu müssen, welche ich Ihnen auf die Briefe
schicke, worin, wie es mir schien, eine Art von List lag.

Indessen verhehle ich Ihnen nicht, daß ich diesen Vorschlag für sehr vortheilhaft hielt, weil er den Besitz von
Halberstadt, der Ihnen so sehr am Herzen liegt, und die
Gewisheit der Versicherungen, welchen das Land zu Unterhaltungen gegeben hat, mit einander vereiniget.

Ich kann nicht schließen, ohne Ihnen die Betrachtung
vorzulegen, mit welcher Leichtigkeit der König von Preußen
das Halberstädtische Gebieth einnimmt, und das mag zum
Beweise dienen, wie unwichtig der Besitz dieser Stadt ist.

Viel-

Vielleicht könnte man darauf antworten, daß etwas dahinter steckt; es ließe sich hierauf vieles erwiedern, was ich nicht vor der Zeit vorbringen will: das Faktum indessen sollte wenigstens, glaube ich, einigen Verdacht gegen die Vorurtheile erregen. Noch bleibt zu untersuchen, bis auf welchen Punct dieser militärische Verein den politischen Nachgiebigkeiten unterworfen werden kann; doch dieses zu entscheiden ist meine Sache nicht, und hierüber erwarte ich Verhaltungsbefehle von Ihnen oder von dem Hrn. von Cremille bey seiner Ankunft.

Ich füge noch hinzu, mein Herr, daß ein Stab von den Brigaden der Kürassierreuter diesen Winter gebraucht zu werden wünscht.

Ich habe die Ehre zu seyn, u. s. f.

———

Vom 30.

Nach dem, was der H. von Berchini mir schreibt, scheint es mir, daß die Hessen die gute Art, wie man Ihnen begegnet, misbrauchen; es sind Dinge vorgefallen, die sehr nahe an eine Empörung grenzen. Ich habe ihm geschrieben, er möchte andern zum Beyspiele strenge bestrafen, und mit der größten Festigkeit verfahren; denn es ist das beste Mittel zum Ziele zu kommen.

Ich schrieb Ihnen, mein Herr, daß ein Kaiserlicher Husaren-Offizier in Oldendorf bey mir war, und mir erzählte, daß zwey Regimenter, jedes zu tausend Mann, in Frankfurth angekommen wären, um zu mir zu stoßen, dem zu Folge ersuchte er mich um Ordres zu seinem Marsche, welchen ich ihm auch ertheilte.

Indessen erfahre ich so eben, daß die Bestimmung dieser beyden Regimenter verändert ist. Das sollte mir, ich gestehe es, sehr leid thun; denn diese Truppen würden mir sehr nützlich seyn, wenn ich in Halberstadt bin, um das

ganze

ganze Land des Königes von Preußen bis an die Elbe und
die Thore von Magdeburg zu brandschatzen. Am meisten
würden sie unsern leichten Truppen gute Beyspiele, deren sie
bedürfen, gegeben, und sie vielleicht gelehret haben, den
Krieg, wie sie zu führen, wovon sie schon sehr entfernt sind,
welches sehr zu wünschen wäre. Ich brauche wenigstens
eines davon, wenn ich sie nicht beyde haben kann.

An den Abbe von Bernis.

Vom 1. November 1757.

Sie wissen, mein Herr, daß nach der Unterzeichnung
der Capitulation zu Kloster Zeven sich alle Truppen der Armee des Herzoges von Cumberland in Marsch setzten, um
das zu halten, wozu sie sich verbindlich gemacht hatten;
daß es damahls, als Sie mir einen Courier schickten,
die Zusätze und Erklärungen zu dieser Capitulation hinzu zu
fügen, ausgemacht ward, daß alle Truppen so lange an
dem Orte, wo sie sich befanden, als ich den Courier erhielt,
in statu quo bleiben sollten, bis alle Schwierigkeiten geho-
ben wären; und daß sich eine Partey Hessischer Truppen
bey Ferden blicken ließ, welches, wie Sie sehen, sehr weit
von Stade, wovon sie abgereiset waren, entfernt ist. Gestern kam hier ein Major von eben diesen Truppen mit einem
Schreiben vom Hrn. von Sartronn an, wovon ich hier die
Abschrift beylege. Der Graf von Lynar meldete mir die
Ankunft dieses Majors, und ich gerieth Anfangs darüber sehr
in Zorn, daß er ohne Geleitsbrief erschien; noch erbitterter
aber ward ich, als ich die Absicht seiner Reise und den Rückzug der Hessen erfuhr. Der H. von Lynar konnte nicht
läugnen, daß dieses nicht heisse, sein Ehrenwort halten,
wofür er doch garantirt hatte. Ich setzte sogleich die Antwort an den Hrn. Sartronn auf, wovon ich hier die Abschrift beylege, so wie auch eine Abschrift von dem Briefe,
wel-

welchen ich auf der Stelle an den Landgrafen mit einem
Courier abschickte. Es war auch während dieser Zeit, noch
einer von diesem Fürsten an den Grafen Donnep unter We=
ges, den er mir gestern brachte; er wollte mir ihn nicht
lassen: aber ich las ihn genugsam durch, um Ihnen das
Wesentliche daraus mittheilen zu können, und dieses lautete:
daß nach dem, was der H. von Pockeben ihm geschickt hätte,
und nach einer, dem zu Folge, reiflich angestellten Ueber=
legung, er, ohne einen Augenblick das Verlangen, so er
nach der Gnade des Königes trüge, aus dem Gesichte zu ver=
liehren, wünschte, daß der H. Donnep sehen möchte, ob ich
nicht im Stande wäre, mich mehr über die Bedingungen,
unter welchen wir seine Truppen in unsern Dienst zu nehmen
gedächten, zu erklären, als man es zu Paris gewollt hätte;
es falle ihm schwer, ehe er dieses wisse, einen Entschluß zu
fassen. Hierauf verbreitet er sich über die Art, wie sein
Land frey geworden ist, und über das Einkommen, welches
er aus dem Werthe seiner Truppen zieht; alsdann kommt
eine Stelle darin vor, welche mich sehr stutzig machte. Ich
weiß nicht, sagt er, ob der König von Groß=Brittannien,
als Churfürst von Hannover, die Capitulation von Kloster
Zeven ratificiren wird; aber das Brittische Ministerium be=
hauptet, daß der Herzog von Cumberland in keiner Qualität
über die von Groß=Brittannien bezahlten Truppen schalten
könne; und alsdann will ich auch nicht verhehlen, daß man
in mich dringt, meine Truppen zu den Truppen des Köni=
ges von Preußen stoßen zu lassen: ich wünschte daher, daß
sie in den Staaten des Königes von Dänemark wären, um
eine so beunruhigende Lage zu vermeiden. Suchen Sie fer=
ner, sagt er, es dahin zu bringen, daß sich der Marschall
von Richelieu über den Gebrauch erkläre, welchen er von
meinen Truppen machen will. Er spricht auch von der
Schwierigkeit, die es ihm machen würde, alle Römer=Mo=
nathe, welche er schuldig ist, und das Contingent, welches,
wie es scheint, der Wiener Hof noch immer von ihm verlan=
get,

get, zu erlegen und es so einzurichten, daß er erfahre, was der Französische Hof dabey denkt; indem er an den Grafen Dönnep noch hinzufügt, daß er nicht eher als nach dem Resultate der Antworten auf alle diese Betrachtungen, einen entscheidenden Entschluß fassen könne, um dem Verlangen, sein Möglichstes zu thun, die Gnade des Königs wieder zu erlangen, nachzuhängen.

Ich antwortete dem Hrn. Donnep, daß der König sicher alles das verlangen würde, was der Wiener Hof begehrte; daß dieser Recht hätte, selbst alle Römer-Monathe und sein Contingent zu verlangen; und daß, was die Disposition seiner Truppen beträfe, er wohl wüßte, daß man unmöglich im voraus schon den Canton, wohin es nöthig sey, den Krieg mit der größten Gewalt zu spielen, bestimmen könnte; wenn er sich aber, wie der Herzog von Braunschweig fürchtete, daß man sie von der andern Seite des Meeres transportiren möchte, so glaubte ich ihm sagen zu können, obgleich noch keine Instruction da wäre, daß man nicht daran dächte.

Hierauf sagte er mir, man schreibe ihm, daß wir die Absicht hätten, sie zu den Schweden stoßen zu lassen. Ich antwortete ihm, daß ich hierüber nicht mehr Instruction hätte, als über das Uebrige, und selbst glaubte, daß noch niemand an die Disposition der Truppen gedacht hätte; daß es noch sehr dahin stünde, ob wir sie in unsern Dienst nähmen; daß ich aber überhaupt dächte, daß wenn man ein Mahl die Truppen sehr theuer bezahlte, man sich auch derselben allenthalben, wo man ihrer benöthigt wäre, gehörig bedienen würde. Er antwortete mir nichts recht Bestimmtes hierauf; und wenn ich mein Urtheil über die Wendung dessen, was er mir sagte, fällen darf: so kam es mir vor, als ob er mich wenigstens zu glauben überreden möchte, daß er lieber sähe, sie dienten da, als anderwärts, und daß er hauptsächlich besorgte, sie sollten gegen den König von England dienen; aber ich that nicht, als ob ich das geringste hörte,

hörte, und wandte mich von diesem Kapitel der Unterredung, auf andere Dinge.

Schon war ich im Begriffe, mein Herr, meinen Brief zu schließen, als Ihr Courier ankam. Ich las und las ein Mahl über das andre dasjenige wieder durch, was Sie mir, seit dem 6. October geschrieben haben; und nachdem ich es, mit der gegenwärtigen Conjunctur zusammen gehalten hatte, wo man durchaus wissen muß, woran man sich zu halten hat, ob man den letzten Schritt der Hessen, wovon ich die Ehre gehabt habe, Ihnen im Anfange dieses Briefes Meldung zu thun, bestrafen, oder hingehen lassen soll: so glaubte ich, daß das Wesentliche hierbey das wäre, die wichtigen Bedingungen der Capitulation wo möglich, beobachten zu lassen, und solche Wirkungen, deren Folgen so wichtig sind, können, nicht neuen Ungewißheiten und Wortanordnungen zu überlassen. Doch bin ich bey dem Grafen Donnep gewesen, welcher das Podagra hat, und mir schrieb, daß er nicht hieher kommen könnte; ich traf den Hrn. von Lynar bey ihm, und konnte nicht ausweichen, vor ihm von einer Sache zu reden, wovon ich gewiß wußte, daß er sie den Augenblick darauf erfahren würde, ein Zurückhalten, welches das Ansehen von Mißtrauen gehabt hätte; ich sagte zum Grafen Donnep, daß man aus alle dem, was das Resultat meines Briefes wäre, und aus den Instructionen, welche der eben angekommene Courier mir brächte, in Verbindung mit dem letzten Schritte der Hessen, leicht einsehen könnte, woran man sich bey dem Grunde der Gesinnungen des Landgrafen zu halten hätte, ohne einige fernerweitige Aufklärungen erwarten zu dürfen, und daß ich zu der Erfüllung aller in der Capitulation vorkommenden Bedingungen aufforderte, die blos unter dem Vorwande, oder dem Grunde der Furcht vor der Entwaffnung seiner Truppen aufgeschoben worden wären; daß ich ihm aber Kraft meiner Vollmacht in Hinsicht des gegenwärtigen Umstandes mein Wort gäbe, daß es nicht geschehen sollte, weil in dem Mo-

nathe

nahe November, worin wir uns befänden, nichts so dringend
wäre, als zu wissen, ob wir Frieden oder Krieg haben wür=
den; und daß ich mich anschicken wollte, den Schritt der
Hessen beym Könige zu verantworten, wobey er mich oder
die, welche unter mir befehligen, der Nachläßigkeit schuldig
halten, und dafür zur Rechenschaft ziehen könnte, wenn es
nicht, wie er mir versicherte, eine Dummheit des Hrn. von
Sartronn wäre; ich begleitete dieses mit allem, was vor
den Schrecknissen des Kriegsrechtes nach einer Uebertretung
der Capitulation bange machen kann, und selbst mit einer
Schilderung der Gefahr, die ich am Ende der Jahreszeit,
worin wir uns befänden, laufen könnte; ich gab ihm die Ver=
sicherung, daß der Landgraf, wenn er sich aufrichtig vor der
Entehrung seiner Truppen durch das Entwafnen fürchte, und
das Verlangen, so er bezeige, die Gnade des Königes wie=
der zu erlangen, eben so aufrichtig wäre, sich darauf ver=
lassen dürfte, daß Seine Majestät ihm Beweise Ihres
Wohlwollens und Ihrer Huld bey allen diesen Gelegenhei=
ten geben würden, und daß er in seiner Lage keine bessere
Partie ergreifen könnte, als sich von freyen Stücken der
Großmuth des Königes zu überlassen, wovon er sicherlich die
Folgen erfahren würde; daß ein besiegter Fürst, dessen
Staaten wir nun im Besitze hätten, die auffallendsten Beweise
des Unwillens und der Ahndung für ein Verfahren, wie das
wäre, die Capitulation unter dem nichtigen Vorwande
nicht annehmen zu wollen, weil er sich auf die Distinction
der blos als Churfürsten von Hannover verliehenen Gewalt
würde berufen können, erwarten dürfe.

Ich darf sagen, daß der Graf von Lynar alles, was
ich den Grafen Donnep sagte, aus allen Kräften und mit
den besten Gründen unterstützte, und nichts vergaß, ihn von
der Nothwendigkeit, die Artikel, so gleich zu vollziehen, so wie
sie in die Capitulation eingetragen worden, und in dem Sinne
aller Erklärungen genommen, die er nur davon hätte machen
können, zu überzeugen, indem er hinzu fügte, daß er selbst

eine

eine Beleidigung für den König, seinen Herren, seyn
würde, die geringste Ausflucht darin zu suchen. Er führte
noch selbst viele Aeußerungen seines Hofes an, um ihm das
Verlangen zu zeigen, was der König von Dänemark persön=
lich nach der Vollziehung der Ausübung dieser Capitulation
um der Ehre und des Nutzens willen hätte; welches eine
große Verbindlichkeit ist, und ihm zugleich eine Gelegenheit
verschaft, sich ganz in seiner Rolle zu zeigen. Wenn er
auch das nicht alles denkt, was er sagt, so bezeigte er doch
zugleich viele Freude über die Lage dieser Sache, welche er
als beendigt ansahe. Und der H. Donnep sagte mir mit
einer Miene, worin sich Verlangen, Furcht und Schmerz
von Podagra vermischten, daß er nun einen Courier abfer=
tigen wollte, um dessen Rückkehr er mit eben so vieler Un=
geduld bitten würde, als ich es nur verlangen könnte; und
dieser Courier ist gestern Abend wirklich mit den Briefen des
Hrn. von Lynar, an den Commandanten der Hannbverischen
Truppen in Stade abgereiset, welche, wie er mir versicherte,
die Aufforderung zur Ausführung der Capitulation enthielten,
welche ich verlange.

Ich weiß nicht, ob ich mich täusche, mein Herr; aber
wenn die Rückkehr des Couriers vom Landgrafen, welchen
ich um die schleunigste Antwort gebethen habe, so bald er=
folgt, als ich es hoffe; wenn die Hessischen Truppen sich
in Marsch setzen, nach Hessen zu kommen, und da, zu Folge
der fernerweitigen Einrichtungen, so er sehr leicht treffen
wird, vertheilt werden; und wenn die Hannbverischen Trup=
pen in das Herzogthum Lauenburg marschiren: so genießen
Sie in der That alle Vortheile der Capitulation, weil die
Hessischen Truppen mitten unter den Ihrigen, auf Ihre Dis=
kretion seyn werden; so wie auch das, was die Acquisition
dieser Truppen für Ihren Dienst mehr als wahrscheinlich
macht, unter anständigen Bedingungen, welche die Gerech=
tigkeit des Königes Ihnen gern verwilligen wird.

Sie haben die von Braunschweig Kraft eines andern Tractates; und die von Gotha, wovon Sie mir bis jetzt noch nichts gesagt haben, werden gewißlich das thun, was Sie wünschen, und sind auf alle Fälle nicht der Mühe des Untersuchens weder in Ansehung der Qualität, noch der Quantität wehrt; und die Hannbverischen Truppen, isolirt, vereinigt, oder getrennt, sind von keiner großen Wichtigkeit, indem wir über dieses ihr ganzes Land zu unserer Disposition, wie wir es machen, haben.

Je mehr ich übrigens die Artikel der Capitulation, verglichen mit den Aufklärungen, welche Sie darüber verlangten, nebst dem neuen Plane des Vereines, den Sie mir schickten, und mit den Antworten, welche der H. von Lynar ertheilte, die, so zu sagen, mit dem Hauptstücke einen Leib ausmachen, untersuche; desto mehr sehe ich, daß es nur noch die Ordnung der Worte durch Puncta und Commata zu bestimmen gibt, um zuzugeben, daß es eine und ebendieselbe Sache sey. Aber wie dem auch seyn mag, so schließt dieses nicht einen neuen Verein in verschiedenen Ausdrücken, wenn Sie den für besser halten, aus. Daher werden Sie so lange die wegen der Ordnung der Worte streitige Sache im Besitze behalten, als sie das Gut selbst besitzen, welches Ihnen einen doppelten Vortheil zur Entwerfung der neuen Artikel, wenn Sie die lieber wollen, gewähren würde; aber in einem so kritischen Augenblicke, wo sie so kostbar sind, war ich nicht im Stande, etwas zu unterzeichnen, weil Sie mir verbothen hatten, es in Gegenwart des Hrn. von Sporck zu thun, welcher des Herzoges von Cumberland Abgeordneter ist, und weil meine Vollmacht mir nicht die Erlaubniß gab, eine Person in seiner Gegenwart abzuordnen. Ich habe die beste Partey ergriffen, um, wo möglich, eine Sache, die im Grunde so vortheilhaft für den Dienst des Königes ist, auf eine oder die andere Weise zu endigen; und es hieße Ihre Absicht in einem solchen Augenblicke schlecht erfüllen, wenn man ein so großes Guth gegen ein andres wagte, welches nur den Schein des Besten haben würde.

Glauben Sie mir, mein Herr, daß ich Ihren Beyfall mit vieler Ungeduld erwarte, und daß ich indessen nichts un=terzeichnen werde, damit die Sache bey der Wiederkunft Jh=res Couriers von dieser Seite noch ganz vollkommen sey. Ich werde mich damit begnügen, die Ausübung der Capitulation mit all dem Stolze und der Autorität zu verlangen, welche mir die letzte Bewegung der Hessen und der Brief über das, was die Capitulation mit sich führt, eingeben.

Mit nicht weniger Ungeduld erwarte ich auch die Wieder=kehr des Couriers von Hamburg, und ich werde keinen Au=genblick verliehren, Ihnen alles mitzutheilen.

An den Grafen von Broglio.

Lüneburg, den 27. November 1757.

Mein Herr!

Ich habe den Brief, welchen Sie mir die Ehre erzeigten, mir am 7. dieses Monathes zu schreiben, empfangen. Die unglückliche Schlacht am 5. *) hat nur zu sehr so wohl meine Besorgnisse, als die Unmöglichkeit, welche ich sehe, noch dieses Jahr Sachsen zu besetzen, bestätigt; und ich merk=te alle Gefahr voraus, weil ich die Gegenstände so nahe vor mir hatte: aber das Uebel ist nicht unheilbar, wenn man zu rechter Zeit einen Plan zum nächsten Feldzuge machen will, nach welchem man ohne Eigensinn das zu thun sucht, was sich noch am besten thun läßt. Aber dieses erfordert solide Ver=bindungen; und da man selten etwas voraus sieht, oder statt zu handeln, gern Untersuchungen anstellt: so zweifle ich, ob man dieselben eingehen wird.

Aus diesem Grunde, mein Herr, habe ich Ihnen meine Verwunderung über die Leichtigkeit bezeigt, mit der man, wie

T 2

Sie

*) Die Schlacht bey Roßbach.

Sie glauben, den König von Preußen aus Sachsen ja=
gen, und wieder in Dresden eindringen könne; allein dieses
ist eine tüchtige Arbeit, die man nicht wohl am Ende eines
langen und mühseligen Feldzuges, und nach solchen forcirten
Märschen, wie die Armee, so ich befehlige, erst eben ge=
macht hat, unternehmen kann.

Unsere Mühseligkeiten sind noch nicht zu Ende, weil ich
wieder einen neuen Feldzug eröffne. Während alles dessen,
was so eben vorgefallen ist, und während unser Hof bey der
Annahme der Capitulation vom 10. September Schwierig=
keiten machte, und nie Zusätze genug zu derselben beybringen
konnte, fanden der König von Preußen und der Englische
Minister, die weit thätiger sind, das Mittel aus, den Kö=
nig von England zu bewegen, sein eigenes Land aufzuopfern,
um ihre Absichten zu erreichen; und die Hannoveraner gin=
gen unter Stade, zu Folge der Bedingungen dieser Capitula=
tion, aus ihren Grenzen, machten Bewegungen, welche ih=
ren Entschluß, sie nicht vollziehen zu wollen verriethen; und
da ich glaubte, daß, wenn es ein Mittel gäbe, sie dahin zu
bringen, sich zu unterwerfen, es die Gewalt und die Drohung
seyn müßten, so begab ich mich zu dem Ende mit den Trup=
pen, welche ich in der ersten Linie, und im Rückhalte hatte,
hieher. Durch meine Lage, verhindere ich nun auch, daß
die Preußischen und Alliirten Truppen, worüber der Prinz Fer=
dinand von Braunschweig im Begriffe steht das Commando
zu übernehmen, sich vereinigen können; und ich werde meinen
Entschluß, nach dem die Umstände sind, fassen.

Harburg ist von den Hannoveranern wie umringt. Ich
habe einen Flügel in Winsen, und alle meine Truppen stehen
so, daß sie sich, wenn es Zeit dazu seyn wird, auf einem und
ebendemselben Punkte vereinigen können; indessen machen
wir Complimente, wer zuerst feuern soll. Wir stehen uns
einander gerade gegen über; und wahrscheinlich wird am Ende
ein Flintenfeuer daraus werden, obgleich der H. von Lynar

nach Stade gereiſet ſeyn ſoll, zu verſuchen, ſie zum Entſchluße zu bringen.

Während all der Zeit, ſo über die Auslegung der Artikel der Capitulation vergangen iſt, habe ich mir Mühe gegeben, die Braunſchweigiſchen Truppen von der Partey der Alliirten wieder abzuziehen, und ich war ſo weit, daß ich den Herzog vermochte, den Befehl an ſeine Truppen zu ſchicken, daß ſie ſich trennen und zu uns kommen ſollten; allein da ſie ſich am 19. in Marſch ſetzten, wurden ſie von den Hannöveriſchen und Heſſiſchen Truppen aufgehalten, die ſich ihrer Generale bemächtigten. Der Herzog von Braunſchweig hat bey dieſer Gelegenheit alles gethan, was nur ſeine guten Abſichten beweiſen konnte. Ich glaube es wirklich von ganzem Herzen; nur weiß ich noch nicht, wie das alles endigen wird. Die Unterhandlung mit den Heſſen war eben ſo weit gediehen; allein der Vorfall vom 5. macht, daß ich ſie für verlohren halte.

Ich werde Ihnen von allem, was daraus erfolget, Nachricht geben, und ich bitte Sie, von den Geſinnungen überzeugt zu ſeyn, u. ſ. f.

Von Voltaire's Briefe
an den Hrn. von Richelieu.

Lyon, den 29. November.

Mein Held!

In der Schlacht bey Fontenoy nannte man Sie Theseus. Sie haben mich zu Lyon zurück gelassen, wie Theseus seine Ariadne auf Naros zurück ließ. Ich bin weder so jung noch so artig, als sie, habe auch nicht wie sie zum Weine meine Zuflucht genommen, mich zu trösten. Sollten Sie wieder durch Lyon zurück kommen, so will ich da bleiben. Es ist kein wahres Wort an dem, was man von der Pucelle sagte: gedenken Sie daher, ich bitte Sie, ihrer nicht in Ihren Capitulären. Außer den Uebeln, Ihres Umganges beraubet zu seyn, und keine Verdauung zu haben, weiß ich von keinem andern, aber nur mit diesen beyden Mängeln ist man schon ein Verdammter. Erinnern Sie sich auf Ihrem Wege zum Ruhme eines Oheims und einer Nichte an den Ufern der Rhone, die ganz die Ihrigen sind, und rechnen Sie es mir wohl an, daß ich Ihnen nicht mit vier Seiten lange Weile zu machen suche. Aus Achtung für Ihre Beschäftigungen verstummet mein plauderhaftes Herz, das immer um Sie ist, Sie anbethet und schweigt. V.

Der H. Marquis von Montespan hat mir im Vorbeygehen ein Elixir geschenkt, welches mir sehr artig scheint. Sollten Sie je Kopfweh haben, wenn Sie durchaus Audienz geben müssen, so wird es Sie davon heilen: mich aber, mich heilet nichts mehr; und ich finde nirgends Trost als in der Hofnung Sie wieder zu sehen, und Ihnen meine herzliche Ehrfurcht wieder zu bezeigen.

Merrion, den 26. May 1757.

Der verewigte Admiral Bing versichert Ihnen seine Ergebenheit, seinen Dank und seine vollkommene Hochachtung:

er ift fehr froh über Ihren Fortſchritt, und ſtirbt mit dem
Troſte, daß ihm ein ſo großmüthiger Soldat (ſo generous
a ſoldier, dieſes ſind die Worte, welche er dem Vollzieher ſeines Teſtamentes ſelbſt ſagte), hat Gerechtigkeit widerfahren
laſſen. Ich erhalte ſie dieſen Augenblick, da ich zu Monrion
ankomme, nebſt einigen dieſen Unglücklichen umſonſt recht-
fertigenden Schriften. Dieſes, mein Held, iſt es alles, was
ich Ihnen von England ſagen kann, wo der Feind ſo wie der
Freund des Admirals Bing Ihrem Verdienſte Gerechtigkeit
widerfahren läßt.

In Frankreich, glaube ich, vermuthete man ſich den
Feldzug à la Turenne, welchen der König von Preußen gemacht hat, wohl nicht. Den Oeſterreichern weiß zu machen,
daß er bey Verluſt der Ehre und des Lebens Paliſſaden verlange, um Dresden außer der Gefahr eines Angriffes zu
ſetzen; zu Einer Zeit von vier Seiten in Böhmen einzudringen;
die feindlichen Truppen zu zerſtreuen; ihre Magaſine wegzunehmen; einen wichtigen Sieg davon zu tragen, ohne den
Oeſterreichern auch nur Zeit zum Athemhohlen zu geben: Sie
müſſen geſtehen, gnädiger Herr, Sie, der Sie ſich auf dieſe
Kunſt verſtehen, daß der ſchöne Feldzug des Marſchalles von
Turenne nicht ſo ſchön war. Ich weiß nicht, wie weit ſo
ſchnelle Fortſchritte getrieben werden können. Man meint
aber, daß er ungefähr zwanzig tauſend Mann dem Herzoge
von Cumberland ſchickt, und daß man bald die Preußen ſich
mit den Franzoſen meſſen ſehen wird. Alles was ich weiß,
iſt, daß er immer ſehr große Luſt dazu gehabt hat. Gibt
es eine Schlacht, ſo wird ſie, glaube ich, ſehr viel Blut
koſten.

Bleiben Sie bey ſo vielen Unruhen geſund und heitern
Muthes; vergeſſen Sie, gnädiger Herr, die friedlichen
Schweizer nicht, und empfangen Sie mit Ihrer gewöhn-
lichen Güte die Verſicherungen meiner zärtlichen und tiefen
Verehrung. V.

Vom 2. December 1775.

Es geht die Rede, daß mein Held alle seine Geliebten eine nach der andern sterben sieht, und beständig eine neue Hofhaltung hat. Die Frau von Voisenon schreibt mir, daß Sie ihren kleinen Schwager, den Sie so lieb hatten, verliehren wird. Ich halte mich noch gut, aber es ist nur nicht von langer Dauer. Vor vierzehn Tagen erhielt ich ein kleines Avertissement von der Natur. Sie kündigte mir darin an, daß ich meine Sachen zusammen packen sollte. Das gestehe ich Ihnen, daß ich lieber zu Ihren Füßen in Paris und zu Richelieu sterben möchte, als mitten im Schnee auf dem Jura. Aber wer kann seinem Schicksale entgehen? Das Ihrige, gnädiger Herr, war glänzend, an Größe und Vergnügen. Selbst die Hofcabalen konnten Ihnen Ihren Ruhm nicht rauben. Gestern las ich die Papiere durch, in welchen ich die schönen Streiche fand, so man Ihnen spielte, als Sie die Englische Armee hatten das Gewehr strecken lassen, und sie unter die Joche (fourches caudines) von Kloster Zeven kriechen ließen. Sie gingen so gleich nach Magdeburg und Berlin; es war der schönste Feldzug aller Zeiten. Anstatt aber Sie Ihr Werk vollenden zu lassen, sehe ich, daß eine kleine Intrigue Sie nach Bordeaux schickt. Indessen, welche Streiche man Ihnen auch spielen konnte, so waren Sie doch immer siegreich im Kriege wie in der Liebe.

Es scheint mir, daß nichts besser sey, als in ehrenvoller Muße mit etwas Philosophie zu leben.

Ich weiß nicht, wen Sie zum Collegen nehmen werden, an des armen Abbé von Voisenon Statt. Ich weiß nicht, ob Sie der Protector unserer Akademie seyn wollen, und ob die verfluchte Begebenheit Ihres verdammten Provenzers Ihnen Zeit lassen wird, der Moderator unserer kleinen litterarischen Intriguen zu werden. Man hat aus dem schändlichen Prozesse der Frau von Saint-Vincent ein Labyrinth gemacht, in welchem man Sie Jahre lang herumtreiben will. Endlich muß doch das Recht siegen. Sie werden, denke ich, die

Frau

Frau von Saint=Julien gesehen haben, welche ihrer Seits einen Proceß wegen eines kleinen Vermächtnisses hat, welches ihr der H. von Gouvernet, der Gemahl der Sie und der Du, gemacht hatte.

Wenn ich mich unterstehen dürfte, Ihnen von meinen Uebeln zu schreiben, so würde ich Ihnen sagen, daß ich eines den General=Pächtern verdanke, welche etwas zu sehr das kleine und armselige Vaterland, welches ich mir gemacht habe, zerstören wollen. Der H. Turgot und der H. von Trudaine sind die höchsten Richter dieses Prozesses, in welchem es auf das Schicksal einer Provinz ankommt. Aber ich versichere Ihnen, daß das Ihrige mir vielmehr am Herzen liegt. In Wahrheit! seitdem die Benedictiner militärische Würden bekommen *), gibt es keine Sache mehr wie die, welche Sie unterstützen sollen. Mein Neffe von Hornoy sagte mir, daß Sie einen etwas zu langsamen Berichter haben. Wäre von Hornoy der Ihrige gewesen, so glaube ich, daß die Sache bald geendiget seyn würde; aber ich schwatze von allem in den Tag hinein. In einer Entfernung von hundert Meilen weiß man so wenig von den Vorfällen; man sieht alles so entfernt und so schlecht, daß man schweigen und sich auf ehrerbiethige und zärtliche Ergebenheit einschränken muß, welche der alte Kranke von zwey und achtzig Jahren bis an den letzten Hauch seines Lebens haben wird, für seinen stets mit Ruhm und Grazien umgebenen Helden.

T 5   Briefe

*) Eine Anspielung auf den Grafen von Clermont, welcher den, dem Hrn. von Richelieu genommenen, Oberbefehl wieder erhielt, und welchen man nur spottweise den General der Benedictiner nannte, weil er die Abtey St. Germain des Pres besaß.
Anmerk. des Uebers.

Briefe des Marschalles von Richelieu
an den König Ludwig XVI,

Andere Briefe des Hrn. von Noailles - Mouchi an den Hrn. von Richelieu.

H. Bertin sagt mir, Ew. Majestät hätten mir den Befehl gegeben, nicht anders in meiner Statthalterschaft zu erscheinen, als wenn der Marschall von Mouchi daselbst seyn würde. Ihr Wille, Sire, ist immer ein Gesetz, das ich mit der größten Genauigkeit, ohne zu murren, befolgen werde; aber wenn er etwas Beschimpfendes für mich hat, und ich Grund zu haben glaube, daß es nicht Ihre Absicht war: so schmeichle ich mir, Ew. Majestät werden es nicht übel nehmen, wenn ich Ihrer Gerechtigkeit das gehörige Licht zu geben suche; und deshalb bitte ich Sie unterthänigst die Augen auf folgendes Detail zu werfen:

Ich habe bisher noch immer bemerkt, daß die Statthalter der Provinz im allgemeinen auf nichts bedacht waren, als wie sie ihr Gehalt zu Paris verzehren wollten; und es ist mir noch kein Beyspiel vorgekommen, daß man es Ihnen gewehrt hätte, wenn sie ein Verlangen bezeigten, wieder dahin zurück zu kehren.

Der Herzog von Bouffiers erhielt nach dem Tode des Marschalles, seines Vaters, die Statthalterschaft von Flandern. Er wollte dahin abgehen, obgleich er nicht älter als vier und achtzig oder fünf und achtzig Jahre war. Die Menge Generale, welche in dieser Provinz angestellet waren, erregten die Besorgniß, daß sie einem so jungen Statthalter wohl schwerlich gehorchen würden. Man that alles, was man konnte, ihn davon abzuhalten; und der König und seine Minister hielten dafür, daß, da er ein Mahl die Gnade, so groß sie auch wäre, erhalten hätte, man ihn nicht ohne Ungerechtigkeit verhindern könnte, sie so lange zu genießen, als er nicht etwas begin-

beginge, welches verdiente, daß man sie ihm wieder nähme. Der Ritter von Pesen, Neffe des ehemahligen Marschalles von Choiseul, der als General-Lieutenant, in der Provinz angestellt und Statthalter der Citadelle von Lille war, wollte sich weigern, den Befehl seines jungen Statthalters zu vollziehen, und er ward angehalten ihm zu gehorchen.

Der H. von Villars fand noch mehr Schwierigkeiten nach der Provence, wo er viele Truppen unter Weges antraf, die nach Italien bestimmt waren, zu reisen, aber er wußte sie ebenfalls zu übersteigen.

Kann man es nach diesem noch tadeln, daß ich das Vertrauen hatte zu glauben, meine Rückreise in meine Statthalterschaft wäre eine ganz gewöhnliche Sache; besonders da ich sie alle Jahr gemacht hatte. Ich habe mich auf Erlaubniß und um eines großen Prozesses willen, der Ew. Majestät bekannt ist, entfernt, und ich konnte mir nicht einbilden, daß ich in meinem Alter, denn ich bin nach dem Hrn. von Tonnerre der älteste unter den Marschällen, noch mehr Schwierigkeiten finden würde, als die H. H. von Villars und von Boufflers jemahls fanden.

Ich will Ew. Majestät nicht daran erinnern, daß, wiewohl ich vielmahls den Oberbefehl über die Armeen hatte, ich dennoch nirgends als zu Versailles gefährliche und fürchterliche Feinde fand; daß ich nicht nach dem Datum des General-Lieutenants-Patentes Marschall von Frankreich ward, und der Marschall von Mouchi kaum General-Major unter meinen Befehlen war, als ich Marschall von Frankreich wurde. Er hat nie befehliget: muß er es mit mir in meiner eigenen Statthalterschaft anfangen? Sollte das Publicum nach diesem nicht glauben, daß es wegen einer wohl gegründeten Ungnade Ew. Majestät geschähe. Das würde mich mit Schmerz und Schaam niederbeugen, und das muß mir auch die Verzeihung für meine Freyheit verschaffen, daß ich meine gerechten Vorstellungen Ew. Majestät zu Füßen lege.

Ich bin, Sire, u. s. f.

Der

Der Marschall von Mouchi an den Marschall von Richelieu.

Marly, den 24. Junius 1774.

Von allen Seiten höre ich, mein lieber Oheim, daß Sie bey Ihrer Abreise behaupteten, ich hätte mir viele Mühe gegeben, die Befehlshaberstelle von Guienne zu erhalten, und es wäre mir nicht gelungen. Wahrhaftig, seit dem Unglücke, das uns betroffen hat, war ich wenig im Stande an irgend etwas zu denken; aber in keinem Falle werde ich mich je anders als wie ein Mann von Ehre betragen, wie ich es immer gethan habe. Als sehr alter General-Lieutenant der Königlichen Armeen, und als General-Lieutenant der Provinz Guienne, schlug ich mich im verwichenen Jahre dem verewigten Könige zu einem Befehlshaber vor, weil Sie Ihren Dienst als erster Kammerherr bey Hofe versahen. Ich gab Ihnen Nachricht davon: Sie setzten sich dawider; und ich verlohr weiter kein Wort mehr darüber. Es ist nicht sehr klug von einem General-Lieutenant der Provinz gegen den Statthalter Cabale zu machen: er schadet sich selbst; und das soll mir nicht begegnen. Wenn Sie nicht mehr dahin gingen; und der König mir den Befehl ertheilte, Ihren Platz einzunehmen: so würde ich bereit seyn aufzubrechen; aber ich werde keinen Schritt thun. Verlassen Sie sich darauf, als auf die unverletzliche und ehrerbiethige Liebe, so ich Ihnen, mein theurer Oheim, widmete, und mit welcher ich die Ehre habe zu seyn Ihr unterthänigster und gehorsamster Diener,

Noailles.

Versailles, den 31. Januar 1775.

Ich will mit Freymüthigkeit, mein lieber Oheim, auf das sehr ehrenvolle Schreiben antworten, so Sie die Güte gehabt haben mir zu schicken.

Nur begreife ich nicht, wie ein Marschall von Frankreich, der das meiste beytrug, in Person eine Schlacht für den verewigten König zu gewinnen, der Genua rettete, Mahon einnahm,

nahm, und was noch mehr ist, den Hof seit mehr als sechzig Jahren besucht, sich über das einfältige Gerücht, daß man ihm sein Gouvernement nehmen wollte, kränken kann, da eine peinliche Klage erfordert wird, um zu diesem Extrem zu schreiten. Ich habe es in keiner fremden Zeitung gelesen; doch lese ich keine weiter als die Französische und Holländische.

Was die Befehlhaberstelle betrift, so lassen Sie mir volle und hinlängliche Gerechtigkeit widerfahren; denn H. Bertin ist mein Zeuge, daß ich mich nicht eher vorgeschlagen habe, als bis es ausgemacht war, daß Sie nicht hingingen. Ich würde es für den General=Lieutenant von Guienne für entehrend gehalten haben, einen andern daselbst befehligen zu sehen, wenn der Statthalter nicht dahin geht, welcher der einzige ist, dem er in jeder Rücksicht weichen muß.

Das für Sie eingerichtete Haus, mein lieber Oheim, welches die Wohnung des Bürgermeisters ist, gehört nicht dem Statthalter, und ward von vielen Commandanten bewohnt. Daher glaube ich auch nicht, daß es im geringsten etwas zu sagen hat, wenn Sie die Güte haben, dem Hrn. Bertin zu melden, daß ich die Ehre gehabt habe, Sie schriftlich um Ihr Haus zu bitten; daß Sie gern darein willigen, indem sich kein Mensch mehr füge als ich; und daß ich mich, so bald sie daselbst ankommen, jedes Rechtes, nur nicht dessen begebe, die Ehre zu haben, Sie daselbst zu empfangen, und Ihnen den Ort als von Rechts wegen zu räumen. Sie sehen ein, mein lieber Oheim, wie nöthig mir dieser Schritt für Sie scheint, und wie sehr es mich schmerzen müßte, wenn ich vom Könige Befehl erhielt ihn einzunehmen, ohne daß Sie diesen Schritt gethan haben. Befreyen Sie mich von diesem Schmerze, und lassen Sie der aufrichtigen, unverletzlichen und achtungswürdigen Zuneigung Gerechtigkeit widerfahren, so ich Ihnen widmete und mit welcher ich die Ehre habe, mehr als ein anderer zu seyn, mein theurer Oheim, Ihr unterthänigster und gehorsamster Diener,

Noailles.

Vom

Vom 3. October 1775.

Da der H. Bertin mir schreibt, mein lieber Oheim, daß die Geschichte Ihrer Wohnung nicht Sie, sondern nur mich allein angehet; so habe ich meinen Entschluß gefaßt, und will eine Wohnung auf eine geraume Zeit bey den H. H. des Stadthauses wählen, damit der Vicomte von Noé nie wieder so thöricht sey zu behaupten, daß unser Logis uns vom Stadthause geliehen wäre, und daß sie daselbst eben so viel Recht hätte, als wir. Ich freute mich herzlich, einer Geschichte auszuweichen: als ich aber zugegen war, ward ich noch mehr als Sie über zwey Schildwachen und den gebietherischen Ton des Hrn. Bürgermeisters betroffen. Da er fortging, und ich Zänkereyen hasse, so schrieb ich an den Hrn. Bertin, aber ich wollte den Vorfall nicht laut werden lassen. Alles ist in Ordnung, und ich hoffe, es soll sich nie wieder einer unterstehen, dem Gouverneur und dem Commandanten es streitig zu machen, daß Sie eine Wohnung haben, die sie mit keinem zu theilen brauchen.

Eben habe ich ein infames Buch gegen den verewigten König confisciren lassen; Sie wissen, mein lieber Oheim, wie sehr mir sein Andenken theuer ist; ich habe alle Exemplare weggenommen.

Ich kann die Geschichte des Hrn. von Poissac nicht glauben; es würde mir doch zu verwegen und ausschweifend vorkommen; er läugnet es, und will sich über die Verläumbung vor der Versammlung des ganzen Parlamentes beklagen.

Ich weiß nicht, welches Vergnügen H. Turgot an dem Sturze dieser Stadt finden kann; man hat ihr 280 tausend Livres Renten genommen; sie bezahlte nur 9000 Livres Steuern, als sie 600 tausend Livres hatte; sie ward von Hrn. Esmangard auf 44 tausend Livres Steuern gesetzt, als sie beynahe die Hälfte von ihren Einkünften verlohr; sie ist an den Bettelstab gebracht: man sagt, H. Turgot bleibe dabey, er sehe kein anderes Mittel, als den Hrn. Trouvé und die Geschenke, welche die Stadt gemacht hat, zu nehmen; das heißt nicht die Sachen wie ein so großer Minister, als er ist, einsehen. Der H. von Clugny hat

hat Verstand und scheint den besten Willen zu haben; aber er ist über die Lage untröstlich, worin er diese Stadt und diese unglückliche Provinz antrift.

Ich glaubte an der Rückkehr meiner Colique, meiner Kopfschmerzen und meines Blutauswerfens umzukommen; aber nichts hat mich abgehalten. Ich habe viele Unglücke, Unordnung, Ungelehrigkeit und Verzweifelung angetroffen: ich habe dabey mein Bestes gethan, und Bericht davon eingesandt.

Ich denke mich den 9. oder 10. auf den Weg zu machen: geben Sie sich also keine Mühe mir zu antworten.

Ich habe die Ehre mit der unverletzlichsten Zuneigung zu seyn, mein lieber Oheim, Ihr unterthänigster und gehorsamster Diener,   Der Marschall Herzog von Mouchi.

Bordeaux, den 25.

Ich habe die Ehre, Ihnen, mein lieber Oheim, in Ihrem prächtigen Cabinette und an Ihrem schönen Pulte zu schreiben, welcher nach Ihrem Befehle noch an dem Orte steht, so wie auch Ihre schönen Gemählde über der Thür (dessus de porte), woran ich mich gewöhnt habe, welches die Sensation weniger gefährlich macht. Wie die Commandantinn, welche im nächsten Jahre hieher kommt, diese Gemählde finden wird, das weiß ich nicht: das weiß ich aber, daß sie sich daran gewöhnen muß, wie ich; denn mir bleibt kein anderes Mittel, als sie unten hin zu logiren. Ich werde mich in Ihren Cabinetten einrichten, und des Morgens durch die Hinterzimmer in Ihren Assenblée-Saal gehen, der sehr schlecht ist; aber Sie haben ihn nicht angelegt: denn wahrhaftig, alles was von Ihnen herrührt, ist auf das prächtigste; das Zimmer des Königes zu Versailles und das Zimmer des Staatsrathes kommen dem nicht bey.

Die Köpfe habe ich etwas zu schlecht gefunden, als daß ich sie so hätte lassen können. Was der Hof für einen Entschluß fassen wird, weiß ich nicht: aber gewiß ist es, daß es eines Heilmittels bedarf; ich werde es nicht anzeigen. Ich bin beyden Partien gerade gegen über gewesen, wie vox clamantis in deserto. Ihr Komödien-Haus kommt immer weiter; der Bau des

Stadt

Stadthauses und des Pallastes liegt noch immer so. Sie wissen, man hat der Stadt 100,000 Franken genommen, und noch nichts gegeben, an deren Stelle zu legen.

Lassen Sie, mein lieber Oheim, der unverletzlichsten, zärtlichsten und beständigsten Zuneigung, die ich Ihnen widmete, Gerechtigkeit widerfahren, mit welcher ich die Ehre habe, mehr als ein anderer zu seyn, Ihr unterthänigster und gehorsamster Diener, Der Marschall Herzog von Mouchy.

Es ist mir ein Trost, mein lieber Oheim, daß ich Ihr Hausgeräthe nicht mehr beschmutzen kann, und nicht mehr unaufhörlich schreyen darf, daß man Ihr Porzelain nicht zerbrechen soll; übrigens habe ich Ihre Güte benutzt._ Der H. Abbé ist sehr liebenswürdig. Hoffen Sie noch immer vor dem 8. September abgefertiget zu werden? Mein Bruder schmeichelte sich damit vor meiner Abreise.

Ende.

Inhalt des dritten Theiles.

Anhang von Originalbriefen.

www.ingramcontent.com/pod-product-compliance
Lightning Source LLC
Chambersburg PA
CBHW020930120726
47905CB00008B/2451